História do Brasil

Frei Vicente do Salvador

Copyright © 2013 da edição: Editora DCL – Difusão Cultural do Livro

Equipe DCL – Difusão Cultural do Livro

DIRETOR EDITORIAL: Raul Maia

Equipe Eureka Soluções Pedagógicas

REVISÃO DE TEXTOS: Joana Carda Soluções Editoriais

Texto em conformidade com as novas regras ortográficas do Acordo da Língua Portuguesa

Dados Internacionais de Catalogação na Publicação (CIP)
(Câmara Brasileira do Livro, SP, Brasil)

Vicente do Salvador, frei, 1564-1639.
  História do Brasil / frei Vicente do Salvador. --
São Paulo : DCL, 2013. -- (Clássicos literários)

  Bibliografia.
  ISBN 978-85-368-1639-5

  1. Brasil - História I. Título.

13-01062   CDD-981

Índices para catálogo sistemático:

1. Brasil : História   981

Impresso na Índia

Editora DCL – Difusão Cultural do Livro
(11) 3932-5222
www.editoradcl.com.br

Sumário

INTRODUÇÃO..9

LIVRO PRIMEIRO
I..11
II...12
III..14
IV...16
V..18
VI...19
VII..22
VIII...23
IX...25
X..28
XI...30
XII..31
XIII...33
XIV...35
XV..37
XVI...38
XVII..40

LIVRO SEGUNDO
I..42
II...44
III..46
IV...47
V..49
VI...50

Frei Vicente do Salvador

VII 51
VIII 53
IX 56
X 58
XI 61
XII 63
XIII 65
XIV 67

LIVRO TERCEIRO

I 68
II 71
III 72
IV 73
V 75
VI 76
VII 78
VIII 79
IX 81
X 83
XI 86
XII 90
XIII 92
XIV 93
XV 95
XVI 98
XVII 99
XVIII 102
XIX 103
XX 104
XXI 107

XXII 108
XXIII.. 111
XXIV.. 112
XXV 113
XXVI.. 117

LIVRO QUARTO
I 119
II.. 120
III.... 123
IV 125
V.. 127
VI 129
VII.. 132
VIII... 135
IX 136
X.. 138
XI 141
XII... 142
XIII... 144
XIV 146
XV.. 149
XVI 151
XVII 152
XVIII.. 154
XIX 155
XX.. 157
XXI 159
XXII 162
XXIII... 164
XXIV... 166

XXV 168
Parte do capítulo que parece ser o XXX....................169
XXXI..170
XXXII..174
XXXIII...176
XXXIV...178
XXXV..180
XXXVI...181
XXXVII..183
XXXVIII...185
XXXIX...188
XL...189
XLI..192
XLII...194
XLIII..196
XLIV..198
XLV...200
XLVI..202
XLVII...203

LIVRO QUINTO
I...205
II..206
III...208
IV...210
V..213
VI...215
VII..217
VIII...218
IX...219
XVIII...220

XIX	221
XX	223
XXI	227
XXII	229
XXIII	232
XXIV	234
XXV	235
XXVI	237
XXVII	239
XXVIII	242
XXIX	244
XXX	246
XXXI	247
XXXII	249
XXXIII	251
XXXIV	253
XXXV	256
XXXVI	258
XXXVII	260
XXXVIII	262
XXXIX	265
XL	267
XLI	268
XLII	269
XLIII	271
XLIV	274
XLIV	276
XLV	278
XLVI	283
XLVII	284
XLVIII	287

História do Brasil

Introdução

EM QUE SE TRATA DO DESCOBRIMENTO DO BRASIL, COS-
TUMES DOS NATURAIS, AVES, PEIXES, ANIMAIS E DO MESMO
BRASIL.

Escrita na Bahia a 20 de dezembro de 1627.

DEDICATÓRIA

AO LICENCIADO MANUEL SEVERIM DE FARIA CHANTRE NA
ANTA SÉ DE ÉVORA

O motivo que teve Aristóteles para se divertir da especulação, a
que o seu gênio e inclinação natural o levava, como consta da sua Lógica,
Física, e Metafísica, e dar-se a escrever livros históricos e morais, quais as
suas Éticas epólicas e a história de animais, além de lho mandar o grande
Alexandre, e lhe fazer as despesas, foi ver também, que estimava tanto o livro
de Homero, em que se contam os feitos heroicos de Achiles, e de outros esforçados guerreiros que, segundo refere Plutarco *in vita* Alexandre de ordinário
o trazia consigo, ou quando o largava da mão o fechava em escritório guar-
necido de ouro, e pedras preciosas, melhor peça, que lhe coube dos despojos
de Dario, ficando-lhe na mão a chave, que de ninguém a fiava, e com muita
razão, porque como diz Túlio, de oratore, os livros históricos são luz da verdade, vida da memória, e mestres da vida; e Diodoro Siculo diz *in proemio sui
operis*, que estes igualam os mancebos na prudência aos velhos, porque o que
os velhos alcançam com larga vida e muitos discursos, podem os mancebos
alcançar em poucas horas de lição, assentados em suas casas.

Eis aqui a razão por que o grande Alexandre tanto estimava o livro de
Homero, e se hoje houvera muitos Alexandres, também houvera muitos
Homeros, porque como diz Ovídio:

scribentem juvat ipse favor, minuitque laborem:
Cun-ique suo crescens pectore fervet opus.

O favor ajuda o escritor, alivia-lhe o trabalho, anima-o, e dá-lhe fervor a
sua obra; porém o que agora vemos é que querendo todos ser estimados, e
louvados dos escritores, há mui poucos que os louvem e estimem, e menos
que lhes façam as despesas, só temos a V. M. em Portugal que os estima,

e favorece tanto como se vê na sua livraria, que quase toda tem ocupada de livros históricos, e principalmente no que fez de louvores dos três historiadores portugueses, Luiz Camões, João de Barros e Diogo do Couto, favor tão grande para escritores de histórias, que se pode dizer, e assim é, que aos mortos da vida, ressuscitando-lhes a memória, que já o tempo lhes tinha sepultada, e aos vivos excita, dá ânimo e fervor, para que saiam à luz com seus escritos, e folgue cada um de contar, e compor sua história. Este foi o motivo que tive, para sair com esta do Brasil, junto com V. M. ma querer fazer de tomar a impressão à sua custa para em tudo se parecer com Alexandre. Outro tive, que foi pedir-mo Vossa Mercê, e pelo conseguinte mandar-mo, pois os rogos dos senhores tem força de preceitos. Glos. ï l *unica, et in* L. I. ff., *quod jussu*, donde é aquele verso

> *Est rogare ducum species violenta jubendi.*

E assim foi este de tanta força, que não só incitei a um amigo que a mesma história compusesse em verso, de sorte que pudesse dizer o que disse Santo Agostinho ao Santo bispo Simpliciano, que havendo-lhe pedido um tratado breve em declaração de certas dificuldades lhe ofereceu dois livros inteiros, desculpando-se, ainda, com ser a letra tanta, que pudera causar fastio, de não satisfazer que lhe foi pedido, conforme ao desejo do suplicante; são suas palavras as que se seguem:

Vereor ne ista, quae sunt a me dicta, et non satisfecerint expectationi et taedio fuerint gmavitati tuae, quandoquidem et tu ex omnibus, quae interrogati unum a me libellum misti veles, ego duos libros, eosdemque longissimos misi, et fortasse quaistionibus nequaquam expedite diligenter respondi. Aug. Lb. 2º quaistion. ad Simplic.

Desta maneira havendo-me Vossa Mercê pedido um tratado das coisas do Brasil, lhe ofereço dois, leitura, que pudera causar fastio, se o diverso método a não variara, e dera apetite, e contudo receio de não satisfazer curiosidade de Vossa Mercê, segundo sei, que gosta desta iguaria. Donde tomei também motivo para a dedicar a Vossa Mercê e não a outrem, lembrando-me que por dar Jacó a Isac seu pai uma de que gostava alcançou a bênção como a mãe lho havia certificado, dizendo:

Nuncergo, fihi mi, acquiesce consiliis meis: et mihi duos hcedos ut faciam ex eis escas patri tuo, quibus libentar vescituri quas cum intulenis, et comedenit bençdicat tibi.

Bem enxergou o santo velho, ainda que cego, que Jacob o enganava, pois o conheceu pela voz. *Vere quidem voz Jacob, est*; mas levado do gosto da iguaria a que era afeiçoado depois da inspiração do céu lhe concedeu a bênção, esta peço eu a Vossa Mercê, e com ela não tenho que temer a maldizentes. Nosso Senhor, vida, saúde, e estado conserve e aumente a Vossa Mercê, como os seus lhe desejamos.

Bahia, 20 de dezembro de 1627.

LIVRO PRIMEIRO

Do descobrimento do Brasil

I

Como foi descoberto este Estado

A terra do Brasil, que está na América, uma das quatro partes do mundo, não se descobriu de propósito, e de principal intento; mas acaso indo Pedro Álvares Cabral, por mandado de El-Rei D.Manuel, no ano de 1500 para as Índias, por capitão-mor de 12 naus, afastando-se da costa de Guiné, que já era descoberta ao Oriente, achou estoutra ao Ocidente, da qual não havia notícia alguma, foi costeando alguns dias com tormenta até chegar a um porto seguro, do qual a terra vizinha ficou com o mesmo nome.

Ali desembarcou o dito capitão com seus soldados armados, para pelejarem; porque mandou primeiro um batel com alguns a descobrir campo, e deram novas de muitos gentios, que viram; porém não foram necessárias armas, porque só de verem homens vestidos, e calçados, brancos, e com barba – do que tudo eles carecem – os tiveram por divinos, e mais que homens, e assim chamando-lhe Caraíbas, que quer dizer na sua língua *coisa divina*, se chegaram pacificamente aos nossos.

Donde assim como os índios da Nova Espanha, quando viram desembarcar nela os espanhóis lhes chamaram *viracocés*, que significa *escumas do mar*, parecendo-lhes que o mar os lançara de si como escumas, e este nome lhes ficou sempre, assim somos ainda destoutros chamados Caraíbas e respeitados mais que homens. Mas muito mais cresceu neles o respeito, quando viram oito frades da ordem do nosso padre São Francisco, que iam com Pedro Álvares Cabral, e por guardião o padre frei Henrique, que depois foi bispo de Cepta, o qual disse ali missa, e pregou, onde os gentios ao levantar da hóstia, e cálice se ajoelharam, e batiam nos peitos como faziam os cristãos, deixando-se bem nisto ver como Cristo senhor nosso neste divino Sacramento domina os gentios, que é o que a igreja canta no Invitatório de suas Matinas, dizendo: *Christum regem dominantem gentibus, qui se manducantibus dat spiritus pinguedinem, venite adoremus.*

Do deus Pã, diziam os antigos gentios, que dominava e era senhor do Universo, e disseram verdade se o entenderam deste Pã divino; porque sem falta ele é o Deus que tudo domina, e apenas há lugar em toda a terra onde já não seja venerado, nem nação tão bárbara de que não seja querido e adorado, como estes Brasis bárbaros fizeram.

Bem quiseram os nossos frades, pela facilidade que nisto mostraram, para aceitarem a nossa fé católica, ficar-se ali, para os ensinarem e batizarem, mas o capitão-mor, que os levava para outra seara não menos importante, partiu daí a poucos dias com eles para a Índia, deixando ali uma cruz levantada como também dois portugueses degradados para que aprendessem a língua, e despediu um navio a Portugal, de que era capitão Gaspar de Lemos com a nova a El-Rei D. Manuel, que a recebeu com o contentamento, que tão grande coisa, e tão pouco esperada merecia.

II

Do nome do Brasil

O dia em que o capitão-mor Pedro Álvares Cabral levantou a cruz, que no capítulo atrás dissemos, era 3 de maio, quando se celebra a invenção da Santa Cruz, em que Cristo Nosso Redentor morreu por nós, e por esta causa pôs nome à terra, que havia descoberta, de Santa Cruz, e por este nome foi conhecida muitos anos: porém como o demônio com o sinal da cruz perdeu todo o domínio, que tinha sobre os homens, receando perder também o muito que tinha nos desta terra, trabalhou que se esquecesse o primeiro nome, e lhe ficasse o de Brasil, por causa de um pau assim chamado, de cor abrasada e vermelha, com que tingem panos, que o daquele divino pau que deu tinta e virtude a todos os sacramentos da igreja, e sobre que ela foi edificada, e ficou tão firme e bem fundada, como sabemos, e porventura por isto ainda que ao nome de Brasil ajuntaram o de estado, e lhe chamaram estado do Brasil, ficou ele tão pouco estável, que com não haver hoje 100 anos, quando isto escrevo, que se começou a povoar, já se hão despovoados alguns lugares, e sendo a terra tão grande, e fértil, como adiante veremos, nem por isso vai em aumento, antes em diminuição.

História do Brasil

Disto dão alguns a culpa aos reis de Portugal, outros aos povoadores; aos reis pelo pouco caso que haviam feito deste tão grande estado, que nem o título quiseram dele, pois intitulando-se senhores de Guiné, por uma caravelinha que lá vai, e vem, como disse o Rei do Congo, do Brasil não se quiseram intitular, nem depois da morte de El-Rei D. João Terceiro, que o mandou povoar e soube estimá-lo, houve outro que dele curasse, senão para colher suas rendas e direitos; e deste mesmo modo se haviam os povoadores, os quais por mais arraigados, que na terra estivessem, e mais ricos que fossem, tudo pretendiam levar a Portugal, e se as fazendas e bens que possuíam soubessem falar também lhes haveriam de ensinar a dizer como os papagaios, aos quais a primeira coisa que ensinam é papagaio real para Portugal; porque tudo querem para lá, e isto não tem só os que de lá vieram, mas ainda os que cá nasceram, que uns e outros usam da terra, não como senhores, mas como usufrutuários, só para a desfrutarem, e a deixarem destruída.

Donde nasce também, que nenhum homem nesta terra é repúblico, nem zela, ou trata do bem comum, senão cada um do bem particular. Não notei eu isto tanto quanto o vi notar um bispo de Tucuman da Ordem de S. Domingos, que por algumas destas terras passou para a Corte, era grande canonista, homem de bom entendimento e prudência, e assim ia muito rico; notava as coisas, e via que mandava comprar um frangão, quatro ovos, e um peixe, para comer, e nada lhe traziam: porque não se achava na praça nem no açougue, e se mandava pedir as ditas coisas, e outras muitas a casas particulares lhas mandavam, então disse o bispo verdadeiramente que nesta terra andam as coisas trocadas, porque toda ela não é república, sendo-o cada casa; e assim é, que estando as casas dos ricos – ainda que seja a custa alheia, pois muitos devem quanto têm – providas de todo o necessário, porque tem escravos, pescadores, caçadores, que lhes trazem a carne e o peixe, pipas de vinho e de azeite, que compram por junto: nas vilas muitas vezes se não acha isto a venda. Pois o que é fontes, pontes, caminhos e outras coisas públicas é uma piedade, porque atendo-se uns aos outros nenhum as faz, ainda que bebam água suja, e se molhem ao passar dos rios, ou se orvalhem pelos caminhos, e tudo isto vem de não tratarem do que há cá de ficar, senão do que hão de levar para o reino.

Estas são as razões porque alguns, como muitos dizem, que não permanece o Brasil nem vai em crescimento; e a estas se pode ajuntar a que atrás tocamos de lhe haverem chamado estado do Brasil, tirando-lhe o de Santa Cruz, com que pudera ser estado, e ter estabilidade e firmeza.

III

Da demarcação da terra, e costa do Brasil com a do Peru e Índias de Castela

Grandes dúvidas e diferentes se começavam a mover sobre as conquistas das terras do Novo Mundo, e houveram de crescer cada dia mais, se os reis católicos de Castela, D. Fernando, e D. Isabel, sua mulher, e El-Rei de Portugal, D. João Segundo, que as iam conquistando não atalharassem com um concerto, que entre si fizeram, de que também deram conta ao Papa, e houveram sua aprovação e beneplácito. O concerto foi, que de uma das ilhas de cabo Verde chamada Santo Antão se medissem 370 léguas para o oeste, e dali lançando uma linha meridiana de norte a sul, todas as terras e ilhas que estavam para descobrir desta linha para a parte do oriente fossem da coroa de Portugal, e as ocidentais da coroa de Castela.

Conforme a isto, diz Pedro Nunes, famoso cosmógrafo, que a terra do Brasil da Coroa de Portugal começa além da ponta do rio Amazonas, da parte do oeste no porto de Vicente Pizon, que demarca em dois graus da linha equinocial, para o norte, e corre pelo sertão até além da Baía de S. Mathias, por 44 graus, pouco mais ou menos, para o sul, e por esta medida (diz o mesmo cosmógrafo) tem o Brasil pela costa 1.500 léguas; porém, dado que assim seja na teoria a prática é não chegar ao Brasil mais que até o rio da Prata, que esta em 35 graus, e, contudo, ainda tem mais de 1.000 léguas por costa, porque posto que em algumas partes corre de norte a sul, que são os graus só de 17,5 léguas: todavia pela maior parte, que é para o sul do cabo de Santo Agostinho até o rio da Prata, corre de nordeste a sudoeste, que são de 25 léguas, e para o norte do cabo Branco até o rio Amazonas, quase de leste a oeste, onde se altera o grau, se multiplicam as léguas, e assim não é muito que em 35 graus haja tantas.

Donde se colige também, que é a terra do Brasil da figura de uma harpa, cuja parte superior fica mais larga ao norte correndo do oriente ao ocidente, e as colaterais a do sertão do norte a sul, e da costa do nordeste a sudoeste, se vão ajuntar no rio da Prata em uma ponta à maneira de harpa, como se verá no mapa mundi, e na estampa seguinte.

Da largura que a terra do Brasil tem para o sertão não trato, porque até agora não houve quem a andasse, por negligência dos portugueses que,

História do Brasil

sendo grandes conquistadores de terras, não se aproveitam delas, mas contentam-se de as andar arranhando ao longo do mar como caranguejos.

Depois do sobredito concerto e demarcação, se moveram ainda novas dúvidas sobre a conquista destas terras; porque um português por nome Fernão de Magalhães, homem de grande espírito, e de muita prática e experiência na arte de navegação, por um agravo que teve de El-Rei D. Manuel, por lhe não mandar acrescentar um tostão a moradia que tinha para ficar igual a de seus antepassados, se tirou do seu serviço e se passou ao imperador Carlos Quinto, oferecendo-se até dar maiores proveitos da Índia de que tinham os portugueses, e por viagem mais breve e menos custosa e perigosa que a sua, por um estreito que ele novamente descobrira na costa do Brasil; e lhe pôs também as ilhas de Maluco na demarcação de Castela. Ao que o imperador não somente deu ouvidos, mas admitiu ao seu serviço, e posto que El-Rei lhe escreveu logo, fazendo-lhe as lembranças necessárias, não deixou de dar navios e gente a Fernão de Magalhães com que cometeu a viagem, e foi pelo estreito às ilhas de Maluco, onde todos se perderam, exceto um, que depois de passar muitos trabalhos e perigos, e cinco meses de fome estreitíssima, de que lhe morreram 21 pessoas, os que ficaram vivos, constrangidos da extrema necessidade, arribaram-se à ilha de Cabo Verde, onde os portugueses, enquanto não souberam da viagem que traziam, os agasalharam e proveram com todos os mantimentos e refrescos necessários, porque os castelhanos diziam virem das Antilhas, mas depois que entenderam a verdade, determinaram secretamente de lançar mão da nau, e a fizeram deter, até darem aviso ao reino, o que também aventaram os castelhanos, e se fizeram à vela com tanta pressa, que não tiveram tempo de recolher o seu batel, e os da ilha o tomaram com 13 homens, que estavam em terra, e os mandaram logo a El-Rei com novas do que passava. El-Rei que já nesse tempo era D. João Terceiro, por falecimento de El-Rei D. Manuel, seu pai, que havia um ano era morto, a 13 de dezembro de 1521, mandou logo quatro caravelas em busca do navio, mas por maior pressa, que se deram, acharam novas, que já era aportado em Sevilha.

Pelo que determinou no seu Conselho de mandar pedir ao imperador toda a especiaria, que o navio trouxera das ilhas de Maluco, por estarem dentro da sua demarcação, e que não quisesse começar a dar motivo de se quebrarem as pazes, que por ambos estavam ratificadas, e assim o escreveu ao imperador e a Luiz da Silveira, que havia mandado por seu embaixador a Castela sobre casamentos e lianças, escreveu mudasse a substância da embaixada, e só tratasse deste negócio, como também o mandou fazer o imperador pelo seu secretário que estava em Portugal, Cristóvão Barroso, ao qual escreveu, que falasse logo a El-Rei, e lhe desse uma carta, que sobre isso lhe escrevia, em que se queixava muito de todas estas coisas, e principalmente de ele mandar no alcance da sua nau, que vinha carregada de

Frei Vicente do Salvador

especiaria das terras, que cabiam na sua demarcação sem tocar por toda a Índia e que isto era quebrar as capitulações antigas, e novas das pazes, que estavam assentadas, e juradas de um reino a outro, sendo todos os navios portugueses por seu mandado mui bem recolhidos em todos os portos de seus senhorios, por onde lhe pedia, que lhe mandasse soltar os presos, e castigar na ilha os que prenderam: às quais queixas se respondeu de parte a parte, que se poriam em juízo, e se julgaria o que fosse justiça.

Mas sem falta se viera o negócio a averiguar pelas armas, se não se efetuassem neste tempo os casamentos dEl-Rei com a rainha D. Catarina irmã do imperador, e do imperador com a imperatriz D. Isabel, irmã dEl-Rei com que ficaram duas vezes cunhados, e irmãos, e pelo conseguinte em muita paz e amizade.

Também El-Rei Francisco de França desejoso de ter parte nos grandes proveitos, que diziam tirar-se destas terras, começou a arguir novas dúvidas sobre a demarcação que entre si os reis de Portugal fizeram com os de Castela, da qual ele se lançara de fora sendo requerido para isso, e agora sentia muito a renunciação, que tinha feito. Donde se veio a dizer, que pelo desgosto, que tinha destes dois reis de Portugal e Castela repartirem entre si o mundo, e o demarcarem à sua vontade, consentia andarem os seus vassalos pelo mar tão soltos, que não somente roubavam os navios, mas cometiam as ditas terras, e as queriam povoar, principalmente as do Brasil, como adiante veremos.

IV

Do clima e temperamento do Brasil

*O*pinião foi de Aristóteles, e de outros filósofos antigos de que a zona tórrida era inabitável, porque como o sol passa por ela cada ano duas vezes para os trópicos, parecia-lhes, que com tanto calor não poderia alguém viver, e confirmavam sua opinião, porque o sol aquenta com os seus raios *uniformiter diformiter*, mais ao perto que ao longe, e por essa causa no inverno aquenta pouco, porque anda distante, *sed sic est*, que na zona temperada onde nunca entra, só pelo acesso que faz no verão enfermam, e morrem os homens de calor, logo *a fortiori* em a zona tórrida donde nunca sai, há de ser mortífero.

História do Brasil

Porém a experiência tem já mostrado, que a zona tórrida é habitável, e que em algumas partes dela vivem os homens com mais saúde, que em toda a zona temperada, principalmente no Brasil, onde nunca há peste, nem outras enfermidades comuns, senão bexigas de tempos em tempos, de que adoecem os negros, e os naturais da terra, e isto só uma vez, sem a segundar em os que já as tiveram, e se alguns adoecem de enfermidades particulares, é mais por suas desordens, que por malícia da terra. A razão disto é porque ainda que a terra do Brasil seja cálida por estar a maior dela na zona tórrida, contudo é juntamente muito úmida, como se prova do orvalhar tanto de noite, que nem depois de sair o sol a quatro horas se enxugam as ervas; e se alguém dorme ao sereno, se levanta pela manhã tão molhado dele como se lhe houvera chovido.

Daqui vem também não poder o sal e o açúcar, por mais que o sequem, e resguardem, conservar-se sem umedecer-se, e o ferro e aço de uma espada ou navalha, por mais limpos, e sacalado que sejam, se enche logo de ferrugem, e esta umidade é causa de que o calor desta terra se tempere, e faz este clima de boa complexão, outra é pelos ventos leste e nordeste, que ventam do mar todo o verão do meio-dia pouco mais ou menos, até a meia-noite, e lavam e refrescam toda a terra.

A última causa é pela igualdade dos dias e das noites, porque (como dizem os filósofos) a extensão faz intenção; donde se um pusesse ou tivesse a mão devagar sobre um fogo fraco de estopas ou de palhas se queimaria mais, que se depressa a passasse por um fogo forte, e por isto em Portugal, posto que o calor é mais remisso se sente mais, porque dura mais, e são maiores os dias no verão, que as noites, mas no Brasil, ainda que mais intenso, dura menos, e não aquenta tanto que o frio da noite o não atalhe, que não chegue de um dia a outro.

Donde se responde ao argumento de Aristóteles de que o sol aquenta mais na zona tórrida, que na temperada, intensiva, mas não extensiva, e que esta intenção de calor se modera com os ventos frescos do mar, e umidade da terra, junto com a frescura do arvoredo, de que toda está coberta; de tal sorte que os que a habitam vivem nela alegremente. O em que se verifica a opinião dos filósofos é nas coisas mortas, porque estando nas outras terras a carne três ou quatro dias sã, e incorrupta, e da mesma maneira o pescado, nesta não está 24 horas, que se não dane e corrompa.

Frei Vicente do Salvador

V

Das minas de metais e pedras preciosas do Brasil

Já no capítulo terceiro, comecei a murmurar da negligência dos portugueses, que não se aproveitavam das terras do Brasil, que conquistaram, e agora me é necessário continuar com a murmuração, havendo de tratar das minas do Brasil, pois sendo contígua esta terra com a do Peru, que a não divide mais que uma linha imaginária indivisível, tendo lá os castelhanos descobertas tantas e tão ricas minas, cá nem uma passada dão por isso, e quando vão ao sertão é a buscar índios forros, trazendo-os à força, e com enganos, para se servirem deles, e os venderem com muito encargo de suas consciências, e é tanta a fome que disto levam, que ainda que de caminho achem mostras, ou novas de minas, não as cavam, nem ainda as veem, ou as demarcam.

Um soldado de crédito me disse, que indo de São Vicente com outros, entraram muitas léguas pelo sertão, donde trouxeram muitos índios, e em certa paragem lhes disse um que dali a três jornadas estava uma mina de muito ouro limpo, e descoberto, donde se podia tirar em pedaços, porém que receava a morte se lha fosse mostrar, porque assim morrera já outro que em outra ocasião a quisera mostrar aos brancos; e dizendo-lhe estes, que não temesse, porque lhe rogariam a Deus pela vida, prometeu que lha iria mostrar, e assentaram de partir no dia seguinte pela manhã, porque aquele era já tarde, com isto se apartou o índio para o seu rancho, e quando amanheceu o acharam morto, e como morreram todos, não houve mais quem tivesse ânimo para descobrir aquela riqueza, que a mesma natureza (segundo dizia o índio) ali está mostrando descoberta. Outra entrada fez um Antônio Dias Adorno, da Bahia, em que também achou de passagem muitas sortes de pedras preciosas, de que trouxe algumas mostras, e por tais foram julgadas dos lapidários.

De cristal sabemos em certo haver uma serra na capitania do Espírito Santo em que estão metidas muitas esmeraldas, de que Marcos de Azevedo levou as mostras a El-Rei, e feito exame por seu mandado, disseram os lapidários, que aquelas eram da superfície, e estavam tostadas do sol, mas que se cavassem ao fundo as achariam claras e finíssimas, pelo que El-Rei lhe fez mercê do hábito de Cristo, e de dois mil cruzados, para que tornasse a elas, os quais se não deram; e o homem era velho e morreu sem haver mais até agora quem lá tornasse.

História do Brasil

Também há minas de cobre, ferro e salitre, mas se pouco trabalham pelas de ouro e pedras preciosas, muito menos fazem por estoutras.

Não ponho culpa a El-Rei, assim porque sei que nesta matéria lhe tem dado alguns alvitres falsos e, diz Aristóteles, que é pena dos que mentem não lhes darem crédito quando falam verdade, como também porque não basta mandar El-Rei, se os ministros não obedecem, como se viu no das esmeraldas de Marcos de Azevedo.

VI

Das árvores agrestes do Brasil

*H*á no Brasil grandíssimas matas de árvores agrestes, cedros, carvalhos, vinháticos, angelins, e outras não conhecidas em Espanha, de madeiras fortíssimas para se poderem fazer delas fortíssimos galeões, e o que mais é, que da casca de algumas se tira a estopa para se calafetarem, e fazerem cordas para enxárcia e amarras, do que tudo se aproveitam os que querem cá fazer navios, e se poderá aproveitar El-Rei se cá os mandara fazer; mas os índios naturais da terra as embarcações de que usam são canoas de um só pau, que lavram a fogo e a ferro; e há paus tão grandes, que ficam depois de cavados, com 10 palmos de boca de bordo a bordo; e tão compridos, que remam a 20 remos por banda.

São também as madeiras do Brasil mui acomodadas para os edifícios das casas por sua fortaleza, e com elas se acha juntamente a pregadura; porque ao pé das mesmas árvores nascem uns vimes mui rijos, chamados timbós, e cipós que, subindo até o mais alto delas ficam parecendo mastros de navios com seus cordéis, e com estes atam os caibros, ripas e toda a madeira das casas, que houvera de ser pregadas, no que se forra muito gasto de dinheiro e, principalmente, nas grandes cercas, que fazem aos pastos dos bois dos engenhos, porque não saiam a comer os canaviais do açúcar, e os achem no pasto, quando os houverem mister para a moenda, as quais cercas se fazem de estacas e varas atadas com estes cipós.

Ao longo do mar, e em algumas partes, muito espaço dentro dele há grandes matas de mangues, uns direitos e delgados de que fazem estas cercas e caibros para as casas. Outros que dos ramos lhes descem as raízes ao lado, e delas sobem outros, que depois de cima lançam outras raízes, e assim se vão continuando de ramos a raízes, e de raízes a ramos, até ocupar um grande espaço, que é coisa de admiração.

Frei Vicente do Salvador

Não é menos admirável outra planta, que nasce nos ramos de qualquer árvore, e ali cresce, e dá um fruto grande, e mui doce chamado caragatá, e entre suas folhas, que são largas, e rijas, se acha todo o verão água frigidíssima, que é o remédio dos caminhantes, onde não há fontes. Há muitas castas de palmeiras, de que se comem os palmitos e o fruto, que são uns cachos de cocos, e se faz deles azeite para comer, e para a candeia, e das palmas se cobrem as casas.

Nem menos são as madeiras do Brasil formosas que fortes, porque as há de todas as cores, brancas, negras, vermelhas, amarelas, roxas, rosadas e jaspeadas, porém tirado o pau vermelho, a que chamam Brasil, e o amarelo chamado Tataísba, e o rosado Araríba, os mais não dão tinta de suas cores, e, contudo, são estimados por sua formosura para fazer leitos, cadeiras, escritórios e bufetes: como também se estimam outros, porque estilam de si óleo odorífero, e medicinal, quais são umas árvores mui grossas, altas e direitas chamadas copaíbas, que golpeadas no tempo do estio com um machado, ou furadas com uma verruma, ao pé estilam do âmago um precioso óleo, com que se curam todas as enfermidades de humor frio, e se mitigam as dores que delas procedem, e saram quaisquer chagas, principalmente de feridas frescas, posto com o sangue, de tal modo, que nem fica delas sinal algum, depois que saram: e acerta às vezes estar este licor tão de vez, e desejoso de sair, que em tirando a verruma, corre em tanta quantidade como se tiraram o torno a uma pipa de azeite; porém, nem em todas se acha isto, senão nas que os índios chamam fêmeas, e esta é a diferença que tem dos machos, sendo em tudo o mais semelhante, nem só tem estas árvores virtude no óleo, mas também na casca, e assim se acham ordinariamente roçadas dos animais, que as vão buscar para remédio de suas enfermidades.

Outras árvores há chamadas coboreibas, que dão o suavíssimo bálsamo com que se fazem as mesmas curas, e o Sumo Pontífice o tem declarado, por matéria legítima da santa unção, e crisma, e como tal se mistura e sagra com os santos óleos onde falta o da Pérsia.

Este se tira também dando golpes na árvore, e metendo neles um pouco de algodão em que se colhe, e exprimido o metem em uns coquinhos para o guardarem e venderem.

Outras árvores se estimam ainda que agrestes, por seus saborosos frutos, que são inumeráveis, as que frutificam pelos campos, e matos, e assim não poderei contar senão algumas principais, tais são as sasapocaias de que fazem os eixos para as moendas dos engenhos, por serem rigíssimas, direitas e tão grossas como tonéis, cujos frutos são uns vasos tapados, cheios de saborosas amêndoas, os quais depois que estão de vez se destapam, e comidas as amêndoas servem as cascas de grãos para pisar adubos, ou o que querem.

Maçarandubas, que é a madeira mais ordinária de que fazem as traves e todo o madeiramento das casas, por ser quase incorruptível, seu fruto é como cerejas, maior e mais doce, mas lança de si leite, como os figos mal maduros.

História do Brasil

Jenipapos, de que fazem os remos para os barcos como na Espanha os fazem de faia, tem um fruto redondo tão grande como laranjas, o qual quando é verde, espremido dá o sumo tão claro como a água do pote; porém quem se lava com ele fica negro como carvão, nem se lhe tira a tinta em poucos dias.

Desta se pintam, e tingem os índios em suas festas, e saem tão contentes nus, como se saíssem com uma rica libré, e este fruto se come depois de maduro, sem botar dele nada fora.

Gyitis (sic) é fruto de outras, o qual posto que feio à vista, e por isto lhe chamam coroe, que quer dizer nodoso, e sarabulhento, contudo é de tanto sabor e cheiro, que não parece simples, senão composto de açúcar, ovos e almiscar.

Os cajueiros dão a fruta chamada cajus, que são como verdiais, mas de mais sumo, os quais se colhem no mês de dezembro em muita quantidade, e os estimam tanto, que aquele mês não querem outro mantimento, bebida ou regalo, porque eles lhes servem de fruta, o sumo de vinho, e de pão lhes servem umas castanhas, que vem pegadas a esta fruta, que também as mulheres brancas prezam muito, e secas as guardam todo o ano em casa para fazerem maçapães e outros doces, como de amêndoas; e dá goma como a Arábia. A figura desta árvore e do seu fruto é a seguinte.

O mesmo tem outra planta que produz os ananases, fruta que em formosura, cheiro e sabor excede todas as do mundo, alguma tacha lhe põem os que têm chagas e feridas abertas, porque lhas assanha muito se a comem, trazendo ali todos os ruins humores, que acha no corpo: porém isto antes argue a sua bondade, que é não sofrer consigo ruins humores, e purgá-los, pelas vias, que acha abertas, como o experimentam os enfermos de pedra, que lha desfaz em areias, e expele com a urina, e até a ferrugem da faca, com que se apara, a limpa; a figura da planta e fruto é o seguinte.

Cultivam-se palmares de cocos grandes, e colhem-se muitos, principalmente à vista do mar, mas só os comem, e lhes bebem a água, que tem dentro seus mais proveitos, que tiram na Índia, onde diz o padre Frei Gaspar no seu Itinerário a folhas 14, que das palmeiras se arma uma nau à vela, e se carrega de todo o mantimento necessário sem levar sobre si mais, que a si mesma. Fazem-se favais de favas e feijões de muitas castas, e as favas secas são melhores que as de Portugal, porque não criam bicho, nem tem a casca tão dura como as de lá, e as verdes não são piores.

A sua rama é a modo de vimes, e se tem por onde trepar faz grande ramada.

Maracujás é outra planta que trepa pelos matos, e também a cultivam e põem em latadas nos pátios e quintais, dão fruto de quatro ou cinco sortes, uns maiores, outros menores, uns amarelos, outros roxos, todos mui cheirosos, e gostosos, e o que mais se pode notar é a flor porque além de ser formosa e de várias cores, é misteriosa, começa no mais alto em três folhinhas, que se rematam em um globo, que representa as três divinas pessoas em uma Divindade ou (como outros querem) os três cravos com que Cristo foi encravado, e logo tem abaixo do globo (que é o fruto) outras cinco folhas, que se rematam em uma roxa coroa, representando as cinco chagas e coroa de espinhos de Cristo Nosso Redentor.

Das árvores e plantas frutíferas, que se cultivam em Portugal, se dão no Brasil as de espinho com tanto viço, e fertilidade, que todo o ano há laranjas, limões cidras e limas doces em muita abundância. Há também romãs, marmelos, figos e uvas de parreira, que se vindimam duas vezes no ano; e na mesma parreira (se querem) tem juntamente uvas em flor, outras em agraço, outras maduras, se as podam a pedaços em tempos diversos.

Há muitas melancias e abóboras de Quaresma, e de conserva muitos melões todo o verão tão bons, como os bons de Abrantes, e com esta vantagem que lá entre cento se não acham dois bons, e cá entre cento se não acham dois ruins.

Finalmente se dá no Brasil toda a hortaliça de Portugal, hortelã, endros, coentro, segurelha, alfaces, celgas, borragens, nabos e couves, e estas só uma vez se plantam de couvinha, mas depois dos olhos, que nascem ao pé, se faz a planta muitos anos, e em poucos dias crescem e se fazem grandes couves: além destas há outras couves da mesma terra, chamadas taiobas, das quais comem também as raízes cozidas, que são como batatas pequenas.

VII

Das árvores e ervas medicinais, e outras qualidades ocultas

Além das árvores do salutífero bálsamo, e óleo de copaíba, de que já fiz menção no capítulo sexto, há outras, que destilam de si mui boa almécega, para as boticas: outras chamadas sassafrás, ou árvores de funcho, porque cheiram, a ele, cujas raízes e o próprio pau para enfermidades de humores frios é tão medicinal como o pau da China. Há árvores de canafístula brava, assim chamada, porque se dá nos matos, e outra que se planta, e é a mesma que das Índias.

Há umas árvores chamadas anudaz, que dão castanhas excelentes para purgas, e outras que dão pinhões para o mesmo efeito, os quais têm este mistério que se tomam com uma tona, e película sutil, que tem, provocam o vômito, e se lha tiram, somente provocam a câmera. Mas tem-se por mais fácil, e melhor a purga da batata, ou mechoação, que também há muita pelos matos.

Nas praias do mar, ou ao longo delas se dá uma erva, que se não é a salsaparrilha, parece-se com ela, e tomada em suadouros faz os mesmos efeitos.

A erva fedegosa, chamada dos gentios e índios feiticeira, pelas muitas curas, que com ela se fazem e, particularmente do bicho, que é uma doença mortífera.

As ambaíbas, são umas figueiras bravas que dão uns figos de dois palmos, quase, de comprido, mas pouco mais grossos que um dedo, os quais se comem e são mui doces, e os olhos dessas árvores pisados, e postos em feridas frescas, com o sangue as saram maravilhosamente. A folha da figueira do inferno posta sobre nascidas, e leicenços mitiga a dor, e a sara. As de jurubeba saram as chagas, e as raízes são contra peçonha. A caroba sara das boubas. O cipó, das câmeras; enfim não há enfermidade contra a qual não haja ervas nesta terra, nem os índios naturais dela têm outra botica ou usam de outras medicinas.

Outras há de qualidades ocultas, entre as quais é admirável uma ervazinha, a que chamam erva viva, e lhe puderam chamar sensitiva, se o não contradissera a filosofia, a qual ensina o sensitivo ser diferença genérica que distingue o animal da planta, e assim define o animal, que é corpo vivente sensitivo.

Mas contra isto vemos, que se tocam esta erva com a mão, ou com qualquer outra coisa, se encolhe logo, e se murcha, como se sentira o toque, e depois que a largam, como já esquecida do agravo, que lhe fizeram, se torna a estender e abrir as folhas; deve isto ser alguma qualidade oculta, qual a da pedra de cevar para atrair o ferro, e não lhe sabemos outra virtude.

VIII

Do mantimento do Brasil

É o Brasil mais abastado de mantimentos que quantas terras há no mundo, porque nele se dão os mantimentos de todas as outras. Dá-se trigo em S. Vicente em muita quantidade, e dar-se-á nas mais partes casando primeiro as terras, porque o viço lhe faz mal.

Dá-se também em todo o Brasil muito arroz, que é o mantimento da Índia Oriental, e muito milho zaburro, que é o das Antilhas e Índia Ocidental. Dão-se muitos inhames grandes, que é o mantimento de S. Tomé e

Frei Vicente do Salvador

Cabo Verde, e outros mais pequenos, e muitas batatas, as quais plantadas uma só vez sempre fica a terra inçada destas.

Mas o ordinário e principal mantimento do Brasil é o que se faz da mandioca, que são umas raízes maiores que nabos e de admirável propriedade, porque se as comem cruas, ou assadas são mortífera peçonha, mas raladas, esprimidas e desfeitas em farinha fazem delas uns bolos delgados, que cozem em uma bacia, ou alguidar, e se chamam beijus, que é muito bom mantimento, e de fácil digestão, ou cozem a mesma farinha mexendo- -a na bacia como confeitos, e esta se a torram bem, dura mais que os beijus, e por isso é chamada farinha de guerra, porque os índios a levam quando vão a guerra longe de suas casas, e os marinheiros fazem dela sua matalotagem daqui para o reino.

Outra farinha se faz fresca, que não é tão cozida, e para esta (se a querem regalada) deitam primeiro as raízes de molho, até que amoleçam, e se façam brandas, e então as espremem etc., e se estas raízes assim moles as põem a secar ao sol chama-se carimã, e as guardam ao fumo em caniços muito tempo, as quais, pisadas se fazem em pó tão alvo como o da farinha de trigo, e dele amassado fazem pão, que se é de leite, ou misturado com farinha de milho, e de arroz, é muito bom, mas estreme é algum tanto corriento; e assim o para que mais o querem é para papas, que fazem para os doentes com açúcar, e as tem por melhores que tisanas, e para os sãos as fazem de caldo de peixe ou de carne, ou só de água, e esta é a melhor triaga que há contra toda a peçonha, e por isso disse destas raízes, que tinham propriedade admirável, porque sendo cruas mortífera peçonha, só com um pouco de água e sal se fazem mantimento e salutífera triaga: e ainda tem outra a meu ver mais admirável, que sendo estas raízes cruas mantimento com que sustentam e engordam cevados e cavalos, se as espremem e lhe bebem só o sumo morrem logo, e com ser este sumo tão fina peçonha, se o deixam assentar-se coalha em um polme, a que chamam tapioca, de que se faz mais gostosa farinha, e beijus, que da mandioca, e cru é bela goma para engomar mantos.

Outra casta há de mandioca, a que chamam aipins, que se podem comer crus, sem fazer dano, e assados sabem a castanhas de Portugal assadas, e assim de uma como da outra não é necessário perder-se a semente, quando se planta, como no trigo; mas só se planta a rama feita em pedaços de pouco mais de palmo, os quais metidos até o meio na terra cavada dão muitas e grandes raízes, nem se recolhem em celeiros donde se comam de gorgulho como o trigo, mas colhem-as do campo pouco a pouco, quando querem, e até as folhas pisadas, e cozidas se comem.

História do Brasil

IX

Dos animais e bichos do Brasil

Criam-se no Brasil todos os animais domésticos, e domáveis de Espanha, cavalos, vacas, porcos, ovelhas e cabras, e parem a dois e três filhos de cada ventre, e a carne de porco se come indiferentemente de inverno e verão, e a dão a doentes como a de galinha. Há também muitos porcos monteses; alguns como os javalis de Espanha, os quais andam em manadas, e se o caçador fere algum há logo de subir-se a alguma árvore; porque vendo eles que não podem chegar-lhe remetem todos ao ferido e aos outros em que se pegou algum sangue, com tanta fereza, que se não apartam até não deixarem três ou quatro mortos no campo, e então se vão em paz, e o caçador também com a caça.

Outros há que têm o umbigo nas costas, e é necessário tirar-lho com uma faca, antes que o esquartejem, sob pena de ficar toda a carne fedendo a raposinhos.

Outros há a que chamam capivaras, que quer dizer comedores de erva, andam sempre na água tirado, quando saem a passear pelos vales, e margens dos rios, e alguns tomam, e criam em casa fora da água, pelo que se julgam por carne, e não por pescado. Há outros animais a que chamam antas, que são de feição de mulas, mas não tão grandes, e têm o focinho mais delgado, e o beiço superior comprido a maneira de tromba, e as orelhas redondas, a cor cinzenta pelo corpo, e branca pela barriga, estas saem a passear só de noite, e tanto que amanhece metem-se em matos espessos, e ali estão o dia todo escondidos; a carne destes animais, é no sabor, e fêvera como de vaca, e do couro curtido se fazem mui boas couras para vestir, e defender de setas e estocadas: algumas tem no bucho umas pedras, que na virtude são como as de bazar, mas mais lisas, e maciças.

Há outras mais caças de veados, coelhos, cutias; e pacas que são como lebres, mas mais gordas e saborosas, e não se esfolam para se comerem, porque têm couros como de leitão.

Há tatus, a que os espanhóis chamam armadilhos, porque são cobertas de uma concha não inteiriça como a das tartarugas, mas de peças a modo de lâminas, e sua carne assada é como de galinha.

Tamanduá é um animal tão grande como carneiro, o qual é de cor parda com algumas pintas brancas, tem o focinho comprido e delgado para baixo, a boca não rasgada como os outros animais, mas pequena

Frei Vicente do Salvador

e redonda, a língua da grossura de um dedo, e quase de três palmos de comprido; as unhas, a maneira de escopros, o rabo mui povoado de cerdas, quase tão compridas como de cavalo, e todas estas coisas lhe são necessárias para conservar sua vida; porque como não come outra coisa senão formigas, vai-se com as unhas cavar os formigueiros, até que saiam da cova, e logo lança a língua fora da boca, para que se peguem a ela, e como a tem bem cheia a recolhe para dentro, o que faz tantas vezes até que se farta, e quando se quer esconder aos caçadores, lança o rabo sobre si, e se cobre todo com suas sedas, de modo que não se lhe veem os pés nem cabeça, nem parte alguma do corpo, e o mesmo faz quando dorme, gozando debaixo daquele pavilhão um sono tão quieto, que ainda que disparem junta uma bombarda, ou caia uma árvore com grande estrépito não desperta, senão é somente com um assobio, que por pequeno, que seja o ouve logo, e se levanta.

A carne desse animal comem os índios velhos, e não os mancebos, por suas superstições, e agouros. Há também muita diversidade de animais nocivos, que se não comem, como são onças, ou tigres, que matam touros, e se estão famintos comerão um exército, mas se estão fartos, não só não ofendem a alguém, mas nem ainda se defendem e se deixam matar facilmente.

Há raposas, e bugios, e destes há uns que são grandes, chamados guaribas, que tem barbas como homens, e se barbeiam uns aos outros, cortando o cabelo com os dentes; andam sempre em bandos pelas árvores, e se o caçador atira em algum, e não o acerta matam-se todos de riso, mas se o acerta, e não cai, arranca a flecha do corpo, e torna a fazer tiro com ela a quem o feriu, e logo foge pela árvore acima e, mastigando folhas, metendo-as na feridas se cura, e estanca o sangue com elas.

Outros bugios há não tão grandes, nem tem mais habilidades que fazer momos e caretas, mas são de cheiro; e outros pequenos chamados saguis, uns pardos, outros ruivos.

Há outro animal chamado jaritacaca, que tem as mãos e pés como bugio, o qual é malhado de várias cores e detestável à vista, mais que ao olfato, como experimentam os que o querem caçar, porque só com uma ventosidade que larga, é tanto o fedor, que lhe foge o caçador, e do caçador fogem os vizinhos, muitos dias não podendo sofrer o mau cheiro, que se lhe comunicou, e vai comunicando por onde quer que vá, e os cães se vão muitas vezes lavar na água, e esfregar com a terra sem poder tirar o fedor.

Outro animal há a que chamam preguiça, por ser tão preguiçoso, e tardo em mover os pés e mãos, que para subir a uma árvore, ou andar um espaço de vinte palmos há mister meia hora, e posto que o aguilhoem, nem por isso foge mais depressa.

Há outro a que chamam taibu, que, depois que pare os filhos, os recolhe todos em um bolso, que tem no peito, onde os traz até os acabar de criar.

Há também muitas cobras, e algumas tão grandes, que engolem um veado inteiro, e dizem os índios naturais da terra, que depois de fartas rebentam, e corrupta a carne se gera outra do espinhaço; porque já aconteceu achar-se alguma presa com um vime, que tinha em si incorporado, o que não podia ser, senão que ficou junto ao vime quando rebentou, e se lhe corrompeu a carne, e depois criando outra de novo a colheu de dentro, e incorporou em si; porém não se há de dizer que morrem (como os índios cuidam), senão, que com a carne corrupta ficam ainda vivas, e assim não ressuscitam mas saram, e algumas se viram já de 60 palmos de comprido, em Pernambuco, se enrolou uma destas em um homem, que ia caminhando, de tal sorte que se não levara bom cão consigo, que mordendo-a muitas vezes a fez largar, sem falta o matava: e ainda assim o deixou tal, que nunca mais tornou as suas cores, e forças passadas.

Também me contou uma mulher de crédito, na mesma capitania de Pernambuco, que estando parida lhe viera algumas noites uma cobra mamar nos peitos, o que fazia com tanta brandura, que ela cuidava ser a criança, e depois que conheceu o engano o disse ao marido, o qual a espreitou na noite seguinte e a matou. Há outras a que chamam cascavéis; porque os têm no rabo, com que vão fazendo rugido, por onde quer que vão, e cada ano lhe nasce um de novo, algumas vi que tinham oito, e são tão venenosas, que os mordidos delas de maravilha escapam. Outra há que chamam de duas cabeças, porque tanto mordem com o rabo como com a cabeça.

Há no Brasil infinitas formigas, que cortam as folhas das árvores, e em uma noite tosam toda uma laranjeira, se seu dono se descuida de lhe botar água em uns testos, que tem aos pés.

Outra casta há chamada copy, que fazem uns caminhos cobertos por onde andam, e roem as madeiras das casas, e os livros, e roupa que acham, se não há muita vigilância. Piolhos e percevejos não há no Brasil, nem tantas pulgas como em Portugal; mas há uns bichinhos de feição de pulgas, tão pequenos como piolhos de galinhas, que se metem nos dedos e solas dos pés de quem anda descalço, e se fazem tão grandes, e redondos como camarinhas, quem sabe tirá-los inteiros sem lesão o faz com a ponta de um alfinete, mas quem não sabe rebenta-os, e ficando a pele dentro cria matéria.

X

Das aves

Além das aves que se criam em casa, galinhas, patos, pombos, e perus, há no Brasil muitas galinhas bravas pelos matos, patos nas lagoas, pombas bravas, e umas aves chamadas jacus, que na feição e grandeza são quase como perus.

Há perdizes e rolas, mas as perdizes têm alguma diferença das de Portugal. Há águias desertão, que criam nos montes altos, e emas tão grandes como as da África, umas brancas, e outras malhadas de negro, que sem voarem do chão com uma asa levantada ao alto, ao modo de vela latina, correm com o vento como caravelas, e contudo as tomam os índios a cosso nas campinas.

Há muitas garças ao longo do mar, e outras aves chamadas guarás, que quando empenam são brancas, e depois pardas e, finalmente, vermelhas como grã. Há papagaios verdes de cinco ou seis espécies, uns maiores, outros menores, que todos falam o que lhes ensinam. Há também araras, e canindés de bico revolto como papagaios, mas são maiores, e de mais formosas penas. Há uns passarinhos, que para que as cobras lhes não entrem nos ninhos a comer-lhes os ovos, e filhinhos, os fazem pendurados nos ramos das árvores de quatro ou cinco palmos de comprido, com o caminho mui intrincado, e compostos de tantos pauzinhos secos, que se pode com eles cozer uma panela de carne. Há outros chamados tapéis, do tamanho de melros, todos negros, e as asas amarelas, que remedam no canto todos os outros pássaros perfeitissimamente, os quais fazem seus ninhos em uns sacos tecidos.

Há muitas mui grandes baleias, que no meio do inverno vem a parir nas baías, e rios fundos desta costa, e às vezes lançam a ela muito âmbar, do que do fundo do mar arrancam, quando comem, e conhecido na praia, porque aves, caranguejos, e quantas coisas vivas há acodem a comê-lo.

Há outro peixe chamado espadarte, por uma espada que tem no focinho de seis ou sete palmos de comprido, e um de largura, com muitas pontas, com que peleja com as baleias, e levantam a água tão alta quando brigam, que se vê daí a três ou quatro léguas.

Há também homens marinhos, que já foram vistos sair fora d'água após os índios, e nela hão morto alguns, que andavam pescando, mas não lhes comem mais que os olhos e nariz, por onde se conhece, que não foram tubarões, porque também há muitos neste mar, que comem pernas e braços, e toda a carne.

História do Brasil

Na capitania de S. Vicente, na era de 1564, saiu uma noite um monstro marinho à praia, o qual visto de um mancebo chamado Baltazar Ferreira, filho do capitão, se foi a ele com uma espada, e levantando-se o peixe direito como um homem sobre as barbatanas do rabo lhe deu o mancebo uma estocada pela barriga, com que o derrubou, e tornando-se a levantar com a boca aberta para o tragar-lhe deu um altabaixo na cabeça, com que o atordoou, e logo acudiram alguns escravos seus, que o acabaram de matar, ficando também o mancebo desmaiado, e quase morto, depois de haver tido tanto ânimo. Era este monstruoso peixe de 15 palmos de comprido, não tinha escama senão pelo, como se verá na figura seguinte.

Há uns peixes pequenos em toda esta costa, menores de palmo, chamados majacus, que sentindo-se presos do anzol o cortam com os dentes, e fogem, mas se lhe atam a isca em qualquer linha, e pegam nela, os vão trazendo brandamente a superfície da água, onde com uma rede-fole os tomam sem alguma resistência, e tanto que os tiram fora da água incham tanto, que de compridos que eram ficam redondos como uma bexiga cheia de vento, e assim se lhe dão um coice rebentam e soam como um mosquete, tem a pele muito pintada, mas mui venenosa, e da mesma maneira o fel; porém se o esfolam bem se comem assados, ou cozidos, como qualquer outro peixe. Outros há do mesmo nome mas maiores, e todos cobertos de espinhos mui agudos, como ouriços cacheiros, e estes não vêm senão de arribação de tempos em tempos, e um ano houve tantos nesta baía, que as casas, e engenhos se alumiaram muito tempo com o azeite de seus fígados.

Mariscos há em muita quantidade, ostras, umas que se criam nos mangues, outras nas pedras, e outras nos lodos, que são maiores. Nas restingas de areia há outras redondas e espalmadas, em que se acha aljôfar miúdo, e dizem que se as tirassem do fundo de mergulho achariam pérolas grossas. Há briguigões, amêijoas, mexilhões, búzios como caracóis, e outros tão grandes, que comida a polpa ou miolo fazem das cascas buzinas, em que tangem, e soão mui longe.

Há muitas castas de caranguejos, não só na água do mar e nas praias entre os mangues: mas também em terra entre os matos há uns de cor azul chamados guaiamus, os quais nas primeiras águas do inverno, que são em fevereiro, quando estão mais gordos, e as fêmeas cheias de ovas, se saem das covas, e se andam vagando pelo campo, e estradas, e metendo-se pelas casas para que os comam.

Camarões há muitos, não só no mar como os de Portugal, mas nos rios e lagoas de água doce, e alguns tão grandes como lagostins, dos quais também há muitos, que se tomam nos recifes de águas-vivas, e muitos polvos e lagostas.

XI

De outras coisas que há no mar e terra do Brasil

Inopem me copia fecit, disse o poeta, e disse verdade, porque onde as coisas são muitas é forçado que se percam, como acontece ao que vindima a vinha fértil e abundante de fruto, que sempre lhe ficam muitos cachos de rebusco, e assim me há sucedido com as coisas do mar e terra do Brasil, de que trato. Pelo que me é necessário rebuscar ainda algumas, que farei neste capítulo, que quanto todas é impossível relatá-las.

Faz-se no Brasil sal não só em salinas artificiais, mas em outras naturais, como em Cabo Frio, e além do Rio Grande, onde se acha coalhado em grandes pedras muito, e muito alvo. Faz-se também muita cal, assim de pedra do mar, como da terra, e de cascas de ostras, que o gentio antigamente comia, e se acham hoje montes delas cobertos de arvoredos, donde se tira e se coze engradada entre madeira com muita facilidade.

Há tucum, que são umas folhas quase de dois palmos de comprido, donde só com a mão sem outro artifício se tira pita rijíssima, e cada folha dá uma estriga. Outra planta há chamada caraguatá, da feição da erva babosa, mas cada folha tem uma braça de comprido, as quais deitadas de molho e pisadas, se desfazem em linho de que se fazem linhas, e cordas, e se pode fazer pano.

Há árvores de sabão, porque com a casca das frutas se ensaboa a roupa, e as frutas são umas contas tão redondas e negras, que parecem de pau evano torneado, e assim não há mais que furá-las, enfiá-las, e rezar por elas.

Há muita erva de anil, e de vidro, que se não lavra. Há muitas fontes, e rios caudalosos, com que moem os engenhos de açúcar, e outros por onde entra a maré, mui largos e fundos, e de boas barras e portos para os navios.

Quis um pintar uma cidade mui bastecida e abastada, e pintou-a com as portas serradas, e ferrolhadas, significando que tudo tinha em si, e não era necessário vir-lhe alguma de fora, que é a excelência; porque diz o *Psalmista* que louve a celestial cidade de Jerusalém ao senhor (*Lauda Hierusalém dominum, lauda Deum tuum, Sion, quoniam confortavit seras portarum tuarum*). Mas não faltou logo quem contrafizesse e pintasse outra com as portas abertas, e por elas entrando carretas carregadas de mantimentos,

História do Brasil

dizendo que aquela era mais bastecida e abastada, nem lhe faltou outra autoridade com que a confirmar do mesmo Psalmista, o qual diz que ama Deus muito as Portas de Sion _(diligit dominus portas Sion super omnia tabernacula Jacob)_ e isto não porque as têm fechadas, senão abertas a naturais, e estrangeiros, a brancos e negros, que todos têm seu trato e comércio _(Ecce alieniginae et Tiros et populus Ethiopum hi fuerunt illic)_. Conforme a isto digna é de todos os louvores à terra do Brasil, pois primeiramente pode sustentar-se com seus portos fechados sem socorro de outras terras: Senão pergunto eu; de Portugal vem farinha de trigo? a da terra basta. Vinho? de açúcar se faz mui suave, e para quem o quer rijo, com o deixar ferver dois dias embebeda como de uvas.

Azeite? faz-se de cocos de palmeiras. Pano? faz-se de algodão com menos trabalho do que lá se faz o de linho, e de lã; porque debaixo do algodoeiro o pode a fiandeira estar colhendo, e fiando, nem faltam tintas com que se tinja.

Sal? cá se faz artificial e natural como agora dissemos. Ferro? muitas minas há dele, e em S. Vicente esta um engenho onde se lavra finíssimo. Especiaria? há muitas espécies de pimenta e gengibre. Amêndoas? também se escusam com a castanha de caju, _et sic de caeteris_.

Se me disserem que não pode sustentar-se a terra, que não tem pão de trigo, e vinho de uvas para as missas, concedo, pois este divino Sacramento é nosso verdadeiro sustento, mas para isto basta o que se dá no mesmo Brasil em S. Vicente e Campo de S. Paulo, como tenho dito no capítulo nono, e com isto está, que tem os portos abertos e grandes barras, e baías, por onde cada dia lhe entram navios carregados de trigo, vinho e outras ricas mercadorias, que deixam a troco das da terra.

XII

Da origem do gentio do Brasil, e diversidade de línguas que entre eles há

_D._ Diogo de Avalos vizinho de Chuquiabue no Peru na sua Miscelânea Austral, diz que nas serras de Altamira, em Espanha, havia uma gente bárbara, que tinha ordinária guerra com os espanhóis, e que comiam carne humana, do que enfadados os espanhóis juntaram suas forças, e lhes deram batalha na Andaluzia, em que os desbarataram, e mataram muitos. Os poucos que ficaram não se podendo sustentar em terra a desempararam, e se embarcaram para onde a fortuna os guiasse, e assim deram consigo nas ilhas Fortunadas, que agora se chamam Canárias: tocaram as de Cabo Verde e aportaram no Brasil: saíram dois irmãos por cabos desta gente, um chamado Tupi e outro Guarani, este último deixando o Tupi povoando o Brasil passou ao Paraguai com sua gente, e povoou o Peru: esta opinião não é certa, e menos o são outras, que não refiro, porque não tem fundamento: o certo é que esta gente veio de outra parte, porém donde não se sabe, porque nem entre eles há escrituras, nem houve algum autor antigo, que deles escrevesse. O que de presente vemos é que todos são de cor castanha, e sem barba, e só se distinguem em serem uns mais bárbaros, que outros (posto que todos o são assaz). Os mais bárbaros se chamam *in genere* Tapuias, dos quais há muitas castas de diversos nomes, diversas línguas, e inimigos uns dos outros.

Os menos bárbaros, que por isso se chamam Apuabetó, que quer dizer homens verdadeiros, posto que também são de diversas nações e nomes; porque os de S. Vicente até o rio da Prata são Carijós, os de Rio de Janeiro, Tamoios, os da Bahia, Tupinambás, os do rio de S. Francisco, Amaupiras, e os de Pernambuco, até o rio das Amazonas Potiguaras, contudo todos falam uma mesma linguagem e este aprendem os religiosos que os doutrinam por uma arte de gramática que compôs o padre José de Anchieta, varão santo da ordem da Companhia de Jesus, é linguagem mui compendiosa, e de alguns vocábulos mais abundantes que o nosso Português; porque nós a todos os irmãos chamamos irmãos e a todos os tios, tios, mas eles ao irmão mais velho chamam de uma maneira, aos mais de outra. O tio irmão do pai tem um nome, e o tio irmão da mãe outro, e alguns vocábulos têm de que não usam senão as fêmeas, e outros que não servem senão aos machos, e sem falta são mui eloquentes, e se prezam alguns tanto disto, que da prima noite até pela manhã andam pelas ruas e praças pregando, excitando os mais a paz, ou a guerra, ou trabalho, ou qualquer outra coisa que a ocasião lhes oferece, e entretanto que um fala todos os mais calam, e ouvem com atenção, mas nenhuma palavra pronunciam com f, l ou r, não só das suas, mas nem ainda das nossas, porque se querem dizer Francisco, dizem Pancicu; e se querem dizer Luiz, dizem Duhi; e o pior é que também carecem de fé, de lei e de rei, que se pronunciam com as ditas letras.

Nenhuma fé tem nem adoram a algum Deus; nenhuma lei guardam, ou preceitos, nem tem rei que lha dê, e a quem obedeçam, senão é um capitão, mais para a guerra, que para a paz, o qual entre eles é o mais valente e aparentado; e morto este, se tem filho, e é capaz de governar, fica em seu lugar, senão algum parente mais chegado ou irmão.

Fora este, que é capitão de toda a aldeia, tem cada casa seu principal, que são também dos mais valentes, e aparentados, e que tem mais mulheres; porém nem a estes, nem ao maioral pagam os outros algum tributo, ou vassalagem, mais que chamá-los quando tem vinhos, para os ajudarem a beber, ao que são muito dados, e os fazem de mel, ou de frutas, de milho, batatas, e outros legumes mastigados por donzelas, e delidos em água até se azedar, e não bebem quando comem, senão quando praticam, ou bailando, ou cantando.

XIII

De suas aldeias

*H*á uma casta de gentios Tapuias chamados por particular nome Aimorés, os quais não fazem casas onde morem, mas onde quer que lhes anoitece, debaixo das árvores limpam um terreiro, no qual esfregando uma cana ou flecha com outra acendem lume, e o cobrem com bom couro de veado, posto sobre quatro forquilhas, e ali se deitam todos a dormir com os pés para o fogo, dando-lhes pouco, como os tenham enxutos e quentes, que lhes chova em todo o corpo.

Porém as mais castas de índios vivem em aldeias, que fazem cobertas de palma, e de tal maneira arrumadas, que lhes fique no meio um terreiro, onde façam seus bailes e festas, e se ajuntem de noite a conselho. As casas são tão compridas que moram em cada uma 70, ou 80 casais, e não há nelas algum repartimento mais, que os tirantes, e entre um e outro é um rancho, onde se agasalha um casal com sua família, e o do principal da casa é o primeiro no copiar, ao qual convida primeiro qualquer dos outros, quando vem de caçar, ou de pescar, partindo com ele daquilo que traz, e logo vai também repartindo pelos mais, sem lhe ficar mais que quanto então jante, ou ceie, por mais grande que fosse a cambada do pescado, ou da caça.

E quando algum vem de longe, as velhas daquela casa o vão visitar, ao seu rancho com grande pranto, não todas juntamente, mas uma depois de outra, no qual pranto lhe dizem as saudades que tiveram, e trabalhos que padeceram em sua ausência, e ele também chora dando uns urros de quando em quando sem exprimir coisa alguma, e o pranto acabado lhe perguntam se veio, e ele responde que sim, e então lhe trazem de comer, o que também fazem aos portugueses, que vão às suas aldeias, principalmente se lhes entendem a língua, maldizendo no choro a pouca ventura que seus avós e os mais antepassados tiveram, que não alcançaram gente tão valorosa como são os portugueses, que são senhores de todas as coisas boas, que trazem a terra de que eles dantes careciam, e agora as tem em tanta abundância, como são machados, foices, anzóis, facas, tesouras, espelhos, pentes e roupas, porque antigamente roçavam os matos com cunhas de pedra, e gastavam muitos dias em cortar uma árvore, pescavam com uns espinhos, faziam o cabelo e as unhas com pedras agudas, e quando se queriam enfeitar faziam de um alguidar de água espelho, e que desta maneira viviam mui trabalhados, porém agora fazem suas lavouras, e todas as mais coisas com muito descanso, pelo que os devem de ter em muita estima; e este recebimento é tão usado entre eles, que nunca ou de maravilha deixam de fazer, senão quando reinam alguma malícia ou traição contra aqueles, que vão às suas aldeias a visitá-los, ou resgatar com eles.

A noite toda tem fogo para se aquentarem, porque dormem em redes no ar, e não têm cobertores, nem vestido, mas dormem nus marido e mulher na mesma rede, cada um com os pés para a cabeça do outro, exceto os principais, que como têm muitas mulheres dormem sós nas suas redes, e dali quando querem se vão deitar com a que lhes parece, sem se pejarem de que os vejam. Quando é hora de comer se ajuntam os do rancho, e se assentam em cócoras, mas o pai da família deitado na rede, e todos comem em um alguidar, ou cabaço, a que chamam cuia, que estas são as suas baixelas, e dos cabaços principalmente fazem muito cabedal, porque lhes servem de pratos para comer, de potes e de púcaros para água e vinho, e de colheres, e assim os guardam em uns caniços que fazem chamados jiraus, onde também curam ao fumo os seus legumes, porque se não corrompam, e sem terem caixas, nem fechaduras, e os ranchos sem portas, todos abertos, são tão fiéis uns aos outros, que não há quem tome ou bula em coisa alguma sem licença de seu dono.

Não moram mais em uma aldeia que em quanto lhes não apodrece a palma dos tetos das casas, que é espaço de três ou quatro anos, e então o mudam para outra parte, escolhendo primeiro o principal, com o parecer dos mais antigos, o sítio que seja alto, desabafado, com água perto, e terra a propósito para suas roças e sementeiras, que eles dizem ser a que não foi ainda cultivada, porque têm por menos trabalho cortar árvores que mondar erva, e se estas aldeias ficam fronteiras de seus contrários, e têm guerras, as cercam de pau-a-pique mui forte, e às vezes de duas e três cercas, todas com suas seteiras, e entre uma e outra cerca fazem fossos cobertos de erva, com muitos estrepes de baixo, e outras armadilhas de vigas mui pesadas, que em lhes tocando caem, e derribam a quantos acham.

XIV

Dos seus casamentos e criação dos filhos

Não é fácil averiguar, mormente entre os principais, que têm muitas mulheres, qual seja a verdadeira, e legítima, porque nenhum contrato exprimem, e facilmente deixam umas e tomam outras, mas conjetura-se que é aquela de que primeiro se namoram, e por cujo amor serviram aos sogros, pescando-lhes, caçando, roçando o mato para a sementeira, e trazendo-lhes a lenha para o fogo. Mas o sogro não entrega a moça até lhe não vir seu costume, e então é ela obrigada a trazer atado pela cintura um fio de algodão, e em cada um dos buchos dos braços, outro, para que venha à notícia de todos, e depois que é deflorada pelo marido, ou por qualquer outro, quebra em sinal disso os fios, parecendo-lhe que se o encobrir a levará o diabo, e o marido de qualquer maneira a recebe, e consumando o matrimônio, se tem que esta é a legítima mulher, ou quando assim não estão casados, a cunhada, mulher que foi do irmão defunto, ainda que lhe ficasse filho dele, ou a sobrinha (filha, não do irmão, que esta tem eles em conta de filha própria, e não casam com ela, senão da irmã,) e com qualquer destas com que primeiro se casaram, ou seja, a sobrinha ou a cunhada, os casam depois sacramentalmente os religiosos que os curam, no mesmo dia em que batizam dispensando nos impedimentos, por privilégio que para isto tem, e lhes tiram todas as outras, casando-as com outros, não sem sentimento dos primeiros maridos; porque de ordinário se ficam com as mais velhas.

A mulher em acabando de parir se vai lavar ao rio, e o marido se deita na rede, mui coberto, que não dê o vento, onde está em dieta, até que se seque o umbigo ao filho, e ali o vem os amigos a visitar como a doente, nem há poder lhes tirar esta superstição, porque dizem que com isto se preservam de muitas enfermidades a si, e à criança, a qual também deitam em outra rede com seu fogo debaixo, quer seja inverno, quer verão, e se é macho logo lhe põem na azelha da rede um arquinho com suas flechas; e se fêmea uma roca com algodão.

As mães dão de mamar aos filhos sete ou oito anos, se tantos estão sem tornar a parir, e todo este tempo os trazem ao colo ora elas, ora os maridos, principalmente quando vão às suas roças, onde vão todos os dias depois de almoçarem, e não comem enquanto andam no trabalho, senão à véspera, depois que voltam para casa. Os maridos na roça derrubam o mato, queimam-no, e dão a terra limpa às mulheres, e elas plantam, mondam a erva, colhem o fruto e o carregam, e levam para casa em uns cofos mui grandes feitos de palma, lançados sobre as costas, que pode ser suficiente carga de uma azêmola, e os maridos levam um lenho aos ombros, e na mão seu arco e flechas, que fazem com as pontas de dentes de tubarões, ou de umas canas agudas, a que chamam taquaras, de que são grandes tiradores; porque logo ensinam aos filhos de pequenos a tirar ao alvo, e poucas vezes tiram a um passarinho, que não o acertem, por pequeno que seja.

Também os ensinam a fazer balaios, e outras coisas de mecânica, para as quais têm grande habilidade, se eles a querem aprender, que se não querem não os constrangem, nem os castigam por erros, e crimes que cometam, por mais enormes que sejam. As mães ensinam as filhas a fiar algodão e fazer redes de fio, e nastros para os cabelos, dos quais se prezam muito, e os penteiam, e untam de azeite de coco bravo, para que se façam compridos, grossos, e negros.

Nas festas se tingem todas de jenipapo, de modo que se não é no cabelo parecem negras de Guiné, e da mesma tinta pintam os maridos, e lhes arrancam o cabelo da barba, se acerta de lhe nascer algum, e o das sobrancelhas e pestanas, com que eles se tem por mui galantes, junto com terem os beiços de baixo furados, e alguns as faces, e uns tornos, ou batoques de pedras verdes metidos pelos buracos, com que parecem uns demônios.

Pois hei tratado neste capítulo do contrato matrimonial deste gentio: tratarei também dos mais contratos, e não serei por isso prolixo ao leitor, porque os livros que hão escrito os doutores de contractibus, sem os poderem de todo resolver pelos muitos, que de novo inventa cada dia a cobiça humana, não tocam a este gentio; o qual só usa de uma simples comutação de uma coisa por outra, sem tratarem do excesso, ou defeito do valor, e assim com um pintainho se hão por pagos de uma galinha.

Nem jamais usam de pesos e medidas, nem têm números por onde contem mais que até cinco, e se a conta houver de passar daí a fazem pelos dedos das mãos e pés, o que lhes nasce da sua pouca cobiça; posto que com isso está serem mui apetitosos de qualquer coisa que vem, mas tanto que a tem, a tornam facilmente de graça, ou por pouco mais de nada.

XV

Da cura dos seus enfermos e enterro dos mortos

Não há entre este gentio médicos sinalados, senão os seus feiticeiros, os quais moram em casas apartadas, cada um per si, e com porta mui pequena, pela qual não ousa alguém entrar, nem tocar-lhe em alguma coisa sua; porque se algum lhas toma, ou lhes não dá o que eles pedem, dizem vai, que hás de morrer, a que chamam lançar a morte, e são tão bárbaros que se vai logo o outro lançar na rede sem querer comer, e de pasmo se deixa morrer, sem haver quem lhe meta na cabeça que pode escapar, e assim se podem estes feiticeiros chamar mais mata-sanos, que médicos, nem eles curam os enfermos, senão com enganos chupando-lhes na parte que lhes dói, e tirando da boca um espinho ou prego velho, que já nela levavam, lho mostram dizendo que aquilo lhes fazia o mal, e que já ficam sãos, ficando eles tão doentes como de antes.

Outros médicos há melhores, que são os acautelados, e que padeceram as mesmas enfermidades, os quais aplicando ervas, ou outras medicinas, com que se acharam bem, saram os enfermos, mas se a enfermidade é prolongada; ou incurável, não há mais quem os cure, e os deixam ao desamparo. Testemunha sou eu de um, que achei na Paraíba tolhido de pés e mãos, à borda de uma estrada, o qual me pediu lhe desse uma vez de água, que morria de sede, sem os seus, que por ali passavam cada hora, lha quererem dar, antes lhe diziam que morresse porque já estava tísico, e que não servia mais que para comer o pão aos sãos; mandei eu buscar água por uns que me acompanhavam e, entretanto, o fiquei catequizando porque ainda não era cristão, e de tal maneira se acendeu na sede de o ser, e de salvar sua alma, que vinda a água, primeiro quis que o batizasse, que beber, e daí a poucos dias morreu em um incêndio de uma aldeia, onde o mandei levar, sem haver quem o quisesse tirar da casa que ardia, vendo que não tinha ele pés nem forças para se livrar.

Donde se vê a pouca caridade que tem este gentio com os fracos e enfermos, e juntamente a misericórdia do Senhor, e efeitos da sua eterna predestinação, a qual não só neste, mas em outros muitos manifesta muitas vezes, ordenando que percam os religiosos o caminho que levam, e vão dar nos tigipares ou cabanas

Frei Vicente do Salvador

com enfermos que estão agonizando, os quais recebendo de boa vontade o sacramento do batismo se vão a gozar da bem-aventurança no céu.

Tanto que algum morre o levam a enterrar, embrulhado na mesma rede em que dormia, e a mulher, filhas e parentas, se as tem, o vão pranteando até a cova com os cabelos soltos lançados sobre o rosto, e depois o pranteia ainda a mulher muitos dias: mas se morre algum principal da aldeia, o untam todo de mel, e por cima do mel o empenam com penas de pássaros de cores, e põem-lhe uma carapuça de penas na cabeça com todos os mais enfeites, que ele costumava trazer em suas festas, e fazem-lhe na mesma casa, e rancho onde morava, uma cova muito funda e grande, onde lhe armam sua rede, e o deitam nela assim enfeitado com seu arco e flechas, espada e tamaracá, que é um cabaço com pedrinhas dentro, com que costumam tanger, e fazem-lhe fogo ao longo da rede para se aquentar, e põem-lhe de comer em um alguidar, e a água em um cabaço, e na mão uma cangueira, que é um canudo feito de palma cheio de tabaco, e então lhe cobrem a cova de madeira, e de terra por cima, que não caia sobre o defunto, e a mulher por dó corta os cabelos, e tinge-se toda de jenipapo, pranteando o marido muitos dias, e o mesmo fazem com ela as que a vem visitar, e tanto que o cabelo cresce até lhe dar pelos olhos, o torna a cortar, e a tingir-se de jenipapo, para tirar o dó, e faz sua festa com seus parentes, e muito vinho.

O marido quando lhe morre a mulher também se tinge de jenipapo, e quando tira o dó se torna a tingir, tosquia-se e ordena grandes revoltas de cantar, e bailar, e beber, nestas festas se cantam as proezas do defunto, ou defunta, e do que tira o dó, e se morre algum menino filho de principal o metem em um pote, posto em cócoras, atados aos joelhos com a barriga, e enterram o pote na mesma casa, e rancho, debaixo do chão, e ali o choram muitos dias.

XVI

Do modo de guerrear o gentio do Brasil

É este gentio naturalmente tão belicoso, que todo o seu cuidado é como farão guerra a seus contrários, e sobre isto se ajuntam no terreiro da aldeia com o principal dela, os principais das casas, e outros índios discretos, a conselho,

História do Brasil

onde depois de assentados nas suas redes, que para isto armam em umas estacas, e quieto o rumor dos mais que se ajuntam a ouvir, porque é a gente que em nenhuma coisa tem segredo, propõem o maioral sua prática, a que todos estão mui atentos, e como se acaba respondem os mais antigos cada um per si, até que vem a concluir no que hão de fazer, brindando-se entretanto algumas vezes com o fumo da erva santa, que eles têm por cerimônia grave, e se concluem que a guerra se faça, mandam logo que se faça muita farinha de guerra, e que se apercebam de arcos, e flechas, e alguns paveses, ou rodelas, e espadas de paus tostados, e como todas estas coisas estão prestes à noite antes da partida, anda o principal da aldeia pregando ao redor das casas, declarando-lhes onde vão, e a obrigação que tem de fazerem aquela guerra, exortando-os à vitória, para que fique deles memória, e os vindouros possam contar suas proezas.

O dia seguinte depois de almoçarem toma cada um suas armas nas mãos, e a rede em que há de dormir às costas, é uma paquevira de farinha, que é um embrulho liado, quanto pode carregar, feito de umas folhas rijas, que nem se rompem, nem a água as passa, e não se curam de mais vianda; porque com a flecha a caçam pelo caminho, e nas árvores acham frutas, e favos de mel.

Os principais levam consigo suas mulheres, que lhes levam a farinha e as redes, e eles não levam mais que as armas; e antes que abalem faz o maioral um capitão da dianteira, que eles têm por grande honra, o qual vai mostrando o lugar onde se hão de alojar, e o caminhar é um após outro, por um carreiro como formigas, nem já mais sabem andar de outra maneira, tem grande conhecimento da terra, e não só o caminho por onde uma vez foram atinam, por mais serrado que já esteja, mas ainda por onde nunca foram.

Tanto que saem fora de seus limites, e entram pela terra dos contrários, levam suas espias adiante, que são mancebos mui ligeiros, e há alguns de tão bom faro, que a meia légua cheiram o fogo, ainda que não apareça o fumo.

Chegando duas jornadas da aldeia de seus contrários não fazem fogo, porque não sejam por eles sentidos, e ordenam-se de maneira, que possam entrar de madrugada, e tomá-los descuidados e despercebidos, e depois entram com grande urro de vozes, e estrondo de buzinas e tambores, que é espanto, não perdoando no primeiro encontro a grandes nem pequenos, a que com suas espadas de pau não quebrem as cabeças, porque não tem por valor o matar, senão quebram as cabeças, ainda que seja dos mortos por outros, e quantas cabeças quebram tantos nomes tomam, largando o que o pai lhes deu no nascimento, que um, e outros são de animais, de plantas, ou do que se lhes antolha, mas o nome que tomaram não o descobrem – ainda que lho roguem – senão com grandes festas de vinho, e cantares em seu louvor, e eles se fazem riscar e lavrar com um dente agudo de um animal, e lançando pó de carvão pelos riscos e lavores ensanguentados, ficam com eles impressos toda a vida, o que tem por grande bizarria, porque por estes lavores, e pela diferença deles se entende quantas cabeças quebraram.

Frei Vicente do Salvador

E sendo caso que acham seus contrários apercebidos com cercas feitas, fazem-lhes outra contracerca de estacas metidas na terra com ramos e espinhos, liados, a que chamam caiçara, a qual enquanto verde não há coisa que a rompa, e dali blasonam, e jogam as pulhas com os contrários, até que uns ou outros abalroam, ou saem a pelejar em campo, e toda a sua peleja é fazendo o motim, que é correr e saltar de uma parte para outra, porque lhe não façam pontaria.

XVII

Dos que cativam na guerra

*O*s que podem cativar na guerra levam para vender aos brancos, os quais lhe compram por um machado, ou foice cada um, tendo-os por verdadeiros cativos, não tanto por serem tomados em guerra, pois não consta da justiça dela, quanto por a vida que lhes dão, que é maior bem que a liberdade; porque se os brancos os não compram, os primeiros senhores os têm em prisões atados pelo pescoço, e pela cinta com cordas de algodão grossas e fortes, e dão a cada um por mulher a mais formosa moça, que há na casa, a qual tem o cuidado de o regalar, e lhe dar de comer até que engorde, e esteja para o poderem comer, e então ordenam grandes festas, e ajuntamentos de parentes e amigos, chamados de 30, 40 léguas, com os quais na véspera, e dia do sacrifício, cantam e bailam, comem, e bebem alegremente, e também o padecente come e bebe com eles, depois o untam com mel de abelhas, e sobre o mel o empenam com muitas penas de várias cores, e a lugares o pintam de jenipapo, e lhe tingem os pés de vermelho, e metendo-lhe uma espada na mão, para que se defenda como puder, o levam assim atado a um terreiro fora da aldeia, e o metem entre dois mourões, que estão metidos no chão, afastados um do outro alguns 20 palmos, os quais estão furados, e por cada furo metem as pontas das cordas, onde o preso fica como touro, e as velhas lhe cantam, que se farte de ver o sol, pois cedo o deixará de ver, e o cativo responde com muita coragem, que bem vingado há de ser, então vão buscar o que há de matar a sua casa todos os seus parentes, e amigos, onde o acham já pintado de tinta de jenipapo com carapuça de penas na cabeça, manilhas de ossos nos braços, e nas pernas grandes ramais de contas ao pescoço, com seu rabo de penas nas ancas, e uma espada de pau pesada de ambas as mãos mui pintada, com cascas de mariscos pegadas com cera, e no cabo e empunhadura da espada grandes penachos; e assim o trazem com grandes cantares, e tangeres de seus búzios, gaitas e tambores, chamando-lhe bem-aventurado, pois chegou a tamanha honra, e com este estrondo entra no terreiro, onde o paciente o espera, e lhe diz que se defenda, porque vem para o matar, e logo remete a ele com a espada de ambas as mãos, e o padecente com a sua se defende, e ainda às vezes ofende, mas como os que o tem pelas cordas o não deixam desviar do golpe, o matador lhe quebra a cabeça, e toma nome, que depois declara com as cerimônias que vimos no capítulo passado.

Em morrendo este preso, logo os velhos da aldeia o despedaçam, e lhe tiram as tripas e forçura, que mal lavadas cozem para comer, e reparte-se a carne por todas as casas, e pelos hóspedes, que vieram a esta matança, e dela comem logo assada, e cozida, e guardam alguma muito assada, e mirrada, a que chamam moquém, metida em novelos de fio de algodão, e posta nos caniços ao fumo, para depois renovarem o seu ódio, e fazerem outras festas, e do caldo fazem grandes alguidares de migas, e papas de farinha de carimã, para suprir na falta de carne, e poder chegar a todos; o que o matou nenhuma coisa come dele, antes se vai logo deitar na rede, e se faz todo sarrafaçar, e sangrar, tendo por certo que morrerá se não derrama de si aquele sangue, nem faz o cabelo dali a sete ou oito meses, os quais passados faz muitos vinhos, e apelida os amigos para beber e cantar, e com essa festa se tosqueia, dizendo que tira o dó daquele morto, e é tão cruel este gentio com os seus cativos, que não só os matam a eles, mas se acontece a algum haver filho da moça que lhe deram por mulher, a obrigam que o entregue a um parente mais chegado, para que o mate, quase com as mesmas cerimônias, e a mãe é a primeira que lhe come a carne; posto que algumas, pelo amor que lhes têm, os escondem, e às vezes soltam também os presos, e se vão com eles para suas terras, ou para outras.

LIVRO SEGUNDO

Da história do Brasil no tempo do seu descobrimento

I

De como se continuou o descobrimento do Brasil, e se deu ordem a se povoar

*P*osto que El-Rei D. Manuel, quando soube a nova do descobrimento do Brasil, feito por Pedro Álvares Cabral, andava mui ocupado com as conquistas da Índia Oriental, pelo proveito quede si prometiam, e com as de África pela glória e louvor, que a seus vassalos delas resultava, não deixou, quando teve ocasião de mandar uma armada de seis velas, e por capitão-mor delas Gonçalo Coelho, para que descobrisse toda esta costa, o qual andou por ela muitos meses descobrindo-lhe os portos e rios, e em muitos deles entrou e assentou marcos, com as armas dEl-Rei, que para isso trazia lavrados, mas pela pouca experiência que então se tinha de como corria a costa, e os ventos com que se navega, passou tantos trabalhos e infortúnios, que foi forçado tornar-se para o reino com duas caravelas menos, e a tempo em que já era morto El-Rei D. Manuel, que faleceu no ano do Senhor de 1521; e reinava seu filho El-Rei D. João Terceiro, ao qual se apresentou com as informações que pôde alcançar, pelas quais El-Rei parecendo-lhe coisa de importância, mandou logo outra armada, e por capitão-mor Cristóvão Jacques, fidalgo de sua casa, que neste descobrimento trabalhou com notável proveito sobre a clareza da navegação desta costa, continuando com seus padrões conforme o regimento que trazia, e andando correndo esta grande costa veio dar com a baía a que chamou de Todos os Santos, por ser no dia da sua festa, primeiro de novembro, e entrando por ela, especulando todo o seu recôncavo, e rios, achou em um deles chamado de Paraguaçu duas naus francesas, que estavam ancoradas comerciando com o gentio, com as quais se pôs às bombardadas, e as meteu no fundo com toda a gente, e fazenda, e logo se foi para o reino, e deu as informações de tudo a Sua Alteza, as quais bem consideradas, com outras que já tinha de Pero Lopes de Sousa, que por esta costa também andou com outra armada, ordenou que se povoasse esta província, repartindo as terras por pessoas que se lhe ofereceram para as povoarem e conquistarem à custa de sua fazenda, e dando a cada um 50 léguas por costa com todo o seu sertão, para que eles fossem não só senhores, mas capitães delas; pelo que se chamam, e se distinguem por capitanias.

Deu-lhes jurisdição no crime de baraço e pregão, açoites e morte, sendo o criminoso peão e sendo nobre até 10 anos de degredo; e no cível cem mil-réis de alçada, e que assistam às eleições dos juízes, e vereadores eles ou seu ouvidor, que eles fazem, como também fazem escrivãos do público, judicial e notas, escrivão da câmara, escrivão da ouvidoria, juiz, e escrivão dos órfãos, meirinho da vila, alcaide do campo, porque o do cárcere provê o alcaide-mor, e El-Rei os ofícios da sua real fazenda, como são os dos provedores, e seus meirinhos, almoxarifes, porteiros da alfândega, e guardas dos navios; e ainda que os donatários são sismeiros das suas terras, e as repartem pelos moradores como querem, todavia movendo-se depois alguma dúvida sobre as datas, não são eles os juízes delas, senão o provedor da fazenda, nem os que as recebem de sesmaria têm obrigação de pagar mais que dízimo a Deus dos frutos que colhem, e este se paga a El-Rei por ser Mestre da Ordem de Cristo, e ele da aos donatários a redízima, que é o dízimo de tudo o que lhe rendem os dízimos: pertencem-lhes também a vintena de todo o pescado que se pesca nos limites dar suas capitanias, e todas as águas com que moem os engenhos de açúcar, pelos quais lhes pagam de cada cem arrobas duas, ou três, ou conforme se concertam os senhores dos engenhos com eles, ou com seus procuradores, as quais pensões não têm a Bahia, Rio de Janeiro, Paraíba e as mais capitanias de El-Rei, nas quais se paga o dízimo somente, mas no que toca a jurisdição do cível, e crime lha limitou El-Rei depois muito, como veremos no capítulo primeiro do livro terceiro.

II

Das capitanias e terras, que El-Rei doou a Pero Lopes e Martim Afonso de Souza, Irmãos

Como Pero Lopes de Souza havia já andado por estas partes do Brasil coube-lhe a escolha primeiro que a outros, e não tomou todas as suas 50 léguas juntas, senão 25 em Itamaracá, de que adiante trataremos, e outras 25 em São Vicente, que se demarcam e confrontam com as terras da capitania de seu irmão Martim Afonso de Sousa em tanta vizinhança, que não deixa de haver litígio e dúvidas, sendo que quando de princípio as povoaram e fortificaram foi de muito proveito esta vizinhança por se poder ajudar um ao outro, e defender do inimigo, como bem se viu depois de idos pelas muitas guerras que os moradores tiveram com os gentios, e franceses, que entre eles andavam, e por mar em canoas lhe vinham dar muitos assaltos, e por muitas vezes os tiveram cercados, e sempre se defenderam muito bem, o que não poderiam fazer se as povoações e fortes não estivessem tão próximos.

Donde se verifica bem o que Scipião africano disse no senado de Roma, que era necessário continuar-se com as guerras de África, porque faltando estas as haveria civis entre os vizinhos; como as houve entre estes (ainda que irmãos) depois que venceram os gentios; mas descendo ao particular a razão das dúvidas, que estes senhores têm, ou seus herdeiros, acerca destas capitanias me parece que é por dizerem as suas doações, que se demarcaram pela barra do Rio de S. Vicente, um para o norte, outro para o sul, e como este rio tem três barras, causadas de duas ilhas, que o dividem, uma que corre ao longo da costa, e outra dentro do rio, como se verá na descrição seguinte, daqui vem duvidar-se de qual destas barras se há de fazer a demarcação.

Nesta ilha fora esteve uma vila, que se chamou Santo Amaro, de que já não há mais que a ermida do santo: mas fez-se outra na terra firme da parte do sul chamada vila da Conceição. Na ilha de dentro há duas povoações, uma chamada de Santos, outra de São Vicente como o rio, a qual veio edificar Martim Afonso de Souza em pessoa, e a povoou de mui nobre gente, que consigo trouxe, e assim floresceu em mui breve tempo.

Daqui se embarcou no ano de 1533, para descobrir mais costa e rios dela, e foi correndo até chegar ao rio da Prata, pelo qual navegou muitos dias, e perdendo alguns navios e gente deles nos baixos do rio, se tornou para a sua capitania, donde foi chamado por Sua Alteza para o mandar por capitão-mor do mar da Índia, do que serviu muitos anos, e depois de governador da Índia, donde vindo a Portugal serviu muitos anos no conselho de estado até El-Rei D. Sebastião, em cujo tempo faleceu.

Pelo sertão nove léguas do Rio de São Vicente está a vila de São Paulo, na qual há um mosteiro da Companhia de Jesus, outro do Carmo, e nos tem sinalado sítio para outro de nossa seráfica ordem, que nos pedem queiramos edificar há muitos anos, com muita instância e promessas, e sem isso era incitamento bastante termos ali sepultado na igreja dos padres da companhia um frade leigo da nossa ordem, castelhano, a quem matou outro castelhano secular, porque o repreendia que não jurasse, foi religioso de santa vida, e confirmou-o Deus depois de seu martírio com um milagre, e foi que assentando-se uma mulher enferma de fluxo de sangue sobre a sua sepultura ficou sã.

Ao redor desta vila estão quatro aldeias de gentio amigo, que os padres da Companhia doutrinam, fora outro muito, que cada dia desce do sertão.

São os ares destas duas capitanias frios e temperados, como os de Espanha, porque já estão fora da zona tórrida em 24 graus e mais; e assim é a terra mui sadia, fresca e de boas águas, e esta foi a primeira onde se fez açúcar, donde se levou plantas de canas para as outras capitanias, posto que hoje se não dão tanto a fazê-lo quanto a lavoura do trigo, que se dá ali muito, e cevada e grandes vinhas, donde se colhem muitas pipas de vinho, ao qual para durar dão uma fervura no fogo.

Outros se dão a criação de vacas, que multiplicam muito, e são as carnes mais gordas que na Espanha, principalmente os cevados, que se cevam com milho zaburro, e com pinhões de grandes pinhais, que há agrestes, tão férteis e viçosos, que cada pinha é como uma botija, e cada pinhão, depois de limpo, como uma castanha, ou belota de Portugal.

Cavalos há tantos, que vale cada um cinco ou seis tostões. Mas o melhor de tudo é o ouro, de que trataremos adiante, quando tratarmos do governador D. Francisco de Souza, que por mandado dEl-Rei assistiu nas minas.

Destas vilas se foi há poucos anos um morador de nação castelhana, por ser muito cioso da mulher, que era portuguesa, natural de São Vicente, e muito formosa, a morar em uma ilha chamada de Cananeia, que fica mais ao sul, e chegada ao Rio da Prata; mas pouco viveu sem seus receios, porque conhecida a fertilidade da terra, se foram outros muitos com suas famílias a morar também a ela, e se fez uma povoação tão grande como estoutras.

III

Da terra e capitania que El-Rei doou a Pero Lopes

*E*m companhia de Pero Lopes de Souza andou por esta costa do Brasil Pedro de Góes, fidalgo honrado, muito cavaleiro, e pela afeição que tomou à terra pediu a El-Rei D. João que lhe desse nela uma capitania, e assim lhe fez mercê de cinquenta léguas de terra ao longo da costa, ou as que se achassem donde acabassem as de Martim Afonso de Souza, até que entestasse com as de Vasco Fernandes Coutinho: da qual capitania foi tomar posse com uma boa frota, que fez em Portugal à sua custa, bem fornecida de gente e todo o necessário, e no rio chamado da Paraíba, que está em 21º e dois terços, se fortificou e fez uma povoação, em que esteve bem os primeiros dois anos, e depois se lhe levantou o gentio, e o teve em guerra cinco ou seis anos, fazendo às vezes pazes, que logo quebravam, e o apertavam tanto, que forçado a despejar a terra e passar-se com toda a gente para a Capitania do Espírito Santo, em embarcações, que para isso lhe mandou Vasco Fernandes Coutinho, donde ficou com toda a sua fazenda gastada, e muitos mil cruzados de um Martim Ferreira, que com ele armava para fazerem muitos engenhos de açúcar.

No distrito desta terra e capitania cai a terra dos Aitacazes, que é toda baixa e alagada, onde estes gentios vivem mais à maneira de homens marinhos que terrestres; e assim nunca se puderam conquistar, posto que a isso foram algumas vezes ao Espírito Santo e Rio de Janeiro; por que quando se há de vir às mãos com eles, metem-se dentro das lagoas, onde não há entrá--los a pé nem a cavalo, são grandes búzios e nadadores, e a braços tomam o peixe ainda que sejam tubarões, para os quais levam em uma mão um pau de palmo pouco mais, ou menos, que lhes metem na boca direito, e como o tubarão fique com a boca aberta, que a não pode serrar com o pau, com a outra mão lhe tiram por ela as entranhas, e com elas a vida, e o levam para a terra não tanto para os comerem, como para dos dentes fazerem as pontas das suas flechas, que são peçonhentas e mortíferas, e para provarem forças e ligeireza, como também dizem que as provam com os veados nas campinas, tomando-os a cosso, e ainda com os tigres e onças, e outros feros animais.

Estas e outras incríveis coisas se contam deste gentio, creia-as quem quiser, que o que daqui eu sei é, que nunca foi alguém a seu po-

História do Brasil

der, que tornasse com vida para as contar; verdade é que já hoje há deles mais notícia, porque lhes deu uma cruel doença de bexigas, que os obrigou a nos irem buscar, e ser nossos amigos, como veremos no livro quinto desta história.

IV

Da terra e capitania do Espírito Santo, que El-Rei doou a Vasco Fernandes Coutinho

*N*ão teve menos trabalhos com a sua capitania Vasco Fernandes Coutinho, a quem El-Rei, pelos muitos serviços que lhe havia feito na Índia, lhe fez mercê de 50 léguas de terra por costa, o qual a foi conquistar, e povoar com uma grande frota à sua custa, levando consigo a D. Jorge de Menezes o de Maluco, e D. Simão de Castelo Branco, e outros fidalgos, com os quais avistandoprimeiro a serra de Mestre Álvaro, que é grande, alta e redonda, foi entrar no Rio do Espírito Santo, o qual esta em 20°; onde logo à entrada do rio, da banda do sul, começou a edificar a vila da Vitória, que agora se chama a Vila Velha em respeito da outra vila do Espírito Santo, que depois se edificou uma légua mais dentro do rio, na ilha de Duarte de Lemos, por temor do gentio: e como o espírito de Vasco Fernandes era grande, deixando ordenados quatro engenhos de açúcar, se tornou para o reino a aviar-se para ir pelo sertão a conquistar minas de ouro, e prata, de que tinha novas, deixando por seu loco-tenente D. Jorge de Menezes, ao qual logo os gentios fizeram tão cruel guerra, que lhe queimaram os engenhos, e fazendas, e a ele mataram às flechadas, sem lhe valer ser tão grande capitão, e que na Índia, Maluco e outras partes tinha feitas muitas cavalarias.

O mesmo fizeram a D. Simão de Castelo Branco, que lhe sucedeu na capitania, e a puseram em tal cerco, e aperto, que não podendo os moradores dela resistir-lhes se passaram para outras, e tornando-se Vasco Fernandes Coutinho do reino para a sua, por mais que trabalhou o possível pela remediar, e vingar do gentio, não foi em sua mão, por estar sem gente e munições de guerra, e o gentio pelas vitórias passadas muito soberbo, antes viveu muitos anos mui afrontado deles naquela ilha, até que depois pouco a pouco reformou as duas ditas vilas.

Mas enfim gastados muitos mil cruzados, que trouxe da Índia, e muito patrimônio, que tinha em Portugal, acabou tão pobremente que chegou a lhe darem de comer por amor de Deus, e não sei se teve um lençol seu em que o amortalhassem.

Seu filho, do mesmo nome, também com muita pobreza viveu, e morreu na mesma capitania, e não se atribua isto à maldade da terra, que é antes uma das melhores do Brasil; porque da muito bom açúcar, e algodão, gado *vaccum*, e tanto mantimento, frutas e legumes, pescado e mariscos, que lhe chamava o mesmo Vasco Fernandes o meu Vilão farto.

Dá também muitas árvores de bálsamo, de que as mulheres misturando-o com a casca das mesmas árvores pisadas fazem muita contaria, que se manda para o reino, e para outras partes; mas o que fez mal a estes senhores depois das guerras foi não seguirem o descobrimento das minas de ouro e prata, como determinavam, e parece que herdaram deles este descuido seus sucessores, pois descobrindo-se depois na mesma capitania uma serra de cristal, e esmeraldas, de que tenho feito menção no capítulo quinto do primeiro livro, nem disto se trata, nem de fortificar-se a terra, para defender-se dos corsários, sendo que por ser o rio estreito se pudera fortalecer com facilidade: antes levando-o pelo espiritual me disse Francisco de Aguiar Coutinho, senhor dela, que dissera a Sua Majestade que tinha uma fortaleza na barra da sua capitania, que lha defendia, e não havia mister mais, e que esta era a ermida de Nossa Senhora da Pena, que ali está, aonde do Mosteiro do Nosso Padre S. Francisco, que temos na vila do Espírito Santo, vão dois frades todos os sábados a dizer missa, e a temos a nossa conta; e na verdade a dita ermida se pode contar por uma das maravilhas do mundo, considerando-se o sítio, porque está sobre um monte alto um penedo, que é outro monte, a cujo cume se sobe por 55 degraus lavrados no mesmo penedo, e em cima tem um plano, em que está a igreja, e capela, que é de abóbada, e ainda fica ao redor por onde ande a procissão cercado de peitoril de parede, donde se não pode olhar para baixo sem que fuja o lume dos olhos.

Nesta ermida esteve antigamente por ermitão um frade leigo da nossa ordem, asturiano, chamado frei Pedro, de mui santa vida, como se confirmou em sua morte, a qual conheceu alguns dias antes, e se andou despedindo das pessoas devotas, dizendo que feita a festa de Nossa Senhora, havia de morrer, e assim sucedeu, e o acharam morto de joelhos, e com as mãos levantadas como quando orava, e na tresladação de seus ossos desta igreja para o nosso convento, fez muitos milagres, e poucos enfermos os tocam com devoção que não sarem logo, principalmente de febres, como tudo consta do Instrumento de testemunhas que esta no arquivo do convento.

V

Da capitania de Porto Seguro

*E*sta capitania foi a primeira terra do Brasil que se descobriu por Pedro Álvares Cabral indopara a Índia, como está dito no primeiro capítulo do primeiro livro, e dela fez El-Rei mercê, e doação de 50 léguas de terra na forma das mais a Pedro do Campo Tourinho, natural de Viana, muito visto na arte de marear, o qual armando uma frota de muitos navios à sua custa, com sua mulher e filhos, e alguns parentes, e muitos amigos, partiu de Viana, e desembarcou no rio de Porto Seguro, que está em 16°, e dois terços, e se fortificou no mesmo lugar onde agora é a vila, cabeça desta capitania: edificou mais a vila de Santa Cruz, e outra de Santo Amaro, onde esta uma ermida de Nossa Senhora da Ajuda em um monte mui alto, e no meio dele, no caminho pelo qual se sobe, uma fonte de água milagrosa, assim nos efeitos, que Deus obra por meio dela, dando saúde aos enfermos, que a bebem, como na origem, que subitamente a deu o Senhor ali pela oração de um religioso da companhia, segundo me disse como testemunha de vista, e bem qualificada, um neto do dito Pedro do Campo Tourinho, e do seu próprio nome, meu condiscípulo no estudo das Artes e Teologia, e depois Deão da Sé desta Bahia, o qual depois da morte de seu avô, se veio a viver com sua avó e mãe, por sua mãe Leonor do Campo, com licença de Sua Majestade, vender a capitania a D. João de Lencastre, primeiro duque de Aveiro, por 100 mil-réis de juro, o qual mandou logo capitão que a governasse em seu nome, e fizesse um Engenho à sua custa, e desse ordem a se fazerem outros, como se fizeram, posto que depois se foram desfazendo todos, assim por falta de bois, que não cria esta terra gado vaccum, por causa de certa erva do pasto, que o mata, como por os muitos assaltos do gentio Aimoré, em que lhe matavam os escravos, pelo que também despovoaram muitos moradores, e se passaram para outras capitanias.

Porém sem isto tem outras coisas, pelas quais merecia ser bem povoada; porque no rio Grande, onde parte com a capitania dos Ilhéus, tem muito pau-brasil, e no rio das Caravelas muito zimbo, dinheiro de Angola, que são uns buziozinhos mui miúdos de que levam pipas cheias, e trazem por elas navios de negros, e na terra deste rio, e em todas as mais que há até entestar com as de Vasco Fernandes Coutinho, se dá muito bem o gado vaccum, e se podem com facilidade fazer muitos engenhos.

VI

Da capitania dos Ilhéus

Quando El-Rei D. João Terceiro repartiu as capitanias do Brasil, fez mercê de uma delas, com 50 léguas de terra por costa, a Jorge de Figueiredo Corrêa, escrivão de sua fazenda, a qual começa da ponta do sul da barra da Bahia, chamada o morro de São Paulo, por diante.

Este Jorge de Figueiredo fez uma frota bem provida do necessário, e moradores, com a qual mandou um castelhano, grande cavaleiro, homem de esforço e experiência, chamado Francisco Romeiro, o qual desembarcando no dito morro, começou ali a povoar, e por se não contentar do sítio, se passou para onde esta a vila dos Ilhéus, que assim se chama pelos que têm defronte da barra, e vindo assentar pazes com o gentio Tupiniquim foi com a capitania em grande crescimento, e neste estado a vendeu o donatário com licença de Sua Majestade a Lucas Giraldes, que nela meteu grande cabedal, com que veio a ter oito engenhos, ainda que os feitores (como costumam fazer no Brasil) lhe davam em conta a despesa por receita, mandando-lhe mui pouco ou nenhum açúcar: pelo que ele escreveu a um florentino chamado Thomaz, que lhe pagava com cartas de muita eloquência, Thomazo, quiere que te diga, manda la asucre deixa *la parolle*, e assinou-se, sem escrever mais letra.

Mas não foi este o mal desta capitania, senão a praga dos selvagens Aimorés, que com seus assaltos cruéis, fizeram despovoar os engenhos, e se hoje estão já de paz, ficaram os homens tão desbaratados de escravos, e mais fábrica, que se contentam com plantar mantimento para comer.

Porém no rio do Camamu, e nas ilhas de Tinharé e Boepeba, que são da mesma capitania, e estão mais perto da Bahia, há alguns bons engenhos e fazendas, e no rio de Taipé, que dista só duas léguas dos Ilhéus, tem Bartolomeu Luiz de Espinha um engenho, e junto dele esta uma lagoa de água doce, onde há muito e bom peixe do mar, e peixes-bois, e um pomar formoso de marmelos, figos e uvas, e frutas de espinhos.

VII

Da capitania da Bahia

*T*oma esta capitania o nome da Bahia por ter uma tão grande, que por antonomásia e excelência se levanta com o nome comum, e apropriando-o a si se chama a Bahia, e com razão, porque tem maior recôncavo, mais ilhas, e rios dentro de si, que quantas são descobertas no mundo, tanto que tendo hoje 50 engenhos de açúcar, e para cada engenho mais de dez lavradores de canas, de que se faz o açúcar, todos têm seus esteiros, e portos particulares; nem há terra que tenha tantos caminhos, por onde se navega.

As ilhas que dentro de si tem, entre grandes e pequenas, são 32, só tem um senão, que é não se poder defender a entrada dos corsários, porque tem duas bocas, ou barras, uma dentro da outra, a primeira a leste da ponta do padrão da Bahia, ou morro de S. Paulo, que é de 12 léguas, a segunda, que é a interior ao sul da dita barra, ou ponta do Padrão, a ilha de Itaparica, que é boca de três léguas.

Está esta Bahia em 13°, e um terço e tem em seu circuito a melhor terra do Brasil; porque não tem tantas áreas como as da banda do norte, nem tantas penedias como as do sul, pelo que os índios velhos compararam o Brasil a uma pomba, cujo peito é a Bahia, e as asas as outras capitanias, porque dizem que na Bahia está a polpa da terra, e assim da o melhor açúcar que há nestas partes.

Também é tradição antiga entre eles, que veio o bem-aventurado Apóstolo São Tomé a esta Bahia, e lhes deu a planta da mandioca, e das bananas de São Tomé, de que temos tratado no primeiro livro; e eles em paga deste benefício, e de lhes ensinar que adorassem e servissem a Deus, e não ao Demônio, que não tivessem mais de uma mulher, nem comessem carne humana, o quiseram matar e comer, seguindo-o efeito até uma praia, donde o santo se passou de uma passada à ilha de Maré, distância de meia légua, e daí não sabem por onde, devia de ser indo para a Índia, que quem tais passadas dava bem podia correr todas estas terras, e quem as havia de correr também convinha que desse tais passadas.

Mas como estes gentios não usem de escrituras, não há disto mais outra prova, ou indícios, que achar-se uma pegada impressa em uma pedra naquela praia, que diziam ficara do santo quando se passou à ilha, onde em memória fizeram os portugueses no alto uma ermida do título, e invocação de São Tomé.

Frei Vicente do Salvador

Pela banda do norte parte esta capitania com a de Pernambuco, pelo rio de São Francisco, o qual era merecedor de se escrever não só em bom capítulo particular, senão em muitos, pelas muitas e grandes coisas, que dele se dizem, mas contento-me com passá-las em suma, ou a vulto, como hei passado outras, porque estão todas as do Brasil tão desacreditadas, que não sei se ainda assim o quererão ler.

Está este rio em altura de 10°, e uma quarta, na boca da barra tem duas léguas de largo, entra a maré por ele outras duas somente, e daí para cima é água doce, donde há tão grandes pescarias, que em quatro dias carregam de peixe quantos caravelões lá vão, e se querem navegam por ele até 20 léguas, ainda que sejam de 50 toneladas de porte.

No inverno, nau traz tanta água, nem corre tanto como no verão, e no cabo das ditas 20 léguas, faz uma cachoeira, por onde a água se despenha, e impede a navegação; porém daí por diante se pode navegar em barcos, que lá se armarem, até um sumidouro, onde este rio vem 10 ou 12 léguas por baixo da terra, e também é navegável daí para cima 80 ou 90 léguas, podendo navegar barcos, ainda mui grandes, pela quietação com que corre o rio, quase sem sentir-se, e os índios Anaupirás navegam por ele em canoas.

É gentio este que ainda não foi tratado, e dizem que se ataviam com algumas peças de ouro; pelo que Duarte Coelho de Albuquerque, senhor que foi de Pernambuco, tratou no reino desta conquista, mas nunca se fez, nem o rio se povoou até agora mais que de alguns currais de gado e roças de farinha ao longo do mar, sendo assim que é capaz de boas povoações, porque tem muito pau-brasil e terras para engenhos.

Não trato do rio de Sergipe, do rio Real e outros, que ficam nos limites desta capitania da Bahia, por não ser prolixo, e também porque adiante pode ser tenham lugar.

Desta capitania da Bahia fez mercê El-Rei D. João Terceiro a Francisco Pereira Coutinho, fidalgo mui honrado, de grande fama e cavalarias na Índia, o qual veio em pessoa com uma grande armada à sua custa no ano do nascimento do Senhor de 1535, e desembarcando da ponta do Padrão da Bahia para dentro se fortificou; onde agora chamam a Vila Velha, esteve de paz alguns anos com os gentios, e começou dois engenhos levantando- -se eles depois, lhos queimaram, e lhe fizeram guerra por espaço de sete ou oito anos, de maneira que lhe foi forçado, e aos que com ele estavam, embarcarem-se em caravelões, e acolherem-se à capitania dos Ilhéus, onde o mesmo gentio, obrigado da falta do resgate que com eles faziam, se fo- ram ter com eles assentando pazes, e pedindo-lhes que se tornassem, como logo fizeram com muita alegria; porém levantando-se uma tormenta deram à costa dentro na Bahia na ilha Itaparica, onde o mesmo gentio os matou, e comeu a todos, exceto um Diogo Alvares, por alcunha posta pelos índios o Caramuru, porque lhe sabia falar a língua, e não sei se ainda isto bastaria

História do Brasil

pelo que são carniceiros, e ficaram encarniçados nos companheiros, se dele não se namorara a filha de um índio principal, que tomou a seu cargo o defendê-lo, e desta maneira acabou Francisco Pereira Coutinho com todo o seu valor, e esforço, e a sua capitania com ele.

VIII

Da capitania de Pernambuco, que El-Rei doou a Duarte Coelho

As 50 léguas de terra desta capitania se contêm do rio de São Francisco, de que tratei no capítulo próximo passado, até o rio de Iguaraçu, de que tratei no capítulo segundo deste livro, e chama-se de Pernambuco, que quer dizer mar furado, por respeito de uma pedra furada, por onde o mar entra, a qual está vindo da ilha de Itamaracá, e também se poderá assim chamar por respeito do porto principal desta capitania, que é o mais nomeado, e frequentado de navios que todos os mais do Brasil, ao qual se entra pela boca de um recife de pedra tão estreita, que não cabe mais de uma nau enfiada após outra, e entrando desta barra, ou recife para dentro, fica logo ali um poço, ou surgidouro, onde vem acabar de carregar as naus grandes, e nadam as pequenas carregadas de 100 toneladas, ou pouco mais, para o que esta ali uma povoação de 200 vizinhos com uma freguesia do Corpo Santo, de quem são os mareantes mui devotos, e muitas vendas e tabernas, e os passos de açúcar, que são umas lojas grandes, onde se recolhem os caixões até se embarcarem os navios.

Esta povoação, que se chama de Recife, esta em 80° uma légua da vila de Olinda, cabeça desta capitania, aonde se vai por mar, e por terra, porque é uma ponta de areia como ponte, que o mar da costa, que entra pela dita boca, cinge ao leste, e voltando pela outra parte faz um rio estreito, que a cinge ao oeste, pelo qual rio navegam com a maré muitos batéis, e as barcas, que levam as fazendas ao varadouro da vila, onde esta a alfândega.

A vila se chama de Olinda, nome que lhe pôs um galego, criádo de Duarte Coelho, porque andando com outros por entre o mato buscando o sítio onde se edificasse, achando este, que é em um monte alto, disse com exclamação e alegria, Olinda.

Frei Vicente do Salvador

Desta capitania fez El-Rei D. João Terceiro mercê a Duarte Coelho, pelos muitos serviços que lhe havia feito na Índia na tomada de Malaca, e em outras ocasiões, o qual como tinha tão valorosos e altos espíritos, fez uma grossa armada em que se embarcou com sua mulher D. Beatriz de Albuquerque, e seu cunhado Jerônimo de Albuquerque, e foi desembarcar no rio de Iguaraçu, onde chamam os marcos, porque ali se demarcam as terras de sua capitania com as de Itamaracá, e as mais que se deram a Pero Lopes de Souza, onde já estava uma feitoria de El-Rei para o pau-brasil, e uma fortaleza de madeira que El-Rei lhe largou, e nela se recolheu, e morou alguns anos, e ali lhe nasceram seus filhos Duarte Coelho de Albuquerque, e Jorge de Albuquerque, e uma filha chamada D. Ignez de Albuquerque, que casou com D. Jerônimo de Moura, e cá morreram ambos, e um filho, que houveram, todos três em uma semana.

Dali deu Duarte Coelho ordem a se fazer a vila de Iguaraçu uma légua pelo rio adentro, do qual tomou o nome, e também se chama a vila de São Cosme e Damião, pela igreja matriz, que tem deste título, e orago, a qual é mui frequentada dos moradores da vila de Olinda, que dista dela quatro léguas, e dé outras partes mais distantes, pelos muitos milagres, que o Senhor faz pelos merecimentos, e intercessão dos santos.

Esta vila encarregou Duarte Coelho a um homem honrado Viannez chamado Afonso Gonçalves, que já o havia acompanhado da Índia. Da vila de Iguaraçu, ou dos santos Cosmos, mandou vir de Viana seus parentes, que tinha muitos, e mui pobres, os quais vieram logo com suas mulheres e filhos, e começaram a lavrar a terra entre os mais moradores, que já havia plantando mantimentos e canas de açúcar, para o qual começava já o capitão a fazer um engenho, e em tudo os ajudavam os gentios, que estavam de paz, e entravam e saíam da vila com seus resgates, ou sem eles, cada vez que queriam, mas embebedando-se uma vez uns poucos se começaram a ferir, e matar de modo, que foi necessário mandar o capitão alguns brancos com seus escravos, que os apartassem, ainda que contra o parecer dos nossos línguas, e intérpretes, que lhe disseram os deixasse brigar, e quebrar as cabeças uns aos outros; porque se lhes acudiam, como sempre se receiem dos brancos, haviam cuidar que os iam prender, e cativar, e se haviam de pôr em resistência, e assim foi, que logo se fizeram em um corpo, e com a mesma fúria, que uns traziam contra os outros, se tornaram todos os nossos, sem bastar vir depois o mesmo capitão com mais gente para os acabar de aquietar, e o pior foi que alguns, que ficaram fora da bebedice, se foram logo correndo à sua aldeia apelidando arma; porque os brancos se haviam já descoberto com eles, e tinham presos, mortos, e cativos, e feridos quantos estavam na vila, e assim o iriam fazendo pelas aldeias, e para mais confirmação desta mentira levavam uns dos mortos, que era filho do principal da aldeia, com a cabeça quebrada, dizendo que por ali veriam se falavam verdade, o qual visto, e ouvido pelo principal, e pelos mais se puseram

História do Brasil

logo em arma, e foram dar nos escravos do capitão, que andavam no mato cortando madeira, onde mataram um, os outros fugiram para a vila a contar o que se passava; e não bastou mandar-lhes o capitão dizer que os seus próprios fizeram a briga, e se mataram uns aos outros com a bebedice, e que os brancos foram só apartá-los, e eram seus amigos; nada disto bastou, antes apelidou o principal o das outras aldeias mandando-lhes parte do escravo do capitão, que haviam morto, para que se cevassem nela, como os da sua haviam feito na outra e assim se ajuntaram infinitos, e puseram em cerco a vila, dando-lhe muitos assaltos, e matando alguns moradores, e entre eles o capitão Afonso Gonçalves de uma flechada, que lhe deram por um olho, e lhe penetrou até os miolos, o qual os da vila recolheram, e enterraram com tanto segredo, que o não souberam os inimigos em dois anos, que durou o cerco, antes viam tanto vigia, e concerto, que parecia estar dentro algum grande capitão, sendo que cada um o era de si mesmo, e a necessidade de todos; porque até as mulheres vigiavam o seu quarto na fortaleza enquanto os homens dormiam, e estando elas de posto uma noite, vendo os inimigos tanto silêncio, que parecia não haver ali gente, subiram alguns, e começaram a entrar pelas portinholas das peças, mas elas, que os haviam sentido subir, os estavam aguardando com suas partasanas nas mãos, e quando estavam já com meio corpo dentro lhas meteram pelos peitos, e os passaram de parte a parte, e uma não contente com isso tomou um tição, e pôs fogo a uma peça com que fez fugir os outros, e espertar os nossos, que foi um feito mui heroico para mulheres terem tanto silêncio, e tanto ânimo.

O aperto maior que houve neste cerco foi o da fome; porque se não podiam valer de suas roças, onde tinham o mantimento, nem do mar para pescar e mariscar, e se da ilha de Itamaracá os não socorreram pelo rio em um barco, sem dúvida morreram todos à fome; e ainda este socorro lhe quiseram estorvar por muitos modos, mandando ameaçar aos da ilha, que só por isto lhes iriam fazer guerra, e esperando o barco; quando passava, lhe tiravam de terra muitas flechadas, pelo que era necessário ir mui bem empavesado, e contudo sempre feriam alguns remeiros, e uma vez determinaram fazer uma armadilha com que metessem o barco no fundo com quantos iam nele, e para este efeito cortaram uma grande árvore, que estava em uma ponta de terra, por onde haviam de ir costeando, e não a cortaram de todo, senão quanto se tinha por uma corda, para que quando passasse o barco por junto dela então a largassem e deixassem cair; mas quis Deus que eles caíssem na armadilha, que fizeram, porque a árvore não caiu para fora, senão para a terra, e os colheu debaixo, matando e ferindo a muitos.

Outros muitos milagres obrou Nosso Senhor neste cerco, pela intervenção dos bem-aventurados S. Cosme e Damião, padroeiros desta vila, que se isto não fora não se puderam sustentar com tantas necessidades quantas padeciam.

Nem Duarte Coelho os podia socorrer, por estar também neste tempo em contínuos assaltos do gentio na vila de Olinda, e lhe terem por ter-

Frei Vicente do Salvador

ra todos os caminhos tomados; somente mandou levar em uns barcos as crianças, e a mais gente, que não pudesse pelejar; porque não estorvassem, nem comessem o mantimento aos mais, que não foi pequeno acordo para aquele tempo, até que quis Nosso Senhor, que os mesmos inimigos, cansados já de pelejar, se pacificaram, e tornaram a ter paz, e amizade com os brancos, com o que tornaram a fazer suas fazendas.

IX

De como Duarte Coelho correu a costa da sua capitania, fazendo guerra aos franceses, paz com o gentio, e se foi para o reino

*N*ão menos foi o aperto em que Duarte Coelho (como temos tocado) teve tudo este tempo na vila de Olinda, tendo-o por algumas vezes os inimigos posto em cerco em a sua torre, com muitas necessidades de fome e sede, contra quem não valiam as balas, que valorosamente atiravam de dentro, ainda que com elas matavam muitos gentios e franceses: mas Deus Nosso Senhor, que excitou o ânimo de Raab, mulher desonesta, para que escondesse as espias de seu povo, e fosse instrumento da vitória que se alcançou contra Jericó, a excitou também a filha de um principal destes gentios, que se havia afeiçoado a um Vasco Fernandes de Lucena, e de quem tinha já filhos, para que fosse entre os seus, e gabando os brancos às outras as trouxessem todas carregadas de cabaças de água, e mantimentos, com que os nossos se sustinham; porque isto faziam muitas vezes, e com muito segredo, e era este Vasco Fernandes tão bem temido e estimado entre os gentios, que o principal se tinha por honrado em tê-lo por genro, porque o tinham por grande feiticeiro; e assim uma vez que o cerco era mais apertado e estavam os de dentro receosos de os entrarem, saiu ele só fora, e lhes começou a pregar na sua língua brasílica, que fossem amigos dos portugueses, como eles o eram seus, e não dos franceses, que os enganavam, e traziam ali para que fossem mortos, e logo fez uma risca no chão com um bordão, que levava, dizendo-lhes que se avisassem, que nenhum passasse daquela risca para a fortaleza, porque todos os que passassem haviam de morrer, ao que o gentio deu uma

56

História do Brasil

grande risada, fazendo zombaria disto, e sete ou oito indignados se foram a ele para o matarem, mas, em passando a risca, caíram todos mortos; o que visto pelos mais levantaram o cerco, e se puseram em fugida.

Não crera eu isto, posto que o vi escrito por pessoa, que o afirmava, se não soubera que neste próprio lugar, onde se fez à risca, defronte da torre, se edificou depois um suntuoso templo do Salvador, que é matriz das mais igrejas de Olinda, onde se celebram os divinos ofícios, com muita solenidade e, assim não se há de atribuir aos feitiços senão à Divina Providência, que quis com este milagre sinalar o sítio, e imunidade do seu templo.

Com estas e outras vitórias, alcançadas mais por milagres de Deus, que por forças humanas, cobrou Duarte Coelho tanto ânimo, que não se contentou de ficar na sua povoação pacífico, senão ir-se em suas embarcações pela costa abaixo até o rio de S. Francisco, entrando nos portos todos de sua capitania, onde achou naus francesas, que estavam ao resgate de pau-brasil com o gentio, e as fez despejar os portos, e tomou algumas lanças e franceses, posto que não tanto a seu salvo, e dos seus, que não ficassem muitos feridos, e ele de uma bombardada, de que andou muito tempo maltratado, e contudo não se quis recolher até não a limpar a costa toda destes ladrões, e fazer pazes com os mais dos índios, e isto feito se tornou para a sua povoação com muitos escravos, que lhe deram os índios, dos que tinham tomados nas suas guerras, que uns lá tinham com os outros, o que fez também muito temido, e estimado dos circunvizinhos de Olinda, dizendo todos que aquele homem devia ser algum diabo imortal, pois se não contentava de pelejar em sua casa com eles, e com os franceses, mas ainda ia buscar fora com quem pelejar, e com isto mais por medo que por vontade lhe foram dando lugar para fazer um engenho uma légua da vila, e seu cunhado Jerônimo de Albuquerque outro; e os lavradores suas roças de mantimentos, e canaviais, a que o gentio os vinha ajudar, e lhes traziam muitas galinhas, caças, e frutas do mato, peixe, e mariscos a troco de anzóis, facas, foices, e machados, que eles estimavam muito.

Fez também caravelões, e lanchas em que fossem resgatar com os da costa com que tinha feito pazes, donde a troco das mesmas ferramentas, e de outras coisas de pouca valia, resgatavam muitos escravos e escravas, de que se serviam, e os casavam com outros livres, que os serviam também como os cativos.

Vendo Duarte Coelho que a terra estava quieta, e os moradores contentes, determinou ir-se a Portugal com seus filhos, deixando o governo da capitania a seu cunhado Jerônimo de Albuquerque em companhia da irmã.

O intento que o levou devia ser para requerer seus serviços, que na verdade eram grandes; e ainda que eram para seu proveito, e de seus descendentes, aos quais rende hoje a capitania perto de vinte mil cruzados: muito mais eram para El-Rei, a quem só os dízimos passam cada ano de 60 mil cruzados, fora o pau-brasil, e direitos do açúcar, que importam muito os desta capitania por haver nela cem engenhos; porém como ainda então não havia tantos, nem tanta renda, e devia estar mexericado com El-Rei, que lhe tomava a jurisdição, quando lhe foi beijar a mão lho remocou, e o recebeu com tão pouca graça, que indo-se para casa enfermou de nojo, e morreu daí a poucos dias; pelo que indo Afonso de Albuquerque com dó ao passo, e sabendo El-Rei dele por quem o trazia, lhe disse: Pesa-me ser morto Duarte Coelho, porque era muito bom cavaleiro. Esta foi a paga de seus serviços, mas mui diferente a que de Deus receberia, que é só o que paga dignamente, e ainda ultra condignum, aos que o servem.

De como na ausência de Duarte Coelho ficou governando Jerônimo de Albuquerque a Capitania de Pernambuco, e do que nela aconteceu neste tempo

*R*azão tinha (se tivera perfeito uso dela) o gentio desta capitania para não se inquietar, e inquietá-la com a ausência de Duarte Coelho, pois ficava em seu lugar sua mulher D. Beatriz de Albuquerque, que a todos tratava como filhos, e Jerônimo de Albuquerque seu irmão, que assim por sua natural brandura, e boa condição, como por ter muitos filhos das filhas dos principais, os tratava a eles com respeito. Mas como é gente que se leva mais por temor, que por amor, tanto que viram ausentes o que temiam, começaram a fazer das suas, matando, e comendo a quantos brancos e negros seus escravos encontravam pelos caminhos, e o pior era que nem por isto deixavam de lhes vir a casa com seus resgates, dizendo que eles o não faziam, senão alguns velhacos, que haviam mister bem castigados.

Muito dava isto em que entender a Jerônimo de Albuquerque por não saber que conselho tomasse, e assim chamou a ele os oficiais da Câmara, e outras pessoas que o podiam dar, e juntos em sua casa lhes perguntou o que faria, começou logo cada um a dizer o que sentia, e os mais foram de parecer que os castigassem, e lhes fizessem guerra, mas não concordando no modo dela, se desfez a junta sem resolução do caso, e se foi cada um para sua casa, só ficaram alguns, que melhor sentiam, e entre eles um chamado Vasco Fernandes de Lucena, homem grave, e muito experimentado nesta matéria de índios do Brasil, que lhes sabia bem a língua, e as tretas de que usam, o qual disse ao governador que não era bem dar guerra a este gentio sem primeiro averiguar quais eram os culpados, porque não ficassem pagando os justos pelos pecadores; e que ele (se lhe dava licença) daria ordem e traça com que eles mesmos se descobrissem, e acusassem uns aos outros, e sobre isso ficassem entre si divisos, e inimigos mortais, que era o que mais importava; porque todo o reino em si diviso será assolado, e uns aos outros se destruíram sem nós lhes fazermos guerra, e quando fosse necessário fazer-lha, nos ajudaríamos do bando contrário, que foi sempre o modo mais fácil das guerras, que os portugueses fizeram no Brasil, e para isto mandasse logo ordenar muitos vinhos, e convidar os principais das aldeias, para que os viessem beber, e no mais deixasse a ele o cargo.

Pareceu isto bem aos que ali estavam, e o governador encomendando-lhes o segredo como convinha, mandou fazer os vinhos, e eles feitos mandou chamar os principais das aldeias dos gentios, e tanto que vieram os mandou agasalhar pelos línguas, ou intérpretes, que o fizeram ao seu modo bebendo com eles, porque não suspeitassem ter o vinho peçonha, e o bebessem de boa vontade, e depois que estiveram carregados, lhes disse Vasco Fernandes de Lucena que o governador os mandava chamar porque determinava ir fazer guerra aos Tobayoyas (Tobayáras?), que eram outros gentios seus contrários, o que não queria fazer sem sua ajuda; porém como entre eles havia alguns velhacos, como eles mesmos confessavam, que ainda em sua presença matavam, e comiam os portugueses, e os seus escravos, que achavam pelos caminhos, se receava que em sua ausência viriam a suas casas a matar suas mulheres e filhos, pelo que era necessário, antes que se partissem, saber quem eram estes para os castigar, e premiar os bons; e como eles (deve de ser pela virtude do vinho, que entre outras tem também esta) nunca falam verdade, senão quando estão bêbados, começaram a nomear os culpados, e sobre isto vieram às pancadas, e flechadas, ferindo-se, e matando uns aos outros, até que acudiu o governador Jerônimo de Albuquerque, e os prendeu; e depois de averiguar quais foram os homicidas dos brancos, uns mandou pôr em bocas de bombardas, e dispará-las à vista dos mais, para que os vissem voar feitos pedaços, e outros entregou aos acusadores, que os mataram em terreiros, e os comeram em confirmação da sua inimizade, e assim a tiveram daí avante tão grande como se fora de muitos anos, e se dividiram em dois bandos, ficando os acusadores com os seus sequazes, que era o maior número, onde dantes estavam, da vila até a mata do pau-brasil, por onde tiveram os portugueses lugar de se alargarem por esta parte, e fazerem seus engenhos, e fazendas, assim na várzea de Capiguaribe, que é a melhor de toda esta capitania, como em todo o espaço, que há até a vila de Iguaraçu; e a gente

Frei Vicente do Salvador

dos culpados, e acusadores, se passou para as matas do cabo de Santo Agostinho, louvando aos portugueses que haviam feito justiça.

Porém de lá vinham fazer tanta guerra a estoutros nossos amigos de uma grande cerca, que fizeram nos outeiros, que cercam a várzea de Capiguaribe da banda do sul, chamados Guararapes, que foi necessário ao capitão-mor Jerônimo de Albuquerque ir dar nela com os brancos, que pôde ajuntar, e mais de dez mil de estoutros índios, que para isto se lhe ofereceram de boa vontade, e como eram tantos, e os da cerca 600 flecheiros, com muita confiança remeteram a ela, e a acometeram por todas as partes, parecendo-lhes que já a tinham ganhada, mas os de dentro, como andavam mais resguardados, se defenderam, e os ofenderam de modo matando e ferindo tantos, que foi forçado aos capitães, depois de muitas horas de peleja, mandá-los recolher para uma caiçara, ou cerca de rama, que fizeram 25 braças afastada da dos contrários, e houve toda aquela noite grande jogo de pulhas, e bravatas de parte a parte, como costumam: dizendo, todavia, os contrários sempre que não o haviam com os brancos, antes queriam sua amizade, senão com os índios, e assim o mostraram o dia seguinte, porque estando os nossos portugueses, e índios muito descuidados, cuidando que não os viriam buscar, eles com um socorro de duzentos flecheiros, que lhes veio de outra aldeia, saíram com tanta pressa, e os cometeram com tanta fúria, que a muitos não deram lugar para tomar armas, e sem elas, e sem ordem alguma lançaram a fugir, tirado o capitão-mor Jerônimo de Albuquerque, que se foi retirando com os portugueses ordenadamente, mas não tanto a seu salvo que lhe não quebrassem um olho com uma flecha naquela primeira remetida, que depois não quiseram segui-los senão aos negros, que iam fugindo, nos quais fizeram grande destruição, e matança, de que depois se vingaram indo com Duarte Coelho de Albuquerque, que por morte de seu pai veio com seu irmão Jorge de Albuquerque a governar esta sua capitania, e foi dar guerra a este gentio do cabo, como a seu tempo contaremos.

XI

Da capitania de Itamaracá

Já dissemos no capítulo segundo como Pero Lopes de Souza não tomou as 50 léguas de terra, de que El-Rei lhe fez mercê, todas juntas, senão repartidas, 25 da capitania de São Vicente para o sul, e outras 25 da capitania de Pernambuco para o norte, a que chamam de Itamaracá por respeito de uma ilha assim chamada, na qual está situada a vila da Conceição com uma igreja matriz do mesmo título, e outra da Santa Misericórdia.

A ilha tem duas léguas de comprido, ou pouco mais, ao redor dela vem desembocar cinco rios, dos quais, o de Iguaraçu, que demarca e extrema esta capitania da de Pernambuco, e está em 7° e um terço, alaga da ilha da parte do sul, onde está a dita vila, e o porto dos Navios, os quais para entrarem tem por baliza, e sinal umas barreiras vermelhas, com as quais pondo-se nordeste sudoeste entram pela barra à vontade. Outra barra tem a ilha à parte do norte, pela qual entram caravelões da costa.

Os outros rios que da terra firme vêm desembocar ao redor desta ilha são os de Araripe, Tapirema, Tujucupapo e Gueena, nos quais há mui bons engenhos de açúcar principalmente neste último de Gueena, onde está outra freguesia.

Nesta ilha de Itamaracá tinham os franceses feito uma fortaleza com um presídio de mais de cem soldados, com muitas munições, e artilharia, onde se recolhia a gente dos seus navios quando vinham a carregar de pau-brasil, que os gentios lhe cortavam, e acarretavam aos ombros a troco de ferramenta e outros resgates de pouca valia, que lhes davam, como também lhes traziam a troco dos mesmos muito algodão, e fiado, e redes feitas em que dormem, bugios, papagaios, pimenta e outras coisas que a terra dá, que para os franceses era de muito ganho, e por esta causa assim neste porto como nos mais do Brasil comerciavam com o gentio, e os alteravam contra os portugueses, induzindo-os que os não consentissem povoar, antes os matassem e comessem, porque o mesmo vinham eles a fazer, o qual sabido por El-Rei D. João Terceiro, ordenou uma armada mui bem provida de todo o necessário, e mandou nela por capitão-mor Pero Lopes de Souza, para que viesse primeiramente a esta ilha, e daqui a todos os mais portos, e lançasse dele todos os franceses que achasse, e destruísse suas fortalezas e feitorias, levantando outras, donde lhe carregassem o pau-brasil por sua conta, porque esta era a droga que tomava para si.

Frei Vicente do Salvador

Esta armada partiu de Lisboa, e navegou prosperamente até avistar a ilha de Itamaracá a tempo que havia dela saído uma nau francesa carregada para França, a qual cuidou fugir-lhe, mas mandou atrás dela uma caravela muito ligeira, e por capitão dela um João Gonçalves, homem de sua casa, de cujo esforço tinha muita confiança, pela experiência que dele tinha de outras armadas em que o acompanhou contra os corsários na costa de Portugal e de Castela; e como a caravela era um pensamento, e a nau francesa sobrecarregada, posto que alojou muita parte da carga do pau-brasil, enfim foi alcançada, e querendo se pôr em defesa lhe tiraram da nossa com um pelouro de cadeia, que a colheu de proa a popa, e a desenxarceou de uma banda, e lhe matou alguns homens, com o que se renderam os mais, que eram 35 entre grandes e pequenos, e a nau com oito peças de artilharia, com a qual presa se tornou o capitão João Gonçalves, havendo já 27 dias que o capitão-mor estava na ilha, onde teve informação de outra nau que vinha de França com munições e resgates aos franceses, e a mandou esperar por outras duas caravelas, de que foram por capitães Álvaro Nunes de Andrada, homem fidalgo, galezo, da geração dos Andradas, e Gamboas, e Sebastião Gonçalves Arvelos, os quais a tomaram, e entraram com ela na mesma maré em que João Gonçalves entrou com a outra, com que os franceses da fortaleza começaram a enfraquecer, e desmaiar, e muito mais porque se lhe levantou um levantisco, e alguns portugueses que eles tinham tomado, e andavam entre os gentios, os quais, como lhes sabiam falar já a língua, os amotinaram contra os franceses de tal modo, que se Pero Lopes de Souza lho não proibira, quiseram logo matá-los, e comê-los, que tão variável é o gentio, e amigo de novidades; e assim vieram logo os principais oferecer-se a Pero Lopes de Souza para isto, e para tudo o mais que lhes mandasse; o qual os recebeu benignamente, e lhes disse que não fizessem o mal aos franceses, porque todos eram irmãos, nem ele lho havia de fazer, se lhe não resistissem, antes muitos benefícios, e favores; sabido isto pelos franceses (que logo lhe foram dizer) lhe mandou o seu capitão oferecer que fosse tomar entrega da fortaleza, e deles, que todos queriam ser seus prisioneiros, e cativos, e só pediam mercê das vidas, e assim se fez; não esperando o capitão da fortaleza que Pero Lopes de Souza chegasse a ela, mas ao caminho lhe trouxe as chaves, e lhas entregou com todos os seus soldados desarmados, ele lhes mandou entregar a sua roupa, e despejada a fortaleza da artilharia, e do mais que tinha a mandou arrasar, fazendo outra mais forte na povoação, e outra nos marcos, para resguardo da feitoria dEl-Rei, que depois Sua Alteza deu a Duarte Coelho, onde logo se tratou de fazer muito pau para a carga dos navios: e enquanto estas coisas se faziam sucedeu uma noite, que estando o capitão-mor com a candeia, e janela aberta lhe tiraram de fora com duas flechas, das quais uma lhe foi tocando com as penas pelo roupão, e ambas se foram pregar em umas rodelas, que estavam

História do Brasil

defronte na parede, o qual suspeitando nos franceses, mandou pela manhã que os enforcassem todos, e começando-se a fazer execução, vendo dois que ele havia tomado para a fortaleza por serem bombardeiros, que os mais eram inocentes, disseram em altas vozes que eles eram os culpados, que lhe haviam atirado cuidando de o acertarem, e nenhum daqueloutros tinha culpa; pelo que mandou sustar a execução neles, e enforcar a estoutros, mas estavam muitos enforcados, e cá se consumiram todos, com que os gentios ficaram estimando mais os portugueses, e os começaram a ajudar a fazer suas roças e fazendas, e a cortar e trazer o pau, que se havia de carregar nos navios de El-Rei, o que tudo se lhes pagava muito a seu gosto.

Carregados os navios da armada que o capitão havia trazido para este efeito se partiram para o reino, e ele nos outros foi correr a costa, como El--Rei lhe mandava, onde entrou em muitos portos, e queimou algumas naus francesas que achou, mas os franceses lhe fugiram pela terra dentro com os gentios, donde depois nos fizeram muito mal.

Ultimamente chegou a São Vicente, onde achou a seu irmão mais velho, Martim Afonso de Souza, fortificando, e povoando a sua capitania, e dando ordem a se povoar, e fortificar também a sua de São Vicente para o sul, se tornou a esta de Itamaracá, e achando boa informação de um Francisco de Braga, grande intérprete do Brasil, que havia deixado em seu lugar, o tornou a deixar com todos os seus poderes, e se tornou a Portugal a dar conta a El-Rei do que tinha feito, donde foi por capitão-mor de quatro naus para a Índia o ano de 1539, e a tornada para o reino se sumiu a nau em que vinha, sem nunca mais aparecer, nem coisa alguma dela.

XII

Do que aconteceu na capitania de Itamaracá depois que dela se foi o donatário Pero Lopes de Souza

*C*omo o capitão Francisco de Braga sabia falar a língua do gentio, e era tão conhecido entre eles, não faziam senão o que ele queria, e lhes mandava, e assim se ia esta capitania povoando com muita facilidade, mas chegou neste tempo Duarte Coelho a povoar a sua, e como fez a povoação nos marcos, foi a muita vizinhança causa de terem algumas diferenças, por fim das quais lhe mandou Duarte Coelho dar uma cutilada pelo rosto, e o capitão vendo que não podia vingar, se embarcou para as Índias de Castela, levando tudo o que pôde; pelo que ficou a capitania desbaratada, perdida, como corpo sem cabeça, e muito mais por chegar neste tempo novas que era morto Pero Lopes de Souza, vindo da Índia, onde El-Rei o mandou por capitão-mor das naus. Mas sua mulher D. Isabel de Gamboa mandou logo aprestar um patacho em que viesse o capitão João Gonçalves, que já havia estado com seu marido, e se partisse à pressa, sem esperar por outros três navios, que se ficavam negociando; e assim se partiu; porém os que partiram derradeiro chegaram, e o primeiro arribou às Antilhas, e foi dar à costa na ilha de Santo Domingo, com os mastros quebrados, posto que se salvou a gente.

Vendo Pedro Vogado, que assim se chamava o capitão-mor dos três navios, que não era chegado o capitão João Gonçalves à ilha, os carregou logo de pau-brasil, e os tornou a mandar, avisando a D. Isabel do que passava, e de como ele ficava entretanto governando. A qual, em vez de o mandar continuar porque o fazia mui honradamente, mandou outro capitão, que mais era para governar uma barca, e assim se embarcou, e foi por essas capitanias abaixo (como fez o Braga), deixando esta em termos de se acabar de despovoar, se não fora um morador honrado chamado Miguel Álvares de Paiva, o qual levantaram por capitão, porque nunca se quis sair da ilha, antes teve mão nos outros, que se não fossem nem mandassem suas mulheres, e filhos, como alguns queriam, com medo dos gentios, que neste tempo tinham cercada a vila de Iguaraçu, e os ameaçavam que lhes haviam de fazer o mesmo; este capitão era o que socorria os do cerco com os barcos do mantimento, como dissemos no capítulo nono, e trazia outros entre a ilha e a terra firme com soldados e armas, para que estorvassem ao inimigo a passagem, até que finalmente se quietaram, e chegou o capitão João Gonçalves das Antilhas, cuja vinda foi muito festejada, e os gentios lhe tinham muito respeito, por verem que assim lho tinha Pero Lopes de Souza, quando cá esteve, e assim não lhe chamavam senão o capitão velho, e pai de Pero Lopes: e na verdade ele o parecia no zelo com que o servia, e procurava o aumento desta sua capitania, não consentindo queaos Índios se fizesse algum agravo, mas cariciando a todos, com que eles andavam tão contentes, e domésticos, que de sua livre vontade se ofereciam a servir os brancos, e lhes cultivavam as terras de graça, ou por pouco mais de nada, principalmente um ano que houve de muita fome na Paraíba, donde só pelo comer se vinham meter por suas casas a servi-los; e assim não havia branco, por pobre que fosse nesta capitania, que não tivesse 20 ou 30 negros destes, de que se serviam como de cativos, e os ricos tinham aldeias inteiras.

Pois que direi dos resgates que faziam, donde por uma foice, por uma faca, ou um pente traziam cargas de galinhas, bugios, papagaios, mel, cera, fio de algodão, e quanto os pobres tinham.

Durou esta era, a que ainda hoje os moradores antigos chamam dourada, enquanto viveu o capitão velho, mas depois que morreu vieram outros a destruir quanto estava feito, fazendo, e consentindo fazerem-se tantas vexações e agravos aos pobres gentios em suas próprias terras, e aldeias, que se começaram a inquietar e rebelar, e os que pela nossa paz e amizade se afastavam dos franceses, e senão eram alguns da beira mar, os outros do sertão de nenhuma maneira os admitiam entre si, nem queriam seu comércio; depois uns e outros se liaram com eles, e nos fizeram tão grandes guerras, quanto os moradores desta capitania o sentiram em suas pessoas e fazendas, e não menos o donatário, que todo este tempo recebeu dela perdas sem proveito, e enfim lhe veio a custar tomar-lhe El-Rei um grande pedaço dela, que é grande parte da Paraíba, por havê-la conquistado, e libertado do poder dos inimigos à custa da sua fazenda, e de seus vassalos, como no livro quarto veremos.

XIII

Da terra e capitania, que El-Rei D. João III doou a João de Barros

No fim das 25 léguas da terra da capitania de Itamaracá, que El--Rei doou a Pero Lopes de Souza, doou, e fez mercê a João de Barros, feitor, que foi da casa da Índia, de 50 léguas por costa; o qual cuidando de se aproveitar a si e a seus amigos, armou com Fernand'Álvares de Andrade, tesoureiro-mor do reino, e Aires da Cunha, que veio por capitão da empresa, mandando com ele dois filhos seus em uma frota de 10 navios, em que vinham 900 homens, e com todo o necessário para a jornada, e para a povoação que vinham fazer, se partiram de Lisboa no ano de 1535; mas desgarrando-se com as águas e ventos foram tomar terra junto do Maranhão, onde se perderam nos baixos.

Deste naufrágio escapou muita gente, com a qual os filhos de João de Barros se recolheram a uma ilha, que então se chamava das Vacas, e agora de São Luiz, donde fizeram pazes com o gentio tapuia, que então ali habitava, resgatando mantimentos, e outras coisas, que lhes eram necessárias: e chegou o trato e amizade a tanto que alguns houveram filhos das Tapuias, como se descobriu depois que cresceram, não só porque barbaram, e barbam ainda hoje todos os seus

Frei Vicente do Salvador

descendentes, como seus pais e avós, senão pelo amor que têm aos portugueses em tanta maneira, que nunca jamais quiseram paz com os outros gentios, nem com os franceses, dizendo que aqueles não eram verdadeiros Peros (que assim chamam aos portugueses, parece por respeito de algum que se chamava Pedro) e, todavia, quando na era de 614 entraram os nossos no Maranhão, logo os vieram ver, e fazer pazes com eles, dizendo que estes eram os seus Peros desejados, de que eles descendiam.

Donde se colige que não era o Maranhão a terra, que El-Rei deu a João de Barros, como alguns cuidam, senão estoutra, que demarca pela Paraíba com a de Pero Lopes de Souza; porque se fora a do Maranhão, havendo seus filhos escapado do naufrágio, e chegado à do Maranhão com quase toda a sua gente, e achando a da terra tão benévola, e pacífica, que causa havia para que a não povoassem?

Prova-se também por que todas as que se deram naquele tempo foram contíguas umas com outras, e os donatários éreos uns dos outros pela ordem que vimos nos capítulos precedentes.

E finalmente se confirma, por que a do Maranhão foi dada a Luiz de Mello da Silva, que a descobriu, como se verá no capítulo seguinte, e não devia El-Rei de dar a um, o que tinha dado a outro.

Nem o mesmo João de Barros, na primeira década, livro sexto, capítulo primeiro, onde fala da sua capitania, faz menção do Maranhão, mas só diz que da repartição que El-Rei D. João Terceiro fez das capitanias na província de Santa Cruz, que comumente se chama do Brasil, lhe coube uma, a qual lhe custou muita substância de fazenda, por razão de uma armada, que fez em companhia de Aires da Cunha – etcetera, que é a armada (como temos dito) que arribou – , e se foi perder no Maranhão, e daí mandou depois em outros navios buscar seus filhos, donde ficou tão pobre, e endividado, que não pôde mais povoar a sua terra, a qual já agora é de Sua Majestade, por cujo mandado depois se conquistou, e se ganhou ao gentio Potiguar à custa de sua real fazenda.

História do Brasil

XIV

Da terra e capitania do Maranhão, que El-Rei D. João III doou a Luiz de Mello da Silva

O Maranhão é uma grande baía, que fez o mar, cuja boca se abre ao norte em 2º e um quarto da linha para o sul, entre a ponta do Pereá, que lhe fica a leste, e a do Cumá a oeste, tem no meio a ilha de S. Luiz, que é de 20 léguas de comprido, e sete ou oito de largura, onde esteve Aires da Cunha, quando se perdeu com a sua armada, e os filhos de João de Barros, como dissemos no capítulo precedente. A qual ilha sai desta baía como língua com a ponta de Arassoagi ao norte, onde tem a boca. Dentro tem outras muitas ilhas, das quais a maior é de seis léguas. Deságuam nesta baía cinco rios caudalosos, e todos navegáveis, que são o Monim, o Itapucuru, o Mearim, o Pinaré, que dizem nasce muito perto do Peru, e o Maracu, que se deriva por muitos, e mui espaçosos lagos.

Todos estes rios têm boníssimas águas, e pescados, excelentes terras, muitas madeiras, muitas frutas, muitas caças, e por isto muito povoadas de gentios.

No tempo que se começou a descobrir o Brasil, veio Luiz de Mello da Silva, filho do alcaide-mor de Elvas, como aventureiro, em uma caravela a correr esta costa, para descobrir alguma boa capitania, que pedir a El-Rei, e não podendo passar de Pernambuco desgarrou com o tempo e águas, e se foi entrar no Maranhão, do qual se contentou muito, e tomou língua do gentio, e depois na Margarita de alguns soldados que haviam ficado da companhia de Francisco de Orelhana, que como testemunhas de vista muito lha gabaram, e prometeram muitos haveres de ouro, e prata pela terra dentro, do que movido Luiz de Mello se foi a Portugal pedir a El-Rei aquela capitania para a conquistar e povoar, e sendo-lhe concedida, se fez prestes na cidade de Lisboa, e partiu dela em três naus e duas caravelas, com que chegando ao Maranhão se perdeu nos esparsos e baixos da barra, e morreu a maior parte da gente que levava, escapando só ele com alguns em uma caravela, que ficou fora do perigo, e 18 homens em um batel, que foi ter à ilha de Santo Domingo, dos quais foi um meu pai, que Nosso Senhor tenha em sua glória, o qual sendo moço, por fugir de uma madrasta, e ser Alentejano, como o capitão, da geração dos Palhas, e com pouco grau para sustentar a vida, se embarcou então para o Maranhão, e depois para esta Bahia, onde se casou, e me houve, e a outros filhos e filhas.

Frei Vicente do Salvador

Depois de Luiz de Mello ser em Portugal se passou à Índia, onde obrou valorosos feitos, e vindo-se para o reino muito rico, e com tenção de tornar a esta empresa, acabou na viagem na nau São Francisco, que desapareceu sem se saber mais novas dela; nem houve quem tratasse mais do Maranhão o que visto pelos franceses, lançaram mão dele, como veremos no livro quinto.

Mas hão se aqui por fim deste de advertir duas coisas: a primeira que não guardei nele a ordem de tempo e antiguidade das capitanias, e povoações, senão a do sítio, e contiguação de umas com outras, começando do sul para o norte, o que não farei nos seguintes livros, em que seguirei a ordem dos tempos, e sucessão das coisas. A segunda, que não tratei das do Rio de Janeiro, Sergipe, Paraíba, e outras, porque estas se conquistaram depois, e povoaram por conta dEl-Rei, por ordem de seus capitães, e governadores gerais, e terão seu lugar quando tratarmos deles nos livros seguintes.

LIVRO TERCEIRO

Da história do Brasil do tempo que o governou Tomé de Souza até a vinda do governador Manuel Teles Barreto

I

De como El-Rei mandou outra vez povoar a Bahia por Tomé de Souza, governador geral da Bahia

*D*epois que El-Rei soube da morte de Francisco Pereira Coutinho, e da fertilidade da terra da Bahia, bons ares, boas águas, e outras qualidades que tinha para ser povoada; e juntamente estar no meio das outras capitanias, determinou povoá-la e fazer nela uma cidade, que fosse como coração no meio do corpo, donde todas se socorressem, e fossem governadas. Para o que mandou fazer uma grande armada, provida de todo o necessário para a empresa, e por capitão-mor Tomé de Souza, do seu conselho, com título de governador de todo o estado do Brasil, dando-lhe grande alçada de poderes, e regimento, em que quebrou os que tinha concedido a todos os outros capitães proprietários, por no cível e crime lhes ter dado demasiada alçada, como vimos no capítulo segundo do livro segundo; mandando que no crime nenhuma tenham, sem que deem apelação para o ouvidor-geral deste estado, e no cível 20 mil-réis somente; e que o dito ouvidor-geral possa entrar por suas terras por correção, e ouvir nelas de auções novas e velhas, o que não faziam dantes, e para isto lhe deu por ajudadores o doutor Pero Borges, corregedor que fora de Elvas, para servir de ouvidor-geral; Antônio Cardoso de Barros para provedor-mor da Fazenda, e Diogo Moniz Barreto para alcaide-mor da cidade que edificasse; com os quais, e com alguns criados dEl-Rei, que vinham providos em outros cargos, e seis padres da companhia para doutrinar, e converter o gentio, e outros sacerdotes, e seculares, partiu de Lisboa a 2 de fevereiro de 1549, trazendo mais alguns homens casados, e mil de peleja, em que entravam quatrocentos degradados.

Com toda esta gente chegou à Bahia a 20 de março do mesmo ano, e desembarcou na VilaVelha, que Francisco Pereira deixou edificada logo à entrada da barra, onde achou a Diogo Álvares Caramuru, de quem disse no sétimo capítulo do livro segundo, que foi livre da morte pela filha de um índio principal, que dele se namorou, a qual embarcando-se ele depois, fugido em um navio francês, que aqui veio carregar de pau, e indo já o navio à vela, se foi a nado embarcar com ele, e chegando à França, batizando-se ela, e chamando-se Luiza Alvares, se casaram ambos, e depois os tornaram a trazer os franceses no mesmo navio, prometendo-lhes ele de lho fazer carregar por seus cunhados.

Porém chegando à Bahia, e ancorando no rio de Paraguaçu, junto à ilha dos franceses, lhes mandou uma noite cortar a amarra, com que deram à costa, e despojados de quanto traziam, foram todos mortos, e comidos do gentio, dizendo-lhes Luiza Alvares, sua parenta, que aqueles eram inimigos, e só seu marido era amigo, e como tal tornava a buscá-los, e queria viver entre eles, como de feito viveu até a vinda de Tomé de Souza, e depois muitos anos, e a ela alcancei eu, morto já o marido, viúva mui honrada, amiga de fazer esmolas aos pobres, e outras obras de piedade.

E assim fez junto a Vila Velha em um aprazível sítio uma ermida de Nossa Senhora da Graça, e impetrou do Sumo Pontífice indulgências para os romeiros, dos quais é mui frequentada.

Esta capela ou administração dela doou aos padres de São Bento, que ali vão todos os sábados cantar uma missa.

Frei Vicente do Salvador

Morreu muito velha, e viu em sua vida todas suas filhas, e algumas netas casadas com os principais portugueses da terra, e bem o mereciam também por parte de seu progenitor Diogo Álvares Caramuru, por cujo respeito fiz esta digressão; pois este foi o que conservou a posse da terra tantos anos, e por seu meio fez o governador Tomé de Souza pazes com o gentio, e os fez servir aos brancos, e assim edificou, povoou e fortificou a cidade, que chamou do Salvador, onde ela hoje está, que é meia légua da barra para dentro, por ser aqui o porto mais quieto, e abrigado para os navios: onde ouvi dizer a homens do seu tempo (que ainda alcancei alguns) que ele era o primeiro que lançava mão do pilão para os taipais, e ajudava a levar a seus ombros os caibros, e madeiras para as casas, mostrando-se a todos companheiro, e afável (parte mui necessária nos que governam novas povoações); com isto folgavam todos de trabalhar, e exercitar cada um as habilidades que tinha, dando-se uns à agricultura, outros a criar gado, e a toda a mecânica, ainda que a não tivessem aprendida, com o que foi a terra em grande crescimento, e muito mais com a ajuda de custa, que El-Rei fazia com tanta liberalidade, que se afirma no triênio deste governador gastar de sua real fazenda mais de 300 mil cruzados em soldos, ordenados de ministros, edifícios da Sé, e casa dos padres da Companhia, ornamentos, sinos, artilharia, gados, roupas, e outras coisas necessárias, o que fazia não tanto pelo interesse, que esperava de seus direitos, e dos dízimos, de que o Sumo Pontífice lhe fez concessão com obrigação de prover as igrejas, e seus ministros, quanto pelo gosto, que tinha de aumentar este estado, e fazer dele um grande império, como ele dizia.

Nem se deixou então de praticar, que se alguma hora acontecesse (o que Deus não permita) ser Portugal entrado, e possuído de inimigos estrangeiros, como há acontecido em outros reinos, de sorte que fosse forçado passar-se El-Rei com seus portugueses a outra terra, a nenhuma o podia melhor fazer, que a esta: porque passar-se às ilhas (como diziam, e fez o senhor D. Antônio, pretendente do reino, no ano do Senhor de 1580), além de serem mui pequenas, estão tão perto de Portugal que lhe iriam os inimigos no alcance, e antes de se poderem reparar dariam sobre eles.

A Índia, ainda que é grande, é tão longe, e a navegação tão perigosa, que era perder a esperança de poder tornar, e recuperar o reino. Porém o Brasil, com ser grande fica em tal distância, e tão fácil a navegação, que com muita facilidade pode cá vir e tornar quando quiserem, ou ficar-se de morada, pois a gente que cabe em menos 100 léguas de terra, que tem todo Portugal, bem caberá em mais de mil, que tem o Brasil, e seria este um grande reino, tendo gente, porque donde há as abelhas há o mel, e mais quando não só das flores, mas das ervas e canas se colhe mel e açúcar, que de outros reinos estranhos viriam cá buscar com a mesma facilidade a troco das suas mercadorias, que cá não há; e da mesma maneira as drogas da Índia, que daqui fica mais vizinha, e a viagem mais breve e fácil, pois a

História do Brasil

Portugal não vão buscar outras coisas senão estas, que pão, panos, e outras coisas semelhantes não lhe faltam em suas terras; mas toda esta reputação e estima do Brasil se acabou com El-Rei D. João, que o estimava e reputava.

II

De outras duas armadas, que El-Rei mandou com gente e provimento para a Bahia

*L*ogo no ano seguinte de mil quinhentos e cinquenta mandou El-Rei outra armada com muita gente e provimento, e por capitão-mor dela Simão da Gama d'Andrade, no galeão velho muito afamado; foi este fidalgo nesta cidade grande republico, e daí a muitos anos morreu nela de herpes, que lhe deram em uma perna, deixando uma capela perpétua de missas na Igreja da Misericórdia, onde está sepultado com um epitáfio, que diz assim:

Pela suma caridade
de Cristo Crucificado,
está aqui sepultado
Simão da Gama d'Andrade
para ser ressuscitado.

Nesta armada veio o bispo D. Pedro Fernandes Sardinha, pessoa de muita autoridade e exemplo, e extremado pregador, e trouxe em sua companhia quatro sacerdotes da Companhia de Jesus para ajudarem os seis, que já cá estavam, na doutrina, e conversão do gentio, e outros clérigos, e ornamentos para a sua Sé.

O ano seguinte de mil quinhentos cinquenta e um, mandou El-Rei outra armada, e por capitão-mor dela Antônio de Oliveira Carvalhal para alcaide-mor de Vila Velha, com muitas donzelas da rainha D. Catarina, e do Mosteiro das Órfãs, encarregadas ao governador para que as casasse, como o fez, com homens a que deu ofícios da República, e algumas dotou de sua própria fazenda.

Era Tomé de Souza homem muito avisado e prudente, e muito experimentado nas guerras da África e da Índia, onde estivera, tinha mostrado valoroso cavaleiro, mas estava isto cá tão em agro, e enfadava-se de labutar com degradados, vendo que não eram como o pêssego, "pomo que da Pá-

Frei Vicente do Salvador

tria Pérsia veio melhor tornado no terreno alheio", que pediu com muita instância por muitas vezes a El-Rei que lhe desse licença para se tornar ao reino, contudo é muito para notar um dito, que (entre outros que tinha mui galantes) disse quando lhe veio a licença.

É costume nesta Bahia ir o meirinho do mar quando entram os navios, e trazer a nova ao governador donde são, e do que trazem; como pois fosse em aquela ocasião, e achasse que vinha sucessor ao governador, tornou-se mui alegre a pedir-lhe alvíssaras, porque já eram cumpridos seus desejos, e estava no porto novo governador, respondeu-lhe ele depois de estar um pouco suspenso: Vedes isso, meirinho, verdade é que eu o desejava muito, e me crescia a água na boca quando cuidava em ir para Portugal, mas não sei que é que agora se me seca a boca de tal modo, que quero cuspir, e não posso. Não deu o meirinho resposta a isto, nem eu a dou, porque os leitores deem a que lhes parecer.

III

Do segundo governador geral, que El-Rei mandou ao Brasil

*M*ovido El-Rei dos rogos e importunações do governador Tomé de Souza, acabado o triênio do seu governo, lhe mandou por sucessor D. Duarte da Costa, o qual se embarcou, e partiu de Lisboa no ano de mil quinhentos cinquenta e três a oito do mês de maio, trazendo em sua companhia seu filho D. Álvaro, e o Padre Luiz da Grã, que havia sido reitor no Colégio de Coimbra, e mais dois padres sacerdotes, e quatro irmãos da companhia, um dos quais era José de Anchieta, que depois foi cá seu provincial, e se pode chamar Apóstolo do Brasil, pelas obras e milagres, que nele fez, como o padre São Francisco Xavier se chamou da Índia.

O governador tanto que chegou trabalhou muito por fortificar e defender esta nova cidade da Bahia contra os bárbaros gentios, que se levantaram, e cometeram grandes insultos, que ele emendava dissimulando alguns com prudência, e castigando outros com armas, matando-os, e cativando-os em guerras, que lhes fez, de que era capitão seu filho D. Álvaro da Costa, o qual em todas se houve valorosamente. Nem El-Rei o deixou de favorecer em todo o seu tempo com armadas de muitos soldados, e moradores.

Ajudavam também o bispo D. Pedro Fernandes, trabalhando sem cessar na conversão das almas, na ordem do Culto Divino, administração dos sacramentos, e em tudo mais tocante ao espírito, que El-Rei não menos pretendia, e encomendava que o temporal.

Porém o demônio perturbador da paz a começou a perturbar de modo entre estas cabeças eclesiásticas, e secular, e houve entre eles tantas diferenças que foi necessário ao bispo embarcar-se para o reino com suas riquezas, aonde não chegou por se perder a nau, em que ia, no rio Cururuipe, seis léguas do de S. Francisco, com toda a mais gente que nela ia, que era Antônio Cardoso de Barros, que fora provedor-mor, e dois cônegos, duas mulheres honradas, muitos homens nobres, e outra muita gente, que por todos eram mais de cem pessoas, os quais, posto que escaparam do naufrágio com vida, não escaparam da mão do gentio Caeté, que naquele tempo senhoreava aquela costa, o qual depois de roubados, e despidos, os prenderam, e ataram com cordas, e pouco a pouco os foram matando, e comendo, senão a dois índios, que iam desta Bahia, e um português, que sabia a língua.

Não sei se deu isto ânimo aos mais governadores para depois continuarem diferenças com os bispos, de que tratarei em seus lugares, e porventura os culparei mais, porque tenho notícia das razões, ou para melhor dizer sem razões de suas diferenças, o que não posso neste caso sem ser notado de murmurador, pois não sei a causa, que tiveram, somente direi o que ouvi das pessoas, que caminham desta Bahia para Pernambuco, e passam junto ao lugar donde o bispo foi morto (porque por ali é o caminho) que nunca mais se cobriu de erva, estando todo o mais campo coberto dela, e de mato, como que está o seu sangue chamando a Deus da terra contra quem o derramou; e assim o ouviu Deus, que depois se foi desta Bahia dar guerra àquele gentio, e se tomou dele vingança, como adiante veremos.

IV

De uma nau da Índia, que arribou a esta Bahia no tempo do governador D. Duarte da Costa

*N*o segundo ano do governador D. Duarte da Costa, que foi o do Senhor de mil quinhentos cinquenta e cinco, em o mês de maio, arribou a esta Bahia, por falta de água, a nau São Paulo, que ia para a Índia em

Frei Vicente do Salvador

companhia de outras quatro, das quais todas ia por capitão-mor D. João de Menezes de Sequeira, e por capitão desta arribada Antônio Fernandes, que era senhor dela; vinham nesta nau muitos doentes, os quais o governador mandou recolher no hospital, e aos sãos ordenou darem-lhes mesa cinco meses que aqui estiveram, por se tomar parecer entre os oficiais da nau, e outros da terra – presente o governador, e D. Antônio de Noronha, o catarraz, que ia servir à capitania de Diu – e assentaram todos que, se partisse em outubro poderia passar à Índia, como aconteceu, e em menos de quatro meses chegou a Cochim, onde ainda achou a nau Capitânia, de que era capitão D. João de Menezes, e o dia seguinte deu a vela para Goa muito contente por levar novas daquela nau, que já se tinha por perdida, ainda que mui descontente com outras que levava da morte do ínclito infante D. Luiz, duque de Beja, e Condestable de Portugal, senhor de Serpa, Moura, Cavilhão, e Almada, e governador do priorado de Crato, que faleceu este ano de mil quinhentos cinquenta e cinco, o qual, entre outras muitas virtudes, e excelências, de que foi adornado, principalmente teve duas, zelo da religião cristã e ciência da arte militar, e ainda que em seu tempo se moveram poucas guerras, em que ele se pudesse achar, sabendo que o imperador Carlos Quinto, seu cunhado, passava a África, se foi para ele sem licença alguma, nem companhia, por saber que o havia El-Rei seu irmão de negar, como já em outras ocasiões o havia feito, ao que todavia El-Rei acudiu logo dando licença a alguns fidalgos, que o seguissem, e mandando a uma armada sua, que já lá estava, lhe obedecesse, de que era capitão Antônio de Saldanha, e para todo o dinheiro que gastasse lhe mandou grande crédito, e por esta via se achou com formosa cavalaria de nobreza de seu reino acompanhado, em ajuda do invictíssimo imperador na conquista da Goleta, e de Tunes, que por seu conselho se conquistou contra o parecer de muitos capitães mais antigos, experimentados, que o contrário diziam.

Mas o nosso infante, não podendo sofrer que no exército onde ele se achava se enxergasse ponto algum de covardia, tanto insistiu neste seu parecer que o imperador deixou de levantar o cerco, como determinava pelo conselho dos outros, e o mandou prosseguir como o infante dizia, o qual militando debaixo da bandeira do imperador, se mostrou soldado digno de tal capitão, e ele se havia por bem-afortunado da milícia de tal soldado, parecendo-lhe que no Conselho tinha um Nestor, e no Exército um Achiles; era aos estrangeiros benigno, aos naturais afável, e com todos geralmente liberalíssimo, pelo que de todos era amado, e de todos louvado.

Nunca casou nem teve filhos, mais que um natural, que foi o senhor D. Antônio, o qual, por não ser legítimo, não foi rei de Portugal, posto que em algumas partes do reino chegou a ser levantado por rei.

Também este mesmo ano de mil quinhentos cinquenta e cinco se recolheu o imperador Carlos Quinto à religião no Convento de S. Jerônimo de Juste, por ser lugar sadio, e acomodado a quem larga o governo, e inquietações do mundo, que ele deixou ao muito católico príncipe D. Felipe seu filho.

V

De outra nau da Índia, que arribou à Bahia

No ano de mil quinhentos cinquenta e seis mandou El-Rei negociar cinco naus para mandar à Índia, de que deu a capitania-mor a D. Luiz Fernandes de Vasconcellos, o qual escolheu a nau Santa Maria da Barca para ir nela; estando todas prestes, e carregadas para dar à vela abriu a nau Capitânia uma água tão grossa, que se ia ao fundo, e acudindo oficiais para lhe darem remédio, não lho puderam dar, por não saberem por onde entrava a água, vendo El-Rei, que se ia gastando o tempo, mandou fazer as outras naus à vela, e que aquela se descarregasse, o que se fez já; na nau Capitânia se despejou toda com muita pressa, e se resolveu, e buscou de popa a proa sem lhe poderem dar com a água, e andava um grande burburinho entre os pescadores de Alfama, dizendo que Deus prometia aquilo, porque aquele ano lhes tirara o arcebispo as antigas cerimônias com que festejavam o dia do bem-aventurado São Frei Pedro Gonçalves levando-o às hortas de Enxobregas com muitas folias, cargas de fogaças, e outras mostras de alegria, e de lá o traziam enramado de coentros frescos, e eles todos com capelas ao redor dele cantando, e bailando; chegou esta queixa ao arcebispo, e como era mui amigo deste fidalgo, que andava tristíssimo, por não poder aquele ano fazer viagem; movido também da grande fé, e devoção, que os pescadores, e mareantes tinham ao santo, lhes tornou a conceder licença para que o festejassem como dantes, entretanto não se deixou de buscar a água da nau, e trabalhar com as bombas, e outros vasos em esgotar, ou diminuir a muita que entrava, até que um marinheiro foi dar com o furo de um prego na quilha, que por descuido ficou por pregar, e por calafetar, e só se tapou com o breu, que depois se tirou, e por ali fazia aquela água, a qual se tomou logo com grande alvoroço, e tornou a nau a carregar, porque disseram os oficiais que ainda tinham tempo, e assim deu a vela a dois de maio, e foi seguindo sua derrota, mas na costa de Guiné achou tanta calmaria, que a deteve setenta dias, e tomando parecer sobre o que fariam assentaram que fossem invernar

Frei Vicente do Salvador

ao Brasil, porque era muito tarde, e logo se fizeram na volta da baía de Todos os Santos, onde chegaram a quatorze de agosto.

O governador D. Duarte da Costa foi logo desembarcar o capitão-mor, e os fidalgos que vinham na nau, que eram Luiz de Mello da Silva, D. Pedro de Almeida, despachado na capitania de Baçaim, D. Filipe de Menezes, D. Paulo de Lima, Nuno de Mendonça, e Henrique de Mendonça seu irmão; Jerônimo Corrêa Barreto, Henrique Moniz Barreto, e outros fidalgos, que agasalhou, banqueteou, e deu pousadas à sua vontade, e o mesmo fez a toda a mais gente da nau, a que deu mantimento todo o tempo que ali esteve.

Seguiu-se o ano de mil quinhentos cinquenta e sete mui sinalado assim pela morte do imperador Carlos Quinto, que nele morreu na idade de cinquenta e oito anos e sete meses, renunciando ainda em vida em seu filho Felipe os seus reinos, e em seu irmão Fernando o império, e recolhendo-se em um mosteiro, onde acabou felicissimamente a vida; como pela morte de El-Rei D. João, que faleceu em 11 de junho de idade de cinquenta e cinco, tendo reinado trinta e cinco, e neste ano acabou o seu governo D. Duarte da Costa, e lhe veio sucessor.

Teve D. Duarte da Costa, além de ser grande servidor dEl-Rei, uma virtude singular, que por ser muito importante aos que governam não é bem que se cale, e é que sofria com paciência as murmurações que de si ouvia, tratando mais de emendar-se, que de vingar-se dos murmuradores, como lhe aconteceu uma noite, que andando rondando a cidade ouviu que em casa de um cidadão se estava murmurando dele altissimamente, e depois que ouviu muito lhes disse de fora: Senhores, falem baixo, que os ouve o governador. Conheceram-no eles na fala, e ficaram mui medrosos que os castigaria, mas nunca mais lhes falou nisso, nem lhes mostrou ruim vontade ou semblante.

VI

Do terceiro governador do Brasil, que foi Mem de Sá

A D. Duarte da Costa sucedeu o dr. Mem de Sá, que com razão pode ser espelho de governadores do Brasil; porque concorrendo nele letras, e esforço, se sinalou muito na guerra, e justiça.

Este, em pondo os pés no Brasil, que foi no ano de mil quinhentos cinquenta e sete, nenhuma coisa do seu regimento executou primeiro que

História do Brasil

o que El-Rei lhe mandava em favor da Religião Cristã; para isto mandou chamar os principais índios das aldeias vizinhas desta Bahia, e assentou com eles pazes com condição que se abstivessem de comer carne humana, ainda que fosse de inimigos presos, ou mortos em justa guerra, e que recebessem em suas terras os padres da companhia, e os outros mestres da fé, e lhes fizessem casas em suas aldeias, onde se recolhessem, e templos onde dissessem missa aos cristãos, doutrinassem os catecumenos, e pregassem o Evangelho livremente; e porque a cobiça os portugueses tinha dado em cativar quantos podiam colher, fosse justa ou injustamente, proibiu o governador isto com graves penas, e mandou dar liberdade a todos os que contra justiça eram tratados como escravos.

Acudiu depois a vingar as injúrias dos índios cristãos, que outros seus vizinhos pagãos lhe faziam até chegar a matar alguns.

Pediu que lhe entregassem os homicidas, e perdoaria aos mais, mas eles fiados na sua multidão zombaram da sua petição; pelo que o governador em pessoa os cometeu dentro de suas terras, e feita neles grande matança, e queimadas mais de setenta aldeias, os desfez, de sorte que lhes foi forçado pedirem a paz, a qual lhes concedeu com as mesmas condições, que havia posto aos outros.

O tempo que lhe vagava da guerra, gastava o bom governador na administração da justiça, porque além de ser em que consiste a honra dos que regem, e governam, como diz David: *Honor Regis judicium diligit*: a trazia ele particularmente a cargo por uma provisão dEl-Rei, em que mandava que nenhuma ação nova se tomasse sem sua licença; o que mandou El-Rei por ser informado das muitas usuras, que já naquele tempo cometiam os mercadores no que vendiam fiado, pelo que muitos, por se não descobrir a usura, que eles sempre costumam paliar, e por não perderem a dívida, e haver as mais penas que o direito põe, não levavam seus devedores a juízo, e lhes esperavam pela paga quanto tempo queriam; mas só punham ações por dívidas lícitas, que o governador logo mandava pagar, e se era o devedor pessoa pobre pagava por ele, ou fazia que o credor esperasse pela dívida, pois fiara de quem sabia que não tinha por onde lhe pagar; e assim cessaram as demandas, de modo que fazendo o dr. Pedro Borges, ouvidor-geral, uma vez audiência, não houve parte alguma requerente, do que levantando as mãos ao céu deu graças a Deus; mas durou pouco este bem, porque logo veio por ouvidor-geral o dr. Braz Fragoso com outra provisão em contrário à do governador, e tornaram a correr as demandas, e as usuras, não só paliadas, mas tanto de escancara, que se vale um escravo vinte mil-réis pago logo, o dão fiado por um ano por quarenta, e o que mais é, que por isso o não querem já vender a dinheiro de contado, senão fiado, e não há quem por isto olhe.

VII

De como mandou o governador seu filho Fernão de Sá socorrer a Vasco Fernandes Coutinho e matou lá o gentio

*N*este tempo estava Vasco Fernandes Coutinho em grande aperto posto pelo gentio na sua capitania do Espírito Santo, e mandou à Bahia requerer ao governador Mem de Sá que o socorresse,

o que o governador logo fez, mandando cinco embarcações bem providas de gente, e por capitão-mor dela a seu filho Fernão de Sá na galé São Simão; os outros capitães eram Diogo Morim, o Velho, e Paulo Dias Adorno. Chegaram todos a Porto Seguro, onde lhes disseram, que no rio chamado Bricaré estava o mais do gentio, que fazia guerra a Vasco Fernandes, e que aí deviam de os ir buscar, oferecendo-se para ir com eles, como de feito foram, o capitão Diogo Álvares, e Gaspar Barbosa em seus caravelões, e navegaram pelo dito rio arriba quatro dias, até que viram as cercas do gentio que estavam juntas da água, onde, pondo as proas em terra por estar a maré cheia, por elas desembarcaram, e saltaram fora os soldados, tornando-se os marinheiros com os navios ao meio do rio por não ficarem em seco na vazante, e os bombardeiros, para de lá fazerem seus tiros, começou-se a travar a briga, na qual logo no primeiro encontro puseram o gentio em desbarate, mas tornando-se a ajuntar, e reformar, voltou com tanta força que forçou aos nossos a desordenarem, e misturarem com os inimigos, de maneira que os tiros que tiravam das embarcações, não só os não defendiam, mas antes os feriam, e matavam, e retirando-se para se acolher a elas estavam tanto ao pego, que os mais foram a nado, e os feridos em algumas jangadas, entre os quais foram os dois capitães Adorno, e Morim, ficando o capitão-mor com o seu alferes Joanne Monge na retaguarda, onde crescendo o gentio, que de outras aldeias vinha de socorro, os mataram às flechadas; e assim acabou Fernão de Sá, depois de haver feito grandes coisas em armas contra a multidão destes bárbaros, assim neste combate, como em outros em que se achou na Bahia, e em outras partes: os mais se partiram para o Espírito Santo, onde Vasco Fernandes os recebeu com muito pesar, sabendo do seu destroço, e da morte de Fernão de Sá, e os mandou com a mais gente que pôde ajuntar a dar em outros gentios,

História do Brasil

que o tinham quase em cerco, os quais lho fizeram levantar, posto que com morte de alguns dos nossos, entre os quais Bernardo Pimentel, o Velho, que mataram ao entrar em uma casa.

Feito isto se foram a São Vicente, e daí a Bahia, onde o governador os não quis ver, sabendo como haviam deixado matar seu filho, e quando eles não tiveram esta culpa, nem por isso a devemos dar ao pai em fazer extremos pela morte de tal filho.

VIII

Da entrada dos franceses no Rio de Janeiro, e guerra que lhe foi fazer o governador

O Rio de Janeiro esta em 23° graus debaixo do Trópico de Capricórnio, e impropriamente se chama Rio, porque antes é um braço de mar, que ali entra por uma boca estreita, que se pode facilmente defender de uma parte a outra com artilharia; mas dentro faz uma baía, ou enseada em que entram muitos rios, e tem perto de quarenta ilhas, das quais as maiores se povoam, e as menores servem de ornar o sítio, ou de portos onde se abriguem os navios.

Estas comodidades, e outras muitas deste Rio e baía, juntas com a fertilidade da terra, a faziam digna de ser povoada, quando se povoaram as mais do Brasil; mas ou porque coube na doação a Pero de Goes, que se não atreveu com o gentio, como dissemos no capítulo terceiro do segundo livro, ou por não sei que descuido, ela esteve por povoar até que Nicolau Villegaignon, homem nobre de França, e cavaleiro do hábito de São João, informado dos franceses, que por ali vinham comerciar com o gentio Tapuia, determinou de vir a povoá-la; para o que fez uma armada em que veio com muitos soldados, e entrando no rio no ano de mil quinhentos cinquenta e seis, lhe fortificou a entrada, solicitou os gentios, e fez liga e amizade com eles, e para maior defensa começou em uma das ilhas da enseada a levantar uma fortaleza de pedra, tijolo, e gesso, em cuja obra trabalhavam os índios com muita vontade, e de França lhe vinham cada dia novos socorros.

Corria já o ano de mil quinhentos cinquenta e nove, em que reinava a rainha D. Catarina por morte de El-Rei D. João seu marido, e por seu

Frei Vicente do Salvador

neto El-Rei D. Sebastião não ter ainda a este tempo mais que cinco anos de idade; a qual, informada do que passava no Rio de Janeiro, escreveu ao governador Mem de Sá encarregando-lhe muito esta empresa, e mandando-lhe para ajuda dela uma boa armada, com a qual o governador, e com outras naus, que pôde ajuntar, acompanhado dos principais portugueses da Bahia, e alistados os mais soldados, que pôde, assim brancos como índios da terra, no ano do Senhor de mil quinhentos e sessenta se partiu para o Rio de Janeiro, onde rompendo as forças, que impediam a entrada, entrou na enseada, e tomou uma nau francesa, da qual soube não estar aí já o Villegaignon, que fora chamado a Malta, mas ter deixado um sobrinho seu por capitão na fortaleza, a quem escreveu o governador na maneira seguinte:

"El-Rei de Portugal, meu Senhor, sabendo que Villegaignon vosso tio lhe tinha usurpada esta terra, se mandou queixar a El-Rei de França, o qual lhe respondeu que se cá estava, que lhe fizesse guerra, e botasse fora, porque não viera com sua comissão, e posto que já aqui o não acho, estais vós em seu lugar, a quem admoesto, e requeiro da parte de Deus, e do vosso rei, e do meu, que logo largueis a terra alheia a cuja é, e vos vades em paz sem querer experimentar os danos que sucederam da guerra."

Ao que respondeu o mancebo que não era seu julgar cuja era a terra do Rio de Janeiro, senão fazer o que o senhor Villegaignon seu tio lhe havia mandado, que era sustentar, e defender aquela sua fortaleza, e que assim o havia de cumprir, ainda que lhe custasse a vida, e muitas vidas, das quais lhe requeria também que não quisesse ser homicida, antes se tornasse em paz.

Gastaram-se nisto dez ou doze dias, nos quais a nossa armada se pôs em ordem de guerra, e assim ouvida esta resposta, a outra que lhe deram foi de artilharia e arcabuzes, com que começaram a bater o forte insuperável (ao parecer) às forças humanas; porém estando uns outros metidos no furor do combate, Manuel Coutinho, homem pardo, Afonso Martins Diabo, e outros valentes soldados portugueses, subindo por uma parte que parecia inacessível, entraram o castelo, e ocuparam repentinamente a pólvora do inimigo.

Descorçoados os franceses com a perda da pólvora, e com o inopinado atrevimento dos portugueses, desampararam o castelo à meia-noite com todas as máquinas de guerra que nele havia, recolheram-se às suas naus, e parte deles nelas se tornaram para sua terra, outros ficaram com os Tamoios – que este é o nome daquele gentio –, assim para restaurar a guerra, e a opinião perdida, como para exercitar a mercancia com eles, de que tiravam muito proveito.

Alcançada tão ilustre vitória desfez o governador o forte, por não poder deixar gente que o defendesse, e povoasse a terra, por lhe haverem morta muita gente neste combate, e mandou seu sobrinho Estácio de Sá na nau que havia tornado aos franceses com o aviso do sucesso a rainha D. Catarina.

IX

De como o governador tornou do Rio de Janeiro para a Bahia, e o sucesso que teve uma nau da Índia, que a ela arribou

O governador se tornou do Rio de Janeiro para a Bahia, e chegou a ela no mês de junho do mesmo ano de mil quinhentos e sessenta, onde continuou com o governo da terra, na qual era tão necessária a sua assistência, e presença, que algumas poucas vezes, que ia ver um engenho que fez em Sergipe, ia de noite, e deixava um pajem na escada, que dissesse que estava ocupado a quem por ele perguntasse, o qual não mentia, porque onde quer que estava se ocupava; e isto fazia para que a notícia da sua ausência não fosse ocasião de alguma desordem, e assim, ainda que o engenho distava desta cidade oito léguas, fazia lá mui pouca detença.

Neste ano de mil quinhentos e sessenta arribou a esta Bahia a nau S. Paulo, como já outra vez havia arribado em tempo do governador D. Duarte da Costa, posto que então vinha nela por capitão Antônio Fernandes, como dissemos no capítulo quarto deste livro, e desta vez vinha Rui de Mello da Câmara, o qual vendo que para invernar aqui haviam de gastar sete ou oito meses, e que a água e gusano corrompem brevemente a madeira das naus, ajuntando-se com os pilotos, e da terra, diante do governador praticaram se haveria ainda tempo para seguirem viagem, e ir invernar à Índia? E de comum parecer assentaram que sim, se partissem daqui em setembro, e fossem por muita altura buscar a ilha de Sumatra, para dela em fevereiro voltarem com a monção com que vem as naus de Malaca e China, e tomando desta cidade tudo o que lhes foi necessário, partiram em 15 de setembro, achando os tempos prósperos foram a vista do cabo da Boa Esperança em fim de novembro, e assim foram seguindo sua viagem para a ilha de Sumatra com ventos brandos até vinte de janeiro, dia do bem-aventurado mártir São Sebastião à boca da noite, em que se acharam tão abordados com a terra por causa da grande corrente das águas, que por muito que trabalharam por se afastar foram varar nela, e quis Deus que foi em parte onde ficou a nau encalhada, e todos nela até pela manhã, que lançaram o batel ao mar, e se passaram a terra sem coisa alguma entender com eles, por ser a gente dali mesquinha, e tão doméstica, que acudiram logo a lhes vender algumas coisas posto que

Frei Vicente do Salvador

assim não fora, os da nau eram setecentos homens, todos bem dispostos, e armados, que puderam atravessar toda aquela ilha, e assim logo fizeram cabanas, para se agasalharem, e desembarcaram da nau mantimentos, vinhos, azeite, e tudo o mais, que puderam, e desfizeram a nau, e tiraram dela toda a pregadura, madeira, cordoalha, e tudo mais que lhe foi necessário, e armaram duas embarcações, e levantaram o batel, trabalhando todos com muito gosto, e presteza; servindo de ferreiros, serradores, carpinteiros, e de todos os mais ofícios, como se sempre o usaram; e assim em breve tempo as acabaram, e lançaram ao mar, e fizeram sua aguada em abastança, e recolheram nelas todas as armas, e alguns berços, e falcões, por não serem as vasilhas capazes de maiores peças, porque eram a modo de barcaças.

Uma delas se deu a Diogo Pereira de Vasconcelos, um fidalgo que ali levava sua mulher, que se chamava D. Francisca Sardinha, e era uma das mais formosas do seu tempo.

Outra tomou Rui de Mello, capitão da nau, e a terceira deram a Antônio de Refoios, um cavaleiro muito honrado, que ia despachado com a Capitânia de Coulão, e repartindo a gente por elas não coube em cada uma mais que cento e setenta homens, ficando cento e setenta, que por nenhum caso se puderam agasalhar: pelo que assentaram, que estes caminhassem por terra à vista dos batéis, para lhes socorrerem alguma necessidade, e repartindo por eles as espingardas, que havia, começaram a caminhar de longo do mar, e os batéis sempre à sua vista, e tanto que era noite escolhiam lugar para descansarem, e dormirem, e surgiam os batéis com as proas em terra; e o mesmo faziam a horas de jantar, em que tomavam a refeição ordinária, e assim foram caminhando nesta ordem sem lhes acontecer desastre algum, e havendo poucos dias que caminhavam houveram vista de quatro embarcações, a que foram correndo, e elas trabalhando tudo o que podiam por lhes fugir, e atirando-lhes de uma embarcação das nossas com um falcão, que lhes foi zunindo pelas orelhas, lhes pôs tão grande medo e espanto, que logo se lançaram a nado para a terra, e deixaram os navios carregados de farinhas de sagu – que é o principal mantimento de todas aquelas ilhas, de que os nossos se proveram em abastança –, e recolheram nestas embarcações toda a gente que ia por terra, com o que ficaram mais descansados, e sendo já em três graus da banda do sul, se recolheram a um formoso rio, que acharam, desembarcando todos em terra para se recrearem, e dormindo também nela algumas noites, com tanto descuido e segurança, como se a terra fosse sua, e até Diogo Pereira de Vasconcellos se desembarcou ali com sua mulher, a qual vista pelos Manancabos, que é a gente da terra, tão formosa, junto com estar ricamente vestida, desejaram levá-la ao seu rei, e assim deram uma noite nas suas estâncias, e mataram perto de sessenta pessoas, e levaram D. Francisca Sardinha, em cuja defensa fez o mestre da nau espantosas coisas até que o mataram. O Diogo Pereira salvou uma filha, que tinha, chamada D. Constança, que depois casou com Tomé de Mello de Castro, e outras mulheres, com que se recolheu à sua embarcação muito anojado desta desventura, que lhe aconteceu por sua sobeja confiança.

Dali se partiram de longo da costa, que era mui limpa, com muito mais tento, porque aquele desastre os espertou, e não se fiaram mais da gente da terra; e assim embocaram o boqueirão do Sonda, e foram tomar a cidade de Pata, onde acharam quatro naus portuguesas, de que era capitão-mor Pero Barreto Rollim, que ali estava carregando de pimenta, e recebeu toda esta gente, e a repartiu pelas naus, e proveu a todos bastantemente, e parte deles se passaram a China, para onde Pero Barreto Rollim ia por mandado do viso-rei D. Constantino.

X

Do aperto, em que os Tamoios do Rio de Janeiro puseram a Capitania de S. Vicente, e o governador lhes mandou fazer segunda guerra

Vendo-se os Tamoios já livres da guerra do governador Mem de Sá, se tornaram a fortificar no Rio de Janeiro, donde saíam a correr a costa toda até São Vicente, salteando os índios novos cristãos, prendendo, matando, e comendo a quantos podiam alcançar.

Durou esta moléstia dois anos, sem que força alguma pudesse reprimir o atrevimento dos bárbaros insolentes, que cada dia crescia com o favor, e ajuda dos franceses, com que já se não contentavam do mal que faziam aos outros índios, mas a todos os moradores de São Vicente ameaçavam com cruel guerra, e apresentavam uma armada de canoas para por mar, e por terra os combaterem.

Este mal tão grande quis remediar o padre Manuel da Nóbrega, primeiro provincial que havia sido da Ordem da Companhia de Jesus na província do Brasil, resolvendo-se a ir tentear os ânimos dos bárbaros para reduzi-los a condições de paz, ou dar a vida pela saúde comum.

Para isto tomou por seu companheiro o irmão José de Anchieta, e um Antônio Luiz, homem secular; com os quais se embarcou em uma nau de

Francisco Adorno, ilustre genovês, homem naquela terra mui conhecido, rico, e devoto da companhia.

Os bárbaros, a notícia da nau portuguesa, cuidando que ia de guerra, acudiram a suas canoas, e lhe saíram ao encontro carregadas de flechas; porém o irmão José de Anchieta com uma breve, e amorosa prática, que lhes fez na sua língua, os quietou, e fez benévolos a sua chegada, e depois com outras muitas, e principalmente com suas devotas orações, e exemplo, que deu de sua vida em três meses, que ficou só entre eles, e dois que esteve com o padre Nóbrega, que se tornou para São Vicente, os reduziu a desejada paz, exceto alguns, que discordes dos mais, e fiados nas armas dos franceses, continuaram a guerra contra os portugueses.

Estes sucessos previu a rainha D. Catarina quando leu a carta do governador Mem de Sá, em que lhe dava conta da vitória, que alcançara no Rio de Janeiro, e assim, ainda que lhe agradeceu, e se houve por bem servida dele, todavia lhe estranhou muito o haver arrasado o forte, e não deixar quem defendesse, e povoasse a terra, e lhe mandou, que logo o fizesse, porque não tornasse o inimigo a fazer ali assento com perigo de todo o Brasil; o mesmo lhe escreveu o cardeal D. Henrique, que com ela governava o reino, e para este efeito lhe mandaram pelo próprio seu sobrinho Estácio de Sá, que levou a nova, uma armada de seis caravelas com o galeão S. João, e uma nau da carreira da Índia chamada Santa Maria, a Nova, a que ajuntou o governador os mais navios que pôde, e quisera ir em pessoa; mas por o povo lho não consentir mandou o dito seu sobrinho, no ano de mil quinhentos sessenta e três, a quem acompanhou o ouvidor-geral Braz Fragoso, e Paulo Dias Adorno, comendador de Santiago, em uma galeota sua, que remava dez remos por banda, e outros capitães, os quais chegando todos ao Rio de Janeiro acharam uma nau francesa, que lhe quis fugir pelo rio acima, mas os nossos lhe foram no alcance, e a primeira que lhe chegou foi a galé de Paulo Dias Adorno, em que também ia Duarte Martins Mourão, e Melchior de Azeredo, depois chegou Braz Fragoso, e outros, os quais entrando na nau, acharam muito pão, vinho, e carne, e assim a levaram para baixo onde ficava a Capitânia Santa Maria, a Nova, e o galeão, e o capitão-mor Estácio de Sá fez capitão dela a Antônio da Costa; mas como não há gosto nesta vida, que não seja aguado, indo uma madrugada três batéis nossos tomar água à ribeira da Carioca, deram com nove canoas de índios inimigos, que estavam aguardando em cilada, os quais repartindo-se três e três a cada batel, mataram no da capitânia o contramestre, o guardião, e outros dois marinheiros, e no do galeão feriram a Cristóvão d'Aguiar, o moço, com sete flechadas, e outros sete homens, e o levavam, mas Paulo Dias Adorno lhe acudiu à pressa na sua galé, e chegando a tiro mandou pôr fogo a um falcão, que os fez largar o batel.

Enterrados os mortos em uma ilha, chamou Estácio de Sá os capitães a conselho, e assentaram, que se fosse a S. Vicente buscar canoas, e gentio doméstico, e amigo, com que melhor se poderia fazer guerra àquele bárbaro inimigo.

História do Brasil

Saíram uma madrugada, e a nau francesa, que haviam tomado, diante de todas as outras com um caravelão de Domingos Fernandes, dos Ilhéus, acharam na barra muitas canoas de inimigos índios, e franceses misturados, que chegando ao caravelão o furaram com machados, e o meteram no fundo, matando-lhe quatro homens, e ferindo a Domingos Fernandes de seis flechadas, com quese foi a nado para a nau, a qual também chegaram, e lhe fizeram um buraco; mas um índio da Índia de Praz Fragoso, que ali ia com seu senhor, se foi abaixo da coberta, e pelo mesmo buraco matou um francês, com o que eles, ou com o temor da armada, que vinha atrás, se foram embora, e a nau também, seguindo seu caminho para São Vicente, onde contaram ao capitão-mor, e aos mais o que lhes havia sucedido.

Neste tempo estava a povoação de São Paulo, que é da capitania de São Vicente, de guerra com o gentio, que a tinha posta em grande aperto, ao que acudiu Estácio de Sá com muita gente da que consigo levava, a cuja vista o gentio lhe veio logo pedir pazes, e ele lhas concedeu, e ficaram fixas.

Entretanto chegaram os capitães Jorge Ferreira, e Paulo Dias, com as canoas, e gentio, que tanto que chegou mandou buscar a Cananeia, e provida a armada de todo o necessário se partiu outra vez para o Rio de Janeiro no ano de mil quinhentos sessenta e quatro, dia de São Sebastião, a quem tomou por patrão da sua jornada, entrou pelo Rio em primeiro de março, e ancorando na enseada, saltaram em terra, e feitos tujupares, que são umas tendas ou choupanas de palha, para morarem, onde agora chamam a Cidade Velha, ao pé de um penedo, que se vai às nuvens, chamado o Pão de Açúcar, se fortificaram com baluarte, e trincheiras de madeira, e terra, o melhor que puderam, donde saíam a fazer guerra aos bárbaros, ajudando-os Deus por espaço de dois anos que ali estiveram, de modo que em encontros quase sempre saíam vitoriosos, e os feridos de mortais feridas das flechas inimigas brevemente saravam: outros feridos nos peitos nus com pelouros dos arcabuzes franceses, não sentiam mais o golpe que se estiveram armados de peitos de prova, e aos pés lhes caíam os pelouros.

Cansados já os Tamoios de tão prolixa guerra, e enfados de ruins sucessos, porque ordinariamente nos encontros saíam escalavrados, determinaram lançar o resto de seu poder, e de sua ventura em uma batalha industriados pelos franceses, e sem dúvida a coisa ia traçada para conseguirem seu intento. Porém a Divina Providência se acostou à parte mais justificada.

Haviam os Tamoios ajuntado ao número ordinário de suas canoas outras novas, que chegaram a cento e oitenta, fabricadas secretamente longe do posto donde estavam os navios dos portugueses.

Toda esta armada de canoas puseram em cilada, escondida em uma volta que fazia o mar, daqui saiu um pequeno número delas, contra as quais mandou o general cinco das nove que trouxe de S. Vicente, porque os índios amigos, enfadados da guerra, se haviam já ido com as quatro.

Frei Vicente do Salvador

Os Tamoios, não ainda bem começada a batalha, viraram as costas, que assim o haviam traçado, e meteram os nossos, que atrevidamente os iam seguindo na cilada, donde saíram as mais canoas inimigas, e subitamente as cercaram por todas as partes; mas nem por isso perderam o ânimo os portugueses, antes resistiram valorosamente ajudados do Divino favor, o qual ainda das coisas que parecem adversas sabe tirar prósperos sucessos, como aqui se viu que acaso ascendendo-se a pólvora em uma das nossas canoas chamuscou a alguns dos inimigos, que a tinham abordada, com o que, e com a chama que levantou a pólvora se alterou tanto a mulher do general, Tamoia, que dando gritos e vozes espantosas atemorizou a todos, e sendo seu marido o primeiro que fugiu com ela, os seguiram os mais, deixando livres os nossos, os quais tornando às suas fronteiras deram graças a Deus por tão grande benefício, e por os haver livres de perigo tão grande pela voz e assombro de uma fraca mulher, ainda que depois declararam os mesmos inimigos que não fora por isto, senão por haverem visto um combatente estranho, de notável postura, e beleza, que saltando atrevidamente nas suas canoas os enchera de medo; donde creram os portugueses que era o bem aventurado S. Sebastião, a quem haviam tomado por padroeiro desta guerra.

XI

Da viagem, que fez Jorge de Albuquerque de Pernambuco para o reino, e casos que nela sucederam

*N*ão faltavam também neste tempo guerras em Pernambuco, porque com aquela vitória, que os gentios do cabo de Santo Agostinho alcançaram de Jerônimo de Albuquerque, de que fizemos menção no capítulo undécimo do livro precedente, ficaram tão soberbos, e atrevidos, que não cessavam de dar assaltos nos escravos que os portugueses tinham em suas roças, e fazendas, e principalmente em outros gentios da mata do Brasil, nossos confederados, que eles tinham par mortais inimigos; e o mesmo faziam os do rio de São Francisco nos barcos que iam ao resgate, que se ao

História do Brasil

descoberto comerciavam, e mostravam amor aos portugueses, em secreto se colhiam alguns descuidados os matavam, e comiam.

Sobre tudo isto a rainha D. Catarina, que governava o reino, e não teve menos cuidado em mandar acudir a estas guerras que às do Rio de Janeiro, mandando que logo se embarcasse Duarte Coelho de Albuquerque herdeiro daquela capitania, e a viesse socorrer, o qual, por entender quão necessário lhe era trazer consigo seu irmão Jorge de Albuquerque, pediu à rainha que o mandasse como mandou, e ele obedeceu, assim por serviço da Rainha e dEl-Rei, seu neto, como por dar gosto a seu irmão, e o ajudar.

E assim, tanto que chegaram a Pernambuco, e tomou Duarte Coelho de Albuquerque posse da sua capitania, que foi na era de mil quinhentos e sessenta, logo chamou a conselho os homens principais do governo da terra, e se assentou entre todos, que se elegesse por general da guerra Jorge de Albuquerque, o qual aceitando o cargo começou logo a fazer assim aos inimigos do cabo de Santo Agostinho, saindo-lhes muitas vezes ao encontro aos seus assaltos, matando, e ferindo a muitos, com que já deixavam alargar-se os brancos, e viver em suas granjas, como aos do rio de São Francisco, aonde foi em companhia de seu irmão, e neste militar exercício se ocupou cinco anos, sofrendo muitas fomes, e sedes, e não sem derramar seu sangue de muitas flechadas, que os inimigos lhe deram, até que enfadado mais das guerras civis, e dissensões dos portugueses amigos que destoutras, determinou ir-se outra vez para o reino, e embarcar-se em uma nau nova de duzentos tonéis, por nome Santo Antônio, que estava carregada no porto do Recife para Lisboa, de que era mestre André Rodrigues, e piloto Álvaro Marinho, e estando carregada a nau, se embarcou, e partiu em uma quarta-feira, 16 de maio do ano de 1566, e não era bem fora da barra, quando lhe acalmou o vento com que partiu, e se lhe tornou tão contrário, que com a corrente da maré, que começava a vazar, levou a nau através até dar em um baixo, onde esteve quatro marés mui perto de se perder, se os mares foram mais grossos; e por lhe acudirem com presteza muitos batéis e outras embarcações, se salvou toda a gente, e fazenda, e nem assim descarregada pôde sair do baixo, em que estava, sem lhe cortarem os mastros, pelo que lhe foi forçado tornar ao porto, e concertar-se, e carregar de novo, no que gastou mês e meio, até 29 de junho, dia de São Pedro e São Paulo, em que se tornou a embarcar com todos os da sua companhia não sem contradição dos amigos, que pelo princípio lhe prognosticavam o ruim sucesso da viagem, a qual foi uma das piores, e mais perigosas, que hão visto navegantes; porque indo demandar as ilhas uma segunda-feira, 3 de setembro, fazendo-se o piloto com elas, veio a eles uma nau de corsários franceses, artilhada, e concertada como costumam, e por a nossa ir desarmada, e só com um falcão, e um berço, determinaram os homens do mar a se render, e entregar aos franceses, a que acudiu Jorge de

Frei Vicente do Salvador

Albuquerque, dizendo que nunca Deus quisesse, nem permitisse que a nau em que ele ia se rendesse sem pelejar, e se defender quanto possível fosse; por isso que trabalhassem todos de fazer o que deviam, e o ajudassem a pelejar, porque, com a ajuda de Nosso Senhor, somente com o berço, e fàlcão, que tinham, esperava se defender; mas como a nau ia tão desapercebida de armas, e os mais que nela iam fossem tão fracos de coração, não achou Jorge de Albuquerque quem o quisesse ajudar, mais que sete homens, que para isso se lhe ofereceram; e assim com estes somente, contra o parecer dos mais, se pôs às bombardas, arcabuzadas, e flechadas com os franceses perto de três dias, até que o mestre, e o piloto, vendo o muito dano que assim a nau como a gente recebia da artilharia, e arcabuzaria dos franceses, e que Jorge de Albuquerque em nenhum modo determinava entregar-se, mandaram dar subitamente com as velas embaixo, e começaram a bradar pelos franceses que entrassem a nau, como logo fizeram pela quadra dezessete franceses armados de armas brancas com suas espadas e broquéis, e pistolas, os quais, sem lhes responderem nem lhe poder estorvar se asenhorearam da nau, e vendo que nela não havia mais que o berço, e falcão, que esta dito, ficaram muito espantados, e muito mais quando lhe disseram quão poucos eram os que pelejavam, e sendo dito ao capitão francês que Jorge de Albuquerque fora o que fizera defender a nau todo aquele tempo, se chegou a ele, e lhe disse: Não me espanta o teu esforço, que esse tem todo o bom soldado, mas espanta-me a temeridade de quereres defender uma nau tão desapercebida com tão poucos companheiros, e menos petrechos de guerra, mas mão te desconsoles, que por quão bom soldado tu és, eu te farei muito boa companhia, e assim lha fez, tanto que não queria comer sem ele vir primeiro, e o fazia assentar na cabeceira da mesa, até que um dia, rogando-lhe o capitão que a benzesse ao modo dos portugueses, ele a benzeu com o sinal da cruz, como costumamos, do que alguns dos circunstantes luteranos o repreenderam, e ele repreendido, mas não arrependido, se tornou a benzer, dizendo que com aquele sinal da cruz se havia de abraçar enquanto vivesse, e nele esperava de se salvar de todos seus inimigos, e com isto pediu ao capitão licença para não ir comer mais, com eles, e poder comer em sua câmera o que lhe dessem, e posto que o capitão mostrou-se agravar-se disto, todavia lhe deu a licença que pedia, e vinha ele algumas vezes comer com Jorge de Albuquerque.

Estando já em altura de 43° graus, em uma quarta-feira 12 de setembro, sobreveio a maior tormenta de vento que nunca se viu, com que a nau chegou a ficar sem leme, sem velas, sem mastros, e quase rasa com a água; e vendo-se todos em tão grande perigo, ficaram assombrados e fora de si, temendo ser esta a derradeira hora da vida, e com este temor se chegaram todos a umpadre da Companhia de Jesus por nome Álvaro de Lucena, que com eles ia, e a ele se confessaram, e depois de confessados, e se pedirem perdão uns aos outros, se puseram todos de joelhos pedindo a Nosso Senhor Misericórdia, o que também fizeram os franceses, que ficaram dentro da nossa nau, porque a sua logo no princípio da tormenta desapareceu, e pediam perdão aos portugueses dizendo que por seus pecados viera aquela tormenta, que rogassem a Deus por eles, que já se davam por mortos, pois a nau estava da maneira que todos viam. Mas Jorge de Albuquerque começou em altas vozes a esforçar a uns e outros, dizendo que fizessem também de sua parte o remédio possível, uns dando à bomba, outros esgotando a água que estava no convés; porque esperava na bondade divina, e intercessão da Virgem Senhora Nossa, que haviam de ser livres do perigo em que estavam; estando-lhes dizendo isto viram todos um resplendor grande no meio da grandíssima escuridão com que iam, a que todos se tornaram a pôr de joelhos, encomendando-se à Virgem, e pedindo a Deus Misericórdia, o qual foi servido de aplacar a tormenta, e logo apareceu também a nau francesa também muito desbaratada, mas não tanto que ainda não pudesse prover estoutra assim de enxárcia e velas como de mantimento, o que não quiseram fazer, antes descarregando-a de alguma fazenda que tinha em si, e levando os seus franceses, se foram para França, deixando só aos portugueses dois sacos de biscoito podre, e uma pouca de cerveja danada, ao que se ajuntou uma botija, que ainda os nossos tinham, com duas canadas de vinho, e um frasco de água de flor, uns poucos de cocos, e poucos punhados de farinha de guerra, e seis tassalhos de peixe-boi, que Jorge de Albuquerque foi repartindo por trinta e tantos homens o tempo que durou a viagem, para a qual deu ordem com que se fizesse uma vela de alguns guardanapos e toalhas, que se acharam na nau, as quais mandou se ajuntassem a uma velinha de esquife dos franceses, que ficou, e de dois remos fizeram uma verga, e sobre o pé do mastro grande puseram um pedaço de pau de duas braças em alto, e de uns pedaços de enxárcia, que haviam ficado, e de cordas de rede, e morrões, fizeram enxárcia; o leme andava pendurado por um só ferro, que lhe ficou, e lançaram-lhe umas cordas para que pudesse servir, e com isto seguiram sua viagem, tomando a Nossa Senhora Mãe de Deus por guia, sem mais outra agulha ou astrolábio que prestasse, porque tudo lhe levaram os franceses; a qual os guiou de modo que milagrosamente se acharam defronte da sua igreja da Pena, entre as Barlengas e a serra de Cintra; ao dia seguinte se acharam mui perto da roca, e indo já a nau para dar à costa, passou por eles uma caravela, que ia para a pederneira, e pedindo aos homens dela que à honra da morte e paixão de Nosso Senhor os quisessem socorrer, e que lhes pagariam muito bem se os tomassem, e levassem à terra, responderam que Jesus Cristo lhes valesse, que eles não podiam perder tempo de viagem, e se foram sem alguma piedade, ou porventura houveram medo da nau por lhes parecer fantasma, porque nunca se viu no mar coisa tão dessemelhada para nave-

Frei Vicente do Salvador

gar, como o pedaço da nau em que iam; porém este medo ou crueldade não tiveram outros que iam para a Atouguia, os quais acudiram logo aos primeiros brados – que não podiam ouvir senão milagrosamente por estarem muito longe – e levaram a nau à toa até a porem em Cascais, a horas de sol posto; donde o infante D. Henrique, cardeal, que neste tempo governava o reino de Portugal, a mandou levar pelo rio acima, e pô-la defronte da igreja de São Paulo, para que todos os que a vissem dessem muitos louvores a Deus, por livrar os que nela vinham de tantos perigos como passaram. E assim, ainda que esta viagem pertence tanto a História do Brasil que vou escrevendo por ser ele o término a quo, e feita, e padecida por um dos capitães destas partes, e natural delas, contudo rogo aos que lerem este capítulo, que deem ao Senhor as mesmas graças, e louvores; e tenham sempre nele firme esperança, que os pode livrar de todos os perigos.

XII

De como o governador Mem de Sá tornou ao Rio de Janeiro, fundou nele a cidade de S. Sebastião, e do mais que lá fez até tornar à Bahia

*P*osto que o governador Mem de Sá não estava ocioso na Bahia, não deixava de estar com o pensamento nas coisas do Rio de Janeiro, e assim sacudindo-se de todas as mais, aprestou uma armada, e com o bispo D. Pedro Leitão, que ia visitar as capitanias do sul, que todas naquele tempo eram da sua diocese, e jurisdição, e com toda a mais luzida que pôde levar desta cidade, se embarcou e chegou brevemente ao Rio, onde em dia de São Sebastião, vinte de janeiro do ano de mil quinhentos sessenta e sete, acabou de lançar os inimigos de toda a enseada, e os seguiu dentro de suas terras sujeitando-os a seu poder, e arrasando dois lugares em que se haviam fortificado os franceses, posto que em um deles, que foi na aldeia de um índio principal chamado Iburaguaçu mirim, que quer dizer "pau grande pequeno", lhe feriram seu sobrinho Estácio de Sá de uma mortífera flechada, de que depois morreu.

Sossegadas as coisas da guerra, escolheu o governador sítio acomodado ao edifício de uma nova cidade, a qual mandou fortalecer com quatro castelos, e

História do Brasil

a barra ou entrada do Rio com dois, chamou a cidade de S. Sebastião, não só por ser nome de seu rei, senão por agradecimento dos benefícios recebidos do santo, pois a vitória passada se ganhou dia de S. Sebastião; e em este dia, dois anos antes, partiu Estácio de Sá de S. Vicente para o Rio de Janeiro, e começou a guerra invocando o seu favor, o qual reconheceram bem os portugueses, assim na batalha naval das canoas, como em outras ocasiões de perigo.

Pelo que, ainda em memória da vitória das canoas, se faz todos os anos naquela baía, defronte da cidade, no dia do glorioso São Sebastião uma escaramuça de canoas com grande grita dos índios, que as remam, e se combatem, coisa muito para ver.

O sítio em que Mem de Sá fundou a cidade de São Sebastião foi o cume de um monte, donde facilmente se podiam defender dos inimigos, mas depois, estando a terra de paz, se estendeu pelo vale ao longo do mar, de sorte que a praia lhe serve de rua principal, e assim sendo lá capitão-mor Afonso de Albuquerque, se achou uma manhã defronte da porta do Convento do Carmo, que ali está, uma baleia morta, que de noite havia dado à costa; e as canoas que vem das roças, ou granjas dos moradores, ali ficam desembarcando cada um à sua porta, ou perto dela, com o que trazem, sem lhe custar trabalho de carretos, como costa pela ladeira acima. Nem eles próprios lá subiram em todo o ano, e menos as mulheres, se não fora estar lá a igreja Matriz, e a dos padres da companhia, pela qual causa mora ainda lá alguma gente.

Fundada pois a cidade pelo governador Mem de Sá no dito outeiro, ordenou logo que houvesse oficiais, e ministros da milícia, justiça, e fazenda, e porque haviam ido na armada mercadores, que entre outras mercadorias levaram algumas pipas de vinho, mandou-lhes o governador que o vendessem atavernado, e pedindo eles que lhes pusesse a canada por um preço excessivo, tirou ele o capacete da cabeça com cólera, e disse que sim, mas que aquele havia de ser o quartilho, e assim foi, e é ainda hoje, por onde se afilam as medidas, donde vem serem tão grandes, que a maior peroleira não leva mais de cinco quartilhos.

Entre os primeiros franceses, que vieram ao Rio de Janeiro em companhia de Nicolau Villegaignon, de que tratamos no capítulo oitavo deste livro, vinha um hereje calvinista chamado João Bouller, o qual fugiu para a capitania de S. Vicente, onde os portugueses o receberam cuidando ser católico, e como tal o admitiam em suas conversações, por ele ser também na sua eloquente, e universal na língua espanhola, latina, grega, e saber alguns princípios da hebreia, e versado em alguns lugares da Sagrada Escritura, com os quais entendidos a seu modo dourava as pirolas, e encobria o veneno aos que o ouviam, e viam morder algumas vezes na autoridade do Sumo Pontífice, no uso dos sacramentos, no valor das indulgências, e na veneração das imagens. Contudo não faltou quem o conhecesse (que ao lume da Fé nada se esconde), e o foram denunciar ao bispo, o qual o condenou como seus erros mereciam, e sua obstinação, que nunca quis

Frei Vicente do Salvador

retratar-se; pelo que o remeteu ao governador, o qual o mandou que à vista dos outros, que tinham cativos na última vitória, morresse a mãos de um algoz.

Achou-se ali para o ajudar a bem morrer o padre José de Anchieta, que já então era sacerdote, e o tinha ordenado o mesmo bispo D. Pedro Leitão, e posto que no princípio o achou rebelde não prometeu a Divina Providência que se perdesse aquela ovelha fora do rebanho da igreja, senão que o padre com suas eficazes razões, e principalmente com a eficácia da graça, o reduzisse a ela, ficou o padre tão contente deste ganho, e por conseguinte tão receoso de o tornar a perder, que vendo ser o algoz pouco destro em seu ofício, e que se detinha em dar a morte ao réu, e com isso o angustiava, e o punha em perigo de renegar a verdade, que já tinha confessada, repreendeu o algoz, e o industriou para que fizesse com presteza seu ofício, escolhendo antes pôr-se a si mesmo em perigo de incorrer nas penas eclesiásticas, de que logo se absolveria, que arriscar-se aquela alma às penas eternas.

Casos são estes que desculpa a divina dispensação, e a caridade, que é sobre toda a lei, e sem isto mais são para admirar, que para imitar.

Ordenadas todas as coisas tocantes ao governo político, povoada, e fortificada a terra, a encarregou o governador a Salvador Corrêa de Sá, seu sobrinho, para que a governasse, e ele se tornou para a Bahia.

XIII

De como o governador tornou para a Bahia, e de uma nau que a ela arribou indo para a Índia

*T*ornando o governador Mem de Sá para a Bahia, e chegando a ela, escreveu logo a rainha, e ao infante cardeal D. Henrique, que governava o reino, o que tinha feito no Rio de Janeiro, pedindo em satisfação de seus serviços lhe mandasse sucessor, para se poder ir para Portugal, onde tinha sua filha D. Helena, que depois casou com o conde de Linhares D. Fernando de Noronha; e entretanto foi continuando com seu cargo como costumava, e era obrigado.

Neste tempo veio aqui de arribada Francisco Barreto, que havia sido governador da Índia, e ia conquistar Menomotapa, a quem o governador em tudo o que pôde para sua navegação; ficou-lhe aqui muita gente, e entre os mais um soldado homicida, que em algum tempo teve diferenças com

História do Brasil

outro em Portugal, mas haviam-se depois congraçado, e vinham ambos, e como tais se foram uma tarde recrear ao campo, onde se lançaram à sombra de uma fresca árvore, e adormecendo o outro, o Medeiros (que assim se chamava o homicida) lhe deu uma estocada de que logo morreu.

Muito desejou Francisco Barreto castigar esta aleivosia do seu soldado, mas não pôde colhê-lo, porém depois da sua partida o ouvidor-geral Fernão da Silva o prendeu, e formado o processo foi sentenciado à morte.

O dia que o levaram a justiçar os mais, que ficaram de Francisco Barreto, tinham dado ordem que estivessem trincados os baraços, para que caísse da forca, como em efeito caiu não só uma vez mas três vezes, o que visto pelos irmãos da Misericórdia, que o haviam acompanhado com a justiça, como é costume, requereram ao ouvidor-geral, que não executasse a sentença, pois assim parecia ser vontade de Deus, o que ele fez, e tornando-o ao cárcere foi logo avisar ao governador do que havia passado, o qual, como era letrado e reto na justiça, o repreendeu muito, dizendo que aquela piedosa opinião era, mas não tinha lugar naquele caso, onde a verdade era sabida, e a aleivosia tão notória, pelo que o mesmo governador uma madrugada o mandou tirar da cadeia, e fazer uma forca à porta dela, onde o enforcaram, e não quebrou a corda.

Nestas, e outras coisas semelhantes se ocupava o governador na Bahia enquanto esperava sucessor, e as guerras não cessavam assim nas capitanias do sul, como do norte, segundo veremos nos capítulos seguintes.

XIV

De como os Tamoios, e franceses depois da vinda do governador foram do Cabo Frio ao Rio de Janeiro para tomarem uma aldeia, e do que lhe sucedeu

*P*osto que o governador geral Mem de Sá, antes que se viesse para a Bahia, deixou limpa a do Rio de Janeiro dos inimigos Tamoios, eles se acolheram ao Cabo Frio, que dista do Rio 18 léguas, e ali se fizeram, fortes, e saíam a dar alguns assaltos aos de S. Vicente ajudados dos franceses, a conta deles mesmos também os ajudarem a cortar pau-brasil para carregarem suas naus, que há muito naquele cabo; e a tanto chegou o seu atrevimento, que juntando a oito naus francesas as canoas que puderam, se embarcaram uns e outros, e entraram pelo Rio de Janeiro, e passando à vista da cidade de S. Sebastião, foram surgir em um porto de uma aldeia, que distava da cidade uma légua, a qual era dos índios confederados, e amigos dos portugueses, onde estava por principal um de grande ânimo, e esforço, que nas guerras passadas havia feito grandes façanhas em defensa do nome cristão, e dos portugueses: seu nome brasileiro foi Arariboia, e no batismo se chamou Martim Afonso de Souza, como seu padrinho o senhor de S. Vicente, que o padrinhou quando viu a sua capitania no ano de milquinhentos e trinta.

A este vinham os Tamoios ajudados dos franceses saltear e prender, para fazerem em sua terra um solene banquete de suas carnes, segundo eles o mandaram por um mensageiro dizer ao capitão-mor Salvador Corrêa de Sá, o qual temeroso que tomada a aldeia tornassem sobre a cidade, a fortificou muito à pressa, e mandou aos moradores, e soldados que estivessem em armas, e não menos solícito da saúde do índio amigo lhe mandou logo socorro de gente portuguesa (ainda que pouca) animosa, e governada por Duarte Martins Mourão, seu capitão.

Avisado o valoroso índio Martim Afonso de Souza, cercou logo a sua aldeia de trincheiras, e detendo só nela os que podiam pelejar, mandou sair toda a gente inútil, e escondê-la em parte segura, e ele com grande ânimo esperou os inimigos, os quais desembarcados em terra, e a seu prometer seguros da vitória, nenhuma coisa fizeram aquele dia, dilatando a batalha para o outro seguinte.

Donde os nossos, que vieram de socorro, ajudados da obscuridade da noite puderam pôr em bom lugar um falconete, que em uma grande canoa haviam trazido para arredarem com ele os inimigos.

Esforçado mais o valoroso índio com este socorro, e animando os seus, mandou romper as trincheiras, e apelidando o nome de Jesus e de São Sebastião, acometer o inimigo, antes que se concertasse em esquadrões; os índios alentados com a voz do seu capitão, e animados com o exemplo dos portugueses, cerraram com os inimigos desconcertados, os quais ainda, por serem mais em número, lhes resistiram fortemente, enfim viraram as costas, não podendo sofrer a força dos portugueses, e índios confederados.

Os nossos os seguiram, e com pouco dano seu, fizeram grande matança, porque as naus francesas, acostando-se demasiadamente à terra, com a vazante da maré haviam ficado em seco, e o falconete, chovendo sobre elas uma tempestade de pedras, matava, e feria muitos marinheiros, que nelas estavam, e soldados que se embarcavam, até que tornando a crescer a maré se fizeram ao mar, perdidos muitos franceses, e elas maltratadas; os bárbaros destroçados com dificuldade saltaram nas canoas, e perdidos os brios, e desfeitas as forças, em companhia das naus francesas tornaram para o Cabo Frio, e os

História do Brasil

que carregados de armas saíram de sua terra ameaçando que haviam despedaçar com seus dentes a Martim Afonso, deixaram no campo espalhados muitos dos seus, para que com seus bicos os despedaçassem as aves.

Os franceses, reparadas suas naus, e carregadas de pau-brasil, se tornaram nelas à sua pátria.

XV

Das guerras, que houve neste tempo em Pernambuco

Vendo Duarte Coelho de Albuquerque a muita gente que acudia, assim de Portugal como das outras capitanias, para povoarem a sua de Pernambuco, e fazerem nela engenhos e fazendas; e que as terras do cabo, que os gentios inimigos tinham ocupadas, eram as mais férteis, e melhores, determinou de lhas fazer despejar por guerra, e para isto fez resenha de gente que podia levar, e ordenou que com a gente de Iguaraçu fosse por capitão Fernão Lourenço, que era o mesmo capitão da dita vila: com a gente de Parati Gonçalo Mendes Leitão, irmão do bispo, que então era D. Pedro Leitão, e casado com uma filha de Jerônimo de Albuquerque; com a gente da Várzea de Capiguaribe Cristovão Lins, fidalgo alemão; e da gente da vila, mercadores, e moradores, porque eram de diversas partes do reino, ordenou outras três companhias, e que por capitão dos Vianenses fosse J. Paes; dos do Porto, Bento Dias de Santiago; e dos de Lisboa, Gonçalo Mendes Delvas, mercador; pelas quais seis companhias iam repartidos vinte mil negros, os mais deles do gentio da mata do pau-brasil, contrários dos do cabo.

Também lhes mandou o capitão da ilha de Itamaracá uma companhia de trinta e cinco soldados brancos, e dois mil índios flecheiros, e por capitão Pero Lopes Lobo: posto que ele os entregou a Duarte Coelho, para que os repartisse por onde visse serem necessários, e quis antes meter-se na companhia dos aventureiros, que era dos mancebos solteiros.

Sobre todos ia por general Duarte Coelho de Albuquerque, acompanhado de D. Filipe de Moura, e Filipe Cavalcante, genros de Jerônimo de Albuquerque, e de outros homens nobres e honrados, que todos o quiseram acompanhar, e não ficou mais na vila que Jerônimo de Albuquerque com alguns velhos, que não podiam menear as armas.

Com toda esta gente se partiu Duarte Coelho de Albuquerque, e foi marchando até às primeiras cercas dos inimigos, onde o esperaram aos primeiros encontros, e houve alguns mortos e feridos de parte a parte, mas vendo que era impossível resistir a tantos, se puseram em fugida com grande pressa, para que seguindo-os com a mesma não tivessem os nossos lugar de desmanchar-lhes as casas, e as cercas, e assim tornassem depois pelos matos a meter-se nelas; mas Duarte Coelho, que lhes adivinhou os pensamentos, lhes mandou queimar algumas, e em outras deixou presídios, com ordem que lhes arrancassem todos os mantimentos, com o que os obrigou a cometer pazes, e ele lhas outorgou com as condições, que melhor lhe estiveram, e repartiu as terras por pessoas, que as começaram logo a lavrar, os quais como acharam tanto mantimento plantado não faziam mais que comê-lo, e replantá-lo da mesma rama, e nas mesmas covas, e com isto foram fazendo seus canaviais, e engenhos de açúcar, com que enriqueceram muito, por a terra ser fertilíssima, e só um, que por isto se chamou João Paes do Cabo, chegou a fazer oito engenhos, que repartiram por oito filhos que teve, e coube a cada um seu de legítima.

E porque as terras do rio de Cirinhaen, que ficam defronte da ilha de Santo Aleixo, seis léguas do cabo, eram também muito boas, e as tinha ocupadas outro gentio contrário, que já estava sujeito e pacífico, e de lá os vinham inquietar, e salteá-los, lhes mandou Duarte Coelho dizer pelos nossos línguas, e intérpretes, que se quietassem, e fossem amigos, senão que lhe seria necessário defendê-los, e tomar vingança dos agravos, e injúrias, que lhes faziam.

Ao que eles com muita arrogância responderam que não o haviam com os brancos, nem com ele, senão com aqueles que eram seus inimigos, e contrários antigos; mas se os brancos queriam por eles tomar pendências, ainda tinham braços para se defenderem de uns, e de outros.

Tornados os línguas com esta reposta, fez Duarte Coelho de Albuquerque uma junta de oficiais da Câmera, e mais pessoas da governança, onde se julgou ser a coisa bastante para se lhes fazer guerra justa, e os cativar, e com este assento se aprestou logo outro exército, em que foi Filipe Cavalcante, fidalgo florentino, capitão dos que foram por mar em barcos, e caravelões, e Jerônimo de Albuquerque, dos que marcharam por terra, que Duarte Coelho como soldado quis ir solto, na companhia dos aventureiros, e tanto que chegaram às cercas, e aldeias dos inimigos, tiveram grandes encontros, e resistências, porque eram muitas, e rotas umas se acolhiam logo, e se fortificavam, e defendiam em outras com grande ânimo e coragem.

Porém quando viram o socorro dos barcos, e que não puderam impedir-lhes o desembarcar, posto que o acometeram animosamente, logo desconfiaram, e fugiram para o sertão, levando as mulheres, e filhos diante, e ficando os valentes fazendo-lhes costas, que nunca as viraram aos nossos aventureiros, e índios nossos amigos, que os foram seguindo muitas léguas, até chegar

História do Brasil

a uma grande cerca, onde se meteram uma tarde, aparecendo alguns pelos altos dela, com tantos ralhos, e mostras de se defenderem, que ali cuidaram os nossos que os tinham certos, e não sabiam já quando havia de amanhecer para abalroarem, animando-se todos uns aos outros para a peleja; porém pela manhã a acharam despejada, que todos haviam fugido, e só saíram de entre o mato um moço e uma moça de outro gentio, que eles tinham cativos, os quais contaram que no mesmo tempo, que os ralhadores apareceram na fronteira da cerca, iam todos os mais secretamente fugindo pela outra parte; e assim não havia para que cansar mais em os seguir, porque iam para mui longe, e para mais não tornarem, como de feito assim foi, e os nossos se tornaram para onde haviam deixado os mais, e os acharam arrancando, e desfazendo os mantimentos dos fugidos, com o que se tornaram todos, uns por mar outros por terra, a Olinda com muito contentamento.

A fama destas duas vitórias ficou todo o gentio desta costa até o rio de S. Francisco tão atemorizado, que se deixavam amarrar dos brancos como se foram seus carneiros e ovelhas; e assim iam em barcos por esses rios, e os traziam carregados deles a vender por dois cruzados, ou mil-réis cada um, que é o preço de um carneiro. Isto não faziam os que temiam a Deus, senão os que faziam mais conta dos interesses desta vida, que da que haviam de dar a Deus, e principalmente veio um clérigo a esta capitania, a que vulgarmente chamavam o Padre do Ouro, por ele se jactar de grande mineiro, e por esta arte era mui estimado de Duarte Coelho de Albuquerque, e o mandou ao sertão com 30 homens brancos, e 200 índios, que não quis ele mais, nem lhe eram necessários; porque em chegando a qualquer aldeia do gentio, por grande que fosse, forte, e bem povoada, depenava um frangão, ou desfolhava um ramo, e quantas penas, ou folhas lançava para o ar tantos demônios negros vinham do inferno lançando labaredas pela boca, com cuja vista somente ficavam os pobres gentios machos, e fêmeas, tremendo de pés e mãos, e se acolhiam aos brancos, que o padre levava consigo; os quais não faziam mais que amarrá-los, e levá-los aos barcos, e aqueles idos, outros vindos, sem Duarte Coelho de Albuquerque, por mais repreendido que foi de seu tio, e de seu irmão Jorge de Albuquerque, do reino, querer nunca atalhar tão grande tirania, não sei se pelo que interessava nas peças, que se vendiam, se porque o Padre Mágico o tinha enfeitiçado; e foi isto causa para que El-Rei D. Sebastião o mandasse ir para o reino, donde passou, e morreu com ele naÁfrica, e ficou a capitania a Jorge de Albuquerque Coelho, que também passou com El-Rei, e foi cativo, ferido, e aleijado de ambas as pernas, mas resgatou-se, e viveu depois muitos anos casado com a filha de D. Álvaro Coutinho de Amourol, da qual houve dois filhos, Duarte de Albuquerque Coelho, e Mathias de Albuquerque, de que trataremos em o Livro Quinto. E o Padre do Ouro também foi preso em um navio para o reino, o qual arribou às ilhas, donde desapareceu uma noite sem mais se saber dele.

XVI

De como vinha por governador do Brasil D. Luiz Fernandes de Vasconcelos, e o mataram no mar os corsários

No ano do Senhor de mil quinhentos e setenta vinha por governador do Brasil D. Luiz Fernandes de Vasconcelos, o qual, partido em uma boa frota, ao segundo dia que saiu da barra de Lisboa começou a correr tormenta, que fez apartar umas naus das outras, donde uma foi encontrar com corsários poderosos, que a tomaram, e mataram quarenta padres da Companhia de Jesus, que nela vinham com o padre Inácio de Azevedo, que já havia sido no Brasil seu primeiro visitador, e a toda a mais gente que a nau trazia e D. Luiz arribou destroçado da tempestade à ilha da Madeira, onde refazendo-se, sobre ter navegado de uma parte para a outra mais de duas mil léguas, com imenso trabalho chegou à vista do Brasil, que demandava, e sem a poder tomar, por mais que porisso trabalhou, lhe foi forçado arribar dali a ilha Espanhola, que é das Índias de Castela, e invernar nela, e arribar dali outra vez a Portugal com a nau desbaratada da falta de tudo, e aportando assim na ilha Terceira, no porto da ilha lhe deram a nova da morte de seu filho D. Fernando, quedesastradamente morreu na Índia a mãos de mouros.

Passado a outra nau, esperando tempo para tornar a cometer a viagem do Brasil, partiu quando o teve, sem alguma companhia de outras naus, e encontrou na mesma semana três naus de corsários luteranos, a cujas mãos, não sendo poderoso de defender-se nem se querendo render, sobre ter mui esforçadamente pelejado, foi morto na batalha.

Era D. Luiz Fernandes de Vasconcelos (além de outras boas qualidades, pelas quais parecia digno de melhor ventura) curiosíssimo da arte marítima, e tão douto, e diligente nela, que podia competir com os mais cientes, e experimentados pilotos; mas com isto infelicíssimo em todas suas viagens, e navegações.

A primeira vez que houve de sair ao mar, sendo despachado por capitão-mor da Armada daÍndia, estando já as naus carregadas, e a ponto de partirem, abriu a sua capitania uma tão grossa água, que não pôde partir com as outras, mas partiu depois só, e veio invernar a esta Bahia, como dissemos no capítulo quinto deste livro, e pior foi a jornada da Índia para o reino, em que se perdeu com miserabilíssimo naufrágio, de que salvou somente a pessoa, com 30 e tantos companheiros, no batel da nau, deixando nela mais de 300, que se afogaram, com tanta mágoa de seu coração por lhes não poder valer, que cobriu os olhos com uma toalha por não ver tão triste espetáculo, e saindo assim da nau permitiu Nosso Senhor que visse ela em poucos dias da ilha de S. Lourenço, povoada de cruel, e bárbaro gentio, com que as vidas não ficavam menos arriscadas, não tendo dali, senão muito longe, outra terra, nem navio, nem mantimento; mas ordenou a Divina Misericórdia que topasse ali acaso uma nau resgatando, na qual tornaram a Índia, onde D. Luiz se embarcou em outra para Portugal, e sobre ter peregrinado três anos, e mais, chegou ao reino, sem ter de tão longa jornada, em que metera tanto cabedal, mais que dívidas, e trabalhos, e perigos, que nela passou, e não se cansando nem se mudando por tempo sua fortuna, sendo depois mandado por governador do Brasil lhe aconteceram os infortúnios, que atrás dissemos, e por fim deles a morte, que põe fim a tudo.

XVII

Da morte do governador Mem de Sá

*N*este mesmo ano, em que D. Luiz Fernandes de Vasconcelos foi morto no mar a mãos de inimigos corsários, que foi o de mil quinhentos setenta e um, morreu de sua enfermidade o governador Mem de Sá, que o estava esperando para ir-se para o reino, mas quereria Nosso Senhor levá-lo para outro reino melhor, que é do céu, como por sua vida, e morte, e principalmente pela Misericórdia Divina, se pode confiar. Foi sepultado na capela da igreja dos padres da companhia, que ele havia ajudado a fazer de penas das condenações aplicadas para a obra, e de outras esmolas. Fez testamento, em que instituiu universal herdeira da sua fazenda, a sua filha condessa de Linhares, com esta cláusula, que se morresse sem deixar filho ou filha, que a herdasse, do engenho e terras, que cá tinha em Sergipe, ficasse a terceira parte a casa da Misericórdia desta cidade da Bahia, e os outros dois terços aos padres da companhia, um para eles, outro para repartirem em esmolas, e dotes de órfãs.

Porém ainda que a condessa morresse sem deixar filhos herdeiros, ela legou estes bens ao Colégio dos Padres da Companhia de Santo Antão de

Frei Vicente do Salvador

Lisboa, onde mandou fazer uma capela, e os padres de cá, não lhes parecendo bem pôr-se à demanda com os seus, deixaram o litígio a Misericórdia.

Não somente o governador Mem de Sá morreu gozoso de suas vitórias (se há coisa nas mundanas que na morte possa dar gozo), mas também de outras, que neste ano da sua morte, o décimo quarto do seu governo, alcançaram os católicos contra os infiéis, que foram as mais insignes de quantas no mundo se hão visto; uma foi a que os portugueses alcançaram na Índia contra três reis, que se confederaram para os lançarem dela, e para este efeito deram todos a um tempo, o Hidalcão sobre Goa, o Nisa Maluco sobre Chaul, e o de Achem sobre Malaca; mas como em todas estas partes havia defensores portugueses, em todas foi igual a resistência. Muitos foram de parecer que se largasse Chaul, porque não estava murado, nem tinha gente que o pudesse defender do poder de Nisa Maluco, e para lhe mandar socorro de Goa seria porem-se a perigo de perderem uma coisa, e outra: porém o viso-rei D. Luiz de Ataíde, contra o parecer de todos, disse que nada havia de largar, e assim ficando-se com só dois mil homens em Goa, mandou D. Francisco Mascarenhas a Chaul com 600 soldados escolhidos, fora muitos fidalgos, e capitães, dos quais alguns aperceberam navios em que o seguiram com gente à sua custa, como foram D. Nuno Álvares Pereira, Pedro da Silva de Menezes, Nuno Velho Pereira, Rui Pires de Távora, João de Mendonça, e outros, que não podendo haver embarcações por partirem a furto do viso-rei, se embarcaram com estes, que dissemos, e com outros, que pelo tempo foram acudindo, e com tão pouca gente foi Deus servido que o viso-rei vencesse em Goa o Hidalcão, o qual o teve cinco meses em cerco com 35 mil cavalos, e 60 mil de pé, dois mil elefantes armados, e 200 peças de artilharia de campo, as mais delas de monstruosa grandeza, e D. Francisco Mascarenhas com a gente que levava de socorro, e a que tinha Luiz Freire de Andrade, capitão-mor de Chaul, que senão 800 homens, mataram a Nisa Maluco 12 mil mouros de 100 mil combatentes de pé, e 55 mil de cavalo, com que teve cercado a Chaul, e o puseram em tanta desconfiança que a cabo de nove meses, que durou o cerco, cometeu pazes a D. Francisco Mascarenhas.

As mesmas cometeu o Hidalcão ao viso-rei, e um, e outro as aceitou com condições a seu gosto, muito a salvo da sua honra, e dEl-Rei. Pois o de Achem não livrou melhor que estoutros, porque indo para Malaca se encontrou com Luiz de Mello da Silva, que em naval batalha o venceu, e o fez por então tornar frustrado de seu intento.

Com esta vitória chegou o viso-rei D. Luiz de Ataíde ao reino a 22 de julho do ano seguintede mil quinhentos setenta e dois, por deixar já na Índia D. Antônio de Noronha, seu sucessor, e El-Rei D. Sebastião foi na cidade de Lisboa dar graças a Deus no domingo seguinte, em solene procissão da Sé ao Mosteiro de S. Domingos, onde se pregou, e denunciou ao povo, levando à mão direita o viso-

História do Brasil

-rei em precedência de todos os príncipes e senhores, de que foi acompanhado; grande honra, mas bem merecida, e devida a tão heroicos feitos.

A outra vitória que neste ano de mil quinhentos setenta e um se alcançou foi a de D. João deÁustria, general da liga cristã, o qual com Marco Antônio Colona, general das galés do papa Pio Quinto, Sebastião Veniero, general dos Venezianos, o príncipe Doria, o de Parma, e Urbino, e outros senhores, que seguiram seu estandarte, em um domingo, a 7 de outubro, no golfo de Lepanto venceu o Baxá general dos turcos, matou-o, e lhe cativou dois filhos, sendo mais mortos 30 mil turcos, cativos cinco mil, tomadas duzentas e 20 galés, e galeotas, e libertados 15 mil escravos cristãos, a que vinham remando na armada do turco; mas também dos nossos morreram na batalha sete mil e quinhentos soldados, em que entraram alguns capitães famosos.

Sabida a nova da perda da sua armada por Selim, imperador dos turcos, a sentiu tanto, que saiu do seu juízo, dizendo que era princípio da ruína do seu império, mas sendo consolado por Luchali, que havia escapado com 15 galés, e lhe mostrou o estandarte de Malta, que havia tomado na batalha, aconselhado pelos seus, mandou logo aprestar outra armada, fazendo general dela o dito Luchali, o qual mui contente com o novo cargo se dava pressa em fabricar galés, fundir artilharia, fazer munições, e vitualhas para sair o ano seguinte, o que sabido pelo Sumo Pontífice tornou a tratar com os príncipes cristãos de nova liga, pedindo também a El-Rei de Portugal D. Sebastião quisesse entrar nela, e juntamente quisesse aceitar o casamento de Margarita, filha de El-Rei Henrique de França, em que já lhe haviam falado, e ela não quisera, o qual sabendo que o dito rei de França se escusava da liga contra o turco, respondeu que aceitava o casamento, e não queria mais dote com ela, senão que entrasse seu pai na dita liga, e ele mesmo se oferecia que pelo mar Roxo, e Pérsico molestaria o grão turco com suas armadas naquele tempo vitoriosas, e nisso trabalharia com todo o seu poder e forças.

Tão zeloso era El-Rei D. Sebastião da honra de Deus, e de guerrear por ela contra os infiéis, que só por isto aceitava o casamento (a que não era afeiçoado), e não queria outro dote; mas não se concluindo este matrimônio, que tantos males, e desventuras pudera escusar, casou com ela Henrique de Bourbon, duque de Vandoma, e príncipe de Bierne, e El-Rei D. Sebastião continuou com suas guerras, que era o que desejava sobre todas as coisas da vida, até que nelas a perdeu.

XVIII

De como El-Rei D. Sebastião mandou Cristóvão de Barros por capitão-mor a governar o Rio de Janeiro

*E*l-Rei D. Sebastião, depois que começou a governar por si o reino, como era tão solícito de conquistas (que provera a Deus não fora tanto), sabendo da que se fazia no Rio de Janeiro, mandou a ela por capitão-mor, e governador a Cristóvão de Barros, o qual era filho bastardo de Antônio Cardoso de Barros, primeiro provedor-mor da Fazenda dEl-Rei no Brasil, que tornando-se para o reino em companhia do primeiro bispo, dando a nau à costa junto ao rio de S. Francisco, foi morto, e comido do gentio, como já dissemos no capítulo terceiro deste livro.

Era Cristóvão de Barros homem sagaz, e prudente, e bem-afortunado nas guerras, e assim depois que chegou ao Rio de Janeiro, em todas as que teve com os Tamoios ficou vitorioso, e pacificou de modo o recôncavo, e rios daquela Bahia, que tornados os ferros das lanças em foices, e as espadas em machados, e enxadas, tratavam os homens já somente de fazer suas lavouras, e fazendas, e ele fez também um engenho de açúcar junto a um rio chamado Magé, onde se faz uma pescaria de fataças, e chama-se Piraiqué, que quer dizer "entrada de peixe", tão notável, que não é bem passá-la em silêncio.

É este rio de água doce, mas entra por ele a maré uma légua pouco mais ou menos. Nas águas vivas do mês de junho, que é ali a força do inverno, entram por ele tantas fataças, ou corimans (como os índios brasis lhes chamam), que para as poderem vencer se juntam duzentas canoas de gente, e lançando muito barbasco machucado à riba donde chega a maré, quando esta preamar se tapa a boca, ou barra do rio com uma rede dobrada, vai o peixe a sair com a vazante, não pode com a rede, nem menos esconder-se no fundo, porque a água o embasbaca, e embebeda de maneira que, viradas de barriga as fataças andam sobre ela meias mortas, donde com um rede-fole as tiram como colher de caldeira, aos pares, até encher as canoas.

Saem-se logo fora, e cortadas as cabeças lhes escalam os corpos, e salgadas os põem a secar nos penedos, que há ali muitos; e das cabeças cozidas fazem azeite para se alumiarem todo o ano.

Nas águas seguintes de julho se faz outra Piraiqué, ou pescaria, da mesma maneira que a passada, mas não são já tão gordas as fataças, porque estão todas ovadas de ovas grandes e saborosas, as quais salgam, prensam, e secam para comerem, e levarem a vender à Bahia, e a outras partes.

Contei isto, porque esta pescaria se faz naquele rio de Magé, onde Cristovão de Barros fez o seu engenho, e no seu tempo, e ainda depois alguns anos se mandava lançar público pregão na cidade do dia em que se havia de fazer a pescaria, para que fossem a ela todos os que quisessem, e poucos deixavam de ir, assim pelo proveito como por recreação.

XIX

Do quarto governador do Brasil Luiz de Brito de Almeida, e de sua ida ao rio real

*S*abida no reino a nova da morte de Luiz Fernandes de Vasconcellos, que os corsários mataram no mar vindo governar o Brasil, mandou logo El-Rei por governador a Luiz de Brito de Almeida, que havia sido escrivão da Misericórdia em um ano de muita festa em Lisboa, e desamparando o provedor, e irmãos o hospital com temor do mal contagioso, ele assistiu sempre, provendo-os de todo o necessário para sua cura; pelo que El-Rei lhe encarregou este governo, no qual, depois de chegar, e prover nas coisas da paz, que por morte de seu antecessor achou desordenadas, começou a entender nas da guerra; e a primeira a que acudiu foi a lançar os gentios inimigos do rio Real, e povoá-lo como El-Rei lhe havia mandado, pelas boas informações que dele tinha, e o mesmo nome de rio Real esta publicando, e prometendo.

Este rio esta em 12° C, tem de boca meia légua, em a qual há dois canais, e por qualquer deles entram navios da costa de cinquenta toneladas. Da barra para dentro é o rio mui fundo, e faz uma baía de mais de uma légua, onde há grandes pescarias de peixes-bois, e de toda a mais sorte de peixe.

Entra a maré por ele sete ou oito léguas. Do salgado para cima é a terra muito boa para canas-de-açúcar, e outras plantas; tem muito pau-brasil, e por todas estas coisas a mandava El-Rei povoar; porém como havia ali gentio contrário, foi primeiro o governador para a fazer despejar com muitos moradores da Bahia, uns por terra, outros nos barcos, em que iam os mantimentos, e alcançou vitória de um grande principal chamado Sorobi, queimando-lhe as aldeias, matando, e cativando a muitos; e porque outro chamado Aperipé lhe fugiu com a sua gente o seguiu cinquenta léguas pelo sertão sem lhe poder dar alcance, onde achou duas léguas notáveis, uma de quinhentas braças de comprido, e cento de largo, cuja água é mais salgada que a do mar, e toda cercada de perrexil outra pegada a esta de mais de 600 braças de largo de água muito doce; ambas têm muitos peixes, e o governador mandou pescar muito, com que se tornou para a Bahia, encarregando a povoação a Garcia da Vida, que tinha sua casa, fazenda, e muitos currais dali a 12 ou 13 léguas no rio de Tatuapará, o qual a começou, mas nunca se acabou de povoar senão de currais de gado.

XX

Das entradas, que neste tempo se fizeram pelo sertão

Não ficaram pouco pesarosos os moradores da Bahia, que acompanharam o governador ao rio Real, por não acharem o gentio, que buscavam, para o cativarem, e se servirem dele como aqueles a quem havia levado mais esta cobiça que o zelo da nova povoação, que El-Rei pretendia se fizesse; mas ainda se ajudaram do sucesso para seu intento, dizendo ao governador que pois as guerras afugentavam os gentios, como se vira nesta, e nas que seu antecessor lhes havia feitas, com que os fez afastar do mar mais de sessenta léguas, seria melhor trazê-los por paz, e per persuasão de mamalucos, que por eles saberem a língua, e pelo parentesco, que com eles tinham (porque mamalucos chamamos mestiços, que são filhos de brancos, e de índias), os trariam mais facilmente que por armas.

Por estas razões, ou por comprazer aos suplicantes, deu o governador as licenças, que lhe pediram, para mandarem ao sertão descer índios por meio dos mamalucos, os quais não iam tão confiados na eloquência, que não levassem muitos soldados brancos, e índios confederados, e amigos, com suas flechas, e armas, com as quais, quando não queriam por paz, e por vontade, os traziam por guerra, e por força: mas ordinariamente bastava a língua do parente mamaluco, que lhes representava a fartura do peixe, e mariscos do mar, de que lá careciam, a liberdade de que haviam de gozar, a qual não teriam se os trouxessem por guerra.

História do Brasil

Com estes enganos, e com algumas dádivas de roupas, e ferramentas, que davam aos principais, e resgates, que lhes davam pelos que tinham presos em cordas para os comerem, abalavam aldeias inteiras, e em chegando à vista do mar, apartavam os filhos dos pais, os irmãos dos irmãos, e ainda às vezes a mulher do marido, levando uns o capitão mamaluco, outros os soldados, outros os armadores, outros os que impetraram a licença, outros quem lha concedeu, e todos se serviam deles em suas fazendas, e alguns os vendiam, porém com declaração que eram índios de consciência, e que lhes não vendiam senão o serviço, e quem os comprava, pela primeira culpa, ou fugida, que faziam, os ferrava na face, dizendo que lhe custaram seu dinheiro, e eram seus cativos; quebravam os pregadores os púlpitos sobre isto, mas era como se pregassem em deserto.

Entre estas entradas no sertão fez uma Antônio Dias Adorno, ao qual encomendou o governador que trabalhasse por descobrir algumas minas, o qual entrou pelo rio das Contas, que é da capitania dos Ilhéus, e seguindo a sua corrente, que vem de mui longe, rodeou grande parte do sertão, onde achou esmeraldas, e outras pedras preciosas, de que trouxe as amostras, e o governador as mandou ao reino, onde examinadas pelos lapidários, as acharam muito boas; mas nem por isso se mandou mais a elas, sinal que haviam lá ido mais a buscar peças que pedras, e assim trouxeram 7.000 almas dos gentios Tupiguaens, sem trazerem algum mantimento, que comessem, em 200 léguas, que caminharam muito devagar, por virem muitas mulheres, e crianças, e muitos velhos, e velhas, sustentando-se só de frutas agrestes, caça, e mel, mas isto em tanta abundância que nunca se sentiu fome, antes chegaram todos gordos, e valentes: donde se colige quão fértil é aquele sertão, e pelo conseguinte com quanta facilidade se pudera tornar em busca das pedras preciosas já descobertas, e descobrir outras.

Também mandou o mesmo governador um Sebastião Álvares ao rio de S. Francisco com oficiais, e tudo o mais necessário para fazer uma embarcação em que por ele navegassem em descobrir algumas minas, e para isso escreveu a um grande principal do sertão chamado Porquinho, que o ajudasse com gente, e tudo o mais que pudesse; ele mandou um vestido de escarlata, e uma vara de meirinho para trazer na mão.

Levou este recado um Diogo de Castro, que já havia estado em sua casa, e sabia bem falar-lhe a língua, e outro grande língua, que havia sido irmão da companhia, chamado Jorge Velho.

Estimou muito o Porquinho ver o caso que dele fazia o governador, e nunca jamais faltou em quanto os brancos o ocuparam; e assim pôs com sua ajuda o capitão a embarcação em boa altura, e a fez em paragem donde o rio era todo navegável, porque dali para baixo lhe ficava já a cachoeira, e o sumidouro, quando lhe chegou uma carta do governador Lourenço da Veiga, que sucedeu a Luiz de Brito, em que mandava que logo lhe viesse dar

Frei Vicente do Salvador

conta da fazenda de El-Rei, que levara, obedeceu o homem, e posto que depois tornou não achou já os seus, que se haviam metido com outros de Pernambuco a descer gentio, como ele também fez, e todos lá acabaram.

Não só da Bahia, mas também dos Ilhéus, e de Pernambuco, se fizeram neste tempo outras entradas.

Dos Ilhéus foi Luiz Álvares Espinha com pretexto de fazer guerra a certas aldeias daí a 30 léguas, por haverem nelas mortos alguns brancos, porém hão se contentou com lha fazer, e cativar todas aqueles aldeãos, senão que passou adiante, e desceu infinito gentio.

De Pernambuco foram Francisco de Caldas, que serviu de provedor da fazenda, e Gaspar Dias de Taíde com muitos soldados ao rio de S. Francisco, e ajudando-se do Braço de Peixe, que era um grande principal dos Tabajaras, e da sua gente, que era muito esforçada, e guerreira, entraram muitas léguas pelo sertão, matando os que resistiam, e cativando os mais.

Tornando-se depois para o mar com sete mil cativos, determinaram pagar ao Braço com o levarem também amarrado, e a todos os seus: porém ele os entendeu, e não deixando de os servir com mantimentos das suas roças, e caça do mato, para aqueles, deu 200 caçadores para assegurar mais a sua caça, e depois que os teve seguros, que nem se vigiavam, nem lhes parecia haver para que, mandou chamar outro principal seu parente, chamado Assento de Pássaro, que viesse com os flecheiros da sua aldeia, e avisou os seus caçadores, que estavam entre os brancos, estivessem alerta na madrugada seguinte, para que, quando ouvissem o seu urro costumado, darem juntamente nos nossos, e lhes não escapar algum com vida; e assim foi que, achando-os dormindo mui descuidados, subitamente os acometeram com tanto ímpeto, que não lhes deram lugar, a tomar armas, nem a fugir, e os mataram todos; e soltos os outros gentios cativos, depois que ajudaram a festejar a sua liberdade, comendo a carne de seus senhores, os deixaram tornar para suas terras, ou para onde quiseram; só escapou dos nossos um mamaluco, que uma moça, irmã do principal Assento de Pássaro, escondeu.

Este levou a nova aos brancos, que estavam no porto esperando, e depois neles a Olinda, onde foi muito sentida de todos, pranteando as viúvas seus maridos, e os filhos seus pais, que ali morreram. Nem parou aqui o mal, senão que os homicidas, temendo-se que os brancos fossem tomar vingança destas mortes, sendo Tabajaras, e contrários dos Potiguares, se foram meter com eles na Paraíba, e se fizeram seus amigos para os ajudarem nas guerras, que nos faziam, como adiante veremos[1].

---

1. NB. Este capítulo foi copiado das adições e emendas a esta História do Brasil; cujos adiamentos existem no Real Arquivo da Torre do Tombo.

XXI

Das diferenças, que o governador, e o bispo tiveram sobre um preso, que se acolheu àz igreja

*P*or morte do bispo D. Pedro Leitão veio o bispo D. Antônio Barreiros, que havia sido D. prior de Aviz, a governar este bispado do Brasil; era homem benigno, esmoler, e dotado de muitas virtudes; mas não era chegado de muitos dias, quando se ofereceu uma ocasião de diferenças, e desgostos entre ele e o governador Luiz de Brito; a ocasião foi esta:

Havia nesta terra um homem, aliás honrado, e rico, chamado Sebastião da Ponte, mas cruel em alguns castigos, que dava a seus servos, fossem brancos ou negros; entre outros chegou a ferrar um homem branco em uma espádua como ferro das vacas depois de bem açoutado; sentido o homem disto se embarcou, e foi para Lisboa, onde esperando uma manhã a El-Rei, quando ia para a capela, deixou cair a capa, que só levava sobre os ombros, e lhe mostrou o ferrete, pedindo-lhe justiça com muitas lágrimas.

Informado El-Rei do caso, escreveu ao governador que mandasse preso, e a bom recado ao reino o dito Sebastião da Ponte.

Teve ele notícia disto, e acolheu-se a uma ermida de Nossa Senhora da Escada, que está junto a Pirajá, onde o réu então morava: demais disto chamou-se às ordens, dizendo que tinha as menores, e andava com hábito, e tonsura, porque não era casado, pelas quais razões deprecou o bispo ao governador não o prendesse, mas não lhe valeu, começou logo a proceder a censuras, e finalmente chegou o negócio a tanto, que houveram de vir às armas, correndo com elas o povo néscio, e inconstante, já ao bispo com o temor das censuras, já ao governador com o temor da pena capital, que ao som da caixa se publicava, e o que mais era, que ainda depois de todos acostados ao governador, seus próprios filhos, que estudavam para se ordenarem, com pedras nas mãos contra seus pais se acostavam ao bispo, e a seus clérigos, e familiares.

Porém enfim (*Jussio Regis urgebat*), e se mandou o preso ao reino, como El-Rei o mandava, onde foi metido na prisão do Limoeiro, e nela acabou como suas culpas mereciam.

Também neste tempo deu a nau Santa Clara, indo para a Índia, à costa no rio Arambepe à meia-noite, dando por cima de uma lájea, um tiro de falcão do recife, e se perderam mais de trezentos homens, que nela iam com o capitão Luiz de Andrade.

Dista o rio donde a nau se perdeu cinco ou seis léguas desta cidade, e assim acudiu logo lá muita gente, e se tirou do fundo do mar muito dinheiro de mergulho, de que se pagaram per si os búzios, e nadadores, e muitos que nada nadaram. A isto acudiu o bispo com a excomunhão da Bula da Ceia contra os que tomam os bens dos naufrágios; não sei se aproveitou alguma coisa, só sei, que ouvi dizer a um, dali a muitos anos, que aquele fora o tempo dourado para esta Bahia pelo muito dinheiro que então nela corria, e muitos índios, que desceram do sertão, e bem dizia dourado, e não de ouro, porque para este outras coisas se requeriam.

XXII

Do princípio da rebelião, e guerras do gentio da Paraíba

O rio da Paraíba, que nas cartas de marear se chama de S. Domingos, está em seis graus e três quartos... A boca da abra que o rio faz tem de largo uma légua, e o canal que vai pelo meio, que é o que chamam barra, tem um quarto de légua, e todo o mais de uma parte e outra é muito esparcelado, o fundo é de areia limpa, e assim é muito maior porto, e capaz de maiores embarcações, que o de Pernambuco, do qual dista 22 léguas de costa para a banda do norte.

Pelo rio acima uma légua tem uma ilha formosa de arvoredo de uma légua de comprido, e um terço de largo, defronte da qual esta o surgidouro das naus capaz de grande quantidade delas, e abrigado de todos os ventos, e chega ainda a maré pelo rio acima cinco léguas, por onde podem navegar grandes caravelões; tem uma várzea de mais de 14 léguas de comprido, e de largo duas mil braças, toda retalhada de esteiros, e rios caudais de água doce, que já hoje está toda povoada de canas-de-açúcar e engenhos, para os quais dão os mangues do salgado lenha para se cozer o açúcar, e para cinza da decoada em que se limpa; neste rio entravam mais de 20 naus francesas todos os anos a carregar de pau-brasil, com ajuda que lhes davam

História do Brasil

os gentios Potiguares, que senhoreavam toda aquela terra da Paraíba até o Maranhão algumas 400 léguas: e assim ajudavam os portugueses vizinhos das capitanias de Itamaracá e Pernambuco, depois que tiveram pazes, como fica dito no capítulo décimo segundo do livro segundo; mas tantas vexações, e perrarias lhe fizeram, que se tornaram a rebelar.

Uma só contarei, que foi como disposição última, e ocasião propínqua desta rebelião, e foi que entre outros mamalucos, que andavam pelas aldeias suas resgatando peças cativas, e outras coisas, e debaixo disto roubando-os com violência e enganos, houve um natural de Pernambuco, o qual, posto que era filho de um homem honrado, tirou mais a ralé da mãe que do pai; este indo a uma aldeia da Capaôba com seus resgates se agasalhou em um rancho de um principal grande chamado Iniguaçú, que quer dizer «rede grande», e se namorou de uma filha sua, moça de 15 anos, dizendo que queria casar ou amancebar-se com ela, para ficar entre eles, e não vir mais para os brancos, no que ela consentiu, e o pai também, entendendo que cumpriria o noivo a condição prometida. Porém indo a uma caça, que durou alguns dias, quando tornou não achou o genro, nem a filha, porque se haviam ido para Pernambuco: sentiu-o muito, e mandou logo dois filhos seus em busca da irmã, os quais, porque o mamaluco lha não quis dar se foram queixar a Antônio Salema, que estava por correição em Pernambuco, posto que já de partida para a Bahia, e ele mandou logo notificar que o pai do querelado, que trouxesse a moça, como trouxe, e a entregou aos irmãos, passando-lhes uma provisão para que ninguém lhes impedisse o caminho, ou lhes fizesse agravo, antes lhes dessem os brancos por onde passassem todo o favor, e ajuda para o seguirem; avisando-os que não consentissem mamalucos em suas aldeias, e assim o avisou ao capitão-mor da ilha Afonso Rodrigues Bacelar, que não consentisse em ir ao sertão semelhante gente.

Foram os negros mui contentes com sua irmã, e mais depois que viram o bom agasalhado, que pelo caminho lhes faziam os brancos, obedecendo à provisão que levavam, até que chegaram à casa de um Diogo Dias, que era o derradeiro que estava nas fronteiras da capitania de Itamaracá, o qual os recebeu com muitas mostras de amor, e muito mais a irmã, que mandou recolher com outras moças de Câmera, sem mais a querer dar aos portadores, nem ao outros, que o pai mandou depois que soube, pedindo-lhe que lhe mandasse sua filha, e quando não quisesse a fossem pedir ao dito capitão-mor da ilha, como foram, e nenhuma coisa aproveitou, porque o capitão era amigo de Diogo Dias, e dissimulou com o caso.

Espalhada esta nova pelos gentios das aldeias quiseram logo tomar vingança nos regatões, que nelas estavam, e tomar-lhes os resgates; mas o principal agravado lhes foi à mão dizendo que aqueles não tinham culpa, e não era razão pagassem os justos pelos pecadores, e somente os fez sair das aldeias, e ir para suas casas como o corregedor Antônio Salema havia mandado; tão bem intencionado era este negro, e afeto aos portugueses, que nem ainda de seu ofensor tomara vingança, senão fora atiçado por outros Potiguares, principalmente pelos da beira-mar, com os quais comunicavam os franceses, e para o seu comércio do pau-brasil lhes importava muito ter aliança com estoutros da serra, e como nesta conjunção estavam três naus francesas à carga na baía da Traição, e o capitão-mor da ilha de Itamaracá havia dado um assalto, que matou alguns franceses, e lhes queimou muito pau que tinham feito, no qual o assalto se havia também achado Diogo Dias, tantas coisas disseram ao bom Rede Grande, que veio a consentir que dessem em sua casa, e fazenda, que era um engenho que havia começado no rio Taracunhaê; e porque sabiam que o homem tinha muita gente, e escravos, e uma cerca mui grande feita, com uma casa forte dentro, em que tinha algumas peças de artilharia, se concertaram que ele viria com todo o gentio da serra por uma parte, e o Tujucipapo, que era o maior principal da ribeira, com os seus, e com os franceses por outra, e assim como o disseram o fizeram, e com serem infinitos em número ainda usaram de uma grande astúcia, que não remeteram todos à cerca nem se descobriram, senão somente alguns, e ainda estes começando os nossos a feri-los de dentro com flechas, e pelouros, se foram retirando como que fugiam; o que visto por Diogo Dias se pôs a cavalo, e saindo da cerca com os seus escravos, foi em seu seguimento, mas tanto que o viram fora rebentaram os mais da cilada com um urro, que atroava a terra, e o cercaram de modo, que não podendo recolher-se à sua cerca, foi ali morto com todos os seus, e a cerca entrada, onde não deixaram branco nem negro, grande nem pequeno, macho nem fêmea, que não matassem, e esquartejassem.

Foi esta guerra dos Potiguares, governando o Brasil Luiz de Brito, na era de mil quinhentos setenta e quatro, e dela se seguiram tantas, que duraram 25 anos.

XXIII

De como dividiu El-Rei o governo do Brasil mandando o dr. Antônio Salema governar o Rio de Janeiro com o Espírito Santo, e mais capitanias do sul, e o governador Luiz de Brito com a Bahia, e as outras do norte, e que fosse conquistar a Paraíba

*E*spírito Santo, e mais capitanias do sul, e o governador Luiz de Brito com a Bahia, e as outras do norte, e que fosse conquistar a Paraíba

Informado El-Rei D. Sebastião de todo o conteúdo no capítulo precedente, e receoso de se os franceses situarem no rio da Paraíba, mandou ao governador Luiz de Brito de Almeida o fosse ver, e eleger sítio para uma forte povoação, donde se pudessem defender deles, e dos Potiguares, e para que melhor o pudesse fazer, e sem que sentissem sua falta as capitanias do sul, de Porto Seguro para baixo, encarregou o governo delas ao dr. Antônio Salema, que havia estado em Pernambuco com alçada, e então estava na Bahia, donde se partiu no ano do Senhor de mil quinhentos setenta e cinco, e foi bem recebido no Rio de Janeiro assim pelo capitão-mor Cristóvão de Barros, como de todos os mais portugueses, e índios principais, que o visitaram, sendo o primeiro e principalíssimo Martim Afonso de Souza, Arariboia, de quem tratamos no capítulo décimo quarto deste livro, ao qual, como o governador desse cadeira, e ele em se assentando cavalgasse uma perna sobre a outra segundo o seu costume, mandou-lhe dizer o governador pelo intérprete, que ali tinha, que não era aquela boa cortesia quando falava com um governador, que representava a pessoa de El-Rei.

Respondeu o índio de repente, não sem cólera e arrogância, dizendo-lhe: "Se tu souberas quão cansadas eu tenho as pernas das guerras em que servi a El-Rei, não estranharas dar-lhe agora este pequeno descanso, mas já que me achas pouco cortesão eu me vou para minha aldeia, onde nós não curamos desses pontos, e não tornarei mais à tua corte". Porém nunca deixou de se achar com os seus em todas as ocasiões, que o ocupou.

Depois que o governador esteve alguns dias em terra compondo e ordenando as coisas dela, e da justiça, como bom letrado que era, foi informado que no Cabo Frio estavam muitas naus francesas resgatando com o gentio, e que todos os anos ali vinham carregar de pau-brasil; pelo que determinou logo lançá-los fora, e para isto se ajuntou com Cristóvão de Barros, e com 400 portugueses, e 700 gentios amigos, cometeram animosamente os franceses, e posto que os acharam já fortificados com os Tamoios, e se defenderam com muito ânimo, todavia apertaram tanto com eles, que tiveram por seu bem entregar-se, e os Tamoios, que escaparam, com espanto do que tinham visto se afastaram de toda aquela costa, mas os cativos, que quiseram receber a Fé, pôs o governador Antônio Salema em duas aldeias no recôncavo do Rio de Janeiro, a que chamaram uma de S. Barnabé, e outra de S. Lourenço, e se encomendaram aos padres da companhia, para que como aos outros catecumenos lhes ensinassem o ministério de nossa Fé.

XXIV

De como o governador Luiz de Brito mandou o ouvidor-geral Fernão da Silva à conquista da Paraíba, e depois ia ele mesmo, e não pôde chegar com ventos contrários

*P*or não poder o governador Luiz de Brito de Almeida ir logo à conquista da Paraíba, que El-Rei lhe encomendou, a encarregou ao dr. Fernão da Silva, ouvidor-geral, e provedor-mor deste estado, que naquela ocasião ia por correição a Pernambuco, o qual com todo o poder de gente de pé e de cavalo, e índios, que de Pernambuco e Itamaracá pôde levar, foi a ver o sítio, e castigar os Potiguares rebelados: os quais como o viram ir tão poderoso não ousaram esperá-lo, nem ele os correu mais que até à boca do dito rio, onde tomou dele posse em nome de El-Rei com muita solenidade de atos, que mandou fazer muito bem notados, e com este feito se tornou mui satisfeito a Pernambuco, e daí depois de concluídos os negócios de seu ofício outra vez para a Bahia, porém os Potiguares, que nenhuma coisa entendem de atos nem termos judiciais, nem se lhes dá deles, como não viram pelouros, nem quem lhos tirasse, se tornaram a senhorear da terra como de antes, e com mais ânimo e coragem.

História do Brasil

Neste interim se havia concertado Boaventura Dias, filho de Diogo Dias, com um Miguel de Barros, de Pernambuco, homem rico, e que tinha muito gentio da terra para fazerem um engenho de açúcar em Guiana (Goyana?), no sítio em que depois o teve Antônio Cavalcante, e para bem o poderem fazer, e defender, fizeram uma casa forte de madeira de taipa, e mão dobrada, donde com os arcabuzes, que os brancos dentro tinham, e o seu gentio com arcos e flechas, se defenderam de alguns assaltos, que os Potiguares lhe deram, e cerco em que os puseram; porém um dia advertiram que a loja da casa estava aberta por uma parte onde lhes não haviam feito taipa, e enquanto uns pelejavam outros secretamente meteram por ali muita palha seca, e lhes puseram fogo, o qual se começou logo a atear nas traves, e tábuas do sobrado, sem que os de riba vissem mais que a fumaça, que os cegava, sem saberem donde vinha, e indo duas mulheres abrir um alçapão para verem o que era, subiu incontinente tão grande labareda que as abrasou, o que visto pelos homens, e como toda a casa estava cercada de inimigo, determinaram sair a campo, e vender bem suas vidas, como fizeram, matando primeiro a muitos, que deles fossem mortos, e como o número era tão grande foram vencidos e mortos.

XXV

De uma entrada, que nesse tempo se fez de Pernambuco ao sertão

Na era do Senhor de mil quinhentos setenta e oito, em que Lourenço da Veiga governava este estado, se ordenou em Pernambuco uma entrada para o sertão em que foi por capitão Francisco Barbosa da Silva em um caravelão até ao rio de S. Francisco, e por ser a gente muita, e não caber na embarcação, foram setenta homens por terra, levando por seu cabo a Diogo de Castro, que falava bem a língua da terra, e havia já ido da Bahia a outras entradas.

Estes havendo passado o rio Formoso foram cometidos de um bando de porcos monteses, com tanta fúria, e rugido de dentes, que os pôs em pavor, mas como tinham as espingardas carregadas, descarregaram-nas neles, e os fizeram voltar ficando sete mortos, que foram bons para a matulagem.

Daí a nove dias, chegando à lagoa viram estar uma nau francesa, surta três léguas ao mar, para o rio de S. Miguel, da qual se haviam desembarcado 10 franceses, e estavam em uma tranqueira contratando com alguns gentios.

Frei Vicente do Salvador

Deram os nossos sobre eles de madrugada quando dormiam, mataram nove, ficando só um defendendo-se tão valorosamente com uma alabarda, que com estar já com uma perna cortada, ainda antes que o matassem matou um soldado nosso chamado Pedro da Costa.

Os índios, que com eles estavam, eram poucos, e dizendo-lhes Diogo de Castro, que os não buscavam, senão aos franceses, se foram sem fazer alguma resistência, e os nossos seguiram seu caminho até o desembarcadouro do rio de S. Francisco, onde foi aportar o caravelão com o seu capitão, e os mais, que levava; e dali, por não terem índios, que lhes carregassem os mantimentos, e resgates, os mandaram pedir ao principal chamado Porquinho, e a outro seu contrário chamado o Seta, para que se um os não desse, os desse o outro, e eles foram tão obedientes, que de ambas as partes vieram; e assim para os contentar se foi o capitão com os do Seta, e Diogo de Castro com os do Porquinho.

O Seta, depois de ter o capitão em casa, lhe cometeu que lhe queria vender uma aldeia de contrários, que tinha dali a nove ou 10 léguas, que fosse com ele, e lha. entregaria; aceitou o capitão o partido, e deixando em guarda do fato um Diogo Martins Leão com 12 homens, se foi com os mais onde o Seta os levava.

Dos que ficaram com o Leão foram cinco pelas aldeias vizinhas a buscar de comer, porque os gentios delas se publicavam amigos, mas eles os mataram sem lhes haverem dado para isso ocasião alguma, e logo se foram à casa onde Diogo Martins Leão havia ficado com os mais para os matarem todos, e lhes tomarem os resgates, os quais entendendo a determinação com que iam carregaram à pressa as espingardas, e começaram a se defender valorosamente.

Logo escreveu Diogo Martins uma carta a Diogo de Castro, que o socorresse, e lha mandou por um cigano, a qual vista, e o perigo, e aperto em que ficavam, deu cópia dela ao Porquinho, que logo se pôs a pregar que sempre fora amigo dos brancos, e o havia de ser até a morte, pois eles lhes levavam as ferramentas com que faziam suas roças, e sementeiras, e outras coisas boas de que eram senhores; que se fizessem prestes para os irem socorrer, porque ele se punha já ao caminho, como de feito se pôs, e dentro de 24 horas se achou junto aos cercados com 1.500 índios, em companhia de Diogo de Castro, e de mais oito homens brancos, os quais, repartidos todos em duas mangas, feito o sinal com uma corneta, deram subitamente no inimigo com tanto ímpeto que não lhes puderam resistir, e se puseram em fugida; mas como os tinham cercados com as mangas, iam lhes dar nas mãos, e foram mortos mais de 600; era isto antemanhã, e como amanheceu depois de se saudarem, e renderem as graças os que ficaram livres do cerco, lhes perguntou se sabia o capitão daquela rebelião do gentio, e por lhe dizerem que não, lhe escreveu dois escritos do que havia passado, e que logo se tornasse com boa ordem, e vigilância até se juntarem com ele, que também o ia buscar, porque entre tantos inimigos não convinha andarem espalhados: um destes escritos levava um mamaluco, que não chegou, porque os inimigos o mataram no caminho; o outro levou um índio que chegou, o qual visto pelo capitão dissimulou o temor, e alvoroço, que com ele recebeu e disse ao Seta e aos mais, que os acompanhavam, que era necessário tornar atrás a socorrer os brancos, que o Porquinho tinha posto em cerco, e com isto fez volta até um rio, que distava dali quatro léguas, onde os rebeldes o estavam já aguardando em cilada, e rebentando dela se travou entre todos uma briga, que durou até a noite, e tornando pela manhã a continuá-la, chegaram Diogo de Castro, e o Porquinho, com cujo socorro se animou mais o capitão, e combatendo-os uns por detrás, outros por diante, mataram mais de 500. Ali tomaram conselho, e assentaram que os acabassem de uma vez, e fossem a uma cerca forte, e grande, onde se haviam acolhido, dali a 12 léguas, no alto de uma serra.

Começaram a marchar, e no segundo dia chegaram a um rio, que manava de um penedo, onde acharam morto, e com os braços cortados, e as pernas, o mamaluco, que haviam mandado com o escrito ao capitão. Dali mandaram um branco com dois negros por espias, que se encontraram com outros dois dos inimigos; um mataram, e trouxeram o outro vivo, do qual souberam que a cerca distava dali duas léguas, e que estavam nela 43 principais nomeados com toda a sua gente, mulheres e filhos.

Chegados os nossos à vista, não a quiseram os brancos dar de si senão só os do Porquinho, que já a este tempo eram vindos das suas aldeias mais de dois mil, os quais vistos pelos da cerca saíram a eles outros tantos, e fingindo os do Porquinho, depois de haverem bem batalhado, que lhes fugiam, se foram retirando até os afastar um bom espaço da cerca, e então saiu o nosso capitão com os brancos, dando-lhe sua surriada de pelouros pelas costas, e voltaram os da retirada com outra de flechas, onde tomando-os em meio trezentos, e os mais sem poderem tornar à cerca, se acolheram para os matos.

A cerca tinha três mil e 236 braças em circuito, e lançava um braço até a água de que bebiam; esta lhe determinaram os nossos tomar primeiro, e posto que os de dentro a defenderam com muito esforço seis dias, contudo no sétimo foi rendida, com o que começaram a morrer de sede, e a cometer muitos partidos, e o último foi que entregariam uma aldeia de seus contrários se os brancos fossem com eles a tomar a entre a como foram, e entrando na aldeia começaram a pregar que eles os tinham vendido por serem seus inimigos, e ainda lhe faziam muita mercê em não os matarem nem os venderem a outros gentios, que os matassem ou maltratassem, senão a cristãos, que os haviam tratar cristãmente; ao que respondeu o principal da aldeia, chamado Araconda, que eles eram os que mereciam o cativeiro, e a morte, por serem matadores de brancos, e não ele nem os seus, que nunca lhes fizeram nenhum dano; e então se virou para o capitão, e lhe disse: "Branco, eu nunca fiz mal a teus parentes, nem estes me podem vender; mas eu por minha vontade quero ser cativo, e ir contigo."

O capitão lhe agradeceu com palavras, e mandou que se aprestassem dentro de quinze dias para o caminho, como fizeram; eram tantos, que indo todos em fileira um atrás de outro como costumam ocupar uma légua de terra.

Não sei eu com que justiça e razão homens cristãos, que professavam guardá-la, quiseram aqui que pagasse o justo pelo pecador, trazendo cativo o gentio, que não lhes havia feito mal algum, e deixando em sua liberdade os rebeldes, e homicidas, que lhes haviam feito tanta guerra e traições. Porém eles lhes deram o pago, pois apenas os haviam deixado, quando determinaram de lhe ir no alcance, e mandaram adiante alguns por espias, que se metessem pelos matos, e quando os do Araconda fossem à caça lhes dissessem que eles remordidos de suas consciências os queriam redimir do cativeiro dos brancos em que os puseram, e para isto lhes queriam dar guerra, pelo que os avisavam que quando vissem a batalha os deixassem, e se fossem embora para suas terras, porque a gente do Porquinho era já despedida, e não tinham que temer; mas posto que isto se tratou com muito segredo, o ouviu uma índia das cativas, que o disse a seu senhor, e o senhor a outros, que não creram senão depois que o viram, e não lhes aproveitou o aviso, porque os inimigos lhes deram na retaguarda, e lhes mataram 11 homens, sem os da vanguarda lhes poderem valer, assim por irem mais longe, como pelo gentio de Araconda ser acolhido, e cuidar o capitão que nenhum da retaguarda lhes haveria escapado com vida; só mandou dois negros saber se eram mortos ou vivos, os quais vendo-os cercados e postos em tanto aperto, que quase estavam desmaiados, entraram apelidando a Santo Antônio, e um com arco e flecha, outro com seu terçado, e rodela, fazendo tanto estrago, que bastou este pequeno socorro para animar os amigos, e atemorizar os inimigos, de sorte que se puseram em fugida, e os pernambucanos não os podendo já seguir, se tornaram para suas casas, mais pobres do que vieram.

Tinha o governador D. Lourenço da Veiga uma coisa, e era que, por mais negócios, que tivesse, não deixava de ouvir missa, e para não obrigar alguém a que o acompanhasse, ia e vinha sempre a cavalo.

XXVI

Da morte do governador Lourenço da Veiga

*D*epois que El-Rei D. Henrique reinou, por morte de El-Rei D. Sebastião seu sobrinho, como era já de tanta idade quando entrou no reinado, que passava de sessenta e seis anos, logo se começou a altercar sobre quem lhe havia de suceder no reino, porque os pretensores eram El-Rei católico Filipe Segundo de Castela, a duquesa de Bragança, o príncipe de Parma, o duque de Saboia, e o senhor D. Antônio, e todos enviaram seus procuradores à Corte, para que, informado El-Rei da justiça de cada um, declarasse por sucessor o que lhe parecesse nela mais justificado.

Todos alegavam que eram seus sobrinhos, filhos de seus irmãos ou irmãs, e estavam em igual grau de parentesco, porque El-Rei católico era filho de sua irmã a imperatriz D. Isabel, e do imperador Carlos Quinto. A duquesa de Bragança era filha do infante D. Duarte, seu irmão, e de D. Isabel, filha do duque de Bragança D. Jaime.

O príncipe de Parma era casado com a infanta D. Maria, também filha do mesmo infante D. Duarte. O duque de Saboia era filho da infanta D. Beatriz, sua irmã, e de Carlos, duque de Saboia.

O senhor D. Antônio era filho natural do infante D. Luiz, seu irmão, todos netos de El-Rei D. Manuel, pai dos seus genitores, e do mesmo rei Henrique, seu tio.

El-Rei, posto que de princípio se inclinou à parte da duquesa de Bragança, contudo, por ser fêmea, e El-Rei católico varão, e por outras razões, se resolveu que a ele pertencia o reino, mas não o quis declarar por sentença, nem em testamento, porque era melhor para os pretensores, e para o mesmo reino de Portugal, que lho dessem por concerto.

Já a este tempo El-Rei se achava mui fraco, e foi apertando o mal de maneira que morreu sendo de idade de 68 anos, e os perfez no mesmo dia em que morreu, que foi o último rei de Portugal de linha masculina, e como o primeiro senhor de Portugal se chamou Henrique, assim se chamou o último.

Morto El-Rei, os governadores que deixou nomeados foram o arcebispo de Lisboa, Francisco de Sá, camareiro-mor de El-Rei, D. João Tello, D. João Mascarenhas, e Diogo Lopes de Souza, presidente do Conselho de Justiça, ainda que não tinham vontade de resistir a El-Rei católico, todavia, por dar satisfação ao povo, proveram algumas coisas para a defensa do reino, o que tudo sabido por El-Rei, e as diligências que D. Antônio fazia

Frei Vicente do Salvador

para que o levantassem por rei de Portugal, sentiu muito não poder escusar-se de aproveitar-se das armas, e já estava assegurado da consciência, com pareceres de teólogos e canonistas, que o podia fazer, e se aparelhava para isso; mas escreveu primeiro aos governadores, e a cinco principais cidades do reino, e aos três estados, que estavam em Cortes em Almeirim, pedindo-lhes que o declarassem conforme a vontade do rei-defunto seu tio, e a seu direito. Responderam-lhe que não podiam até que a causa se declarasse por justiça; o que visto por El-Rei, nomeou o duque de Alba por general do exército, e mandou que entrassem em Portugal por terra e por mar.

Iam no exército mais de 1.400 cavalos, a infantaria, além dos terços de Espanha, eram quase quatro mil alemães, e seu coronel o conde Baldrou (de Lodron), e quatro mil italianos com seu capitão-general D. Pedro de Médicis.

O duque de Alba, contra o parecer de outros, que diziam que sem tratar da torre de S. Gião (S. Julião), se fossem direitos a Lisboa, e começou de bater com vinte e quatro canhões, e ainda que lhe não fez grande dano, Tristão Vaz da Veiga, irmão de Lourenço da Veiga, governador do Brasil, que era o capitão da Torre, determinou de entregá-la, e mandando pedir seguro ao duque se viu com ele em campo, e se concertou de entregar a fortaleza, se lhe concediam o que D. Antônio lhe havia dado, e assim se fez, e se meteu nela presidiu de castelhanos; o que visto por Pedro Barba, capitão do forte da Cabeça Seca, que até então se não havia querido render, e que o marquês de Santa Cruz, D. Álvaro Baçan, ia entrando com as galés castelhanas, o desamparou, e se foi a D. Antônio, que também foi daí a poucos dias vencido em Lisboa, e retirando-se dela a cidade de Coimbra, e de Coimbra à do Porto, onde o reconheceram por rei, indo sempre em seguimento Sancho de Ávila; finalmente o forçou a embarcar-se no rio Minho, vestido como marinheiro, e passar-se às ilhas, e delas a outros reinos estranhos, onde acabou a vida.

Hei dito estas coisas em suma, não sem propósito, senão para declarar o achaque ou ocasião da morte do governador do Brasil Lourenço da Veiga, que como se prezava de português, sentiu tanto haver seu irmão Tristão Vaz da Veiga entregue a torre de S. Gião da maneira que temos visto, que ouvindo a nova enfermou, e morreu; e assim acabou o governador Lourenço da Veiga, e nós com ele acabamos também este livro.

História do Brasil

LIVRO QUARTO

Da história do Brasil do tempo que o governou Manuel Teles Barreto até a vinda do governador Gaspar de Souza

I

De como veio governar o Brasil Manuel Teles Barreto, e do que aconteceu a umas naus francesas, e inglesas no Rio de Janeiro, e S. Vicente

Como a Majestade de El-Rei Filipe Segundo de Castela, e Primeiro de Portugal, foi jurado nele por rei no fim do ano de mil quinhentos e oitenta, sabendo da morte do governador do Brasil Lourenço da Veiga, mandou por governador Manuel Teles Barreto, irmão de Antônio Moniz Barreto, que foi governador da Índia; era de 60 anos de idade, e não só era velho nela, mas também de Portugal o Velho; a todos falava por vós, ainda que fosse ao bispo, mas caía-lhe em graça, a qual não têm os velhos todos.

Tanto que chegou a esta Bahia, que foi no ano de mil quinhentos oitenta e dois, escreveu a todas as capitanias que conhecessem a Sua Majestade por seu rei, e foi de importância este aviso, porque daí a poucos dias chegaram três naus francesas ao Rio de Janeiro, e surgiram junto ao baluarte, que está no porto da cidade, dizendo que iam com uma carta de D. Antônio para o capitão Salvador Corrêa de Sá, o qual nesta ocasião era ido ao sertão fazer guerra ao gentio; mas o administrador Bartolomeu Simões Pereira, que havia ficado governando em seu lugar, e estava informado da verdade pela carta do governador geral, lhes respondeu que se fossem embora, porque já sabia quem era seu rei; e porque a cidade estava sem gente, e não havia mais nela que os moços estudantes, e alguns velhos, que não puderam ir à guerra do sertão,

Frei Vicente do Salvador

destes fez uma companhia, e D. Ignez de Souza, mulher de Salvador Corrêa de Sá, fez outra de mulheres com seus chapéus nas cabeças, arcos e flechas nas mãos, com o que, e com o mandarem tocar muitas caixas, e fazer muitos fogos de noite pela praia, fizeram imaginar aos franceses que era gente para defender a cidade, e assim a cabo de dez ou doze dias levantaram as âncoras, e se foram.

No mesmo tempo foram dois galeões de ingleses, de 300 toneladas cada um, à capitania de S. Vicente com intento de povoar, e fortificar-se por relação de um inglês, que se havia ali casado, das minas de ouro, e outros metais, que há naquela terra, e publicavam que El-Rei católico era morto, e D. Antônio tinha o reino de Portugal, oferecendo da parte da rainha de Inglaterra grandes coisas. Porém os portugueses, pela carta que tinham estiveram mui firmes por El-Rei católico, sem querer admitir aos ingleses, os quais ameaçavam de entrar por força, e realmente o fizeram, se naquela conjunção não chegaram três naus de castelhanos, que começaram a pelejar com eles, os quais logo bateram estandarte, pedindo paz, que os castelhanos lhes não deram, antes jogaram a artilharia toda a noite, porque pelas correntes não os puderam abordar.

Ao outro dia, ainda que deixaram uma nau tão maltratada que se foi ao fundo, desampararam a empresa, e saíram do porto mui maltratadas, sem antenas, e as naus furadas por muitas partes, e mais de 50 homens mortos, e 14 feridos. Entraram as naus castelhanas no porto, sendo bem recebidas dos portugueses, que rogavam mil bens a Sua Majestade, pois (ainda que acaso) tão presto os começava a defender.

O caso como ali foram aquelas naus se contará no capítulo seguinte.

II

Da armada, que mandou Sua Majestade ao estreito de Magalhães, em que foi por general Diogo Flores de Valdez, e o sucessor que teve

*F*rancisco Drake, corsário inglês, passou o ano de mil quinhentos setenta e nove o estreito de Magalhães, e correu o mar do Sul; e D. Francisco de Toledo, viso-rei do Peru, mandou atrás dele a Pedro Sarmento, e Antão Paulo Corso, piloto, os quais havendo passado o mesmo estreito do sul ao norte, chegaram a Sevilha, e daí a Badajós, onde El-Rei católico então

História do Brasil

estava despedindo o seu exército sobre Portugal, e ouvida sua relação, e o desassossego, que no Peru havia posto o corsário; e certificando muito Pedro Sarmento, que no estreito se podiam fazer fortes de ambas as partes, dos quais facilmente com a artilharia se impedisse o passo aos navios, houve pareceres contrários, dizendo que o estreito era mais largo do que Sarmento o figurava, e que quando fosse tão estreito, como dizia, nem por isso se impediria o passo aos navios, pela muita corrente, e porque com um golpe, ou dois de artilharia, não sempre se mete uma nau no fundo, e quando se meta passa outra: entre outros que tiveram esta opinião foi um o duque de Alba D. Fernando Álvares de Toledo.

Porém El-Rei mandou que se juntassem no rio de Sevilha 23 naus de alto bordo, com cinco mil homens de mar e guerra, com petrechos para a fábrica destes fortes, capazes para 300 homens de guerra, e alguns povoadores para facilitar mais sua conservação.

Nomeou para general desta armada a Diogo Flores de Valdez, e por piloto-mor a Antão Paulo Corso, e a Pedro Sarmento por governador dos fortes, e povoações. Saiu de S. Lucas esta armada a 25 de setembro do ano de 1581, com tão mau tempo por a pressa que o duque de Medina Sidonia dava, que depois de três dias arribou com tormenta a baía de Cadiz com perda de três navios, havendo-se afogado a maior parte da gente, e tão destroçada, que para reparar-se se deteve mais de 40 dias; tornou a sair com 17 navios, e chegou ao Brasil, ao porto da cidade de S. Sebastião do Rio de Janeiro, onde invernou seis meses e meio; porque ainda que chegou a 25 de março, que em Espanha é a primavera, nestas partes é o princípio do inverno, em que se não pode navegar para o estreito; e porque neste tempo não estivesse a gente ociosa, a ocupou em fazer estacas para trincheiras, e taipais, e outros petrechos, e em lavrar madeira para duas casas, em que no estreito tivessem as munições recolhidas.

Para o que tudo deu muita ajuda Salvador Corrêa de Sá, governador do Rio de Janeiro, e parecendo que já era tempo para navegar saíram da barra do Rio a 02 do mês de outubro com 16 navios, deixando um por inútil, e tomando a derrota do estreito, que está 700 léguas deste porto, chegaram ao rio da Prata, donde se levantou um temporal de ventos tão fortes, que estiveram 22 dias mar em través, sem poder pôr um palmo de vela; e havendo-se perdido aqui em véspera de Santo André a nau do capitão Palomar, e 236 pessoas nela, sem podê-los remediar; aos 02 de dezembro aplacou alguma coisa o mar, e o vento, e com acordo dos capitães e pilotos tornou Diogo Flores atrás, buscando porto para reparar as naus, porque estavam cinco delas abertas da tormenta, e as mais em perigo de fazer o mesmo.

Foram à ilha de Santa Catarina, 300 léguas dali, a qual ainda que despovoada – por ser de portugueses, que não sabem povoar, nem aproveitar-se das terras, que conquistam –, é terra de muita água, pescado, caça, lenha,

Frei Vicente do Salvador

e outras coisas: onde a cabo de vinte e dois dias, que ali estiveram, deixou Diogo Flores de Valdez três naus, que não puderam navegar, a cargo do contador André Equinon, com ordem que se tornassem ao Rio de Janeiro, e deu outras três a D. Alonso de Souto Maior, que ia por governador do Chile, para levar a sua gente pelo rio da Prata ao porto de Buenos Aires, donde não há mais que vinte jornadas à China; e o dito Diogo Flores, com as mais, em dia de reis do ano de mil quinhentos oitenta e três, tornou a volta do estreito. As três naus, que ficaram na ilha de Santa Catarina, saíram dali aos 14 de janeiro, e aos 24 do mesmo chegaram à barra de S. Vicente, e na mesma barra acharam os dois galeões ingleses, que estavam para tomar a terra se não chegassem os castelhanos, que os lançaram dali às bombardas, como temos dito.

Diogo Flores de Valdez seguiu seu caminho, para o estreito, levando a terra à vista, sobre a mão direita, até darem com a boca em 53º graus, e entrando com bom tempo como duas ou três léguas, se levantou de repente uma tempestade, que os. tornou ao mar mais de 40 léguas.

Andaram oito dias porfiando por tornar a embocar o estreito; porém não podendo com o vento, não quis Diogo Flores tentar mais a fortuna, por ver as naus destruídas, e a gente enferma de tanto trabalho. Tornou--se à costa do Brasil, ao porto de S. Vicente, e com as naus que trazia, e as duas, que ali achou, passou ao Rio de Janeiro, onde topou a D. Diogo de Alzeda, que por mandado de El-Rei com quatro naus o ia socorrer com batimentos, e outras coisas, e parecendo a Diogo Flores que a armada estava desfeita, sem gente, e sem munições, determinou de tornar à Espanha com D. Diogo de Alzeda, e que o seu almirante Diogo da Ribeira, com cinco navios, que lhe deixou, ficasse ali para tornar o verão seguinte, a ver se teria mais ventura de embocar o estreito, e povoá-lo, como El-Rei mandava.

Navegando Diogo Flores com os mais navios, que já não eram mais de sete, arribou com uma tormenta, que o fez tornar 200 léguas atrás, a esta baía de Todos os Santos, no princípio do mês de junho de 1583, onde se deteve a concertá-los, para o que da fazenda de El-Rei se lhe deu o que foi necessário; e se mandou fornecimento ao Rio de Janeiro para o almirante Diogo da Ribeira seguir a sua viagem ao estreito, e o governador Manuel Teles Barreto o banqueteou, e a todos os capitães e gentis-homens um dia esplendidamente, e o bispo D. Antônio Barreiros outro; mas o que mais fez nesta matéria foi um cidadão senhor de engenho, chamado Sebastião de Faria., o qual lhe largou as suas casas com todo o serviço, e o banqueteou, e aos seus familiares e apaniguados oito meses, que aqui estiveram, só por servir a El-Rei, sem por isso receber mercê alguma, porque serviços do Brasil raramente se pagam.

III

Do socorro, que da Paraíba se mandou pedir ao governador Manuel Teles, e o assento que sobre isso se tomou

*N*o capítulo vinte e cinco do livro terceiro tocamos como o governador Lourenço da Veiga desistira da conquista da Paraíba, por El-Rei D. Henrique, que naquele tempo governava, a encarregar a Frutuoso Barbosa, que lha pediu.

Havia este homem ido de Pernambuco, e por haver na Paraíba carregados navios de pau por algumas vezes, no tempo das pazes, que lhe os Potiguares fizeram, e por ter conhecimento da terra, e deles, o encarregou El-Rei da conquista por contrato que fez em sua fazenda, dando-lhe para isso as provisões necessárias, naus, e mantimentos, e conquistando a Paraíba, a capitania por 10 anos chegou Frutuoso Barbosa à barra de Pernambuco no ano de mil quinhentos setenta e nove em um formoso galeão, e uma zabra, e outros navios, com muita gente portuguesa, assim soldados como povoadores casados, com muitos resgates, munições, e petrechos necessários, assim a conquista como a povoação, que logo havia de fazer; para a qual trazia um vigário, a quem El-Rei dava quatrocentos cruzados de ordenado, e religiosos da nossa Seráfica Ordem Franciscana, e de S. Bento, com toda a ordem e recado necessário à empresa, que a fazenda de El-Rei devia de custar muito, e em sete ou oito dias, que esteve na barra surto sem desembarcar, nem tratar do negócio aque vinha, lhe deu um tempo com que arribou às Índias, onde lhe morreu a mulher, e tornando dali ao reino partiu dele no ano de mil quinhentos e oitenta e dois, por mandado de El-Rei D. Filipe, e tornando a Pernambuco se concertou com os da vila de Olinda que o licenciado Simão Rodrigues Cardoso, capitão-mor e ouvidor de Pernambuco, fosse por terra com gente, e ele com a que trazia, e outra muita que da capitania por serviço de El-Rei se lhe ajuntou, por mar, o qual chegando a boca da barra da Paraíba com a armada que trouxe, e alguns caravelões, entrou pelo rio acima, por ter aviso de sete ou oito naus francesas, que lá estavam surtas bem descuidadas, e varadas em terra, e a maior parte da gente nela, e os índios metidos pelo sertão a fazer pau para carregá-las, e dando de súbito sobre elas queimou cinco, esbulhando-as primeiro, que foi um honrado feito, e as outras fugiram com quase toda a gente.

Descuidados os nossos com esta vitória alcançada com tão pouco custo, e nenhum sangue, saindo alguns deles em terra com um filho de Frutuoso Barbosa, rebentou o gentio de uma ilha, em que estava, e dando neles os foram matando até os batéis, aonde se iam recolhendo, sem das naus os socorrerem, que foi coisa lastimosa ver matar mais de quarenta portugueses, em que entrou o filho do capitão, e com a mesma fúria houveram os inimigos de tomar a zabra em que ia Gregório Lopes de Abreu por capitão, que o dia de antes entrara diante, e o fizera muito bem, por ficar na ponta da ilha quase em seco, e a se não defender tão esforçadamente, sempre os índios o tomaram, e acabaram todos.

O capitão Frutuoso Barbosa ficou tão cortado, e receoso deste sucesso, que se levantou com toda a armada, e foi surgir na boca da barra, por se não ter por seguro dentro, esperando a gente que ia por terra, e estando para dar à vela por ver que tardava, chegou o licenciado Simão Rodrigues com duzentos homens de pé, e de cavalo, e muito gentio, o qual no caminho da várzea da Paraíba teve um bom recontro com os Potiguares, que avisados da sua vinda o foram esperar, e meteram em revolta e pressa, se o nosso gentio ajudado da gente branca lhe não tivera aquele primeiro encontro; porque os Potiguares animados da vitória passada se metiam tanto, que vinham a braços com os nossos, mas enfim ficaram vencidos, e desbaratados, e assim chegaram os nossos à barra do rio da banda do norte com esta vitória, com que consolaram os da armada, e animados uns com outros trataram, em oito dias, que ali estiveram, os meios de se fortificarem da banda do norte, porque pareceu impossível da banda do sul, no Cabedelo, por ser mau o sítio, e não ter água, o que não fizeram de uma parte nem de outra, antes fugiram à maior pressa, por verem da banda dalém muito gentio, pelo que mandando dali o galeão com aviso à Sua Majestade do que passava, desesperado já Frutuoso Barbosa de tudo se veio lograr um novo casamento, que à sombra da governação de caminho em Pernambuco havia feito para restauro da mulher e filho, que havia perdido; e assim ficou tudo como dantes, os inimigos mais soberbos, e as capitanias vizinhas a risco de se despovoarem, só os detinham as esperanças, que tinham de serem socorridos da Bahia, onde haviam mandado por procurador um Antônio Raposo ao governador Manuel Teles Barreto com grandes protestos de encampação; o qual fez sobre isto junta, e conselho em sua casa, em que se acharam com ele o bispo D. Antônio Barreiros, o general da Armada Castelhana Diogo Flores Valdez, o ouvidor-geral Martim Leitão, e os mais que na matéria podiam ter voto, e se assentou que fosse o general Diogo Flores, e em sua companhia o licenciado Martim Leitão, com todos os poderes bastantes para efeito da povoação da Paraíba, e por provedor da Fazenda, e mantimentos da armada, Martim Carvalho, cidadão da Bahia, os quais todos aceitaram com muito ânimo e gosto, particularmente Diogo

História do Brasil

Flores, por ver, já que o jogo lhe sucedeu tão mal no estreito, se ao menos podia levar este vinte de caminho.

IV

De como o licenciado Martim Leitão, ouvidor-geral, foi por mandado do governador com o general Diogo Flores de Valdez a conquista da Paraíba, e se fez nela a fortaleza da barra

*T*omado o assento que fica dito no capítulo precedente se aprestaram, e saíram da Bahia a primeiro do mês de março do ano de 1584 com uma armada de nove naus, sete castelhanas, e duas portuguesas, e chegaram a Pernambuco a 20 do mesmo, onde logo desembarcou o ouvidor-geral, ficando de fora toda a armada, e fez ajuntar em Câmera D. Filipe de Moura, capitão da capitania por Jorge de Albuquerque, senhor dela, com os mais vogais, em que também se achou D. Antônio de Barreiros, bispo deste estado, que havia ido na armada a visitar as igrejas de Pernambuco, e Itamaracá, e ficou assentado se aprestasse tudo para domingo de Páscoa partirem D. Filipe de Moura por cabeça, com a gente que o ouvidor-geral havia de fazer, como logo começou rogando um, e um, compondo-lhes suas coisas, com que se aviaram muitos dos moradores de Pernambuco, e se ajuntaram na vila de Iguaraçu no dia sinalado; havendo já D. Filipe juntos os da ilha de Itamaracá no engenho de seu sogro Filipe Cavalcante, em Araripe, até onde Martim Leitão acompanhou o arraial, e depois de partidos dali ajuntou mais alguns 40 homens, que entregues a um Álvaro Bastardo, mandou a D. Filipe, e o alcançaram junto ao rio Paraíba, onde tiveram todos um recontro com o gentio; mas enfim passaram o rio acima para a banda do norte, por onde Simão Rodrigues Cardoso o havia outra vez passado, e foram demandar a barra, onde acharam a Diogo Flores, que já tinha queimadas três naus francesas, que ali achou surtas, e varadas em terra, donde indo para subir em uma lhe deram os inimigos de dentro do mato uma flechada no peito, que lhe não fez nojo, pelas boas armas que levava, e porque o principal fim, que se pretendia, era povoar-se a terra, chegado, e alojado o arraial, saiu Diogo

Frei Vicente do Salvador

Flores, e tomado conselho entre os capitães, assentaram fazer-se um forte primeiro, para que à sua sombra pudessem povoar.

Para o qual nomeou o general por alcaide o capitão da sua infantaria Francisco Castejon com 110 arcabuzeiros castelhanos, e 50 portugueses, para os quais e para povoação, que se havia de fazer, remeteu ao exército português elegesse cabeça, e por a maior parte ser de vianeses, se elegeu Frutuoso Barbosa, que era vianês, tendo-se também respeito à provisão que apresentou de El-Rei D. Henrique, em que o fazia capitão da Paraíba se a conquistasse, posto que, como era condicional, faltando a condição parece que já não obrigava, e este era o parecer do general.

O forte se situou logo uma légua da barra da parte do norte, defronte da ponta da ilha, mas, por não fugirem os soldados, com o largo rio, que fica em meio, que por ser bom sítio, que é baixo, e de ruim água, do qual ficou por alcaide o capitão Francisco Castejon, e dele deu homenagem ao general Diogo Flores, e se lhe pôs o nome de S. Filipe e Santiago; no dia dos quais santos se fez à vela o general caminho de Espanha, onde chegou a salvamento.

O capitão Simão Falcão, enquanto os mais assistiam na obra do forte, espiada uma aldeia dos inimigos a salteou uma madrugada, matando alguma gente, e cativando quatro, com cuja língua o nosso exército, vendo que já ali não era de efeito, se partiu a via do sertão em busca dos inimigos até uma campina, que se chama das Ostras, três léguas do forte, onde se alojou, e por ser a festa do Espírito Santo, e a gente ser dada a folgar, se puseram a festejar com muito descuido o dia, e oitavas, e dizia D. Filipe por descargo que esperava a seu sogro Filipe Cavalcante, que havia ficado no forte.

Uma tarde ouvindo uma trombeta, e grande rumor, foram dez de cavalo, e alguns quarenta de pé com muitos índios à ordem de um Antônio Leitão, com muita desordem, a descobrir campo, e deram em uma cilada, que os começou a sacudir até chegarem à vista do arraial, sem haver acordo para lhes acudirem, antes se pôs tudo em tão grande confusão, que vinda a noite se deitaram a uma lagoa por onde haviam tornar ao forte, e passando uns por cima dos outros, voando com asas do medo, que levavam, foram bater às portas do forte, que o alcaide, enfadado de os ver, lhes não quis abrir, deixando-os estar à chuva toda a noite, que foi leve castigo para o merecido.

Vindo o dia lhes persuadiu que tornassem a buscar os inimigos com mais cinquenta arcabuzeiros, que lhes dava dos do presídio, e tais estavam que nem com isto quiseram ir, senão voltar para Pernambuco, e assim se vieram, passando o rio defronte do forte em barcos com bem trabalho por ser inverno, que os tratou mal todo o caminho, onde lhes morreram muitos cavalos, e escravos à míngua.

V

Dos socorros, que por indústria do ouvidor-geral se mandaram a Paraíba

*C*hegados desta maneira a Pernambuco, em o mês de junho, começaram logo os requerimentos do alcaide do forte, e Frutuoso Barbosa por ficarem faltos de mantimentos; e os inimigos por ficarem vitoriosos os molestaram tanto, que só os detinha a não levarem a fortaleza nas unhas a fúria da artilharia, que achando-os em descoberto os despedaçava, a cuja sombra o alcaide em algumas escaramuças, que com eles teve, lhes mostrou o valor da sua pessoa, e dos espanhóis, e portugueses, que o seguiam, apesar de seu capitão Frutuoso Barbosa, que não tinha paciência com estas escaramuças, e com requerimentos as estorvava quanto podia; e assim encontrados ele, e o alcaide nos humores, tudo eram brigas, e ruins palavras, fazendo papeladas um do outro, que mandavam ao ouvidor-geral, com requerimentos do socorro dos mantimentos, que como conhecido por mais zeloso do serviço de El-Rei até isto batia nele, sendo obrigação do provedor Martim Carvalho, que pelo contrário se mostrava mui remisso, e por esta causa se começaram entre ambos grandes desavenças; crescendo sempre do forte os requerimentos, porque se viam nele tão apertados da guerra, e fome, que até os cavalos tinham comido.

Mandou-lhes Martim Leitão por mar 24 homens a cargo de um Nicolau Nunes com alguns mantimentos, que deu o provedor, mas foram tão parcos, e cresciam tanto os rebates dos inimigos Potiguares, que o alcaide do forte se veio no mês de setembro a Pernambuco a pedir socorro; onde achou a Pedro Sarmento, que o general havia deixado com o almirante Diogo da Ribeira no Rio de Janeiro para ir povoar o estreito de Magalhães, e governar a povoação, que fizesse, donde já vinha destroçado, e pedia também mantimento, que se lhe deu para poder passar à Espanha; mas o alcaide Castejon havia-se tão devagar, que andava impaciente; pelo que achando-se um dia (depois de outros muitos) em casa de Martim Carvalho com os juízes e oficiais da Câmera, em presença do bispo, vieram a muito ruins palavras, sobre as quais alguma gente da casa arrancou com os soldados do alcaide em cima onde todos estavam, e baralhados assim saíram à rua com grande briga, a que acudiu muita gente com o ouvidor-geral, que os apaziguou como pôde; por isto se tornou o almirante para a Paraíba, no mês de outubro, mal-provido, e com claras mostras de o ser cada vez menos pelo ódio em que com eles ficava o provedor.

Mas foi de muito efeito a sua tornada, porque logo no novembro seguinte entraram duas naus francesas na Paraíba, e reconhecendo o forte, e uma nau grande portuguesa com dois patachos, que lhe Diogo Flores tinha deixado, se saíram, e foram surgir três léguas daí na boca da baía da Traição, e começando trato com os Potiguares, vieram de lá por terra correr o forte, trazendo alguns berços, com que grandemente o apertavam, fazendo grandes cavas, e bardos de terra, e areia, pelos não pescar a artilharia; com os quais, e outros ardis, como práticos nas nossas guerras, puseram o alcaide em termos de desesperar de poder defender-se, e logo disso avisou ao ouvidor--geral, com grandes requerimentos, assim seus como de Frutuoso Barbosa.

O ouvidor no primeiro dia que lhos deram se foi dormir ao Recife, onde aprestou um navio de setenta toneladas à sua custa com muitos homens brancos, e setenta índios, e por capitão um Gaspar Dias de Moraes, soldado antigo de Flandes, que por seu rogo aceitou sê-lo, e em dois dias, andando em uma rede por andar doente, os deitou pela barra fora; este navio, e a galé de Pedro Lopes Lobo, capitão de Itamaracá, que também o ouvidor forneceu, em que o mesmo Pedro Lopes foi por capitão com cinquenta homens, e alguns índios, chegaram a Paraíba, onde foram recebidos, e estimados como a própria vida.

Os franceses vendo o socorro se recolheram às suas naus, que haviam deixado na baía da Traição, e consultando o caso o almirante com os capitães do socorro, assentaram que ficasse Pedro Lopes capitão da galé no forte, por respeito do muito gentio, que diziam passar de dez mil, os que o tinham cercado com suas cavas, e trincheiras, e que o alcaide na sua galé, e nau, que lá tinha, e a do socorro, fossem buscar os franceses, como logo foram, e tomando-lhes o mar os fizeram varar em terra com as naus, e lhas queimaram, e mataram alguns, que foi honrado feito por serem as naus grandes, e estarem avisados; mas a nau do forte, por ser muito grande, e a costa ali ir já muito voltando para as Índias, arribou a elas, e nela foi a maior parte da artilharia, que haviam tomado das francesas. O navio, e galé voltaram, e chegando ao forte desembarcando de súbito, e com a gente de dentro, deram nos inimigos com tão grande ímpeto, que lhes ganharam as suas estâncias, matando muitos, com o que se afastaram bem longe, e os nossos cobraram a água, que lhes tinham tomada, e assim ficando os do forte mais largos, que nunca; e todos muito contentes, com grandes louvores ao ouvidor-geral se tornaram os de Pernambuco, e Itamaracá até lhe dar razão de tudo, e receber os parabéns da jornada, que fui de muito efeito, assim para o desengano dos franceses, que nem na baía da Traição haviam de ter colheita, como dos Potiguares, que já com eles por nenhuma parte poderiam ter comércio.

VI

De como o ouvidor-geral Martim Leitão foi a Paraíba a primeira vez, e da ordem da jornada, e primeiro rompimento, e cerca tomada

Com esta mágoa, e desejo de vingança, que ficou dos Potiguares, no fim de janeiro de mil quinhentos oitenta e cinco se ajuntaram mais que nunca, e fizeram três cercas mui fortes ao longo do forte a tiro de pedreiro, de troncos de palmeiras, que por muito grossos os defendiam da artilharia, e todas as noites as iam chegando, e ganhando terra, do que logo o almirante avisou ao ouvidor-geral, ficando muito receoso que por aquela via com as próprias cercas os viriam abordando, até se abarbarem, e igualarem com o forte, sem se poderem valer da artilharia, nem das mãos, por no forte haver muitas doenças por respeito do mau sítio, fomes, e ruim água, de que muita gente lhe era morta, e assim estava com muito perigo.

Aos 8 de fevereiro dobrou com mais força os requerimentos, e encampações de logo despejarem todos; como também por avisos se soube terem já para isto o melhor embarcado em uma nau, que lá tinham; pela qual nova todas as capitanias se meteram em grandes revoltas, e muito mais com se saber esta determinação, e por ter chegado de socorro aos Potiguares o famoso entre o gentio Braço de Peixe, ou por sua língua Pirágiba, de que tratamos em o capítulo vigésimo do livro próximo passado.

O ouvidor-geral logo em lhe dando os requerimentos do alcaide os mandou ao capitão D. Filipe, que estava já aliado com Martim Carvalho, ao qual se levaram também outros requerimentos sobre mantimentos, vindo a isso o tenente do forte, a cuja instância todos concordaram, e juntamente o bispo, e oficiais da Câmera requererem ao ouvidor-geral Martim Leitão fosse em pessoa a esta guerra, de que fizeram autos, o que ele, vista a importância do caso, aceitou em 14 de fevereiro com determinação de partir dentro dele no que se começou com incrível presteza em toda a parte, e era coisa notável ver a vontade com que todos se ofereciam a ir com ele; mas contudo, a não haver no porto passante de trinta navios com muitos mantimentos, que nunca tantos houve, nem fora possível aviarem-se com tanta brevidade, suprindo também a grande diligência de Martim Leitão, escrevendo particularmente aos nobres convidando-os com razões eficazes

Frei Vicente do Salvador

para a jornada, e aviando a muitos; porque no Brasil tudo se compra fiado, e estes nestas coisas querem superabundâncias, a que os mercadores já não acudiam, e era necessário fazê-los prover; e aviar uns, e outros era infinito; fez também duas capitanias para sua guarda, que depois mandou na vanguarda, pela confiança que neles tinha, por ser toda gente solta, e muitos mamalucos, e filhos da terra, porque estes nisto são de muito efeito, e a estas duas companhias deu sempre à sua custa de comer, e tudo o mais necessário, e prover de armas, ainda que nos requerimentos, que lhe fizeram para ele haver de ir, disse o provedor Martim Carvalho que fosse, que ele o proveria à custa da fazenda de Sua Majestade.

Além dos dois capitães da guarda, que um era Gaspar Dias de Moraes, que de socorro antes havia ido a Paraíba, e outro mister Hipólito, antigo, e mui prático capitão da terra, se elegeram mais de novo por capitães Ambrósio Fernandes Brandão, e Fernão Soares, que se chamavam capitães de mercadores; foram mais os capitães das companhias da ordenança da terra, Simão Falcão, Jorge Camelo, João Paes, capitão do cabo de Santo Agostinho, muito rico, que o fez nesta jornada por cima de todos, em tudo levando sempre a retaguarda, e João Velho Rego, capitão de Iguaraçu, e todos da ilha de Itamaracá, com seu capitão Pedro Lopes, e porque havia muita, e boa gente de cavalo, que foram cento e noventa e cinco, ordenou três guiões de trinta cavalos cada um dos melhores para acudirem ao cumprisse (sic), de que eram capitães Cristóvão Paes Daltera, Antônio Cavalcante, filho de Filipe Cavalcante, e Baltazar de Barros.

Ia mais um filho do capitão Antônio de Carvalho com a sua bandeira por ele ficar doente, que em todas as jornadas o fez muito bem; e era a segunda pessoa deste exército, sobre quem carregava o peso dele, Francisco Barreto, cunhado do ouvidor-geral Martim Leitão, a que chamavam mestre de campo, e ele o pudera ser de outro de muitos milhares de soldados, por seu esforço e destreza.

Com tudo este exército, que foi a mais formosa coisa, que nunca Pernambuco viu, nem sei se verá, foi o general Martim Leitão (que assim lhe chamaremos nesta jornada) dormir no campo de Iguaraçu, no meio do qual mandou armar sua tenda de campo, com outras duas pegadas, uma para dois padres da Companhia de Jesus, que com ele iam; e outra de sua despensa, onde se agasalhava também a gente do seu serviço. Aqui mandou deitar grandes bandos, pondo graves penas contra todos aqueles, que brigassem, ou arrancassem, encomendando mui particularmente que houvesse entre todos muita amizade, e conformidade, e outras boas ordens necessárias, que se se cá costumaram no Brasil não houvera tantas perdas, e desconcertos, como sabemos. Ali esteve três dias esperando se ajuntassem alguns, que faltavam; onde fez aposentador, e mais oficiais de campo.

Ao quarto dia que foi o primeiro de março daquele alojamento foram dormir além do rio Taporema, onde fez resenha, e se achou com quinhentos e tantos homens brancos, e o general deu regimento a todos do que haviam de fazer, repartiu as campanhas, e ordenou que um dos guiões de cavalos aos dias por evitar competências fosse na vanguarda, outro na retaguarda, e o terceiro na batalha, onde ele ia; e o capitão a que no seu dia tocava a retaguarda, tivesse obrigação de uma hora antemanhã com alguns índios correrem, e descobrirem o campo, e assim como toda a ordem possível, e com irem de contínuo alguns homens de confiança com mamalucos e índios por descobridores diante, e pelas ilhargas do exército metidos pelo mato, e gastadores abrindo o caminho, foram por suas jornadas em cinco dias a grande campina da Paraíba, onde pela lembrança de que alguns ali em outras jornadas tinham visto, ia a gente tão apartada, que sendo o caminho da campina largo, e raso, não andavam por mais recados, que se passavam a vanguarda em que naquele dia, por ser de mais importância, ia Francisco Barreto; mas não sofrendo tanto vagar tomou o general um galope, e foi ver o que era, e achando que haviam já dado em mato, e se detinham os gastadores em abrir caminho com as foices, os fez abreviar, e marchar a vanguarda com presteza e recado, esperando ele ali até se meter em seu lugar.

Marchando pois a vanguarda, e o mestre de campo Francisco Barreto com ela, já quase sol posto deu em uma cerca mui grande de gentio, pegada do rio Tibiri, que prometia ter dentro mais de três mil almas, o que não obstante, nem a escuridão da noite, que sobrevinha, nem ser a cerca mui forte, e com uma rede de madeira por fora, como uns leões remeteram, e entraram nela, matando muitos dos inimigos, e pondo os mais em fugida, ficando dos nossos muito pouco feridos, porque foi tal a pressa e açodamento, que lhes não deram vagar, nem tempo para despedirem muitas flechas, o que sentindo o corpo do exército, e retaguarda, rebentavam todos por chegar com os dianteiros à briga, e por mais pressa que se deram, quando já chegaram, era acabada.

Entrando pois todo o exército dentro na cerca, que Francisco Barreto lhe tinha ranqueada com a gente da vanguarda, e alojados todos nela, repousaram ali aquela noite, onde acharam farinha feita, e armas, e pólvora, que tinham para ir cercar o forte, conforme os cativos disseram.

VII

De como se tentaram as pazes com o Braço de Peixe, e por as não querer se lhe deu guerra

*A*o outro dia pela manhã cedo logo os índios se puseram às pulhas (como é seu costume) em um teso alto defronte da nossa cerca, além de um grande alagadiço, que por aquela parte ficava, donde foram conhecidos dos nossos ser gente do Braço de Peixe, que não eram Potiguares, senão Tabajaras seus contrários; mas por se temerem dos portugueses, que vingassem a morte de cento e tantos, que com Gaspar Dias de Ataíde, e Francisco de Caldas – ainda que com razão, haviam mortos (como dissemos no capítulo vigésimo do livro precedente) –, se vieram a meter com os Potiguares, e assim por se reconciliarem com eles, como por serem mais industriosos, e valentes, nos faziam muito dano; o que entendido pelo general Martim Leitão, e considerando de quanta importância seria ter paz com eles, e apartá-los dos Potiguares, mandou por línguas fazer-lhe práticas, que estivessem seguros que só buscavam os Potiguares, com os quais nunca queríamos paz, mas com eles sim, dizendo-lhes mais que o general era homem do reino, fora de malícias e enganos, que com eles usavam os do Brasil, e estava muito bem informado da sua amizade antiga com os brancos, pelos quais sabia que quebrava a paz, e que se os capitães Ataíde e Caldas foram vivos os mandara El-Rei castigar; com estas práticas, e vinho que lhes deram a beber, concertaram que dando reféns mandaria o Braço seus embaixadores depois de jantar assentar pazes com o general, o qual neste meio tempo trabalhou com toda a dissimulação em mandar descobrir o alagadiço, se por cima ou por baixo daria vau à gente; mas não se achou nisto remédio, pela grandeza do alagadiço, e espessura do mato à roda.

Ao meio-dia vieram três índios a tratar das pazes, que foram ouvidos na tenda do general, e examinados por línguas, e feitas todas as diligências, e ostentações que foram necessárias, por o Braço e os seus terem consigo muitos Potiguares, juntamente com o medo de suas culpas, nada bastou para os segurar, e assim tornando-se à tarde quiseram lá matar os reféns, e ficou a guerra rota, que os inimigos estimando pouco esquentaram toda aquela tarde, com trinta e tantas espingardas, e muitas flechas que tiraram. Ao que ainda querendo atalhar o general, para os desenga-

História do Brasil

nar mandou sair por sua ordem todas as companhias, e gente por uma campina entre a cerca, e o lago, que naquela manhã, para o que sucedesse, tinha mandado roçar; também lhe mandou dar mostra de dois berços, que trazia em carros, e varejar com eles uma caiçara, ou tranqueira, que para pelejarem, e se defenderem no cume de um pico, no cabo de uma queimada, os inimigos haviam feito, e com outros assombros, nada bastou para quererem paz: com isto se resolveu o general a lhes darem ao outro dia batalha, mandando aquela tarde fazer muitos feixes de faxina, que ao longo da cerca haviam cortado, para que com as pontes, que o gentio no alagadiço havia feito, passagem da outra banda.

Não foi nada aprazível ao arraial esta determinação do general, que se viu melhor no Conselho, que na sua tenda se teve aquela noite, que foi assaz vário, e confuso, e a seus brados se assentou ficassem ali as duas partes do arraial, e Francisco Barreto com eles, com todo o provimento, para o que sucedesse, e ele a pé com a terça parte ir dar nos inimigos no pico.

Ouvindo missa ao outro dia pela manhã muito cedo, partiu o general com as companhias da vanguarda somente, e o guião de cavalo de Antônio Cavalcante, que mandou no roçado, e em uma queimada andar da nossa parte do alagadiço, para por ali não rebentar alguma cilada, e lhe tomarem as costas, e levando o padre Jerônimo Machado, da companhia, um crucifixo diante, acharam no alagadiço muito estorvo por de noite os inimigos cortarem muitas árvores, com que o atravessaram, e embaraçaram todo: com isto, e com andarem muitos soldados pela queimada da outra banda às flechadas, e arcabuzadas, se passava devagar, e com tanto receio, que foi necessário ao general agastar-se com alguns, e mandando ficar a companhia de Ambrósio Fernandes com ordem que se não bulisse do alagadiço até todos serem em cima, arrancou da espada jurando havia de escalar o primeiro que falasse, senão obrarem todos como esforçados; isto, e meter-se com o passo apressado após os dianteiros, fez passar os mais, e tornar a ladeira acima bem depressa.

Depois de se recolherem os inimigos na cerca, subiam os nossos em pés e mãos por ela, e ferrando-a todos não acabavam de a render, o que vendo o general tomou um inglês, que levava consigo armado, e subindo às costas em cima da cerca com uma formosa lança de fogo fez tais floreios, lançando dela infinidade de foguetes, que despejaram os inimigos. Por ali, e derribando os nossos duas ou três braças de cerca, que cortaram, entraram dentro, e os foram seguindo um pedaço, ainda que, com o ruim caminho, e impedimentos que os inimigos tinham postos, e eles serem bichos do mato, que foram por onde querem, foi causa de escaparem muitos. O que ordenou Deus para nos ficarem, como agora os temos, por amigos.

Corridos assim, o mais que os nossos puderam, mandou o general queimar toda a caiçara, e madeira da cerca, e assolado tudo se tornou para seus companheiros, que haviam ficado na outra cerca, os quais o vieram receber fora com

Te-Deum Laudamus, e no mesmo dia a tarde houve um rebate da banda do Tibiri a que alguns capitães acudiram desordenadamente, e por ser a revolta grande mandou o general a Francisco Barreto os fosse recolher, o que fez muito bem, e com muita ordem; porque na escaramuça que se travou foram mortos alguns Potiguares, sem dos nossos haver ferido algum, e por não ser já de efeito a estada ali, ao outro dia mandou o general pôr fogo à cerca, e com todo o exército pelo rio Tibiri abaixo foi seguindo os inimigos, e foram dormir dali a duas léguas, onde agora se chama as marés, e arrancados todos os mantimentos, que acharam, que foi a maior guerra que se lhes pôde fazer, e queimadas duas aldeias, que ali estavam despovoadas, se tornaram acima a buscar outra cerca nova, que havia feito um principal, chamado Assento de Pássaro, aonde, antes de chegarem, acharam tantos embaraços de ruim caminho, que se ia abrindo pelo mato, e brejos, e alguns inimigos corredores, que se atravessaram diante, que por mais que o general se apressou, passando-se à vanguarda com o ouvidor da capitania Francisco do Amaral, que sempre o seguia, e marchando com ela, já acharam a cerca, que era grande, e forte, despejada, ainda que em alguns velhos e fêmeas se vingou o nosso gentio; e ali pararam aquele dia, e o outro, donde pelos muitos alagadiços, e diversidade de opiniões dos caminhos, que ninguém sabia, se resolveram tornar pelo rio da Paraíba abaixo, buscar o passo para o forte, onde se assentaria o que cumprisse.

Partidos desta cerca por outro caminho, que era a estrada, acharam nela tantos labirintos, que os inimigos tinham feitos, tantos fojos, árvores cortadas atravessadas, que era admiração, e a não haver grande cautela, poucos bastaram ali para desbaratar a muitos; mas de tudo Nosso Senhor os guardou e desviou.

Passado embaixo o rio da Paraíba, em três dias chegaram ao forte, que estava coisa piedosa de ver, assim o danificamento, e ruinez dele, como as pessoas dos soldados, que bem mostravam as fomes, e misérias, que tinham passado.

VIII

De como o general Martim Leitão chegando ao forte mandou o capitão João Paes à baía da Traição, e depois se tornaram para Pernambuco

*L*ogo na tarde que chegaram ao forte ordenou o general que fosse o capitão João Paes com trezentos homens de pé e de cavalo correr a baía da Traição, como foram o seguinte dia em amanhecendo. Procurou também muito com Frutuoso Barbosa quisesse ir duas léguas do forte, junto das marés, onde havia muitos mantimentos da parte do sul do rio da Paraíba, fazer povoação, para o que lhe juntava oitenta homens brancos, e índios os mais que pudesse, e se oferecia estar com ele seis meses, e outros seis seu cunhado Francisco Barreto, mas nunca se pôde acabar com ele, e por atos que disto se fizeram, desistiu de toda a pretensão da Paraíba, dizendo que não estaria mais uma hora nela; contudo determinou o general fazer no dito sítio – que a todos pareceu bem a povoação, para o que cometeu a Pero Lopes, e a outros, mas não pôde concluir. Pelo que com assaz paixão se determinou ir pela praia com a gente, que lhe ficou, juntar-se na baía da Traição com João Paes; porque assim, levando um campo por cima outro por baixo, não ficando coisa em meio, seguissem por alguns dias os inimigos até os encontrarem, ou enxotarem para longe, mas determinando partir na baixa-mar do outro dia, subitamente aquela noite adoeceram quarenta, e duas pessoas com estranhas dores de barriga e câmaras, entre os quais foi Francisco Barreto, e o padre Simão Tavares, da companhia, e outros de muita importância, com o que houve detença dois dias, e vendo que não melhoravam pelos ruins ares, e águas daquele sítio, foi forçado levantar o arraial, e tomar acima duas léguas em um campo muito formoso e aprazível, sítio de muitas boas águas, a que puseram nome Campo das Hortas, onde em seis dias, que ali estiveram esperando por João Paes, alguns se refizeram; chegado ele, e juntos outra vez todos, e sabido que na baía da Traição não ousaram os inimigos esperar, eles queimaram muitas aldeias, e arrancaram mantimentos, fizeram-se dois ou três conselhos, para se dar ordens no que se devia fazer, e por terem por certo que os Tabajaras, gentio do Braço de Peixe, estavam desavindos com os Potiguares, e começavam a guerrear uns contra outros; se resolveram todos era bem deixá-los,

Frei Vicente do Salvador

já que por si se queriam gastar antes convir muito por alguma via avisar o Braço de Peixe, que lhe dariam socorro contra os Potiguares, e que não se tornasse à serra; com que em muito segredo o general fez fugido um índio seu parente com grandes promessas, se o quietasse, e fizesse tornar ao mar; com esta ordem, e provido o forte de mais vinte homens, e com lhe deixar o capitão Pero Lopes em lugar de Frutuoso Barbosa, e os prover do seu como melhor pôde, deixando-lhes pipas de farinha, biscoito, vinho, e sardinhas, para dois meses, se partiram todos para a vila de Olinda com muita festa, ainda que o espírito do ouvidor-geral Martim Leitão – que já chamarei general – não se quietava nem contentava, dizendo não ter feito nada, pois não ficava levantada povoação na Paraíba, e tudo o da guerra concluído, como se fora poderoso para tão grande empresa, em que nosso Senhor o tinha tão favorecido.

Desta maneira entraram na vila de Olinda em som de guerra, postos em ordem, acompanhando todos ao ouvidor-geral até sua casa, com a maior festa, e triunfo que Pernambuco nunca teve, que foi a 6 de abril de 1585.

IX

De como o capitão Castejon fugiu, e largou o forte, e o ouvidor-geral o prendeu, e agasalhou os soldados

O primeiro de junho do mesmo ano de oitenta e cinco, chegou nova a Pernambuco era chegado a Itamaracá o capitão Pero Lopes, que o ouvidor-geral Martim Leitão deixara com alguns portugueses no forte da Paraíba em companhia do alcaide, o qual também se dizia o queria desamparar com os espanhóis, e que em secreto buscavam piloto, que de lá os levasse às Índias, e como o ouvidor-geral andava tão pronto, e receoso destas coisas, logo pela posta mandou buscar Pero Lopes, do qual informado, em quatro dias concluiu com ele se tornasse a assistir no forte como o deixava, com alguns filhos da terra, e gente, no qual estivesse até janeiro, com obrigação de lhe darem cada mês cinquenta cruzados; porque não seria possível deixar El-Rei até então de avisar, e prover, por cuja falta se despovoava isto.

136

Dificultosamente aceitou Pero Lopes, porque pela má condição do alcaide Castejon todos fugiam dele; mas sobre isto rebentou outro maior inconveniente, que foi resolver-se o provedor Martim Carvalho – que até então mal provia o forte – em não o querer mais prover bem nem mal, nem nisso entender, e assim o respondeu por atos públicos, com o que ficou tudo desarmado, e se concluíra pior se o ouvidor-geral não tratara este negócio por via de empréstimo, com que logo mandou o capitão Pero Lopes fizesse rol do que havia mister para provimento de 100 homens em seis meses, e feito, e somado em três mil cruzados, os mandou logo tomar, e repartir pelos mercadores, que tinham as coisas necessárias, aos quais se satisfazia com créditos de João Nunes mercador, e tomado navio, e aviado, por não suceder no forte fazer o alcaide com os espanhóis abalo, lhe fez escrever da Câmera com muitos mimos, e certeza de serem agora muito melhor providos; pois havia de correr por eles livres de Martim Carvalho, que muito deviam estimar.

O mesmo lhe escreveu o ouvidor-geral, e com estas cartas se foi Pero Lopes aviar a sua casa à ilha de Itamaracá, donde havia o navio, e gente de o ir tomar de caminho, e ele entretanto avisaria o alcaide; e ou o diabo o tecesse ou não sei porque, Pero Lopes não avisou ao forte, nem mandou as cartas, indo disso tão encarregado, e as teve em seu poder sem as mandar desde 8 de junho até 24, que estando tudo a pique para o outro dia partir o navio, e de caminho ir pela ilha, se começou a dizer serem chegados a ela castelhanos do forte; dizendo vinha atrás o alcaide, e deixavam tudo arrasado.

A isto que em breve se encheu a terra – se ajuntou toda a vila às aves-marias em casa do ouvidor-geral, onde se assentou que se juntassem logo pela manhã no colégio; bispo, capitão D. Filipe, Câmera, provedor Martim Carvalho; e ele, que nestas coisas não dormia, na mesma noite despediu os seus oficiais que fossem buscar a Castejon, e lho trouxesse preso a bom recado, como fizeram, e nas perguntas não deu outra razão senão da fome, que era assaz fraca, pois confessava que depois da guerra que havia dado não aparecer mais inimigo, e irem os barcos, que lhe havia deixado, pelo rio acima buscar mantimentos, que era assaz provimento; mas deviam de estar enfadados, e vingaram-se em deitar a artilharia ao mar, e uma nau que lá estava ao fundo, e pôr o fogo ao forte, e quebrar o sino, e com isto se vieram à vila como quem não tinha feito nada; e o que mais é que assim se julgou depois no reino aonde o ouvidor-geral mandou o Castejon preso, que de tudo se livrou e saiu bem.

Ao outro dia pela manhã, juntos em modo de conselho no colégio, houve algumas dúvidas com o bispo, e outros, movidos de quão mal se respondia do reino a tanta importância, dificultavam a empresa, que na verdade estava mais dúvidosa que nunca, por ser sobre tantas quedas, e lá consumirem tantas vezes os nossos, e se recearem franceses, que nunca ali faltavam.

Pelas quais causas diziam que na terra sem grossa mão de El-Rei haveria força para esta empresa, só o ouvidor-geral Martim Leitão, todo aceso em cólera, e fervor com que andava, com muitas razões o persuadiu a entre si elegerem um homem, que com cento e cinquenta, que se ofereceu a buscar, e gentio com a despesa, e vitualha, que estava buscada, tornasse logo a recuperar o perdido, senão que ele com os seus, e amigos que tivesse, estava determinado ir a meter-se no nosso forte arruinado, antes que os inimigos se fortificassem nele, pois os que tinham obrigação de o defender o desampararam, e isto com tanta veemência, requerimentos, protestos, e ameaças da parte de Sua Majestade, que os espertou e aviventou; e assim elegeram o capitão Simão Falcão, que pareceu pessoa para isso, por Frutuoso Barbosa em nenhuma maneira querer aceitar, com estar a tudo presente: do que Simão Falcão foi logo avisado; e o ouvidor-geral com alguns pregões, indústria, e suma diligência juntou todos os espanhóis, que do forte vieram, e ao presente na terra havia, dos quais fez duas esquadras, de quarenta e dois, que ajuntou em umas casas, a que cada dia fazia prover da tação ordinária de sua casa, e à sua custa, não se esquecendo de por via de religiosos fazer encomendar este negócio a Deus.

De como o Braço de Peixe mandou cometer pazes, pedindo socorro contra os Potiguares, e o ouvidor-geral tornou à Paraíba, e começou a povoação

Havendo neste mês de julho alguma dilação por adoecer Simão Falcão, tanto ao cabo como esteve, no fim do mês chegaram dois índios do Braço de Peixe ao ouvidor-geral, pedindo-lhe socorro contra os Potiguares, porque tornando-se pelo seu recado ao mar o cercaram por vezes, e tinham posto em grande aperto.

Neste próprio dia vestiu Martim Leitão os índios, e se foi dormir ao Recife com João Tavares, escrivão da Câmera e juiz dos órfãos, ao qual por parecer de todos encomendou este socorro, e ele por seus rogos, e por serviço dEl-

História do Brasil

-Rei aceitou, e assim com 12 espanhóis bem concertados, e satisfeitos, e oito portugueses, e uma caravela equipada, e concertada para tudo com algumas dádivas, e bom regimento, partiu do porto de Pernambuco a 02 de agosto de 1585, e aos três chegou pelo rio da Paraíba acima, onde se viu com o Braço de Peixe, e mais principais no porto, que agora é a nossa cidade, assombrando primeiro os Potiguares com alguns tiros, que presumindo mais força fugiram.

Assentadas as pazes, e dadas suas dádivas, e reféns, saiu o capitão João Tavares dia de Nossa Senhora das Neves, por cujo respeito depois se pôs esse nome a povoação, e a tomaram por patrona, e advogada, debaixo de cujo amparo se sustenta, e ordenaram um forte de madeira com as costas no rio, onde se recolheram.

Avisado logo o ouvidor-geral, se alvoroçou toda a vila, e moradores destas capitanias, parecendo-lhes, e com razão, eram já todos seus trabalhos acabados, e depois de muitas graças a Deus, sobre isto chegaram os línguas por terra com obra de 40 índios com a embaixada do Braço, aos quais todos o ouvidor-geral em sua casa agasalhou, vestiu, e festejou, e avisando ao capitão João Tavares do que havia de fazer, mandando-lhe mais vinte e cinco homens de toda a sorte, pelos espanhóis estarem ainda muito enfermos, e mandando vestidos finos para os principais, e outros mimos, e todos muito contentes os tornou a mandar, e com grandes defesas, que não houvesse algum gênero de resgate, de que o ouvidor como experimentado era muito inimigo, e com razão, que isto é o que dana o Brasil, mormente quando é de índios, pois com título de resgate os cativam.

Para se aperfeiçoarem estas pazes pareceu necessário não se perder tempo, antes ir-se logo fazer um forte, recuperar a artilharia do outro, e assentar a povoação; para o que por todos foi assentado que ninguém podia fazer todas estas coisas, senão o ouvidor-geral Martim Leitão, ao qual o pediram, e requereram todos, e ele o aceitou, por serviço de Deus e de El-Rei, e por bem destas capitanias, e assim se partiu para a Paraíba a 15 do mês de outubro do mesmo ano com alguns amigos seus, oficiais, e criados, faziam número de 25 de cavalo, e 40 de pé, levando pedreiros e carpinteiros, e todo o recado necessário para fazer o forte, e o que mais cumprisse, e chegou lá aos vinte e nove, onde foi grandemente recebido dos índios e brancos, que aí estavam; e aos principais dos índios, que vieram uma légua recebê-lo, abraçou um a um com grande festa, e fazendo apear os de sua casa os fez ir a cavalo, e alguns, pelo que tinham passado com os brancos, iam tremendo de maneira, que era necessário i-los sustentando na sela.

Com este triunfo os levou pelo meio de suas aldeias, com que uns choravam, e outros riam de prazer, e logo nessa noite se informou dos sítios, que particularmente tinha encomendado lhe buscassem com todas as comodidades necessárias para a povoação a Manuel Fernandes, mestre das obras de El-Rei; Duarte Gomes da Silveira, João Queixada, e ao capitão, que todos estavam para isso prevenidos dele em segredo, mas encontrados nos pareceres dos sítios.

Frei Vicente do Salvador

Ao outro dia o ouvidor-geral, ouvindo missa antes de sair o sol – que caminhando, e andando nestas jornadas sempre a ouvia – , foi logo a pé ver alguns sítios, e à tarde a cavalo, até o ribeiro de Jaguaripe, para o cabo Branco, e outras partes, com que se recolheu à noite resoluto ser aquele em que estavam o melhor, onde agora está a cidade, planície de mais de meia légua, muito chão, de todas as partes cercado de água, senhor do porto, que com um falcão se passa além, e tão alcantilado que da proa de navios de sessenta tonéis se salta em terra, donde sai um formoso torno de água doce para provimento das embarcações, que a natureza ali pôs com maravilhosa arte, e muita pedra de cal, onde logo mandou fazer um forno dela, e tirar pedra um pouco mais acima; com o que visto tudo muito bem, e roçado o mato, a 4 de novembro se começou o forte de 150 palmos, deram em quadra com duas guaritas, que jogam oito peças grossas uma ao revés da outra, no qual edifico trabalhavam maus e bons com o seu exemplo, que um e um os chamava de madrugada, e repartia uns na cal, outros no mato com os carpinteiros, e serradores, outros nas pedreiras, e os mais a pilar nos taipais; porque os alicerces, e cunhais só eram de pedra e cal, e o mais de taipa de pilão de quatro palmos de largo, para o que mandou logo fazer oito taipais, para todos trabalharem, e era coisa para ver a porfia e inveja, em que os metia, trabalhando mais que todos, com o que duravam na obra de sol a sol, sem descansar mais que a hora de comer, e assim em duas semanas de serviço chegou a estado de se lhe pôr artilharia, que neste meio tempo com muito trabalho, e indústria, por búzios, que para isso levou, se havia tirado do mar sem se perder peça, que foi coisa milagrosa, só as Câmeras faltaram, mas com seis, que levou de Pernambuco, e dois falcões, que foram nos caravelões da matalotagens, se remediou tudo.

Assentada a artilharia ordenou, por se não perder tempo, e o nosso gentio confederado se não esfriar, como já começava, fossem João Tavares, e Pero Lopes, com toda a gente dar uma boa guerra às fraldas de Copaoba, que é uma terra montuosa, e mui fértil, dezoito léguas do mar, donde há muito gentio Potiguar; e assim ficando-lhe somente os seus moços, e oficiais da obra, e Cristóvão Lins, e Gregório Lopes de Abreu, foram todos os mais, aonde por andarem treze ou quatorze dias somente não destruíram mais de quatro ou cinco aldeias, cuja vinda tão apressada o ouvidor-geral sentiu muito, e determinando ir em pessoa, concluiu com a maior brevidade que pôde a obra do forte, casa para o capitão, e armazém.

História do Brasil

XI

De como o ouvidor-geral foi à Baía da Traição

*P*osto isto em boa ordem até 20 de novembro, deixou aí Cristóvão Lins, fidalgo, alemão de nação, com os oficiais e gente necessária, e ele se partiu com 85 homens brancos, e 180 índios do nosso gentio, coisa assaz temerária, e que muitos procuravam estorvar com roncas de estarem naus francesas na baía da Traição, e sobre isto alguns lhe começaram em palavras a perder o devido acatamento, e respeito, particularmente um, que se soltou mais do necessário, que já também havia posto o arcabuz nos peitos ao capitão João Tavares, o qual mandou o ouvidor-geral tomar, e à porta do forte, em presença de todos açoutar, que foi gentil mesinha, porque não houve quem mais falasse, e assim partidos todos do forte foram dormir ao Tibiri, e daí no dia seguinte ao Campo das Hortas, onde se juntaram com o nosso gentio, que não levava mais vianda para todo o caminho, que seis alqueires de farinha de guerra, nem os brancos levaram de comer mais que para dois dias, do que sendo advertido o ouvidor-geral respondeu alegremente que o iriam buscar entre os inimigos, que era gente viva, e havia de ter o que comer, e assim se partiram daí até à água que chamam de Jorge Camelo, e depois do sol posto chegaram ao rio Mamanguape, que são grandes oito léguas, e por haver de ir dar em umas aldeias, que estavam da outra parte do rio, antes que os inimigos, que haviam achado atrás na campina, lhes dessem aviso, e se aproveitarem da baixa-mar, o passaram sem ceia à meia-noite, e moídos do trabalho do dia, donde em amanhecendo marcharam com boa ordem e recado até às dez horas, que deram em um grande golpe de gentio, o qual com o seu medonho urro atroou aquela campina, e ribeira, mas os nossos muito contentes de os ver, ainda que fora por ponte de prata.

XII

De como da baía da Traição foram ao Tujucupapo, e tornaram para Pernambuco

*A*o terceiro dia, carregados os índios de despojos, e alguns mantimentos, partiram da baía da Traição, indo sempre ao longo da costa com o língua dos índios cativos, em busca do Tujucupapo o mor, principal dos Potiguares, por ser muito grande feiticeiro, e indo ao quarto dia depois da partida bem descuidados, parecendo-lhes que já não o achariam o inimigo, gritaram da vanguarda:

— Potiguares! Potiguares!, e não se espantem falar desta maneira sendo tão poucos, porque como as guerras destas partes são nos matos, sempre vão enfiados por o ruim caminho atrás dos outros, e assim, ainda que poucos, como não podem ir em fileira nem ordem de guerra, ocupam muita terra ao comprido; por esta causa à grita da vanguarda se concertou cada um em seu lugar, e começaram a marchar depressa, mas por neste tempo vir um soldado espanhol dizer a Martim Leitão acudisse, que recuava a vanguarda, e havia feridos, em calças e em gibão, como ia, tomou uma remissão a João Nunes, e uma rodela a um índio, e encomendando a gente a Gregório Lopes de Abreu, e a Antônio de Barros Rego, pôs as pernas ao cavalo, e atravessando o mato, que era baixo, chegou a tempo que rebentavam do bosque três esquadrões de gente inimiga, e se tornaram a recolher em ondas ou remetidos, que este é o seu pelejar; e o nosso gentio vendo tantos inimigos, quase que ficou assombrado, e à pressa em corpo se andavam cercando de rama para todos se recolherem em qualquer fortuna; mas chegando assim o ouvidor-geral, os começou a afrontar de palavras, dizendo-lhe se determinavam fazer ali casas para viver, e depois morrer como ovelhas, e que as suas casas haviam de ser as dos inimigos, e assim gritando rijo a eles passou avante, mandando João Tavares por outra parte, e com isso pelejava com homens, mas aqui com os elementos, que é mais.

Passados assim da banda dalém, que senão duas horas antemanhã, feito algum fogo, em que brevemente enxugaram os arcabuzes, fez logo o ouvidor-geral tomar a praia, que como até então não fosse sabida, e sobre tantos trabalhos, pareceu a todos tão comprida como trabalhosa.

Mas indo ele com Duarte Gomes, e Antônio Lopes de Oliveira, com três negros da terra descobrindo diante todos, foram até em amanhecendo, apar-

História do Brasil

tados os de cavalo com alguns arcabuzeiros, para darem da parte do norte, e os mais com o nosso gentio, do sul, remeteram ao forte que ali tinham os inimigos, o que fizeram com grande grita, e mataram até vinte índios, tomaram vivo o seu principal, outros se deitaram ao mar por lhe terem a terra tomada, e se acolheram à nau dos franceses, que todos estavam recolhidos com sua artilharia do dia de antes, pelo aviso que lhes deu um índio, que fugiu a Duarte Gomes; e porque com a claridade da manhã começou a varejar a praia, onde os nossos estavam com a artilharia, vararam todos a aldeia, e povoação, que estava acima, a qual acharam toda despejada, mas com muitas farinhas feitas, e favas, que foi grande recreação, junto com os cajus do mato, fruta que já começava, e para lhe destruírem todos os mantimentos, e assolarem aquela estalagem aos franceses, assentaram estar ali três dias, e logo à tarde foram arrancar a mandioca; de noite mandou o ouvidor-geral lançar ao mar três ferrarias, que ali havia de franceses, que foi coisa de importância tirá-las aos inimigos, que com elas os cevavam os franceses, reparando-lhe estes três ferreiros, que ali já eram moradores, suas ferramentas.

Acharam-se aqui mais de sessenta caldeiras grandes, e pequenas, fato, e muita ferramenta, de que se o nosso gentio carregou.

Ao outro dia mandou o ouvidor-geral 24 arcabuzeiros na baixa-mar dar-lhe uma surriada com três ou quatro cargas, e ainda que lhes não fez dano, todavia temendo que o viriam a receber, ou que viessem algumas embarcações da Paraíba, levaram âncora, e se foram, esbombardeando para o ar, levar estas novas à França, ficando os inimigos diante de si, deitando-os de fora de mil labirintos, que ali tinham feito e ordenado, e por extremo fortificados, ficando todavia as suas estâncias, e meadas de muitos corpos mortos, e mais foram se não houvera a detença dos nossos no abrir dos caminhos para todos passarem, e assim tiveram os inimigos alguma guarida com o ruim caminho, e grande alagadiço – que sempre eles costumam tomar por reparo – , onde houve muitas graças de muitos atolarem mais do que quiseram, não querendo seguir o ouvidor-geral seu capitão, que ainda que o cavalo caiu com ele, o levou pela rédea, e saindo fora muito gentil--homem, e enlodado saltou em cima dele mui desenvolto, e seguiu os inimigos por um caminho com outros dois de cavalo, e alguns índios, que sempre foram derribando neles, e o mesmo aconteceu por onde foi o capitão João Tavares, e houveram de ser infinitos os mortos, se o nosso gentio ousara segui-los; mas vendo tantos, e eles tão poucos, o fizeram pesadamente, e só à sombra dos brancos; e com isto se recolheram depois das três da tarde à grande aldeia, que estava perto do alagadiço, onde descansaram o que ficava do dia; dando muitas graças a Deus por esta grande vitória, porque se afirmou haver ali mais de 20 mil portugueses apercebidos de dia do seu feiticeiro, que por desastre se acolheu em um cavalo, que lá tinha de brancos havia muitos anos, curados os feridos, que houve alguns, e nenhum morto, para a vitória ficar com dobrado gosto, ali estiveram até ao outro dia, e por serem 12 léguas aquém do Rio Grande, donde tiveram novas ser já passado todo o gentio inimigo da outra banda, que como senhores de mais de quatrocentas léguas desta costa não era possível esgotá-los, se tornaram ao forte, donde foram recebidos com muitas festas, e continuou o ouvidor geral as obras em que Cristóvão Lins com oficiais havia bem trabalhado, e de todo acabou o forte, torres, e casas de armazéns com seus sobrados para morada do capitão e almoxarife, e feitos também alguns reparos para a maior parte da artilharia, e ficando-se acabando os mais, tomou a homenagem ao capitão João Tavares, e o deixou com trinta e cinco homens de peleja, providos para quatro meses, e feito isto se tornaram para Pernambuco no fim de janeiro de mil quinhentos oitenta e seis, que foi assaz breve tempo para tantas coisas, e obras; mas tudo nos homens honrados o desejo da honra faz possível.

XIII

Da vinda do capitão Morales do reino, e tornada do ouvidor-geral a Paraíba

No fim de fevereiro seguinte vieram cartas ao ouvidor-geral Martim Leitão de haver por bem servido no que fazia na povoação da Paraíba, e ordem para que se pagassem todos os gastos, as quais trouxe um capitão espanhol coxo chamado Francisco de Morales, com cinquenta soldados também espanhóis, e para recolher a si os que cá ficaram de Francisco Castejon, que foi grande bem ainda, que disso se não conseguiu efeito pelo capitão ser em tudo de mui pouco, o qual se partiu de Pernambuco a 2 do mês de abril seguinte para na Paraíba haver de estar a obediência de João Tavares, capitão do forte, conforme a sua patente, e todos a do ouvidor--geral; mas o coxo tanto que lá chegou deitou João Tavares fora do forte, e os portugueses, tratando-os de maneira que alvoroçou tudo, e amotinou o gentio das aldeias, que todos os dias se ia queixar a Pernambuco, e sobre o avisarem que parecia mal tomar o forte a quem tinha dado homenagem dele, e que lho tornasse, se desentoou em palavras com o ouvidor-geral, esquecido de sua obrigação, e de quanto gasalhado e mimos lhe havia feito em Pernambuco; e assim se enfrestou logo com ele, e com a Câmera, e com todos os portugueses, que houve muitos requerimentos o tirassem de lá, e o

História do Brasil

mandassem a El-Rei, por muitos excessos, que sempre nele foram crescendo, ajudado dos ruins conselhos, que lhe mandavam de Pernambuco inimigos do ouvidor-geral, que por inveja dos seus bons sucessos o queriam infamar, assim cá como no reino, o que tudo o ouvidor foi passando, e dissimulando até o fim de setembro do dito ano, porque aos vinte e sete dias dele lhe vieram novas da Paraíba, e cartas que avisaram serem chegadas à baía da Traição cinco naus francesas com muita gente, e munições, determinados a se ajuntarem com os Potiguares para combaterem, e assolarem o forte da Paraíba, com as quais cartas vinha um grande requerimento do capitão Morales, e moradores, e assim ao mesmo ouvidor, como ao capitão de Pernambuco, e Câmera os fossem socorrer.

Recebido este requerimento, fez logo Martim Leitão ajuntar no colégio o capitão de Pernambuco, Câmera, oficiais da Fazenda, e os mais nobres e ricos da terra, onde por todos foi assentado que por não crescer mais aquela ladroeira, e sair dali algum grande exército de franceses, que junto com os Potiguares destruíssem o que estava ganhado da Paraíba, convinha acudir-lhe, e que ninguém o podia fazer senão ele, como dantes tinha feito; e assim todos juntos lho pediram, e requereram em nome de El-Rei, e ele aceitou, ordenando logo que se aprestassem duas naus, que não estavam mais no porto, e alguns caravelões, em que fossem 150 homens de peleja, fora os do mar, e alguma gente de cavalo por terra, que se ajuntariam com os que estavam na Paraíba, para que lhes dessem por terra, e por mar uma boa guerra, porque estando-se os navios concertando, e as mais coisas necessárias, chegou nova que Francisco de Morales se queria vir da Paraíba, lhe escreveu Martim Leitão tal não fizesse, e que chegando lá o acomodaria, e serviria em tudo, como sempre fizera, e quando de todo em todo se quisesse vir neste tempo não trouxesse os soldados de El-Rei; mas nada bastou para deixar de se vir, e trazer os soldados de El-Rei, e persuadido de alguns de Pernambuco, invejosos, e inimigos do ouvidor-geral, largou o forte, e se perdeu e estragou na vila de Olinda até se ir para o reino, e porque a 20 de outubro se soube haverem chegado mais à baía da Traição outras duas naus, que eram já sete. Pelo que se requeria melhor recado se tomou mais uma, que chegou do reino, e posta a monte, provida de xareta, e fortalecida para poder sofrer a artilharia como as outras até a entrada de dezembro, se puseram a pique todas três naus mercantes, e dois bons caravelões ou zabras, de que eram capitães Pero de Albuquerque, Lopo Soares, e Tomé da Rocha, Pero Lopes Lobo, capitão da ilha de Itamaracá, e Álvaro Velho Barreto.

Ordenado isto, foi o ouvidor-geral até o engenho de Filipe Cavalcante, que é sete léguas da vila de Olinda, com 25 homens de cavalo bons, e despedindo-os dali para a Paraíba se tornou para a vila a embarcar, prometendo-lhes primeiro seria com eles na semana seguinte; e assim se foi logo

Frei Vicente do Salvador

ao Recife, onde estiveram embarcados 13 dias, sem poderem partir com tão grande tormenta de nordeste, que dentro do rio se desamarrou uma nau, e deu à costa; e temendo o ouvidor-geral a tardança, quis mandar um caravelão com aviso a Paraíba, e eram tais os nordestes, que o levaram sem remédio além do cabo de Santo Agostinho à ilha de Santo Aleixo.

Com este trabalho e estando todos pasmados, e o ouvidor-geral atribulado de não poder fazer viagem, chegou Mauro de Resende com grandes requerimentos; e protestos de largarem todos tudo, se o ouvidor-geral não era lá até o dia de S. Tomé, por estarem todos assombrados da muita gente francesa, e Potiguares, que quatro dias havia tinha dado em uma aldeia das nossas fronteiras, cujo principal era Assento de Pássaro, o melhor índio dos nossos, onde mataram mais de oitenta pessoas, e dois Castelhanos, com o que se davam todos por perdidos; pelo que o ouvidor-geral, vendo que o tempo lhe não dava lugar a ir por mar, determinou ir por terra, dizendo aos mais que o seguissem, se partiu quase só de madrugada, e no rio Tapirema, que são nove léguas de Olinda, se achou ao segundo dia com alguns trinta e dois homens, com os quais seguiu avante, que por ir assim, e os homens despropositados para o acompanharem, por terra o seguiram somente estes, e com eles chegou à nossa povoação da Paraíba, a que os moradores chamam cidade de Nossa Senhora das Neves, aos 23 de dezembro, véspera da véspera do Natal, onde se começou logo a pôr em ordem, e aviar para haver de partir no dia seguinte, como partiu, caminho da Copaíba, onde teve por novas que estava todo o gentio, e alguns franceses fazendo-lhes pau-brasil para a carga das naus, porque estorvar-lha era a maior guerra, que podia fazer assim a uns como a outros.

XIV

De como o ouvidor-geral foi da Paraíba a Copaíba

*D*a cidade de Nossa Senhora das Neves, onde o ouvidor-geral Martim Leitão deixou Pero de Albuquerque por capitão em quatro jornadas, chegou a grande cerca de Penacama, que era um grande e principal Potiguar, aonde Duarte Gomes da Silveira havia ido o outubro atrás, e depois de lhe suceder muito bem, ao recolher lhe mataram oito ou dez

História do Brasil

homens, que foi a maior perda que esta empresa da Paraíba teve depois de correr por Martim Leitão, e que ele em extremo sentiu; porque além das guerras, que todos estes anos lhes dava por sua pessoa, sempre lhe mandava dar outros assaltos, assim pelo dito Duarte Gomes como pelo capitão João Tavares e outras pessoas nesta jornada foi infinito o trabalho, principalmente o da água, que não havia senão de muito ruins poços, pouca, e tão fedorenta, que era necessário com uma mão tapar o nariz, com a outra beber.

Desta cerca marcharam para a Copaíba direitos, onde ao segundo dia pela manhã deram com outra dos inimigos, e por o nosso gentio dar o seu urro primeiro que entrasse, fugiram alguns, ainda que se fez incrível matança, e se tomaram 70 ou 80 vivos; aos fugidos foram dando alcance por uma parte, e por outra mais de uma légua até outra grande cerca, que estava despejada, na qual quis o nosso gentio descansar dois dias, e assim era necessário para o grande trabalho do caminho, que tinham passado, e por acharem ali rio de água, ainda que logo sobre ela começou de haver briga por acudirem os inimigos a defendê-la, ajudados dos sítios, porque esta Copaíba aonde estavam é toda feita em altibaixos de montes e abismos, e contudo, contra a regra geral do Brasil, é tudo massapés, e fertilíssima; pela qual causa havia nela cinquenta aldeias de Potiguares, todas pegadas umas nas outras: ao outro dia pela manhã começou de recrescer a briga sobre a água, ainda que os nossos tinham ordem não fossem senão juntos, e a uma hora certa a buscá-la, e a dar de beber aos cavalos, acompanhados sempre com 10 ou 12 arcabuzeiros de guarda, todavia cresceram muitos inimigos, e tinham já feito uma caiçara sobre dia, que o ouvidor-geral lhes mandou desmanchar por Duarte Gomes com alguma gente: e porque começaram a flechar, e se recolheram, assentou com o Braço que à tarde lhes lançasse uma cilada por cima, tornando-se primeiro a travar a briga, em que bem cevados lhes dessem nas costas, e saindo a isso o Braço à tarde se alvoroçou o arraial dizendo estavam muitos inimigos sobre a água, saindo fora o ouvidor-geral, e vendo que da outra parte do rio, na ladeira, andavam dez ou doze nossos muito apertados, que não ousavam virar as costas, e carregavam sobre eles muitas flechas, e pelouros, mandou que fossem sete ou oito de cavalo socorrê-los com Francisco Pereira, que só passou, e Simão Tamares, e deitaram fora os inimigos, e recolheram os nossos com um já morto, e outro quase, e todos feridos de flechas e espingardas, e Francisco Pereira pior, que o fez aqui como bom cavaleiro, e João Tavares foi recolher o Braço de Peixe, que neste tempo mandou recado lhe acudissem, porque indo para fazer cilada aos inimigos, caíra primeiro em uma sua, e o tinham posto em aperto; com isto começou a entrar um medo espantoso em todos, e à noite foi avisado o ouvidor-geral em segredo por João Tavares estavam mais de 20 dos

Frei Vicente do Salvador

mais honrados ajuramentados para fugirem, ao que acudiu o ouvidor-geral fazendo-lhe uma fala de mil esforços, e outras diligências, com que lhes desfez a roda, e se assentou se desse pela manhã com boa ordem nos inimigos, para o que mandou aquela noite das tábuas de algumas caixas, que se acharam, fazer 10 paveses, detrás das quais os medrosos pudessem ir seguros, com o que animados todos – deixando primeiro queimado tudo, como sempre fizeram a todas as cercas, e aldeias que tomaram –, foram pela manhã buscar os inimigos, os quais estavam à vista em três tranqueiras, que eles armaram nos piores passos, umas diante das outras; e por na primeira tranqueira ou caiçara do rio haver detença pela moita resistência que acharam, passou lá o ouvidor-geral, e dando-lhes muita pressa, como quem entendia que nisto estava a importância, com sua chegada se levou sem nos ferirem pessoa, e com a mesma fúria remeteram a segunda, que era entulhada de terra em um vale, e lançando-se uma boa manga por um outeiro acima, ficando as outras duas no baixo; vendo os inimigos três mangas, e os braços que a meneavam, se assombraram de todo, que nem na terceira cerca pararam, ainda que não subiam os nossos a ela senão de pés e mãos, e sempre lhes custava muito, a se não terem lançado as mangas, que foi gentil ordem do ouvidor-geral, que nesta ocasião trabalhou muito, e nesta manhã cansou três cavalos, porque queria ver, e estar presente em toda a parte; e assim os ajudou Deus, e foram seguindo os inimigos mais de meia légua, até chegarem a uma aldeia, onde fizeram grande resistência, todo por salvarem as mulheres, e filhos que ali tinham, com que o negócio esteve em peso, porque três ou quatro vezes se viu a nossa vanguarda quase vencida, até que chegou o corpo da nossa gente com o ouvidor-geral, e carregando rijo os levaram vencidos, com mais três ou quatro aldeias, que no mesmo dia lhe foram destruindo, até se irem aposentar em um alto, donde viam trinta e tantas em menos de uma légua, que os inimigos com medo tinham despejado, e iam ardendo, sendo infinitos em número, e os nossos só 140, e 500 índios flecheiros.

XV

De como destruída a Copaíba foram ao Tujucupapo

*D*aqui se partiram em busca do Tujucupapo, que o ano atrás lhe havia fugido, e caminhando dois dias, virando abaixo ao mar ao terceiro dia pela manhã deu a vanguarda em uma mui poderosa cerca, onde pela bandeira e tambor conheceram haver franceses com os Potiguares, do que logo avisaram ao ouvidor-geral, o qual quando chegou achou a bandeira do capitão João Tavares, que o fez aqui tão animosamente como sempre, porque à sua ilharga tinham morto três homens com piedosas feridas de pelouros de cadeia, que os tinham escalados, e contudo sempre sustentou a sua bandeira pegado à cerca em uma fronteira, na qual ele, e o sargento Diogo Arias, espantoso soldado que nesta jornada tinha recebido 14 flechadas, ganharam cada um sua seteira ou bombardeira aos inimigos, por onde umas vezes com as espadas, outras com os arcabuzes, os faziam despejar dali.

O ouvidor, não obstando os grandes chuveiros, e nuvens de flechas, e pelouros, que dos inimigos nunca cessavam, tomando alguns consigo, que o quiseram seguir, e agachando-se como podiam, chegou à cerca pela banda de baixo, que por aquele confiados os inimigos na espessura do mato era mui fraca, e entulhada de terra e palma, e a começaram a desfazer, ainda que os inimigos logo ali acudiram de dentro com uma espingarda, e muita flecha, com que feriram o meirinho da alçada, a Heitor Fernandes, e outros; contudo Martim Leitão foi o primeiro que rompeu a cerca, cortando com a espada os cipós ou vimes com que estava liada, e fazendo buraco por onde se meteu, e posto que de boa entrada com um pau feitiço lhe feriram uma mão, de que lhe rebentou o sangue pelas unhas; à vista dele, como elefante indignado, se lançou dentro com Manuel da Costa, natural de Ponte de Lima, que o acompanhava, o que vendo os inimigos, derrubaram de duas ruins flechadas a Manuel da Costa, e com outras duas deitaram a carapuça de armas fora da cabeça ao ouvidor-geral, que só lhe ficou pendurada pelo rebuço de diante, e com muitas flechadas pregadas na adarga, pôs o joelho no chão para se desembaraçar das flechas, e cobrir a cabeça, ao que acudiu golpe de gentio para o tomarem às mãos, porque o não quiseram matar pelo conhecerem, e desejarem levá-lo vivo para testemunha de sua vitória, e triunfo, mas só o feriram a mão tente em uma coxa; ele vendo neste último transe da vida se levantou manquejando, mas furiosamente, e chegando-se a Manuel da Costa, seu amigo, para o defender, os fez afastar, por verem também a este tempo entrar já outros, dos quais o primeiro foi o alcaide de Pernambuco Bartolomeu Álvares, feitora do mesmo Martim Leitão, que bem lho pagou ali, e ajudou como mui valente, e esforçado soldado que era africano.

O mesmo fizeram os mais, que entraram após ele com tanto valor e esforço que foram os inimigos despejando a cerca, sendo os franceses os primeiros: com o que gritando os nossos de dentro vitória, entraram os de fora, uns por uma parte, outros por outra, sem tratarem mais senão de se abraçarem uns aos outros com lágrimas de contentamento da mercê que lhe Deus fez, e não seguiram muito os inimigos, porque passada a fúria todos tinham que curar, e fazer consigo assaz, por ficarem quarenta e sete feridos, e três mortos do nosso arraial: do contrário também ficou morto algum gentio, que levavam às costas, como costumam, e o alferes francês, que na cerca ficou estirado com a sua bandeira e tambor, que se levaram para a Paraíba: porém apenas se começavam a curar os feridos, quando foi necessário deixá-los, por se ouvir uma grande grita, e alarido de Potiguares, que vieram de socorro a estoutros, e a virem mais cedo um pouco espaço não houvera remédio contra eles, os quais deram ainda em alguns da nossa retaguarda, mas vendo que eram fugidos os seus da cerca, e os nossos que dela vinham acudindo, também fugiram.

Eram tantas, e tais as feridas, mormente de pelouros, que os franceses, que com os negros estavam na cerca, tiravam, que todo o restante do dia se gastou na cura dos feridos: na qual o ouvidor andou provendo com muita vigilância, e caridade, porque para tudo ia apercebido de botica, e por respeito deles, falta de pólvora, e outros inconvenientes que havia, se assentou queimassem o pau que ali se achou, voltassem por outro caminho o seguinte dia pela manhã, como fizeram com boa ordenança, buscando a Paraíba com assaz trabalho, guiados pelo sol, porque ninguém sabia aonde estava, e assim se agasalharam ao longo de um ribeiro pequeno aquela primeira noite da jornada como cada um pôde.

No segundo dia de caminho marchando, em amanhecendo os salteou o gentio por duas partes a provar como iam, mas rebatendo-os fugiram com seu dano, e os nossos sem algum por suas jornadas chegaram à Paraíba, onde todos foram recebidos como mereciam.

XVI

De como despedida a gente o ouvidor-geral fez o forte de S. Sebastião

*L*ogo naquela semana se aviou o ouvidor-geral para por mar ir à baía da Traição dar nas naus francesas, que lá estavam, e para isto tinha mandado vir caravelões com que de noite, a remos, os determinava saltear, por já irem faltando as munições para naus grandes irem de Pernambuco à Paraíba; porém sendo certificado que os franceses, por lhe haverem queimado a carga de pau-brasil, haviam já ido com as naus vazias, despediu a gente toda, ficando ele somente com os seus oficiais, e Pedro de Albuquerque, e Francisco Pereira, que ainda estava mal das feridas, e no fim do mês de janeiro de mil quinhentos e oitenta e sete se foi ao rio Tibiri, duas léguas acima da cidade, ao longo da várzea da Paraíba, fazer um forte para o engenho de açúcar de El-Rei, que já estava começado, e para defender a aldeia do Assento de Pássaro, e mais fronteiras, com o que se segurava tudo, e se povoaria a várzea, e assim o ordenou, e fez muito em breve de cem palmos de vão, de muito grossas vigas muito juntas, e forradas de entulho de cinco palmos de largo, e de altura de nove, donde podia pelejar a gente amparada com o muro de fora, que era mais de vinte e dois em alto, de taipa dobrada de mão muito forte, e do alto vinha o teto cobrindo o andaime, e casas que se fizeram a roda para agasalho da gente, com duas grandes guaritas em revés sobradadas, e uma torre no meio com grandes portas para o rio Tibiri.

Feito este forte, que por o haver começado dia de S. Sebastião o chamou do seu nome, e assentada nele a artilharia, abertos os caminhos, e tudo acabado, como se houvera de viver ali toda a sua vida, ou o fizera para si, e seus filhos, se partiu na segunda semana do mês de fevereiro para Pernambuco, já achacado de algumas febres, que com seu fervor, e incansável espírito havia passado em pé, e chegando à casa se não levantou mais de uma cama os três meses seguintes, e não foi muito com tantas calmas, chuvas, guerras, e trabalhos como havia padecido.

XVII

De uma grande traição, que o gentio de Sergipe fez aos homens da Bahia, e a guerra que o governador fez aos Aimorés

*G*rande contentamento recebeu o governador geral Manuel Teles Barreto com as boas novas do sucesso destas guerras, e conquista, por ver a boa eleição que fizera em mandar a elas o ouvidor-geral Martim Leitão: mas como todos os contentamentos do mundo são aguados, o foi também este com uma grande traição, e engano, que lhe fez o gentio de Sergipe, dizendo que se queriam vir para esta Bahia à doutrina dos padres da Companhia de Jesus, e tomando-os por isto por intercessores, e terceiros com o governador, para que lhes desse soldados, que os acompanhassem, e defendessem no caminho de seus inimigos, se lho quisessem impedir; fez o governador sobre isto uma junta de oficiais da Câmera, e outras pessoas discretas, onde o primeiro que votou foi Cristóvão de Barros, provedor--mor da Fazenda, dizendo, como experimentado nas traições dos gentios, que se lhes respondesse que se queriam vir viessem embora, e seriam bem recebidos, e favorecidos em tudo, mas que lhes não davam soldados, porque lhes não fizessem alguns agravos, como costumam, e o mesmo votaram os mais experimentados; porém pôde tanto a importunação, e autoridade dos terceiros, alegando a importância da salvação daquelas almas, que se queriam vir ao grêmio da Santa Madre Igreja, que o bom governador lhes veio a conceder o que pediam, e lhes deu cento e trinta soldados brancos, e mamalucos, que os acompanhassem, com os quais, e com alguns índios das aldeias, e doutrinas dos padres se partiram mui contentes os embaixadores, mandando diante aviso aos seus que os viessem esperar ao rio Real, como vieram, e os passaram em jangadas a outra parte, onde estavam com tijupares feitos ou cabanas, em que os agasalharam, vindo as velhas à pranteá--los, que é o seu sinal de paz e amizade, e o pranto acabado lhes administraram os nossos seus guisados de legumes, caças, e pescados, não se negando também elas aos que as queriam, nem lho proibindo seus pais, e maridos, sendo aliás muito ciosos, que foi mui ruim sinal, e assim o significaram alguns escravos dos brancos a seus senhores, mas nem isto bastou para que se lhes não entregassem de modo como se foram suas legítimas mulheres,

História do Brasil

e nesta forma caminharam por suas jornadas mui breves, e descansados até Sergipe, e se posentaram nas suas aldeias repartidos por suas casas e ranchos com tanta confiança, como se estiveram nesta cidade em suas próprias casas, deixando as armas às concubinas, e indo-se a passear de umas aldeias para as outras com um bordão na mão, as quais lhe entupiram os arcabuzes de pedras e betume, e tomando-lhes a pólvora dos frascos lhos encheram de pó de carvão, e feito isto vieram uma madrugada gritando aos nossos que se armassem, que vinha outro gentio seu contrário, sendo que eles mesmos eram os contrários, e como os nossos estivessem tão descuidados, e se não pudessem valer das armas, ali foram todos mortos como ovelhas ou cordeiros, sem ficarem vivos mais que alguns índios dos padres, que trouxeram a nova, a qual o governador sentiu tanto, que quisera ir logo pessoalmente tomar vingança, e para, este efeito escreveu a Pernambuco ao capitão-mor, que então era D. Filipe de Moura, e a Pero Lopes Lobo, capitão-mor de Itamaracá, que se fizessem prestes com toda a gente, que pudessem trazer, para por uma parte, e por outra os combaterem, posto que depois, impedido da sua muita idade, e indisposição, lhes rescreveu que não viessem, antes fossem socorrer a Paraíba.

Também neste tempo se levantou outro gentio chamado os Aimorés na capitania dos Ilhéus, que a pôs em muito aperto, do que sendo avisado o governador, ordenou que fossem Diogo Corrêa de Sande e Fernão Cabral de Ataíde, que possuíam muitos escravos, e tinham aldeias de índios forros, a ver se lhes podiam dar com eles alguns assaltos, dando-lhes mais os soldados das suas guardas com seus cabos Diogo de Miranda, e Lourenço de Miranda, ambos irmãos, e castelhanos, os quais foram todos de Juguaripe por terra ao Camamuré Tinharé, e lhes armaram muitas ciladas, mas como nunca saíam a campo a pelejar senão à traição, escondidos pelos matos, mui poucos lhes mataram, e eles flecharam também alguns dos nossos índios.

153

XVIII

Da morte do governador Manuel Teles Barreto, e como ficaram em seu lugar governando o bispo D. Antônio Barreiros, o provedor-mor Cristóvão de Barros, e o ouvidor-geral

Como o governador Manuel Teles Barreto era tão velho ainda antes de ver bem o fim destas guerras, enfermou e passou desta vida, que também é uma contínua guerra, como diz o Santo Job, quereria Deus que fosse para a triunfante, donde tudo é uma suma paz, gloria, e bem-aventurança; foi este governador mui amigo, e favorável aos moradores, e o que mais esperas lhe concedeu, para que os mercadores os não executassem nas fábricas de suas fazendas, e quando se lhes iam queixar disso os despedia asperamente, dizendo que eles vinham a destruir a terra, levando dela em três ou quatro anos, que cá estavam, quanto podiam, e os moradores eram os que a conservavam, e acrescentavam com seu trabalho, e haviam conquistado à custa do seu sangue.

Morto pois Manuel Teles, cuja morte foi no ano de mil quinhentos oitenta e sete, se abriu logo a via de El-Rei, que ele próprio havia trazido, na qual se continha que governassem por sua morte o bispo D. Antônio Barreiros, o Provedor-mor Cristóvão de Barros, e o ouvidor-geral; e porque este último então estava ausente, começaram de governar os dois, tomando por secretário o contador-mor da fazenda Antônio de Faria, e foi próspero o tempo do seu governo, assim pelas vitórias, que se alcançaram contra os inimigos, de que faremos menção nos capítulos seguintes, como por este tempo se abrir o comércio do rio da Prata, mandando o bispo de Tucuman o tesoureiro-mor da sua Sé a esta Bahia a buscar estudantes para ordenar, e coisas pertencentes a igreja, o que tudo levou, e daí por diante não houve ano em que não fossem alguns navios de permissão real, ou de arribada com fazendas, que lá muito estimam, e cá o preço universal que por elas trazem.

Também neste tempo e era do Senhor de mil quinhentos oitenta e sete vieram ao Brasil fundar conventos os religiosos da nossa província capucha de Santo Antônio, com o irmão frei Melchior de Santa Catarina, religioso de muita autoridade, e bom púlpito, por comissário por um breve do senhor Papa Xisto Quinto, e patente do nosso Reverendíssimo padre geral

História do Brasil

frei Francisco Gonzaga, que faz do breve relação no fim do livro que fez da nossa seráfica ordem, e por virem a instância de Jorge de Albuquerque, senhor de Pernambuco, fizeram lá o primeiro convento, pela qual causa, e por termos naquela capitania quatro conventos, se fazem nela os nossos capítulos, e congregações custudiais.

XIX

De três naus inglesas, que neste tempo vieram à Bahia

*P*ouco tempo depois de começarem a governar o bispo, e Cristóvão de Barros, entraram subitamente nesta Bahia duas naus, e uma zabra de ingleses com um patacho tomado, que havia dela saído para o rio da Prata, em que ia um mercador espanhol chamado Lopo Vaz; tanto que chegaram, tomaram também os navios que estavam no porto, entre os quais estava uma urca de Duarte Osquer, mercador flamengo, que aqui residia, com marinheiros flamengos, que voluntariamente lha entregaram, e se passaram aos ingleses, e logo todos começaram as bombardadas à cidade tão fortemente que desanimados, e cheios de medo, os moradores fugiram dela para os matos; e posto que o bispo pôs guardas, e capitães nas saídas, que eram muitas, porque não estava murada, para que detivessem os homens, e deixassem sair as mulheres, muitos saíram entre elas de noite, e algum com manto mulheril, e esses poucos que ficaram pediram ao bispo fizesse o mesmo; ao que acudiu um venerável, e rico cidadão chamado Francisco de Araújo, requerendo-lhe da parte de Deus, e de El-Rei não deixasse a terra, pois não só era bispo, mas governador dela, e que se a gente era fugida, ele com a sua se atrevia a defendê-la.

Também veio uma mulher a cavalo, com lança e adarga, da Itapoã, repreendendo aos que encontrava, porque fugiam de suas casas, e exortando-os para que se tornassem para elas, do que eles zombavam.

Neste tempo não estava Cristóvão de Barros na cidade, que andava pelos engenhos do recôncavo, tirando uma esmola para a casa da Misericórdia, de que era provedor aquele ano, mas logo acudiu ao som das bombardadas, trazendo consigo todos os que achava, com os quais, e com os que na cidade achou, a fortificou, repartindo-os por suas estâncias, castigando alguns

155

dos fugitivos porque não tornassem a fugir, e para exemplo dos outros pôs um à vergonha no pelourinho metido no cesto com uma roca na cinta; e porque os ingleses se não atreveram a entrar na cidade, mas contentaram--se de balraventear pela Bahia, que é larguíssima, e de muito fundo, e onde não era tanto que pudessem chegar os navios grandes, mandaram a zabra, e as lanchas à pilhagem, ordenou Cristóvão de Barros uma armada de cinco barcas, das que levam cana e lenha aos engenhos, as quais ainda que sem coberta são mui fortes e veleiras, mandando-as empavesar, e meter em cada uma dois berços, e soldados arcabuzeiros com seus capitães, que eram André Fernandes Margalho, Pantaleão Barbosa, Gaspar de Freitas, Antônio Álvares Portilho, e Pedro de Carvalhaes, e por capitania uma galé, em que ia por capitão-mor Sebastião de Faria, para que onde quer que desembarcassem os ingleses dessem sobre eles; e assim sabendo que eram idos a Jaguará a tomar carnes ao curral de André Fernandes Morgalho, e por os acharem já embarcados à zabra a combateram, donde houve mortos, e feridos de parte a parte, e entre os mais foi um Duarte de Goes de Mendonça, que ia na galé, a quem passaram o capacete, que tinha na cabeça, com um pelouro, e lhe fez nela tão grande ferida, que esteve a perigo de morte.

Também saíram outra vez na ilha de Itaparica. Donde Antônio Álvares Capara, e outros portugueses com muito gentio os fizeram embarcar com morte de alguns, e no mar lhe tomou também uma das nossas barcas um batel com quatro ingleses, que o remavam, e mataram três, pelo que visto o pouco ganho que tinham, e que Lopo Vaz, de quem esperavam resgate, lhes havia fugido a nado para a cidade, levantaram as âncoras e se foram ao Chamamu, para fazer aguada, onde também o Capara lha não deixou fazer, e lhes matou oito, de que trouxe as cabeças aos governadores e assim se tornaram os ingleses para a sua terra, depois de haverem aqui estado dois meses.

XX

Da guerra, que Cristóvão de Barros foi dar ao gentio de Sergipe

Muito estimou Cristóvão de Barros entrar nu governo do Brasil para poder ir vingar assim a traição, que o gentio de Sergipe fez aos homens da Bahia, de que tratamos no capítulo dezoito deste livro, como a morte de seu pai Antônio Cardoso de Barros, que ali mataram, e comeram, indo para o reino com o primeiro bispo desta Bahia, como tenho contado no capítulo terceiro do terceiro livro, e assim apelidou por isso muitos homens desta terra, e alguns de Pernambuco, e uns e outros o acompanharam com muita vontade, porque sendo guerra tão justa, dada com licença de El-Rei, esperaram trazer muitos escravos.

Fez capitão da vanguarda a Antônio Fernandes, e da retaguarda a Sebastião de Faria, e determinando ir ao longo do mar, mandou primeiro pelo sertão Rodrigo Martins, e Álvaro Rodrigues, seu irmão, com 150 homens brancos, e mamalucos, e mil índios, para que levassem todos os tapuias que de caminho pudessem em sua ajuda, como de feito levaram perto de três mil flecheiros e assim vendo-se com tanta gente, sem esperar por Cristóvão de Barros cometeram as aldeias dos inimigos, que tinham por aquela parte do sertão, os quais foram fugindo até se ajuntarem todos, e fazerem um corpo com que lhe resistiram, e puseram em cerco mui estreito, donde mandaram quatro índios dar conta a Cristóvão de Barros do perigo em que estavam, com que mandou apertar mais o passo, e chegando a um alto viram um fumo, a que mandou Amador de Aguiar com alguns homens, e trouxeram quatro espias, que tomaram aos inimigos, dos quais guiados os nossos chegaram aos cercados véspera da véspera do Natal, às duas horas depois do meio-dia, os quais vistos pelos contrários fugiram logo, e levantaram o cerco, mas não tanto a seu salvo, que lhes não matassem 600, e eles a nós seis.

Dali desceram a cerca de Baepeba, que era o rei, e príncipe de todo este gentio, e tinha juntas da sua mais duas cercas, nas quais todas haveria 20 mil almas; os nossos fizeram suas trincheiras, e lhes tomaram a água, que bebiam, sobre que houve mortos, e feridos de parte a parte, mas da sua mais.

Também lhes abalroaram o lanço de uma cerca, que eles logo refizeram, e por onde estava Sebastião de Faria abalroaram outra, da qual saíram, e nos mataram um homem, e feriram muitos, mas os nossos os fizeram retirar, matando-lhes 300.

Finalmente determinou o Baepeba concluir o negócio, e para este efeito mandou avisar os das outras cercas, que saíssem contra os nossos para ele também sair, e colhendo-os em meio os matarem, o qual aviso levaram três índios aventureiros por meio do nosso arraial, porque não tinham outro caminho, às quatro horas da tarde, sem que lho pudessem impedir, mais que um deles que mataram.

Ouvido pois o mandamento se saíram das cercas, e o nosso general lhes saiu só com os de cavalo, que eram 60 homens, e o pôs em fugida, não consentindo que os nossos os seguissem, como queriam, porque os da cerca principal do Baepeba não lhes dessem nas costas, donde à noite do Ano Bom de mil quinhentos e noventa, vendo-se sem os das outras cercas, e sem a água, começaram também a fugir, indo os mais valentes diante despedindo nuvens de flechas, com que forçaram os nossos por aquela parte estavam não só a dar-lhes caminho, mas ainda em lhes irem fugindo; porém o general atravessando-se-lhes diante, a brados, e com o conto da lança os fez parar, e voltar aos inimigos até os fazer tornar à cerca, onde entrando os nossos após eles, lhes mataram 1.600, e cativaram 4 mil.

Alcançada a vitória, e curados os feridos, armou Cristóvão de Barros alguns caravelões, como fazem na África, por provisão de El-Rei, que para isso tinha, e fez repartição dos cativos, e das terras, ficando-lhe de uma coisa, e outra muito boa porção, com que fez ali uma grande fazenda de currais de gado, e outros a seu exemplo fizeram o mesmo, com que veio a crescer tanto pela bondade dos pastos, que dali se provêm de bois os engenhos da Bahia e Pernambuco, e os açougues de carne.

Está Sergipe na altura de 11° graus e dois terços, por cuja barra com os batéis diante costumam entrar os franceses com naus de mais de cem toneladas, e vinham acabar de carregar da barra para fora, por ela não ter mais de três braças de baixa-mar; e assim ficou Cristóvão de Barros não só castigando os homicidas de seu pai, mas tirando esta colheita aos franceses, que ali iam carregar suas naus de pau-brasil, algodão, e pimenta da terra, e sobretudo franqueando o caminho de Pernambuco, e mais capitanias do norte, para esta Bahia, e daqui para elas, que dantes ninguém caminhava por terra, que o não matassem, e comessem os gentios, e o mesmo faziam aos navegantes, porque ali começa a enseada de Vasa-barris, onde se perdem muitos navios, por causa dos recifes que lança muito ao mar, e os que escapavam do naufrágio não escapavam, de suas mãos, e dentes, donde hoje se caminha por terra com muita facilidade, e segurança, e vem, e vão cada dia com suas apelações, e o mais que lhes importa, sem esperarem seis meses para monção, como dantes faziam, que muitas vezes se tinha primeiro resposta de Portugal que daqui ou

História do Brasil

de Pernambuco, e com ser tão boa obra esta, e digna de galardão, o que achou Cristóvão de Barros, quando tornou para a cidade, foi achar o seu lugar ocupado não só da provedoria-mor da Fazenda Real, de que ele havia pedido a El-Rei o tirasse para poder assistir na sua, que tinha quatro engenhos de açúcar, mas também do governo, porque estando na dita guerra chegou Baltazar Rodrigues Sora com provisão para servir o cargo de provedor-mor, em que logo o bispo o admitiu; porém querendo logo entrar no governo, não lho consentiu, dizendo que a sua provisão não falava nisto, e a outra por onde Cristóvão de Barros governava não dizia só que governasse o provedor, como dizia a do ouvidor-geral, senão que o nomeasse por seu nome, e era graça pessoal; contudo insistiu o provedor Baltazar Rodrigues Sora, pedindo ao bispo pusesse o caso em disputa, como o pôs, ajuntando-se com outros letrados, teólogos, e juristas no Colégio da Companhia, donde sem valerem as razões do bispo saiu Baltazar Rodrigues com a sua pela maior parte dos pareceres, e entrou na mesa do governo. Porém tudo desfez Cristóvão de Barros com sua chegada, por ser contraparte não ouvida, que estava atualmente em serviço de El-Rei, para o qual agravou Baltazar Rodrigues, e se foi com o seu agravo para o reino, donde nunca mais tornou.

XXI

De uma entrada, que se fez ao sertão em busca dos gentios, que fugiram das guerras de Sergipe e outras

Alcançada a vitória, que temos dito no capítulo precedente, partiu-se o governador Cristóvão de Barros para a Bahia, e deixou Rodrigues Martins em Sergipe, para acabar de recolher o gentio, que da guerra havia fugido, dos quais se haviam passado muitos para a outra parte do rio de S. Francisco, que é da capitania de Pernambuco, donde também vieram logo muitos à caça deles: o primeiro foi Francisco Barbosa da Silva, do qual dissemos no capítulo vigésimo sexto do livro precedente, que veio desbaratado de outra entrada do sertão, e desta lhe sucedeu pior, porque lhe custou a vida, e a quantos com ele vinham, que não sofrendo os aflitos uma

Frei Vicente do Salvador

aflição sobre outra, e neles se vingaram. Outro foi Cristóvão da Rocha, que veio com quarenta homens em um caravelão, o qual com consentimento de Tomé da Rocha, capitão de Sergipe, se concertou com Rodrigo Martins para entrarem pelo sertão em busca deste gentio, e do mais que achasse.

Havendo andado alguns dias, e passado o sumidouro do rio de S. Francisco, se alojaram em casa de um selvagem chamado Tuman, onde começaram a ter dúvidas, dizendo Cristóvão da Rocha que ele vinha com licença dos Albuquerque de Pernambuco, sem a qual os moradores da Bahia não podiam conquistar nem fazer resgates naquele sertão, e assim haviam de melhorar nos quinhões por razão da licença os pernambucanos, posto que eram menos em número, no que Rodrigo Martins não quis consentir, e se tornou do caminho; mas aceitou o partido um Antônio Rodrigues de Andrade, que levava cem negros, e alguns outros brancos da Bahia, com os quais se partiu dali o capitão Cristóvão da Rocha, e por ter ouvido que a gente do Porquinho matara quatro ou cinco homens, que lá foram com dois padres da companhia, se foi direito às suas aldeias, onde chegando a primeira, entrou um mamaluco chamado Domingos Fernandes Nobre, pregando que iam tomar vingança da morte dos brancos, e isto bastou para os alborotar, e pôr a todos em fugida, o que também fizeram por verem no nosso exército cavalos, porque os temem muito.

Visto isto pelo capitão, mandou recado a outro gentio contrário, para que o viessem ajudar contra estoutro, como o fizeram; e não hei de deixar de contar aqui o que me contou um soldado desta companhia, que fez um principal destes que vieram, o qual diz-se foi à estrebaria onde estava um cavalo dos nossos, e assentando-se pôs-se a falar com ele, e dizer-lhe que o tomava por compadre, porque tinha ouvido dizer que os cavalos eram mui valentes na guerra, e um era tê-los homem por amigos, para que nela o conheçam, e lhe não façam mal. Estava ali um mamaluco, que tinha cuidado do cavalo, e quando o viu tão triste, porque lhe não respondia, se lhe ofereceu para intérprete, e fingindo que lhe falava à orelha, lhe tornou por resposta que folgava muito com sua amizade, e que ele o conheceria quando fosse tempo; com esta resposta se afeiçoou mais o rústico, e perguntou que comia seu compadre, ou o que desejava, porque de tudo o proveria.

Respondeu o mamaluco que o seu mantimento ordinário era erva e milho, mas que também comia carne, e peixe, e mel, e de tudo o mandou prover abundantemente, andando os seus uns a segar erva, outros a caçar, e pescar, e tirar mel dos paus, com que o intérprete se sustentava, e o cavalo engordou tanto, que abafou, e morreu de gordo, cuja morte o rústico muito sentiu, e o mandou prantear por sua mulher, e parentes, como costumam fazer aos defuntos que amam.

Este era um dos principais, que o capitão Cristóvão da Rocha convocou para dar caça aos do Porquinho, que pela pregação do outro mamaluco andavam fugidos com medo pelos matos.

História do Brasil

Porém um veio falar secretamente a Diogo de Castro, soldado nosso, por ser seu amigo, e conhecido, e lhe disse que se espantava muito que vindo ele ali lhe quisessem fazer guerra, pois sabia quão amigos eram dos brancos, e se haviam mortos os que vieram com os padres da companhia, fora por eles dizerem mal dos mesmos padres, que não ouvissem sua pregação, porque os vinham enganar, nem esses foram todos, senão alguns, e não era bem que todos pagassem.

Respondeu-lhe Diogo de Castro que bem inteirado estava da sua amizade, e paz antiga, nem eles vinham a quebrá-la, como o mamaluco mal dissera, mas que só vinham em seguimento dos que lhes haviam fugido da guerra de Sergipe, e assim lhes aconselhava que tornassem para suas aldeias, que ele os segurava de lhes não fazerem agravo; contudo não se deu o índio por seguro sem que o pusesse com o capitão, e lho prometesse de sua boca. E com isto foi pregar aos seus, e os reduziu em poucos dias.

Vinha entre eles o Porquinho, já muito velho, e enfermo, pediu o Sacramento do Batismo, e Diogo de Castro o catequizou, e batizou, pondo-lhe por nome Manuel. Nem eu sei outro bem que se tirasse desta jornada, posto que, morto ele, se contrataram os contrários de vender os mais aos brancos, e eles lhos compraram a troco dos resgates, que levavam, e os trouxeram amarrados até certa paragem do rio de S. Francisco, onde fizeram deles partilha, levando o capitão Cristóvão da Rocha com os pernambucanos uma parte, e Antônio Rodrigues de Andrade com os da Bahia outra.

Estes fizeram seu caminho pela serra do Salitre, e trouxeram algum em cabaços para mostra, dizendo que era muito em quantidade, mas havia naquele tempo ali muito gentio, e tinham mortos atraiçoadamente a Manuel de Padilha com 40 homens, que iam desta Bahia para a serra, e por outra vez a Braz Pires Meira com 70, que foram por mandado do governador Manuel Teles Barreto, e o mesmo quiseram fazer a estes, que vinham, se lhes não valera a grande vigilância com que passaram. [2]

2.N. B. — Este capítulo vigésimo primeiro foi copiado dos aditamentos, e emendas a esta História do Brasil, que existem neste Real Arquivo da Torre do Tombo.

XXII

De como se continuaram as guerras da Paraíba com os Potiguares, e franceses, que os ajudavam

*F*icando a capitania da Paraíba, na forma que dissemos no capítulo décimo sexto deste livro, entregue ao capitão João Tavares, começou logo a fazer um engenho não longe do de El-Rei, com que corria um Diogo Correa Nunes, e pelo conseguinte os moradores mui contentes começaram logo a plantar as canas, que nele se haviam de moer, e a fazer suas roças – que assim chamam cá as granjas ou quintas dos mantimentos, frutas, e mais coisas, que a terra dá.

Chegou neste tempo D. Pedro de la Cueva, espanhol, que havia ido ao reino por mandado de Frutuoso Barbosa, requerer que lhe entregassem a povoação da Paraíba, pois lhe fora dada por Sua Majestade, o qual trouxe uma provisão, para que lha entregassem, e ele ficasse por capitão da infantaria de todos os espanhóis, que cá haviam ficado, assim do alcaide Francisco de Castejon, como do capitão Francisco de Morales, o que tudo logo se cumpriu, ficando o governador Frutuoso Barbosa na povoação, e D. Pedro em um forte, que tinha feito Diogo Nunes Correa nas fronteiras, porém estes dois capitães – como se só o foram para se fazerem guerra um ao outro – começaram logo a ter contendas entre si, deixando os inimigos andar livremente salteando as roças, e fazendas dos brancos, e as aldeias dos índios amigos, em tal modo, que já não ousavam ir a pescar, nem mariscar, porque a qualquer hora que iam achavam inimigos, que os matavam, sem estes capitães porém nisto remédio, mais que escreverem a D. Filipe de Moura, capitão-mor de Pernambuco, e a Pedro Lopes Lobo, da ilha de Itamaracá, que os socorressem, o que de Itamaracá fez levando a gente, e munições, que pôde, e tanto que foi na Paraíba se ordenaram mais duas companhias, uma do capitão D. Pedro de la Cueva, com os seus soldados espanhóis ficando em seu lugar no forte Diogo de Paiva com 15 –, outra de portugueses, de que ia por capitão Diogo Nunes Correa; com os quais, e com a gente do Braço de Peixe, e do Assento de Pássaro, e dois padres nossos, que os doutrinavam, se partiu Pedro Lopes Lobo a correr todas aquelas fronteiras, mandando sempre suas espias, e corredores diante, até darem numa aldeia grande, don-

História do Brasil

de fizeram grande matança, por os acharem descuidados, e cativaram perto de 900 pessoas, as mais delas fêmeas, e moços, o que sabido pelas outras comarcas se vigiavam melhor, não para se defenderem mas para fugirem, e assim quando os nossos chegavam, as achavam despovoadas, e queimaram mais de vinte aldeias, que eram as que faziam mal a gente da Paraíba, e os apertavam na forma que está contado: e vindo por diante discorrendo a uma parte, e a outra, toparam os nossos corredores com uma cerca muito grande, e forte por uma parte, e como a não viram bem que pela outra se encobria com o mato, vieram tão medrosos a dar a nova, que pegaram medo a todos; porém Pedro Lopes, que andava já tão versado nestas guerras, depois de os exortar, e animar com muitas razões toda a noite, o dia seguinte pela manhã os repartiu em três esquadrões iguais, e mandou marchar à vista da cerca, donde vendo o vagar e temor, com que iam, se adiantou, e embraçando a adarga, e a espada na mão se partiu para a cerca, dizendo "Siga-me quem quiser, e quem não quiser fique, que eu só basto", com o que tomaram todos os mais tanto ânimo, que sem mais esperar, cometeram a cerca, e a entraram, matando, e cativando muitos dos inimigos sem da nossa gente perigar pessoa, posto que foram muitos flechados, particularmente uns moços naturais de Itamaracá, que entraram primeiro com alguns negros pela parte do mato, donde a cerca era fraca, e feita de ramos, e esta foi também a causa de se alcançar a vitória com tanta facilidade, porque andando os de dentro travados com estes, e devertidos, não tiveram tanto encontro aos mais, que abalroaram pelas outras partes.

Nesta cerca se detiveram três dias, curando os feridos, na qual acharam muitos mantimentos de farinha, e legumes, e muitas armas, arcos, flechas, e rodelas, e algumas espadas francesas, e arcabuzes, que deixaram 15 franceses, que de dentro fugiram.

Ao quarto dia pela manhã, se partiram para a praia, e caminharam por ela até a baía da Traição, donde tornaram a tomar o caminho por dentro da terra até a Paraíba sem acharem encontro algum de inimigos, que achá-lo, segundo o ânimo, que levavam da vitória passada, nenhum lhe pudera resistir.

Chegados à Paraíba se aposentou o capitão Pero Lopes Lobo na aldeia do Assento com os nossos frades, donde ele, e eles trataram de fazer amigo o governador Frutuoso Barbosa, com D. Pero de la Cueva, e enfim os fizeram abraçar, mas indo-se Pero Lopes à sua capitania de Itamaracá os ódios, e diferenças foram por diante, e pelo conseguinte a guerra dos Potiguares, sem haver quem os reprimisse, até que El-Rei mandou ir a D. Pedro para o reino, e Frutuoso Barbosa se foi por sua vontade, e posto que em seu lugar ficou André de Albuquerque, estavam as coisas em tal estado, que não pôde remediá-las esse pouco tempo que serviu o cargo.

XXIII

Como Francisco Giraldes vinha por governador do Brasil, e por não chegar, e morrer, veio D. Francisco de Souza, que foi o sétimo governador

*S*abendo Sua Majestade da morte do governador Manuel Teles Barreto, mandou em seu lugar Francisco Giraldes, filho de Lucas Giraldes, que no livro segundo capítulo sexto dissemos ser senhor dos Ilhéus, e se chegara ao Brasil alguma coisa importara ao bem daquela capitania, mas por demandar a costa mais cedo do que convinha, e as águas da Paraíba para trás correrem muito para as Antilhas, arribou a elas, e delas tornou para o reino, onde morreu sem entrar neste governo; com ele vinha casa da relação, que era para o Brasil coisa nova naquele tempo, mas também quis Deus que não chegassem senão quatro ou cinco desembargadores, que vinham em outros navios, dos quais um serviu de ouvidor-geral, outro de provedor-mor dos defuntos, e ausentes, e por não vir o chanceler, e mais colegas, se não armou o tribunal, nem El-Rei se curou então disso, senão só de mandar governador, que foi D. Francisco de Souza, o qual chegou no ano de mil quinhentos e noventa, em domingo da Santíssima Trindade, e com ele veio por inquisidor ou visitador do santo ofício Heitor Furtado de Mendonça, que chegou mui enfermo com toda a mais gente da nau, exceto o governador, que os veio curando, e provendo do necessário, mas depois que desembarcou, e foi recebido com as cerimônias costumadas adoeceu, e se foi curar ao Colégio dos Padres da Companhia, onde havendo chegado ao último da vida, lhe quis Deus fazer mercê dela, e a primeira saída que fez, ainda mal convalecido, foi para assistir em o primeiro ato da Fé, em que o visitador, que já estava são, publicava na Sé suas patentes, e concedia tempo de graça, e neste chegou uma caravela de Lisboa, que trouxe cartas ao governador da morte de sua mulher, com o que ele se resolveu em não tornar ao reino, mas ficar cá até à morte, e assim o publicava, nem o dizia ociosamente senão que como era prudente, e por isso chamado já de muito tempo D. Francisco das Manhas, entendeu que era boa esta para cariciar as vontades dos cidadãos, e naturais da terra fazer-se cidadão, e natural com eles, e pouco aproveitara dizê-lo de palavra, se não pusera por obra, e assim foi o mais benquisto governador, que houve no Brasil, junto com o ser mais respeitado,

História do Brasil

e venerado; porque com ser mui benigno, e afável conservara a sua autoridade, e majestade admiravelmente, e sobre tudo o que o fez mais famoso foi sua liberalidade, e magnificência, porque tratando os mais do que hão de levar, e guardar, ele só tratava do que havia de dar, e gastar, e tão inimigo era do infame vício da avareza, que querendo fugir dele passava muitas vezes o meio em que a virtude da liberalidade consiste, e inclinava para o extremo da prodigalidade, dava a bons, e maus, pobres, e ricos, sem lhes custar mais que pedi-lo, donde costumava dizer que era ladrão quem lhe pedia a capa, porque pelo mesmo caso lha levava dos ombros.

Não houve igreja que não pintasse, aceitando todas as confrarias, que lhe ofereciam, murou a cidade de taipa de pilão, que depois caiu com o tempo, e fez três ou quatro fortalezas de pedra e cal, que hoje duram; as principais, que tem presídios de soldados, e capitães pagos da Fazenda Real, são a de Santo Antônio na boca da barra e a de S. Filipe na ponta de Tapuípe, uma légua da cidade, que mais são para terror que para efeito; porque nem a cidade nem o porto defendem, por ser a Bahia tão larga, que tem na boca três léguas, e no recôncavo muitas; e tudo então podia fazer porque tinha provisão de El-Rei, para que quando não bastasse o dinheiro dos dízimos, que é só o que cá se gasta a El-Rei, o pudesse tomar de empréstimo de qualquer outra parte, e assim houve ocasião em que tomou um cruzado à conta do que se havia de pagar dos direitos de cada caixão de açúcar nas alfândegas de Portugal, e algum dinheiro dos defuntos, que se havia de passar por letra aos herdeiros ausentes; e de uma nau que aqui arribou indo para a Índia, chamada S. Francisco, tomou a Diogo Dias Querido, mercador, 30 mil cruzados, o que tudo El-Rei mandou pagar em Portugal de sua Real Fazenda: porém a nenhum outro governador a passou depois tão ampla, antes os apertou tanto, que nem dividas velhas de El-Rei podem pagar sem nova provisão, nem fazer alguma despesa extraordinária; o motivo que El-Rei teve para alargar tanto a mão a D. Francisco foi as guerras da Paraíba, e pelos muitos corsários que então cursavam esta costa do Brasil, como veremos nos capítulos seguintes.

XXIV

Da jornada, que Gabriel Soares de Souza fazia às minas do sertão, que a morte lhe atalhou

*E*ra Gabriel Soares de Souza um homem nobre dos que ficaram casados nesta Bahia, da companhia de Francisco Barreto quando ia à conquista de Menopotapa, de quem tratei no capítulo décimo terceiro do livro terceiro. Este teve um irmão, que andou pelo sertão do Brasil três anos, donde trouxe algumas mostras de ouro, prata, e pedras preciosas, com que não chegou por morrer à tornada, cem léguas desta Bahia, mas enviou-as a seu irmão, que com elas se foi depois de passados alguns anos à Corte, e nela gastou outros muitos em seus requerimentos, até que El-Rei o despachou, e se partiu de Lisboa em uma urca flamenga chamada Grifo Dourado a 07 de abril de 1590 com trezentos e sessenta homens, e quatro religiosos carmelitas, um dos quais era frei Jerônimo de Canavazes, que depois foi seu Provincial.

Avistaram esta costa em 15 de junho, e por não conhecerem a paragem, que era a enseada de Vasa-barris, lançaram ferro, mas era tão forte o vento sul, e correm ali tanto as águas, que se quebraram duas amarras, e querendo entrar por conselho de um francês chamado Honorato, que veio à terra com dois índios em uma jangada, e lhes facilitou a entrada, tocou a nau e deu tantas pancadas, que lhe saltou o leme fora, e arrombou, pelo que alguns se lançaram a nadar, e se afogaram nas ondas; os mais saíram em uma setia, que lhes mandou Tomé da Rocha, capitão de Sergipe, e tiraram alguma fazenda sua, e de El-Rei, a qual mandou Gabriel Soares de Souza trazer a esta Bahia em a mesma setia com doze soldados, de que veio por cabo Francisco Vieira, e por piloto Pero de Paiva, e Antônio Apeba, vindo ele por terra com os mais em cinco companhias, de que fez capitães a Rui Boto de Souza, Pedro da Cunha de Andrade, Gregório Pinheiro, sobrinho do bispo D. Antônio Pinheiro, Lourenço Varela, e João Peres Galego. Fez também seu mestre de campo a Julião da Costa, e sargento maior a Julião Coelho.

Chegaram a esta cidade, e foram bem recebidos do governador D. Francisco de Souza, que lhe fez dar a execução as provisões, que trazia de Sua Majestade para levar das aldeias dos padres da companhia 200 índios flecheiros, e os brancos que quisessem ir, com os quais se partiu para sua fazenda de Jaguaripe, e aí reformou duas companhias, por Pero da Cunha, e Gregório Pinheiro não

História do Brasil

querer ir na jornada, e deu uma a João Homem, filho de Gracia da Vila, outra a Francisco Zorrilha. Foram por capelães o cônego Jacome de Queiroz, e Manuel Álvares, que depois foi vigário de Nossa Senhora do Socorro.

Partiram de Jaguaripe, e chegaram a serra de Quareru, que são 50 léguas, onde fizeram uma fortaleza de sessenta palmos de vão com suas guaritas nos cantos, como El-Rei mandava que se fizesse a cada 50 léguas.

Aqui fizeram os mineiros fundição de pedra de uma beta, que se achou na serra, e se tirou prata, mas o general a mandou serrar; e deixando ali 12 soldados com um Luiz Pinto Africano por cabo deles, se foi com os mais outras 50 léguas, onde nasce o Rio de Paraguaçu, a fazer outra fortaleza, na qual pelas águas serem ruins, e os mantimentos piores, que eram cobras, e lagartos, adoeceram muitos, e entre eles o mesmo Gabriel Soares, que morreu em poucos dias no mesmo lugar, pouco mais ou menos, onde seu irmão havia falecido.

Foi sepultado na fortaleza, que fazia, com muito sentimento dos seus, e dela se vieram para primeira, que tinha melhores ares, e águas, donde avisou o mestre de campo Julião da Costa ao governador D. Francisco de Souza do que havia sucedido, e ele os mandou recolher a esta cidade.

Vieram pela cachoeira, donde os foi Diogo Lopes Ulhoa buscar, e depois de os ter nos seus engenhos oito dias mui regalados, os mandou nas suas barcas ao governador, que os não recebeu, e proveu com menos liberalidade, gastando com eles de sua fazenda mais de dois mil cruzados.

O intento que Gabriel Soares levava nesta jornada era chegar ao Rio de S. Francisco, e depois por ele até a lagoa Dourada, donde dizem que tem seu nascimento, e para isto levava por guia um índio por nome Guaraci, que quer dizer Sol, o qual também se lhe pôs, e morreu no caminho, ficando de todo as minas obscuras, até que Deus verdadeiro Sol queira manifestá-las.

Os ossos de Gabriel Soares mandou seu sobrinho Bernardo Ribeiro buscar, e estão sepultados em S. Bento com um título na sepultura, que declarou em seu testamento pusesse, e o título é:

Aqui jaz um pecador.

E não sei eu que outra mina ele nos pudera descobrir de mais verdade, se vivera, pois como afirma o Evangelista S. João, se dissermos que não temos pecado, mentimos, e não há em nós verdade[3].

---

3. N. B. — Este capítulo vigésimo quarto foi copiado das adições, e emendas desta História do Brasil de frei Salvador, porém o capítulo vigésimo quarto da dita História, é o que se segue; que nas emendas é o vigésimo quinto.

XXV

De como veio Feliciano Coelho de Carvalho governar a Paraíba, e foi continuando com as guerras dela

No ano de 1591 no mês de maio chegou a Pernambuco Feliciano Coelho de Carvalho, fidalgo, que se criou demoço na África, bom cavalheiro, e de bom conselho, o qual mandando o seu fato por mar, se partiu por terra ao seu governo da Paraíba, e achou a cidade posta em tanto aperto com os contínuos assaltos, que os Potiguares faziam nas suas roças e arrebaldes, que determinou de correr a terra, e enxotá-los dela, e para isto pediu a Pero Lopes, capitão-mor da ilha de Itamaracá, que o ajudasse com sua pessoa, e gente, como fez como cinquenta homens brancos de pé e de cavalo, e trezentos negros, e assim se partiram ambos em muita conformidade, levando o governador da Paraíba o gentio Tobajar, e os mais brancos, que pôde, repartidos uns, e outros em companhias, com suas caixas e bandeiras, e logo deram com uma aldeia grande, que levavam espiada, onde posto que acharam os inimigos descuidados, não deixaram de fazer rosto aos da nossa vanguarda, travando-se entre uns e outros uma grande escaramuça, porque os contrários cuidavam que não era a gente mais, porém, depois que viram os de cavalo, e mais de pé, que iam chegando, começaram a virar as costas, posto que tarde, porque o nosso exército estava já todo junto, e mataram tantos, que era piedade ver depois tantos corpos mortos, e aos mais que fugiram foi seguindo a nossa vanguarda, não sem resistência de muitas flechadas, que iam tirando, porque tinham costas em outra aldeia, que distava destoutra um quarto de légua, para a qual se iam retirando, donde saíram muitos a socorrê-los, e fizeram parar os nossos, jogando-se de parte a parte muitas flechadas, e ferindo-se muitos, até que chegou o capitão Martim Lopes Lobo, filho de Pero Lopes, com dois homens mais de cavalo, e 20 arcabuzeiros, e alguns negros, com que os nossos cobrando ânimo remeteram com fúria, e os contrários com medo se espalharam pelos matos, dando-lhes lugar que entrassem na aldeia, e fizessem tal matança nas mulheres, meninos, e velhos, que nela ficaram, que só um foi tomado vivo, por se meter debaixo do cavalo do capitão Martim Lopes,

História do Brasil

e ele o defender, para se saber da determinação dos franceses, e gentio, e neste tempo[4]...

Parte do capítulo que parece ser o XXX

... mandado pedir socorro, trazendo em sua companhia a D. Jerônimo de Almeida, que poucos dias havia chegado de Angola, e outros muitos cavaleiros, que havia na capitania, os quais ficaram todos admirados de ouvir que tão poucos se defendessem de tantos, e os ofendessem de maneira, que está dito, e por não serem já necessários daí a alguns dias se tornaram para Pernambuco, mas não deixou de resultar grande proveito deste socorro; porque vendo uma índia Potiguar de um soldado casado, que andava já doméstica entre os nossos, tanta gente de cavalo, o foi com grande espanto contar à senhora, a qual lhe respondeu: "Isto que tu vês é nada, sabe que ainda há de vir muita mais, para irem matar todos teus parentes, e a quantos franceses andam entre eles, senão olha tu quão poucos soldados no Cabedelo desbarataram a gente de tantos navios, e por aqui verás se estes, que vês, forem à serra, e os mais, que hão de vir, se deixaram lá coisa viva." Esta Potiguar ouvindo isto fugiu para os seus, ainda antes que Manuel Mascarenhas se partisse da Paraíba, e os achou apercebendo-se para virem dar sobre os nossos com ajuda de Monsieur Rifot, de quem temos contado o mal que fez por esta costa, o qual escreveu uma carta de desafio a Feliciano Coelho, e metida em um cabaço lha mandou pôr em um caminho, donde os nossos espias a trouxeram, e posto que Feliciano Coelho lho mandou pôr outra vez no mesmo posto onde foi achado sem outra resposta mais que pólvora e pelouros dentro, significando que com isto se havia de defender, e mandou outra vez pedir socorro em Pernambuco melhor foi desviá-los a negra que não viessem, dizendo-lhes que seriam todos mortos; porque eram inumeráveis os portugueses de pé, e de cavalo, que vieram de Pernambuco, o que ouvido por Rifot, mandou pôr em esquadrão todos os seus franceses, e Potiguares, que eram infinitos, e lhe perguntou se seriam os portugueses tantos como aqueles, e a negra respondeu que mais eram, e tomando seis ou sete punhados de areia a lançou para o ar, dizendo-lhe que ainda eram mais que aqueles grãos de areia, com que os parentes se começaram a acobardar de modo, que o Rifot lhes disse que para tanta gente

---

4. N. B. — O resto deste capítulo vigésimo quinto não está concluído, pois lhe faltam folhas, como se vê na página seguinte do Msc., a qual parece ser parte do capítulo trigésimo, visto o que se segue ser o capítulo trigésimo primeiro, havendo portanto um salto de seis capítulos.

Frei Vicente do Salvador

era necessário ir buscar mais à França e assim se despediu com os seus para o rio Grande, onde tinha as naus, e se embarcaram nelas para sua terra, e os Potiguares se espalharam pelas suas mui cheios de medo, como tudo constou por dito de três, que os nossos corredores tomaram em uma roça.

XXXI

De como Manuel Mascarenhas Homem foi fazer a fortaleza do rio Grande, e do socorro que lhe deu Feliciano Coelho de Carvalho

*I*nformado Sua Majestade das coisas da Paraíba, e que todo o dano lhe vinha do rio Grande, onde os franceses iam comerciar com os Potiguares, e dali saíam também a roubar os navios, que iam, e vinham de Portugal, tomando-lhes não só as fazendas, mas as pessoas, e vendendo-as aos gentios, para que as comessem, querendo atalhar a tão grandes males, escreveu a Manuel Mascarenhas Homem, capitão-mor em Pernambuco, encomendando-lhe muito que logo fosse lá fazer uma fortaleza, e povoação, o que tudo fizesse com conselho e ajuda de Feliciano Coelho, a quem também escreveu, e ao governador geral D. Francisco de Souza, que para isto lhe desse provisões, e poderes necessários para gastar da sua Real Fazenda tudo o que lhe fosse necessário, como em efeito o governador lhe passou, e lhe pôs logo tudo em execução com muita diligência, e cuidado, mandando uma armada de seis navios e cinco caravelões, que o fossem esperar à Paraíba, na qual ia por capitão-mor Francisco de Barros Rego, por almirante Antônio da Costa Valente, e por capitães dos outros navios João Paes Barreto, Francisco Camelo, Pero Lopes Camelo, e Manuel da Costa Calheiros.

Por terra com o capitão-mor Manuel Mascarenhas foram três companhias de gente de pé, de que eram capitães Jerônimo de Albuquerque, Jorge de Albuquerque seu irmão, e Antônio Leitão Mirim, e uma de cavalo, que guiava Manuel Leitão: os quais chegados uns e outros à Paraíba, se ordenou que Manuel Mascarenhas fosse por mar ao rio Grande, na armada que veio de Pernambuco, e levasse consigo o Padre Gaspar de S. João Peres, da companhia, por ser grande arquiteto, e engenheiro, para traçar a fortaleza, com seu companheiro o padre Lemos, e o nosso irmão frei Bernardino das

História do Brasil

Neves, por ser muito perito na língua brasílica, e mui respeitado dos Potiguares, assim por essa causa, como por respeito de seu pai o capitão João Tavares, que entre eles por seu esforço havia sido mui temido, o qual levou por companheiro outro sacerdote da nossa província chamado frei João de S. Miguel; e que Feliciano Coelho fosse por terra com os quatro capitães, e companhias da gente de Pernambuco, e com outra da Paraíba, de que ia por capitão Miguel Álvares Lobo, que por todos faziam soma de 188 homens de pé e de cavalo, fora o nosso gentio, que eram das aldeias de Pernambuco 90 flecheiros, e das da Paraíba 730, com seus principais, que os guiavam, o Braço de Peixe, o Assento de Pássaro, o Pedra Verde, o Mangue, e o Cardo Grande, e este exército começou a marchar das fronteiras da Paraíba a 17 de dezembro de 1597, indo as espias, e corredores diante queimando algumas aldeias, que os Potiguares despejavam com medo, como confessaram alguns, que foram tomados, mas aos que fugiam os inimigos não fugiu a doença das bexigas, que é a peste do Brasil, antes deu tão fortemente em os nossos índios, e brancos naturais da terra, que cada dia morriam de dez a doze, pelo que foi forçado ao governador Feliciano Coelho fazer volta à Paraíba para se curarem, e os capitães para Pernambuco com a sua gente, que pôde andar, dizendo que cessando a doença tornariam, para seguirem a viagem, exceto o capitão Jerônimo da Albuquerque, que se embarcou em um caravelão, e foi ter ao rio Grande com seu capitão-mor Manuel de Mascarenhas, o qual havia ido na armada, como já dissemos, e na viagem teve vista de sete naus de franceses, que estavam no porto dos Búzios contratando com os Potiguares, os quais como viram a armada picaram as amarras, e se furam, e a nossa não a seguiu por ser tarde, e não perder a viagem.

No dia seguinte pela manhã mandou Manuel Mascarenhas dois caravelões descobrir o rio, o qual descoberto, e seguro entrou a armada à tarde guiada pelos marinheiros dos caravelões, que o tinham sondado, ali desembacaram, e se trincheiraram de varas de mangues para começarem a fazer o forte, e se defenderem dos Potiguares, que não tardaram muitos dias que não viessem uma madrugada infinitos, acompanhados de 50 franceses, que haviam ficado das naus do porto dos Búzios, e outros que aí estavam casados com potiguares, os quais, rodeando a nossa cerca, feriram muitos dos nossos com pelouros e flechas, que tiravam por entre as varas, entre os quais foi um capitão Rui de Aveiro no pescoço com uma flecha, e o seu sargento, e outros, com o que não desmaiaram antes como elefantes à vista de sangue mais se assanharam, e se defenderam, e ofenderam os inimigos tão animosamente que levantaram o cerco, e se foram, depois veio um índio chamado Surupiba pelo rio abaixo em uma jangada de juncos, apregoando paz, o qual prenderam em ferros, e com estar preso mostrava tanta arrogância, que vendo o aparato com que Manuel de Mascarenhas se tratava, e comia, disse que o não haviam de tratar menos, e assim lhe dava um tratamento, e por per-

Frei Vicente do Salvador

suasão dos padres da companhia, posto que contradizendo o nosso irmão frei Bernardino, que conhecia bem suas traições e enganos, enfim o soltou, e mandou, prometendo-lhe o índio de trazer todo o gentio de paz, para o que lhe deu vestidos, e outras coisas que pudesse dar aos seus, não só quando foi, mas ainda depois por duas vezes, que lhas mandou pedir, dizendo que já os tinha apaziguados, e vinham por caminho a entregar-se, porém indo dois batéis nossos com 20 homens, de que ia por cabo Bento da Rocha, a cortar uns mangues, estando metidos em uma enseada, e começando a fazer a madeira, os cercaram por entre os mangues, para os tomarem na baixa-mar, quando os batéis ficassem em seco, onde houveram de ser todos mortos, se um dos batéis, que era maior, se não fora pôr de largo, aonde os descobriu, e deu aviso ao outro para que se embarcasse a nossa gente à pressa, e se alargasse dos inimigos, os quais em continente se saíram da emboscada, e se foram metendo pela água a tomar-lhes uma restinga, que estava no meio do rio, donde se puseram a ralhar, dizendo que já os tinham na rede, entendendo que o batel ficaria em seco, mas quis Deus dar-lhe um canal por onde saíram, e foram dar aviso ao Mascarenhas, que se acabou de desenganar de suas traições, e enganos, e muito mais depois que viu daí a poucos dias os montes cobertos de infinidade deles, que desciam com mão armada a combater outra vez a nossa cerca, na qual os não quis esperar, nem que chegassem a pôr-lhe cerco, antes os foi esperar ao caminho, e lançando uma manga por entre o mato, os entrou com tanto ânimo, que fez fugir os da retaguarda, e seguiu os da vanguarda até o rio, e ainda a nado pela água os foram os nossos índios Tabajaras matando, sem deixar algum com vida, amarando-se tanto nesta pescaria, que foi necessário irem os nossos batéis a buscá-los já fora da barra; mas nem isto bastou, para que não continuassem depois com contínuos assaltos, com que puseram os nossos em tanto aperto, que escassamente podiam ir buscar água para beberem a uns poçosinhos, que tinham perto da cerca, e essa muito ruim, e tantas outras necessidades, que se não chegar a Francisco Dias de Paiva, amo do capitão-mor, que o criou, em uma urca do reino, que El-Rei mandou com artilharia, munições, e alguns outros provimentos para o forte, que se fazia, e as esperanças em que se sustentavam de lhes vir cedo socorro da Paraíba, houvera-lhes de ser forçado deixar o edifício, pelo que, tanto que os doentes começaram a convalecer, logo Feliciano Coelho mandou recado aos capitães de Pernambuco, e vendo que não vinham sé aprestou com a sua gente, e tornou a partir da Paraíba a este socorro a 30 de março de 1598, só com uma companhia de 24 homens de cavalo, e duas de pé, de 30 arcabuzeiros cada uma, das quais eram capitães Antônio de Valadares, e Miguel Álvares Lobo, e 350 índios flecheiros com seus principais.

Não acharam em todo o caminho senão aldeias despejadas, e alguns espias, que os nossos também espiaram, e tomaram, pelos quais se soube que uma légua do forte, que se fazia, estava uma aldeia grande, e fortemen-

História do Brasil

te cercada, donde saíam a dar os assaltos nos nossos, pelo que mandou o governador apressar o passo, para que os pudesse tomar descuidados, e contudo a achou despejada, e capaz para se alojar o nosso arraial.

Ali veio o dia seguinte Manuel Mascarenhas a visitá-lo, e trataram sobre o modo que havia de haver para se acabar o forte, porque tinha ainda grandes entulhos, e outros serviços para fazer, e disse Feliciano Coelho que ele com a sua companhia de cavalo, e com a gente do Braço, trabalhariam um dia, e Antônio de Valadares com a gente do Assento outro dia seguinte, e Miguel Álvares Lobo com a gente do Pedra Verde outro; e esta ordem guardariam enquanto a obra durasse, dando também a cada companhia do gentio um branco perito na sua língua, que os exortasse ao trabalho, e estes eram Francisco Barbosa, Antônio do Poço, e José Afonso Pamplona, mas não deixaram por isto de reservar alguns, que corressem o campo em companhia de alguns brancos filhos da terra, os quais foram dar em uma aldeia, onde mataram mais de 400 Potiguares, e cativaram 80, pelos quais souberam que estava muita gente junta, assim Potiguares como franceses, em seis cercas muito fortes, para virem dar sobre os nossos, e os matarem, e se já o não tinham feito era porque adoeciam, e morriam muitos do mal de bexigas.

Neste mesmo tempo, que a obra do forte durava, chegou um barco da Paraíba com refrescos de vitelas, galinhas, e outras vitualhas, que mandava a Feliciano Coelho Pero Lopes Lobo, seu loco tenente, e deu novas o arrais, que no porto dos Búzios estava surta uma nau francesa, lançando gente em terra, ao qual acudiu logo Manuel Mascarenhas com toda a gente de cavalo, que havia, e 30 soldados arcabuzeiros e muitos índios, e deu nas choupanas, em que os Potiguares estavam já comerciando com eles, onde mataram 13, e cativaram sete, e três franceses, porque os mais embarcaram, e fugiram no batel, e outros a nado; e vendo o capitão-mor Manuel Mascarenhas que não tinha embarcações para poder cometer a nau, ordenou uma cilada fingindo que tinha ido, e deixando na praia um francês ferido, para que o viessem tomar da nau no batel, como de feito vieram, mas os da cilada tanto que viram desembarcado o primeiro saíram tão desordenadamente que só este tomaram, e os outros tornaram à nau, e largando as velas se foram.

Frei Vicente do Salvador

XXXII

De como acabado o forte do Rio Grande, e entregue ao capitão Jerônimo de Albuquerque se tornaram os capitães-mor de Pernambuco, e Paraíba, e batalhas, que no caminho tiveram com os Potiguares

*A*cabado o forte do rio Grande, que se intitula dos reis, o entregou Manuel Mascarenhas a Jerônimo de Albuquerque dia de S. João Batista, era de mil quinhentos noventa e oito, tomando-lhe homenagem, como se costuma, e deixando-lho muito bem fornecido de gente, artilharia, munições, mantimentos, e tudo o mais necessário, se veio no mesmo dia com a sua gente dormir na aldeia do Camarão, onde Feliciano Coelho estava com o seu arraial aposentado, e no seguinte se partiram todos para a Paraíba com muita paz e amizade, que é o melhor petrecho contra os inimigos, e assim o experimentaram os primeiros, que acharam em uma grande e forte cerca seis dias depois da partida, a qual mandaram espiar por um índio mui esforçado da nossa doutrina chamado Tavira, que com só 14 companheiros, que consigo levava, matou mais de 30 espias dos inimigos sem ficar um só, que levasse recado, e assim os nossos subitamente na cerca deram ao meio-dia, e contudo pelejaram mais de duas horas sem a poderem entrar, exceto o Tavira, que temerariamente trepando por dia se lançou dentro com uma espada, e rodela, e nomeando-se começou a matar, e ferir os inimigos, até lhe quebrar a espada, e ficar com só a rodela, tomando nela as flechas, o que visto pelo capitão Rui de Aveiro, e Bento da Rocha, seu soldado, tiraram por uma seteira duas arcabuzadas, com que os inimigos se afastaram, e lhe deram lugar de tornar a subir pela cerca, e sair-se dela com tanta ligeireza como se fora um pássaro; e com este, e outros semelhantes feitos tanto nome havia ganhado este índio entre os inimigos, que só com se nomear, dizendo eu sou Tavira, acobardava e atemorizava a todos; e assim atemorizados com isto os da cerca, e os nossos animados, vendo que se a noite os tomava de fora com o inimigo tão vizinho, e outros, que podiam sobrevir de outras partes, ficavam mui arriscados.

Remeteram outra vez a cerca com tanto ânimo, disparando tantas arcabuzadas e flechadas, que puseram os de dentro em aperto, e se deixou bem conhecer pelos muitos gritos, e choros, que seouviam das mulheres e crianças; e o capitão Miguel Álvares Lobo com o seu sargento João de Padilha, espanhol, e seus soldados, remeteu a uma porta da cerca, e a levou, por onde logo entraram outros, e o mesmo fez o capitão Rui de Aveiro, e outros capitães por outras partes, com que forçaram os Potiguares a largar a praça, e fugiram por outras portas, que abriram por riba da estacada, e por onde podiam, mas contudo não deixaram de ficar mortos, e cativos mais de 1.500, sem dos nossos morrerem mais de três índios Tabajaras, posto que ficaram outros feridos, e alguns brancos, dos quais foi o sargento João de Padilha.

Dali a 14 dias deram em outra cerca, e aldeia, não tão grande como estoutra, mas mais forte, e de gente escolhida, onde não havia mulheres, nem crianças, que chorassem, senão todos homens de peleja, e entre eles 10 ou 12 bons arcabuzeiros, os quais não atiravam pelouros, que não acertassem nos nossos, o mesmo faziam os flecheiros, com que nos feriam muita gente, e não fora possível sustentar o cerco, se um soldado natural da serra da Estrela, chamado Henrique Duarte, não lançara uma alcanzia de fogo dentro, com que lhes queimou uma casa, e vendo eles o fogo, cuidando que seriam todos abrasados, se foram saindo da cerca, não fugindo ou dando as costas, mas retirando-se, e defendendo-se valorosamente contra os nossos, que os seguiam, e assim ainda que lhes mataram cento e cinquenta, também eles nos mataram seis brancos, em que entrou Diogo de Sequeira, alferes do capitão Rui de Aveiro Falcão, com um pelouro, que primeiro havia passado a carapuça a Bento da Rocha, que estava junto dele, o qual quando o viu morto, e a bandeira derribada, a levantou, e se pôs a florear com ela no campo entre as flechadas e pelouros, pelo que o seu capitão-mor Manuel Mascarenhas lha deu, e lhe passou depois uma certidão, com que pudera requerer um hábito de cavaleiro com grande tença, mas ele o quis antes do nosso seráfico padre São Francisco, com a tença da pobreza e humildade, em que viveu, e morreu nesta custódia santamente.

Também feriram o capitão Miguel Álvares Lobo de duas flechadas, e a Diogo de Miranda, sargento da Companhia de Manuel da Costa Calheiros, deu um índio agigantado tal golpe com um alfanje, que lhe fendeu a rodela até a embraçadura, e o feriu no braço, e ele lhe correu uma estocada, metendo-lhe a espada pelos peitos até a cruz, a qual não bastou para que o índio se não abraçasse com ele tão rijamente, que sem falta o levara debaixo, se não acudira Jerônimo Fernandes, cabo de esquadra da sua companhia, dando-lhe um golpe pelo pescoço, com que o fez largar, e enterrados os mortos, e curados os feridos, tornou o campo a marchar até chegar às fronteiras da Paraíba, donde se despediu Manuel Mascarenhas de Feliciano Coelho, e se foi com os seus para Pernambuco.

XXXIII

De com Jerônimo de Albuquerque fez pazes com os Potiguares, e se começou a povoar o Rio Grande

Jerônimo de Albuquerque, depois que os mais se partiram, se aconselhou com o padre Gaspar de Samperes, da Companhia de Jesus, que tornou ao forte, por ser o engenheiro que o traçou, sobre que traça haveria para se fazerem pazes com os Potiguares, deram em uma facilíssima, que foi soltarem um que eles tinham preso, chamado ilha Grande, principal e feiticeiro, e mandá-lo que as tratasse com os parentes.

Foi o índio bem instruído no que lhes havia de dizer, e chegando à primeira aldeia foi alegremente recebido, mormente depois de saberem ao que ia. Mandaram logo recado às mais aldeias assim da Ribeira do Mar, como da serra, onde estava o Pau Seco, e o Zorobabe, que eram os maiores principais, e todos juntos lhes disse o mensageiro:

"Vós irmãos, filhos, e parentes, mui bem conheceis, e sabeis, quem eu sou, e a conta que sempre de mim fizestes assim ria paz, como guerra; e isto é o que agora me obrigou a vir dentre os brancos a dizer-vos que se quereis ter vida, e quietação, e estar em vossas casas e terras com vossos filhos e mulheres, é necessário sem mais outro conselho ires logo comigo ao forte dos brancos a falar com Jerônimo de Albuquerque, capitão dele, e com os padres, e fazer com eles pazes, as quais serão sempre fixas, como foram as que fizeram com o Braço de Peixe, e com os mais Tabajaras, e o costumam fazer em todo o Brasil, que os que se metem na igreja não os cativam, antes os doutrinam, e defendem, o que os franceses nunca nos fizeram, e menos nos farão agora, que tem o porto impedido com a fortaleza, donde não podem entrar sem que os matem, e lhes metam com a artilharia no fundo os navios."

Estas, e outras tantas razões lhe soube dizer este índio, e com tanta energia de palavras, que todos aceitaram o conselho, e liso agradeceram, muito principalmente as fêmeas, que enfadadas de andar com o fato continuamente às costas, fugindo pelos matos sem se poderem gozar de suas casas, nem dos legumes, que plantavam, traziam os maridos ameaçados que se haviam de ir para os brancos, porque antes queriam ser suas cativas, que viver em tantos receios de contínuas guerras e rebates.

História do Brasil

Com isto se vieram os principais logo ao forte a tratar das pazes; houve pouco que fazer nelas, pelas razões já ditas, donde daí por diante começaram a entrar com seus resgates seguramente, e foi de tudo avisado o governador D. Francisco de Souza pelo capitão-mor de Pernambuco Manuel Mascarenhas, que se foi ver com ele a Bahia, e lhe deu a nova, o qual mandou que as ditas pazes se fizessem com solenidade de direito, como em efeito se fizeram na Paraíba aos 11 dias do mês de junho de 1599, estando presentes o governador da Paraíba, Feliciano Coelho de Carvalho, com os oficiais da Câmera, e o dito Manuel Mascarenhas Homem com Alexandre de Moura, que lhe havia suceder na capitania-mor de Pernambuco, o ouvidor-geral Braz de Almeida, e outras pessoas; e o nosso irmão frei Bernardino das Neves foi o intérprete, por ser mui perito na língua brasílica, e mui respeitado dos índios Potiguares, e Tabajaras, como já dissemos; pelo que o capitão-mor Manuel Mascarenhas se acompanhava com ele, e nunca nestas ocasiões o largava.

Feitas as pazes cons os Potiguares, como fica dito, se começou logo a fazer uma povoação no Rio Grande uma légua do forte, a que chamam a cidade dos reis, a qual governa também o capitão do forte, que El-Rei costuma mandar cada três anos. Cria-se na terra muito gado vacum, e de todas as sortes, por serem para isto as terras melhores que para engenhos de açúcar, e assim não se hão feito mais que dois, nem se puderam fazer, porque as canas-de-açúcar requerem terra massapês e de barro, e estas são de areia solta, e assim podemos dizer ser a pior do Brasil, e contudo se os homens tem indústria, e querem trabalhar nela, se fazem ricos.

Logo em seu princípio veio ali ter um homem degradado pelo bispo de Leiria, o qual ou zombando, ou pelo entender assim, pôs na sentença: "Vá degradado por três anos para o Brasil, donde tornara rico e honrado", e assim foi, que o homens se casou com uma mulher, que também veio do reino ali ter, não por dote algum, que lhe dessem com ela, senão por não haver ali outra, e de tal maneira souberam grangear a vida, que nos três anos adquiriram dois ou três mil cruzados, com que foram para sua terra em companhia do capitão-mor do Rio Grande, João Rodrigues Colasso, e de sua mulher D. Beatriz de Menezes, comendo todos a uma mesa, passeando ele ombro com ombro com o capitão, assentando-se a mulher no mesmo estrado que a fidalga, como eu as vi em Pernambuco, onde foram tomar navio para se embarcarem; e toda esta honra lhe faziam, porque, como naquele tempo não havia ainda outra mulher branca no Rio Grande, acertou de parir a mulher do capitão, e a tomaram por comadre, e como tal a tratavam daquele modo, e o marido como o compadre, cumprindo-se em tudo a sentença do bispo, que tornaria do Brasil rico e honrado.

Nem foi este só que no Rio Grande enriqueceu, mas outros muitos, porque ainda que o território é o pior do Brasil, como temos dito, nele

Frei Vicente do Salvador

se dão muitas criações, e outras granjearias, de que se tira muito proveito, e do mar muitas e boas pescarias.

Nens estão muito longe daí as salinas, onde naturalmente se coalha o sal em tanta quantidade que podem carregar grandes embarcações todos os anos; porque assim como se tira um, se coalha e cresce continuamente outro, nem obsta que não vão ali navios de Portugal (senão é algum de arribada), pois basta que vão à Paraíba, donde dista somente vinte e cinco léguas, e de Pernambuco cinquenta, porque destas partes se provejam do que lhe é necessário, como fazem em seus caravelões, e sobre todos estes cômodos foi de muita importância povoar-se, e fortificar-se o Rio Grande para tirar dali aquela ladroeira aos franceses.

XXXIV

De como foi o governador geral às minas de São Vicente, e ficou governando a Bahia Álvaro de Carvalho, e dos holandeses que a ela vieram

*M*uitos anos havia que voava a fama de haver minas de ouro, e de outros metais na terra da capitania de São Vicente, que El-Rei D. João o Terceiro doou a Martim Afonso de Souza, e já por algumas partes voava com asas douradas, e havia mostras de ouro; o que visto pelo governador D. Francisco de Souza, avisou a Sua Majestade oferecendo-se para esta empresa, e ele lha encarregou, e mandou para ficar entretanto governando esta cidade da Bahia a Álvaro de Carvalho; o governador se partiu para baixo no mês de outubro de 1598, levando consigo o desembargador Custódio de Figueiredo, que era um dos que vinham com Francisco Giraldes, e servia de provedor-mor de defuntos e ausentes.

O ano seguinte de 1599, véspera da véspera do Natal, entrou nesta Bahia uma armada de sete naus holandesas, cuja capitania se chamava Jardim de Holanda, por um jardim de ervas e flores, que trazia dentro em si; esta armada se senhoreou do porto, e dos navios, que nele estavam, queimando e desbaratando os que lhe quiseram resistir, como foi um galeão de Bailio de Lessa, que veio fretado por mercadores para levar açúcar; pôs Álvaro de Carvalho a gente por suas estâncias na praia e na cidade para a defenderem se quisessem desembarcar; mas eles não se atrevendo, trataram de concerto, pedindo em reféns uma pessoa equivalente ao seu general, que queria vir pes-

História do Brasil

soalmente a este negócio, e assim foi para a sua capitania em reféns Estevão de Brito Freire, e ele se veio meter no Colégio dos Padres da Companhia, onde o capitão-mor Álvaro de Carvalho o esperava, e se tratou sobre o concerto quatro dias, que ali esteve assaz regalado.

Porém fui-lhe respondido no fim deles que puxasse pela carta, porque não podia haver outro concerto, com o que ele se embarcou colérico, e se desembarcou Estevão de Brito; com esta cólera mandou uma caravela, que tinha tomado no porto, e alguns patachos, e lanchas, que fossem pelo recôncavo roubar e assolar quanto pudessem, o que logo fizeram no engenho de Bernardo Pimentel de Almeida, que dista desta cidade quatro léguas, e não achando resistência lhe queimaram casas, e igreja, da qual tiraram até o sino do campanário, mas soou, e logo foram castigados por André Fernandes Morgalho, que Álvaro de Carvalho havia mandado com 300 homens por terra, e achando ainda ali os inimigos brigaram com eles animosamente até os fazerem embarcar, ficando-lhes muitos mortos na briga em terra, e alguns no mar ao embarcar, entre os quais se matou um capitão, que eles muito sentiram.

Dali se tornaram às suas naus, donde reformados de mais gente, e munições se foram a ilha dos Frades para tomarem aguada, de que estavam faltos, o qual entendido por André Fernandes, que os tinha em espreita, se embarcou com a sua gente em seis lanchas, e entrando por outro boqueirão, que está entre a ilha de Cururupiba, e a terra firme, e se não navega se não de maré cheia, por não serem sentidos, desembarcaram da outra parte da ilha dos Frades, a tempo que também ali chegava Álvaro Rodrigues da Cachoeira com o seu gentio, e assim foram todos juntos, atravessando a ilha pelos matos até perto de uma légua junto a praia, aonde havia saído uma batelada de holandeses a povoar a água, e por acharem salobra se tornaram, e os nossos os deixaram ir, ficando escondidos na cilada, entendendo que iam por mais gente para tornarem a buscar outra fonte, o que eles não fizeram, antes a foram buscar à ilha de Itaparica, e desembarcando em terra puseram fogo em um engenho, que ali estava de Duarte Osquis, sem lhe valer ser também flamengo, posto que casado com portuguesa, e antigo na terra, mas logo chegaram os nossos capitães André Fernandes Margalho, e Álvaro Rodrigues, e os cometeram com tanto ânimo, que mataram cinquenta, e fizeram embarcar os mais, e recolherem-se à sua armada, que também logo se fez à vela, e despejou o porto, que havia cinquenta e cinco dias tinha ocupado.

Ao sair pela barra tomaram uma nau de Francisco de Araújo, que vinha do Rio de Janeiro com sete ou oito mil quintais de pau-brasil, e depois de o descarregar nas suas do pau, e da gente que trazia, a queimaram lançando só em terra umas mulheres, que na nau vinham.

XXXV

Da guerra dos gentios Aimorés, e como se fizeram as pazes com eles em tempo do capitão-mor Álvaro de Carvalho

Não só por mar foi esta Bahia neste tempo contrastada de inimigo, mas também, e muito mais por terra dos gentios Aimorés, que são uns Tapuias selvagens, de que fizemos menção no capítulo décimo quinto do primeiro livro, os quais como não tenham casas nem lugar certo onde os busquem, nem saiam a pelejar em campo, mas andem como leões e tigres pelos matos, e dali saiam a saltear pelos caminhos, ou ainda sem sair detrás das árvores, empreguem suas flechas, poucos bastam para destruírem muitas terras; e assim havendo já destruído as de Porto Seguro, e dos Ilhéus, entraram nas da Bahia, e haviam feito despejar as do rio de Jaguaripe, e Paraguaçu, posto que não passaram este da parte do norte, que a passá-lo não ficara coisa, que não assolaram até a cidade, porque como até ela haja matos, e todos caminhos se façam entre eles, ninguém pudera entrar nem sair sem ser morto ou salteado por estes selvagens.

Desejosos D. Francisco e Álvaro de Carvalho de remediar este dano o consultaram com Manuel Mascarenhas, que aqui veio a tratar sobre as coisas do Rio Grande com o governador antes que se partisse, e todos acordaram que se não fossem com outro gentio, bicho do mato como eles, não se lhe poderia fazer guerra, para o que se ofereceu Manuel Mascarenhas a mandar-lhos do gentio Potiguar da Paraíba, que já estava de paz, e para que também divertidos com isto os Potiguares, e tirados da pátria, não tornassem a rebelar-se, e assim tanto que chegou a Pernambuco deu ordem a vir um grande golpe deles, e por seu principal, e guia um mais revoltoso, e de que havia mais suspeitas, chamado Darobabe, estes mandou Álvaro de Carvalho com o capitão Francisco da Costa aos Ilhéus, para que de lá viessem dando caça aos Aimorés, que assim se pode chamar a sua guerra, mas posto que os amedrontaram e fizeram muito, não ficou de todo o mal remediado, nem deixara de ir muito avante depois de tornados os Potiguares, que em breve tempo voltaram para a Paraíba se Deus não sem outro mais fácil, e eficaz remédio, por meio de uma fêmea Aimoré, que Álvaro Rodrigues da Cachoeira a tomou com o seu

História do Brasil

gentio em um assalto, à qual ensinou a língua dos nossos Tupinambás, e aprendeu, e fez a alguns nossos aprender a sua, fez-lhe bom tratamento, praticou-lhe os mistérios da nossa santa fé católica, que é necessário crer um cristão, batizou-a, e chamou-lhe Margarida, depois de bem instruída, e afeta a nós vestiu-a de sua camisa, ou saco de pano de algodão, que é o traje das nossas índias, deu-lhe rede em que dormisse, espelhos, pentes, facas, vinho, e o mais, que ela pôde carregar, e mandou-a que fosse desenganar os seus, como fez, mostrando-lhes que aquele era o vinho, que bebíamos, e não o seu sangue, como eles cuidavam, e a carne que comíamos era de vaca, e outros animais, e não humana, que não andávamos nus, nem dormíamos pela terra, como eles, senão naquelas redes, que logo armou em duas árvores, e nenhum ficou, que se não deitasse nela, e se não penteasse, e visse no espelho: com o que certificados que queríamos sua amizade, se atreveram alguns mancebos a vir com ela à casa do dito Álvaro Rodrigues na cachoeira do rio Paraguaçu, donde ele os trouxe a esta cidade ao capitão-mor Álvaro de Carvalho, que logo os mandou vestir de pano vermelho, e mostrar-lhes a cidade, onde não havia casa de venda ou taverna em que não os convidassem, e brindassem; com o que mui certificados foram acabar de desenganar os companheiros, e se fez com os Aimorés em toda esta costa, queira Nosso Senhor conservá-la, e que não demos ocasião a outra vez se rebelarem.

XXXVI

Do que fez o governador nas minas

*D*espedido o governador desta Bahia, em poucos dias chegou à capitania do Espírito Santo, onde por lhe dizerem que havia metais na serra de mestre Álvaro, e em outras partes, as tentou e mandou cavar, e fazer ensaio, de que se tirou alguma prata. Também mandou que fossem as esmeraldas, a que já da Bahia havia mandado por Diogo Martins Cão, e as tinha descobertas; fez um forte pequeno de pedra e cal, em que pôs duas peças de artilharia para defender a entrada da vila, e feito istò se partiu para o Rio de Janeiro, donde foi recebido do capitão-mor, que então era Francisco de Mendonça, e do povo todo com muito aplauso, por ser parte onde nunca vão os governadores gerais; e assim achou tantos pleitos cíveis, e crimes indícios, que para os haver de julgar lhe fora necessário deter-se

Frei Vicente do Salvador

ali muito tempo: pelo que mandou chamar o ouvidor-geral Gaspar de Figueiredo Homem, que se havia casado em Pernambuco, para o deixar ali.

Chegado o ouvidor, e estando o governador para se partir, lhe tomaram a barra quatro galeões de corsários, o qual entendendo que haviam de sair à terra a tomar água na ribeira de Carioca, lhe mandou pôr gente em ciladas junto dela; e assim aconteceu que indo quatro lanchas, e saindo primeiro a gente só de uma, e tendo já a água tomada para se tornarem a embarcar, lhes saíram os nossos, e os mataram todos, exceto dois, que levaram malferidos ao governador, e os das outras lanchas vendo isto se tornaram às galés, nas quais sabendo de um mamaluco, que haviam tomado em uma canoa, que estava ali o governador D. Francisco de Souza, e determinava mandar-lhes queimar os navios, os fizeram logo a vela, e lhe deixaram a barra livre para seguir a sua viagem, como seguiu, e chegou a São Vicente, onde daí a pouco tempo entrou outro galeão em que ia por capitão um holandês chamado Lourenço Bicar, o qual fez petição ao governador, dizendo que ele era bom cristão, e nunca fizera dano aos cristãos, nem ia a aquele porto com esse intento, senão a vender suas mercadorias, pelo que pedia a Sua Senhoria licença para as poder descarregar, e vender com pagar os direitos a Sua Majestade, e o governador lha despachou, que sendo assim como dizia, e não havendo outra coisa, lhe dava licença, porém tirando depois inquirição, e achando que tinha ido por general de uma grossa armada ao estreito de Magalhães, e por não o poder embocar com tormenta, e se apartar dos mais companheiros, os vinha ali aguardar, mandou em uma canoa seis aventureiros armados, que com dissimulação de quererem ver a nau se senhoreassem da pólvora, e praça de armas, e logo atrás desta outras moitas com soldados e índios flecheiros, que brevemente a abordaram, e tomaram, sem que os de dentro pudessem defendê-la nem pôr-lhe o fogo, como quiseram, por lhe terem os nossos tomado a pólvora e armas.

Importaria a fazenda que esta nau trazia mais de 100 mil cruzados, os quais com a mesma facilidade se gastaram, que se adquiriram, e o governador se foi de São Vicente à vila de São Paulo, que é mais chegada às minas, onde até então os homens e mulheres se vestiam de pano de algodão tinto, e se havia alguma capa de baeta e manto de sarja se emprestava aos noivos e noivas para irem à porta da igreja; porém depois que chegou D. Francisco de Souza, e viram suas galas, e de seus criados e criadas, houve logo tantas librés, tantos periquitos, e mantos de soprilhos, que já parecia outra coisa; com isto se havia pagado D. Francisco da Bahia muito, muito mais se pagou de São Paulo; porque são ali os campos como os de Portugal, férteis de trigo, e uvas, rosas, e açucenas, regados de frescas ribeiras, onde ele umas vezes caçando outras pescando entretinha o tempo, que lhe restava do trabalho das minas, que era mui grande, e muito maior não ser sempre de proveito, porque como é ouro de lavagem, umas vezes se levava pouco, ou nenhuma, mas outras se achavam grãos de peso, e de preço, e de que ele enfiou um rosário, assim como saíam redondos, quadrados ou compridos, que mandou a Sua Majestade com outras mostras de pérolas, que se achavam no esparcel da Canané, e em outras partes, mandando-lhe pedir provisão para fazer descer gentio do sertão, que trabalhassem neste ministério, e outras coisas a ele necessárias, a que lhe não deferiram por morrer neste tempo El-Rei Filipe Primeiro, que o havia enviado, e lhe sucedeu seu filho Filipe Segundo, que o mandou ir para o reino, havendo 13 anos que governava este estado, e lhe enviou por sucessor no governo Diogo Botelho.

XXXVII

Do oitavo governador do Brasil, e o primeiro que veio por Pernambuco, que foi Diogo Botelho; e como veio aí ter a gente de uma nau da Índia, que se perdeu na ilha de Fernão de Noronha

O oitavo governador do Brasil foi Diogo Botelho, o qual veio em direitura a Pernambuco, no ano de mil seiscentos e três; e foi o primeiro que isto fez, a quem depois sempre foram seguindo seus sucessores. A ocasião, que teve (segundo alguns diziam), foi induzi-lo Antônio da Rocha, escrivão da fazenda, que ali era casado, e vinha com ele do reino, aonde havia ido com um agravo contra o capitão-mor Manuel de Mascarenhas, o qual lhe diria das larguezas de Pernambuco, e que pedia dele tirar muito interesse, ou o mais certo é que o fez por ver a terra, e as fortalezas, de que havia tomado homenagem, e cuja defensão e governo estava por sua conta, nem eu sei, quando a detença ali não seja muita, que inconveniências há para que os governadores não visitem de caminho aquela praça.

Trouxe o governador consigo dois religiosos graves de Nossa Senhora da Graça, da Ordem de Santo Agostinho, onde tinha um filho, para fundarem casa em Pernambuco, mas o povo o não consentiu, dizendo que não era capaz a terra de sustentar tantos religiosos graves, porque tinham já cá os da Companhia de Jesus, de Nossa Senhora do Carmo, do patriarca São Bento, e de nosso seráfico padre São Francisco; e assim dando-lhes uma muito boa esmola, que com o favor do governador se tirou pelos engenhos, se tornaram para Lisboa.

Frei Vicente do Salvador

Neste tempo lançaram os holandeses na ilha de Fernão de Noronha a gente de uma nau da Índia, em que vinha D. Pedro Manuel, irmão do conde da Atalaia, e por capitão Antônio de Mello, dali no batel da nau, e em uma caravela que lhes mandou o governador Diogo Botelho foram aportar nus, e famintos ao Rio Grande, sem trazerem mais que alguma mui pouca pedraria, e ainda essa não guardada por seus donos, senão por alguns índios escravos, os quais sendo buscados pelos holandeses a engoliam por não lha tomarem.

Não estava o capitão do Rio Grande, que era João Rodrigues Colasso, aí quando chegaram, que era ido a Pernambuco a dar ao governador as boas-vindas; porém não fez falta aos naufragantes, porque D. Beatriz de Menezes, sua mulher, filha de Henrique Moniz Teles, da Bahia, os hospedou, e banqueteou a todos os dias que aí estiveram, e para o caminho, que é despovoado até à Paraíba, mandou seus escravos com canastras cheias de todo o necessário; chegados a Paraíba os agasalhou o capitão-mor Francisco Pereira de Souza como pôde, e deu um vestido do seu de chamalote roxo a D. Pedro Manuel, que lhe aceitou, e agradeceu, pela necessidade que tinha.

Dali vieram caminhando até Guaiena, que é da capitania de Itamaracá, onde um filho de Antônio Cavalcante, que estava no engenho do pai os agasalhou e banqueteou esplendidamente, e os acompanhou até a vila de Iguaraçu, na qual acharam o almoxarife de Pernambuco Francisco Soares, que de mandado do governador os foi aguardar com doces, e água fria, o governador também os foi esperar um quarto de légua fora da vila de Olinda, oferecendo a casa a D. Pedro Manuel, que não a quis aceitar, e se foi agasalhar no Colégio dos Padres da Companhia, donde o foi tirar com forçosos rogos Manuel Mascarenhas, e o levou para a sua, que para isso tinha mui ornada, largando-lha com todo o seu serviço, e passando-se para outra defronte; ao dia seguinte mandou Manuel Mascarenhas trazer muitas peças de seda, e panos de casa dos mercadores à sua custa, e alfaiates que cortassem vestidos para os que os quisessem, e não houve algum que enjeitasse, porque todos tinham necessidade, senão D. Pedro Manuel, que contente com o que lhe havia dado o capitão da Paraíba, disse que por quem havia tanto perdido naquele naufrágio, aquele lhe bastava até o reino, como quem sabia que em pondo lá os pés a pessoa queriam ver, e não os panos, e assim casou logo com uma sobrinha do arcebispo de Braga D. Aleixo de Menezes, que o conhecia bem da Índia, onde foi arcebispo de Goa, e lhe deu grande dote, e Sua Majestade lhe fez muitas mercês.

XXXVIII

Da entrada, que fez Pero Coelho de Souza da Paraíba com licença do governador a serra de Boapaba

Querendo Pero Coelho de Souza ver se podia recuperar a perda em parte, que com seu cunhado Frutuoso Barbosa recebera na Paraíba, e entendendo que, pois El-Rei lha tomara por eles não poderem conquistá-la, podia correr com a conquista de outros rios, e terras adiante, especialmente da serra de Boapaba, que era mais povoada de gentio, pediu licença ao governador geral Diogo Botelho, e havendo-a alcançado mandou três barcos com mantimentos, pólvora, e munições, que o fossem aguardar ao rio de Jaguaribe, e ele se partiu da Paraíba por terra este mesmo ano de seiscentos e três, em o mês de julho, com sessenta e cinco soldados, dos quais os principais eram: Manuel Miranda, Simão Nunes, Martim Soares Moreno, João Cid, João Vaz Tataperica, Pedro Congatan, língua, e mais outro língua francês chamado Tuim Mirim, e com duzentos índios flecheiros, de que eram principais Mandiopuba, Batatão, Caragatim, Tabajaras, e Garaguinguira, Potiguar, caminhando por suas jornadas, chegaram ao rio Jaguaribe, onde acharam os barcos de mantimentos; dali mandou o capitão Pero Coelho um soldado com 70 índios a descobrir campo, os quais tomaram um que andava a comedia, do qual se soube que os seus estavam em arma, e em nenhum modo queriam pazes com os brancos; contudo o contentou o capitão com foices, machados, e facas, com que o mandou que os fosse apaziguar, como foi, e ao dia seguinte tornou em busca de um nosso língua, com quem se entendessem, o qual lhe soube dizer tais coisas, e era gentio tão fácil, e desapropriado, que deixando suas casas e lavouras se vieram com mulheres, e filhos, dizendo que não queriam senão pazes com os brancos cristãos, e acompanhá-los por onde quer que fossem; o mesmo fizeram depois os da outra aldeia, à imitação destoutros, e foram todos marchando até o Ceará, onde depois de alguns dias de descanso por causa da gente miúda, tornaram a marchar até um outeiro, a que depois chamaram dos Cocos, porque uns sete ou oito, que plantaram, à tornada os viram nascidos com muito viço; e dali foram à enseada grande do âmbar, e à mata do pau de cores, que chamam iburá quatiara, depois ao Camoci, que é a

Frei Vicente do Salvador

barra da serra da Boapaba, para a qual marcharam o seguinte dia, véspera de S. Sebastião, dezenove de janeiro de mil seiscentos e quatro, antemanhã, e clareando o dia foram logo vistos dos inimigos, sem haver mais lugar que para formar dois esquadrões, e a bagagem no meio, e outro esquadram de parte com vinte soldados à ordem de Manuel de Miranda, para dali lançar mangas por onde fosse necessário, 16 soldados na retaguarda, e nove na vanguarda, em companhia do capitão-mor Pero Coelho de Souza; nesta ordem foram recebidos meia légua ao pé da serra com muita flechada, e com sete mosquetes, que disparavam sete franceses, e faziam muito dano, contudo não deixaram de largar o campo com alguns mortos, porque os nossos o fizeram com muito ânimo e esforço, e com duas horas de sol se sitiou o nosso arraial até ao pé da serra, e se fez um reparo de pedras por falta de madeiras, que pelo fogo se não achava, por ser todo escalvado, e menos havia que cozinhar com o fogo, nem água para beber, pelo que começavam já a morrer algumas crianças, e sobretudo vindo à noite torna- ram os inimigos do alto a tirar muitas flechadas, e pedradas de fundas, com que feriam os nossos, ralhando que festejavam a sua vinda, porque senão senhores de cativos brancos, e outras coisas desta sorte; mas quis Nosso Se- nhor que às três horas da noite veio um grande chuveiro de água, com que cessou o das flechas, e pedras dos inimigos, e os nossos aplacaram a sede, e para ser a mercê maior viram em amanhecendo uma gruta donde procedia um ribeiro de água, que os nossos índios cristãos tiveram por milagre, e se puseram todos de joelhos a dar graças a Deus, e o capitão com esta alegria mandou matar um cavalo, que ainda levava, para confortar os soldados, que aos mais era impossível chegar, porque entre grandes e pequenos eram mais de cinco mil almas.

Das dez horas por diante começaram os da serra a tocar uma trombeta bastarda, à qual respondeu o nosso francês Tuim Mirim com outra, e pe- dindo licença ao capitão se foi a um outeiro a falar com os franceses, onde logo desceram três, e depois de se abraçarem, e saudarem, disseram que o principal Diabo Grande queria paz se lhe dessem Manuel de Miranda, e Pero Cangatá, e o petitório era de uns mulatos e mamalucos crioulos da Bahia, maiores diabos que o principal com quem andavam.

O Tuim Mirim lhe respondeu que não havia o capitão fazer tal aleivo- sia, porque lhe seria mal contado de seu rei, com a qual resposta se tor- naram, e às duas horas depois do meio-dia desceu todo o gentio da serra, e batalharam até a noite, que se tornaram à sua cerca ao alto, deixando muitos mortos dos seus, e dos nossos dezessete, e alguns feridos.

Pela manhã mandou o capitão marchar o exército pela serra acima, indo ele por uma parte com a mais gente, e Manuel Miranda por outra com 25 ho- mens; quando chegaram à cerca seria meio-dia, e logo se começou a batalha cruelmente, por serem os de dentro ajudados por 16 franceses, que com seus

História do Brasil

mosquetes pelejavam detrás de um parapeito de pedra, mas vendo que os nossos os combatiam por outras partes, e lhes matavam e feriam muita gente, abriram a cerca e fugiram, morrendo somente dois soldados dos nossos, e os outros se recolheram nas casas da cerca, que acharam muito bem providas de mantimentos, carnes, legumes, de que tinham assaz necessidade, porque nem castanhas tinham já, que era o com que até ali se vieram sustentando; ali estiveram 20 dias, e no fim deles foram fazer guerra a outra cerca muito forte, que o Diabo Grande, com ajuda de outro principal mui poderoso chamado o Mel Redondo, fez um quarto de légua destoutra, onde posto que acharam grande resistência, também a ganharam, e puseram o inimigo em fugida até a cerca do Mel Redondo, a que se acolheram por ser fortíssima, com duas redes de madeiros mui grossos, e fortes, uma por dentro, outra por fora, e três guaritas, onde pelejavam os franceses; o que visto pelo capitão Pero Coelho de Souza, mandou fazer uns paveses, que cada um ocupava 20 negros em levar, e indo detrás deles a bagagem, e alguma gente, se chegaram a ajustar com a cerca, e a combateram dois dias, onde nos mataram três soldados brancos, e feriram 14, fora muitos índios; mas enfim foi tomada, e dez franceses, que estavam dentro, que os mais fugiram com o gentio, e os nossos lhe foram no alcance quatro jornadas até um rio chamado Arabé, onde se alojou o nosso arraial, e daí mandou o capitão dar alguns assaltos, e em poucos dias lhe trouxeram muito gentio, e entre os mais um principal chamado Ubaúna, o qual era naquela serra tão estimado, que sabido pelos outros mandaram cometer pazes, com condição que lho dessem, e o capitão lho prometeu, e deu aos embaixadores fouces e machados, com que ao dia seguinte vieram muitos principais já de paz, e levaram o seu querido Ubaúna.

Ultimamente daí a três dias veio o Mel Redondo, e o Diabo Grande com todo o gentio, e antes que entrasse no arraial largaram suas armas em sinal de paz, da qual mandou o capitão-mor Pero Coelho fazer um ato por um escrivão, prometendo uns e outros de sempre a conservarem dali em diante.

Daqui foram todos juntos ao Punaré, e quis Pero Coelho marchar mais 40 léguas até o Maranhão, o que os soldados não consentiram porque andavam já nus, e sobre isso o quiseram alguns matar; pelo que lhe foi necessário retirar-se ao Ceará, onde deixou Simão Nunes por capitão com 45 soldados, e se veio à Paraíba buscar sua mulher, e família para se tornar a povoar aquelas terras, do que em chegando deu conta ao governador geral Diogo Botelho, e lhe mandou de presente os 10 franceses, e muito gentio, pedindo juntamente ajuda e socorro para prosseguir a conquista, que o governador lhe prometeu mandar, e não mandou por depois ser informado que se cativavam por esta via os índios injustamente, e os traziam a vender, e que seria melhor reduzi-los por via de pregação e doutrina dos padres da companhia, como depois tratou com o seu provincial na Bahia, e nós trataremos outra vez deste sucesso nos capítulos quarenta e dois, e quarenta e três deste livro.

XXXIX

Do zelo, que o governador Diogo Botelho teve da conversão dos gentios, e que se fizesse por ministério de religiosos

É tão necessário ao bom governo do Brasil zelarem os governadores a conversão dos gentios naturais, e a assistência dos religiosos com eles, que se isto viesse a faltar seria grande mal, porque como estes índios não tenham bens que perder, por serem pobríssimos, e desapropriados, e inconstantes, que os leva quem quer facilmente, se espalham donde não podem acudir aos rebates dos inimigos, como acodem das doutrinas em que os religiosos os tem juntos, e principalmente contra os negros de Guiné, escravos dos portugueses, que cada dia se lhe rebelam, e andam salteando pelos caminhos, e se o não fazem pior é com medo dos ditos índios, que com um capitão português os buscam, e os trazem presos a seus senhores.

Entendendo isto bem o governador Diogo Botelho apertou muito com o nosso custódio, que então era, que pois doutrinávamos os Tabajaras do que os Potiguares estavam mui invejosos –, desse também ordem, e ministros, que os doutrinassem, pois essa foi a principal condição com que aceitaram as pazes na Paraíba, e havia cinco anos que os entretínhamos dizendo-lhes que fizessem primeiro igrejas, ornamentos, sinos, e o mais, que era necessário, e vendo que o custódio se escusava por não ter frades peritos na língua brasílica, escreveu a Sua Majestade, e ao nosso ministro provincial grandes; pelo que vindo do reino o irmão custódio frei Antônio da Estrela, veio sobre isto muito encarregado, e ordenou três doutrinas para os Potiguares da Paraíba, além das duas que tínhamos dos Tabajaras, onde já também havia alguns Potiguares casados, pondo quatro religiosos em cada uma, porque como era tanto o gentio, além das aldeias em que residiam os frades tinham outras muitas de visita, era necessário andarem sempre dois por elas, doutrinando-os e batizando os enfermos, que estavam *in extremis*, que foram mais de sete mil, fora as crianças, e adultos catecúmenos, que foram quarenta e cinco mil, como consta dos livros dos batizados enquanto os tivemos a nosso cargo, confesso que é trabalho labutar com este gentio com a sua inconstância, porque no princípio era gosto ver o fervor e devoção, com que acudiam à igreja, e quando lhes tanjiam o sino à doutrina ou a missa corriam com um ímpeto e estrépito, que

História do Brasil

pareciam cavalos mas em breve tempo começaram a esfriar de modo que era necessário levá-los à força, e se iam morar nas suas roças, e lavouras, fora da aldeia, por não os obrigarem a isto; só acodem todos com muita vontade nas festas em que há alguma cerimônia porque são mui amigos de novidades, como dia de S. João Batista, por causa das fogueiras, e capelas, dia da comemoração geral dos defuntos, para ofertarem por ele, dia de Cinza, e de Ramos, e principalmente pelas Endoenças, para se disciplinarem, porque o tem por valentia, e tanto é isto assim, que um principal chamado Iniaoba, e depois de cristão Jorge de Albuquerque, estando ausente na Semana Santa, chegando a aldeia nas Oitavas da Páscoa, e dizendo-lhe os outros que se haviam disciplinado grandes e pequenos, se foi ter comigo, que então ali presidia, dizendo «como havia de haver no mundo que se disciplinassem até os meninos, e ele sendo tão grande valente – como de feito era – ficasse com o seu sangue no corpo sem o derramar, respondi-lhe eu que todas as coisas tinham seu tempo, e que nas Endoenças se haviam disciplinados em memória dos açoutes que Cristo Senhor Nosso por nós havia padecido, mas que já agora se festejava sua gloriosa Ressurreição com alegria, e nem com isto se aquietou, antes me pôs tantas instâncias dizendo que ficaria desonrado e tido por fraco, que foi necessário dizer-lhe fizesse o que quisesse, com o que logo se foi açoutar rijamente por toda a aldeia, derramando tanto sangue das suas costas quanto os outros estavam por festa metendo de vinho nas ilhargas.

XL

De como o governador veio de Pernambuco para a Bahia, e mandou o Zorobabe, que se tornava com os seus Potiguares para Paraíba, desse de caminho nos negros de Guiné fugidos, que estavam nos palmares do rio Itapucuru, e de como se começaram as pescarias das baleias

*D*epois de estar o governador Diogo Botelho um ano ou mais em Pernambuco, se veio paraesta Bahia, e com a sua chegada se partiu Álvaro de Carvalho para o reino. Estão as casas de El-Rei, em que os governadores moram, defronte da praça, no meio da qual estava o pelourinho, donde o governador o mandou logo tirar para o passar a outra parte onde o não visse, porque dizia que se entristecia com a sua vista, lembrando-se que estivera já ao pé de outro para ser degolado por seguir as partes do senhor D. Antônio, culpa que Sua Majestade lhe perdoou por casar com uma irmã de Pedro Álvares Pereira, que era secretário na Corte; e não só ele, que tinha este ódio ao pelourinho, mas nenhum de seus sucessores o levantou mais, nem o há nesta cidade, sendo assim que me lembra haver lido um terremoto, e tormenta de fogo que houve em Baçaim, que não ficou templo nem casa, que não caísse, senão o pelourinho, e no capítulo dos frades a parede em que estavam as varas com que açoutam, para mostrar que primeiro devem faltar os povos e cidades, que o castigo das culpas.

À sua chegada estavam já de partida o Zorobabe com os seus Potiguares para a Bahia, donde haviam vindo à guerra dos Aimorés, como dissemos no capítulo trinta e três deste livro, e informado o governador de um mocambo ou magote de negros de Guiné fugidos, que estavam nos palmares do rio Itapucuru, quatro léguas do rio Real para cá, mandou-lhes que fossem de caminho dar neles, e os apanhassem às mãos, como fizeram, que não foi pequeno bem tirar dali aquela ladroeira, e colheita, que ia em grande crescimento; mas poucos tornaram a seus donos, porque os gentios mataram muitos, e o Zorobabe levou alguns, que foi vendendo pelo caminho para comprar uma bandeira de campo, tambor, cavalo, e vestidos, com que entrasse triunfante na sua terra, como diremos em outro capítulo, que agora neste será tratarmos de como se começou nesta Bahia a pescaria das baleias.

Era grande a falta que em todo o estado do Brasil havia de graxa ou azeite de peixe, assim para reboque dos barcos e navios, como para se alumiarem os engenhos, que trabalham toda a noite, e se houveram de alumiar-se com azeite doce, conforme o que se gasta, e os negros lhe são muito afeiçoados, não bastara todo o azeite do mundo. Algum vinha do cabo vender, e de Biscaia por via de Viana, mas era tão caro, e tão pouco, que muitas vezes era necessário usarem do azeite doce, misturando-lhe destoutro amargoso, e fedorento, para que os negros não lambessem os candeeiros, e era uma pena como a de Tântalo padecer esta falta, vendo andar as baleias, que são a mesma graxa, por toda esta Bahia, sem haver quem as pescasse, ao que acudiu Deus, que tudo rege, e prova, movendo a vontade a um Pedro de Orecha, Biscainho, que quisesse vir fazer esta pescaria; este veio com o governador Diogo Botelho do reino no ano de 1603, trazendo duas naus a seu cargo de Biscainhos, com os quais começou a pescar, e ensinados os portugueses, se tornou com dias carregadas, sem da pescaria pagar direito algum, mas já hoje se paga, e se arrenda cada ano por parte de Sua Majestade a uma só pessoa, por 600 mil-réis pouco mais ou menos, para lustro de ministros: e

História do Brasil

porque o modo desta pescaria é para ver mais que as justas todas e torneios, a quero aqui descrever por extenso.

No mês de junho entra nesta Bahia grande multidão de baleias, nela parem, e cada baleia pare um só, tão grande como um cavalo, no fim de agosto se tornam para o mar largo, e no dia de S. João Batista começam a pescaria, dizendo primeiro uma missa na ermida de Nossa Senhora de Montserrate, na ponta de Tapuípe, a qual acabada o padre revestido benze as lanchas, e todos os instrumentos, que nesta pescaria servem, e com isto se vão em busca das baleias, e a primeira coisa que fazem é arpoar o filho, a que chamam baleato, o qual anda sempre em cima da água brincando, dando saltos como golfinhos, e assim com facilidade o arpoam com um arpéu de esgalhos posto em uma haste, como de um dardo, e em o ferindo e prendendo com os galhos puxam por ele com a corda do arpéu, e o amarram, e atracam em uma das lanchas, que são três as que andam neste ministério, e logo da outra arpoam a mãe, que não se aparta do filho, e como a baleia não tem ussos mais que no espinhaço, e o arpéu é pesado, e despedido de bom braço, entra-lhe até o meio da haste, sentindo-se ela ferida corre, e foge uma légua, às vezes mais, por cima da água, e o arpoador lhe larga a corda, e a vai seguindo até que canse, e cheguem as duas lanchas, que chegadas se tornam todas três a pôr em esquadrão, ficando a que traz o baleato no meio, o qual a mãe sentindo se vem para ele, e neste tempo da outra lancha outro arpoador lhe despede com a mesma força o arpéu, e ela dá outra corrida como a primeira, da qual fica já tão cansada, que de todas as três lanchas a lanceiam com lanças de ferros agudos a modo de meias-luas, e a ferem de maneira que dá muitos bramidos com a dor, e quando morre bota pelas ventas tanta quantidade de sangue para o ar, que cobre o sol, e faz uma nuvem vermelha, com que fica o mar vermelho, e este é o sinal que acabou, e morreu, logo com muita presteza se lançam ao mar cinco homens com cordas de linho grossas, e lhe apertam os queixos e boca, porque não lhe entre água, e a atracam, e amarram a uma lancha, e todas três vão vogando em fileira até a ilha de Itaparica, que está três léguas fronteira a esta cidade, onde a metem no porto chamado da Cruz, e a espostejam, e fazem azeite.

Gasta-se de soldadas com a gente que anda neste ministério, os dois meses que dura a pescaria, oito mil cruzados, porque a cada arpoador se dá quinhentos cruzados, e a menor soldada que se paga aos outros é de 30 mil-réis, fora comer, e beber de toda a gente; porém também é muito o proveito, que se tira, porque de ordinário se matam 30 ou 40 baleias, e cada uma dá 20 pipas de azeite pouco mais ou menos, conforme é a sua grandeza, e se vende cada uma das pipas a 18 ou 20 mil-réis, além do proveito que se tira da carne magra da baleia, a qual fazem em cobros, e tassalhos, e a salgam e põem a secar ao sol, e seca a metem em pipas, e vendem cada uma por 12 ou 15 cruzados, e nisto

Frei Vicente do Salvador

se não ocupa a gente do azeite, que são de ordinário 60 homens entre brancos e negros, os quais lhe são mais afeiçoados que a nenhum outro peixe, e dizem que os purga, e faz sarar de boubas, e de outras enfermidades, e frialdades, e os senhores, quando eles vêm feridos das brigas, que fazem em suas bebedices, com este azeite quente os curam, e saram melhor que com bálsamos.

Mas com se haver morto tanta multidão de baleias, em nenhuma se achou âmbar, que dizem ser o seu mantimento, nem era do mesmo talho, e espécie, outra que saiu murta há poucos anos nesta Bahia, em cujo bucho e tripas se acharam 12 arrobas de âmbar gris finíssimo, fora outro que tinha vomitado na praia.

XLI

De como Zorobabe chegou a Paraíba, e por suspeito de rebelião foi preso, e mandado ao reino

Já no capítulo trigésimo nono deste livro disse como Zorobabe indo da guerra dos Aimorés para a Paraíba deu de caminho, por mandado do governador, no mocambo dos negros fugidos, matou alguns, e prendeu outros, de que levou os que quis, e os foi vender aos brancos, com que comprou bandeira de campo, tambor, cavalo, e vestidos para entrar triunfante em a sua terra, da qual o vieram esperar ao caminho alguns Potiguares 40 léguas, outros a vinte, e a dez, abrindo-lho, e limpando-lho a enxada. Só o Braço de Peixe, que era gentio Tabajara, se deixou estar com os seus na sua aldeia, e porque o Zorobobe determinou passar por ela lhe mandou dizer que saísse a esperá-lo à entrada, pois os mais o haviam feito tão longe, ao que respondeu o velho, ainda que já centenário, que fora de guerra nunca fora esperar ao caminho senão damas, e pois ele não era dama, nem vinha dar-lhe guerra, não se levantaria da sua rede, com a qual resposta o Zorobabe passou de largo, e foi jantar ao rio Niobi, meia légua da sua aldeia, por onde caminhava.

Dali mandou também recado aos nossos religiosos, que nela assistiam, que lhe mandassem uma dança de corumins, que eram os meninos da escola, e lhe enramassem a igreja, e abrissem a porta, porque havia de entrar nela.

O presidente dos religiosos respondeu ao embaixador que os meninos com o alvoroço da sua vinda andavam todos espalhados, que a igreja não se enramava senão a festa dos santos, mas que a porta estava aberta: entrou ele à tarde a cavalo, bem vestido, e acompanhado com sua bandeira,

História do Brasil

e tambor, e um índio valente com espada nua esgrimindo diante, e fazendo afastar a gente, que era inumerável.

Com este triunfo passou pelo terreiro da igreja, e sem entrar nela se foi, meter em casa, mas logo veio um parente seu, que já era cristão, e se chamava Diogo Botelho, e até então havia governado a aldeia, em seu lugar, a desculpá-lo com os religiosos, que não entrara na igreja por vir bêbado, porém que viria o dia seguinte, como fez, mandando primeiro pôr no cruzeiro cinco cadeiras, e a do meio, em que ele se assentou, estava coberta de alto a baixo com um lambel grande de lã listrado, nas outras se assentaram o dito seu parente, e os principais das outras aldeias, que vieram receber, dos quais era um o Mequiguaçu, principal em outra aldeia, que já era cristão, e se chamava D. Filipe, ali lhe foram os religiosos dar as boas-vindas, e o levaram para dentro, à escola onde se ensinam os meninos, em que os assentos eram uns rolos, e pedaços de paus, em que se assentaram, mas logo o Zorobabe se enfadou, e quisera ir-se se o presidente o não detivera, dizendo-lhe que via ali junto todo o gentio da Paraíba, e muitos portugueses, e que não iam a outra coisa, segundo todos diziam, senão a saber sua determinação, pelo que ele queria o dia seguinte, que era domingo, pregar-lhes, e porque na pregação se não podia dizer senão a verdade, a queria saber dele neste particular, por isso que não lha negasse; ao que respondeu que sua determinação era ir dar guerra ao Milho Verde, que era um principal do sertão, que lhe havia morto um sobrinho cristão chamado Francisco, e pelo seu nome antigo Aratibá, que seu irmão o Pau Seco havia mandado a dar-lhe guerra, e pois ele por morte do pai, e filho entrava agora no governo, a queria continuar, e tomar a vingança; o presidente lhe disse que já eram vassalos de El-Rei, e não podiam fazer guerra justa sem ordem sua, e do seu governador geral nestes estados; e além disso, que bem sabia a condição dos seus, que tanto que a guerra fosse apregoada haviam de largar a agricultura, e como à guerra não haviam de ir as mulheres, nem os velhos, e meninos, ficariam morrendo de fome, pelo que se lhe parecesse pregaria que roçassem, e plantassem primeiro, e que esta fosse também a sua fala, para que se aquietassem, no que ele consentiu, e assim se tornaram às suas aldeias quietos.

O Zorobabe foi também visitado de muitos brancos da Paraíba, com boas peroleiras de vinho, e outros presentes, ou por seus interesses de índios, por seus serviços, e empreitadas, ou por temor que tinham da sua rebelião, por o verem tão pujante, o qual temor era tão grande que o capitão da Paraíba, excitado dos de Itamaracá, e Pernambuco, não cessava de escrever ao presidente que vigiasse, porque se dizia estar o gentio rebelado com a ida deste principal, o que os religiosos não sentiam em algum modo, porque o achavam mui obediente, só se queixou uma vez que não iam à sua casa, como faziam os mais moradores da Paraíba, ao que responderam os religiosos que

Frei Vicente do Salvador

não iam lá porque não era cristão, e tinha muitas mulheres, e ele disse que cedo as largaria, e ficando com só uma se batizaria, que já para isto tinha mandado criar muitas galinhas, porque ele não era vilão como os outros, que comiam nas suas bodas, e batismo carne de vaca, e caças do mato, mas que o seu banquete havia de ser de galinhas, e aves de pena: contudo, quando se embebedava era inquieto e revoltoso, e foi crescendo tanto o medo nos portugueses, que o prenderam e mandaram a Alexandre de Moura, capitão--mor de Pernambuco, e daí ao governador, os quais na prisão lhe deram por muitas vezes peçonha na água e vinho, sem lhe fazer algum dano, porque dizem que receoso dela bebia de madrugada a sua própria câmara, e que com esta triaga se preservava e defendia do veneno; finalmente o mandaram para Lisboa, donde por ser porto de mar, do qual cadadia vem navios para o Brasil, em que podia tornar-se, o mandaram aposentar em Évora Cidade, e aí acabou a vida, e com ela as suspeitas da sua rebelião.

XLII

Do que aconteceu a uma nau flamenga, que por mercancia ia à capitania do Espírito Santo carregar de pau-brasil

*C*ostumavam ir ao Brasil urcas flamengas despachadas, e fretadas em Lisboa, Porto, e Viana com fazendas da sua terra, e de mercadores portugueses, para levarem açúcar, entre as quais foi uma a capitania do Espírito Santo, e pediu o capitão dela ao superior da casa dos padres da companhia, que ali tem doutrina de índios a seu cargo, que lhe mandassem fazer por eles uma carga de pau-brasil na aldeia de Reritiba, onde há muito, e tem um porto, e o ano seguinte tornaria a buscá-lo, e lhes trariam a paga em ornamentos para a igreja, ou no que quisessem; deu o padre conta disto ao procurador, que ali estava, dos contratadores do pau, e com o seu beneplácito se fez na dita aldeia, porém sendo El-Rei informado que por essas urcas serem mais fortes, e artilhadas, todos queriam carregar antes nelas, e cessava a navegação dos navios portugueses, e quando os quisesse para armadas não os teria, nem homens que soubessem a arte de navegar, parecendo-lhe bem esta razão a El-Rei, e outras que o moveriam, escreveu ao governador Diogo Botelho,

História do Brasil

e aos mais capitães, não consentissem mais em suas capitanias entrar navio algum de estrangeiros por via de mercancia, nem por outra alguma, mas os metessem no fundo, e perseguissem como a inimigos.

Depois desta proibição chegou o flamengo a barra do Espírito Santo, e não achou já o padre superior, por ser mudado para o Rio de Janeiro, senão outro, que lhe não falou a propósito, foi-se à aldeia onde o pau estava junto, e porque também os padres, que lá estavam, lho não deixaram carregar, tomou quatro índios, e se foi ao Cabo Frio desembarcar, e dali por terra disfarçado a falar com o padre no Colégio do Rio de Janeiro, o qual lhe disse que não tratasse disso, porque El-Rei o tinha proibido, antes se tornasse com toda a cautela, porque se Martim de Sá, governador do Rio, o sabia, lhe custaria a vida; não se tornou com tanto segredo o flamengo, que Martim de Sá o não soubesse, e assim mandou logo cinco canoas grandes com muitos homens brancos, e índios flecheiros, e seu tio Manuel Corrêa por capitão, o qual chegou ao Cabo Frio a tempo que os achou em terra com alguns flamengos, carregando a lancha de pau-brasil, que ali estava feito, e lha tomou, e prendeu a todos, voltando outra vez para o Rio de Janeiro, onde não achou o sobrinho, que era ido por terra ao mesmo Cabo Frio, e quando lá chegou, e não achou as canoas para ir tomar a nau, que estava ao pego, se tornou com muita cólera, e aprestou brevemente quatro navios, que estavam à carga, e saiu em busca da nau dos flamengos, que já andava à vela, mandou-lhes falar pelo seu mesmo capitão, que levava preso, que não atirassem, e se deixassem abalroar, e eles assim o fizeram metidos todos debaixo da xareta, sem aparecer algum; houve portugueses que a quiseram desenxarciar, ou cortar-lhe os mastros; respondeu Martim de Sá que a nau era já sua, e não a queria sem mastros e enxárcia.

Era isto já de noite, e os nossos passavam por cima da xareta como por sua casa, quando os flamengos e índios, que com eles iam, começaram a picá-los debaixo com os piques, e da proa, e popa dispararam duas roqueiras cheias de pedras, pregos, e pelouros, com que fizeram grande espalhafato, mataram alguns, e feriram tantos, que os obrigaram deixar-lhe a nau, e irem-se curar à cidade. Os flamengos, que se viram livres, se foram à ilha de Santa Anna quinze léguas do Cabo Frio para o norte, a tomar água, de que estavam faltos, e há ali boas fontes, e bom surgidouro para naus, e porque não tinham batel fizeram uma prancha em que foram cinco com os barris à terra, e pondo um no pico da ilha a vigiar o mar, os quatro enchiam os barris, e os iam levando poucos e poucos.

Não ficavam na nau mais que outros quatro homens, e dois moços, porque a mais gente lhes haviam levado as canoas, o que considerado pelos índios, que também eram quatro, remeteu cada um a seu com facas e traçados, e como estavam descuidados facilmente foram mortos, os dois moços grumetes reservaram flechando-os na câmera, porque não avisassem aos da água, quando viessem, e porque depois os ajudassem na navegação; e assim em chegando os da água a bordo os mataram, e cortadas as amarras largaram as velas ao vento sul, que então ventava e era em popa, para a sua aldeia, mas como não sabiam navegar aos bordos, e estando já perto dela se virou o vento ao nordeste, tornaram a voltar para o Cabo Frio, passaram-no, e iam perto da barra do Rio de Janeiro, quando outra vez lhe ventou o sul, e como do Cabo Frio ao Rio corre a costa de leste a oeste, e o sul lhe fica travessam, ali deu a nau através, e se fez em pedaços, salvando-se todavia os índios a nado, que levaram a nova a Martim de Sá, o qual posto que já tinha acabado o seu governo, porque naquele mesmo dia entrou seu sucessor Afonso de Albuquerque, ainda com seu beneplácito foi ver se podia salvar algumas fazendas das que saíam pela costa, mas poucas se aproveitaram, por virem todas dos mares danadas e desfeitas.

XLIII

Da segunda jornada, que fez Pero Coelho de Souza à serra de Boapaba, e ruim sucesso que teve

O capitão Pero Coelho de Souza, de quem tratamos em o capítulo trinta e sete, se partiu com mulher e filhos em uma caravela, e foi desembarcar em Ceará, onde havia deixado o capitão Simão Nunes com os soldados, que ali estiveram ano e meio, em um forte de taipa, que fizeram aguardando o socorro do governador, o qual como não chegasse, e houvesse já muita falta de roupas, e mantimentos, requereram os soldados que se retirassem ao rio de Jaguaribe, donde, por ser mais perto de povoado, poderiam ir pedir o socorro, o que porventura fizeram, para de lá lhe ficar mais perto, e fácil a fugida, que fizeram, porque logo Simão Nunes pediu licença ao capitão-mor para passar da outra banda do rio a comer fruta, e como lá se viram não se curaram de colher fruta senão de se acolherem, o que visto pelo capitão, e que lhe não ficavam mais que 18 soldados mancos, e por isso não foram com os outros, e dos índios só um chamado Gonçalo, porque também os mais fugiram, determinou tornar-se para sua casa, e com este, e com alguns soldados menos mancos ordenou uma jangada de raízes de mangues, em que

História do Brasil

poucos e poucos passaram todos o rio, e como o tiveram passado, mandou marchar cinco filhos diante, dos quais o mais velho não passava de 18 anos, logo os soldados, e detrás ele e sua mulher, todos a pé, logo nesta primeira jornada a sentir o trabalho, porque, tanto que a calma começou a cair, não havia quem pudesse pôr o pé na areia de quente, começava já o choro das crianças, os gemidos da mulher, e lástima dos soldados, e o capitão fazendo seu ofício, animando, e dando coragem a todos.

No segundo dia já o capitão carregava dois filhos pequenos às costas por não poderem andar, e começavam as queixas de sede, que se não remediou senão ao terceiro dia por noite em uma cacimba, ou poço de água doce junto de outras duas salgadas, mas não havendo mais espaço dentre elas que de duas braças; ali se detiveram dois dias, e encheu o índio Gonçalo dois cabaços de água, com que se partiram, e caminharam algum tempo, com muito trabalho, e risco de Tapuias inimigos, que por ali andam, e lhes viam os fumos; mas o pior inimigo era a fome e sede, com que começaram a morrer os soldados; o primeiro foi um carpinteiro, com o qual os que já não podiam andar disseram ao capitão que os deixasse ficar, que com morrer acabariam seus trabalhos, como acabava aquele, mas o capitão os animou, dizendo que fossem por diante, que Deus lhe daria forças para chegar aonde houvesse água, e de comer, com isto se levantaram, e caminharam até morrer outro, ali se pôs D. Tomázia, mulher do capitão, a dizer tantas lástimas, que parece se lhe desfazia o coração, vendo que tinha todos seus filhos ao redor de si, e pegando dela do menor, até o maior, diziam que até ali bastavam caminhar que também queriam morrer com aquele homem, porque já não podiam sofrer tanta sede, e ela derramando de seus dois olhos dois rios de lágrimas, que bem puderam matar-lhe a sede, se não foram salgadas, disse ao marido fosse e salvasse a vida, porque ela não queria já outra senão morrer em companhia de seus filhos, os soldados uns rebentaram a chorar, outros a pedir-lhe que quisesse caminhar; o capitão dissimulando a dor o mais que pôde, disse que dali a pouco espaço estava uma cacimba de água, e com esta esperança tornaram a caminhar para a água amargosa, que assim se chamava aquela cacimba pelo amargor da água, pelo que chegando a ela não houve quem a bebesse, e foram caminhando para outra, que chamam a boa maré, passando meia légua de mangues com lodo até a cinta, onde acharam uns caranguejos chamados oratus, e como até ali se não sustentavam senão em raízes de árvores; e de ervas, pegando dos caranguejos os comiam crus, com tanto gosto como se fora algum guisado muito saboroso, e muito mais depois que chegaram à cacimba de água, onde descansaram alguns dias.

Dali marcharam para as salinas muitos dias, e estando nelas viram passar o barco, em que iam os padres da companhia, que era o socorro que o governador lhes mandava, mas não lhe puderam falar, mas caminhando

Frei Vicente do Salvador

avante da salina, morreu o filho mais velho do capitão, que era o lume de seus olhos, e de sua mãe; o que cada qual deles fez neste passo deixo à consideração dos que lerem; aqui eram já os soldados do parecer das crianças, dizendo que até ali bastava, e sem dúvida o fizeram, se a mulher do capitão, esforçando-se para os animar, lhe não pedira que quisessem caminhar, pois também as crianças, o que eles começavam a fazer por seus rogos, mas estavam tão fracos que o vento os derribava, e assim se iam deitando pela praia até que o capitão, que se havia adiantado cinco ou seis léguas com dois soldados mais valentes a buscar água, tornou com dois cabaços dela, com que os refrigerou para poderem andar mais um pouco, donde viram pela praia vir uns vultos de pessoas, e era o padre vigário do Rio Grande, o qual pelo que lhe disseram os soldados fugidos os vinha esperar com muitos índios, e redes para os levarem, muita água e mantimentos, e um crucifixo na mão, que em chegando deu a beijar ao capitão, e aos mais, o que fizeram com muita devoção, e alegria, com muitas lágrimas, não derramando menos o vigário, vendo aquele espetáculo, que não pareciam mais que caveiras sobre ossos, como se soube pintar a morte, e com muita caridade os levou, e teve no Rio Grande, até que se foram para a Paraíba, donde Pero Coelho de Souza se foi ao reino requerer seus serviços, e depois de gastar na Corte de Madri alguns anos sem haver despacho, se veio viver em Lisboa, sem tornar mais à sua casa.

XLIV

Da missão, e jornada, que por ordem do governador Diogo Botelho fizeram dois padres da companhia a mesma serra de Boapaba, e como deferia aos rogos dos religiosos

Não só zelou o governador a conversão dos gentios, que já estavam de paz na Paraíba, e pediam doutrina, como dissemos, mas também dos que ainda estavam na cegueira de sua infidelidade, e assim logo depois que veio para a Bahia pediu ao padre provincial da companhia Fernão Cardim mandasse dois padres a pregar-lhes à serra da Boapaba, onde o capitão

História do Brasil

Pero Coelho de Souza andava, porque com isso se escusariam as guerras, que lhes faziam, e o custo delas, e se conseguiria o fim, que se pretendia, que era sua paz, e amizade, para se poderem povoar as terras, o que provincial logo fez, enviando os padres Francisco Pinto, varão verdadeiramente religioso, e de muita oração, e trato familiar com Deus, entendendo nos costumes, e línguas do Brasil, e Luiz Figueira, adornado de letras, e de dons da natureza, e de graça.

Estes se partiram de Pernambuco o ano de mil seiscentos e sete, no mês de janeiro, com alguns gentios das suas doutrinas, ferramenta, e vestidos com que os ajudou o governador para darem aos bárbaros. Começaram seu caminho por mar, e prosseguiram ao longo da costa 120 léguas para o norte até o rio de Jagaribe, onde desembarcaram: daí caminharam por terra, e com muito trabalho outras tantas léguas, até os montes de Ibiapana, que será outras tantas aquém do Maranhão, perto dos bárbaros, que buscavam, mas acharam o passo impedido de outros mais bárbaros e cruéis do gentio Tapuia, aos quais tentearam os padres pelos índios seus companheiros com dádivas, para que quisessem sua amizade, e os deixassem passar adiante, porém não quiseram, mas antes mataram os embaixadores, reservando somente um moço de 18 anos, que os guiasse aonde estavam os padres, como o fez, e seguindo-os muito número deles, saindo o padre Francisco Pereira da sua tenda, onde estava rezando, a ver o que era, por mais que com palavras cheias de amor, e benevolência os quis quietar, e os seus poucos índios com as flechas pretendiam defendê-los, eles com a fúria com que vinham mataram o mais valente, com que os mais não puderam resistir-lhe, nem defender o padre, que lhe não dessem com um pau roliço tais e tantos golpes na cabeça, que lha quebraram, e o deixaram morto, o mesmo quiseram fazer ao padre Luiz Figueira, que não estava longe do companheiro, mas um moço da sua companhia sentindo o ruído dos bárbaros o avisou, dizendo em língua portuguesa: «Padre, Padre, guarda a vida,» e o padre se meteu à pressa nos bosques, onde guardado da Divina Providência o não puderam achar, por mais que o buscaram, e se foram contentes com os despojos, que acharam dos ornamentos, que os padres levavam para dizer missa, e alguns outros vestidos, e ferramentas para darem, com o que teve lugar o padre Luiz Figueira de recolher seus poucos companheiros, espalhados com medo da morte, e de chegar ao lugar daquele ditoso sacrifício, onde acharam o corpo estendido, a cabeça quebrada, e desfigurado o rosto, cheio de sangue e lodo, limpando-o, e lavando-o, e composto o defunto em uma rede, em lugar de ataúde, lhe deram sepultura ao pé de um monte, que não permetia então outro aparato maior o aperto em que estavam: porém nem Deus permitiu que estivesse assim muito tempo, antes me disse Martim Soares, que agora é capitão daquele distrito, que o tinham já posto em uma igreja, onde não só dos portugueses, e cristãos, que ali moram, é venerado, mas ainda dos mesmos gentios.

XLV

De como o governador D. Diogo de Menezes veio governar a Bahia, e presidiu no tribunal, que veio, da relação

Só um ano se deteve o governador D. Diogo de Menezes em Pernambuco, porque teve aviso de um galeão, que arribou a esta Bahia, indo para a Índia, e posto que logo mandou o sargento-mor do estado Diogo de Campos Moreno, com ordem de se concertar e prover de mantimentos, e do mais que lhe fosse necessário, como em efeito se fez, gastando-se no apresto dela da fazenda de Sua Majestade nove mil cruzados, que deu o contratador dos dízimos, que então era Francisco Tinoco de vila Nova, e contudo não quis o governador faltar com sua presença, porque nada faltasse ao dito galeão, para seguir sua viagem, como seguiu, mas por ir tarde, e achar ventos contrários deu à costa na terra do Natal, salvando-se só a gente que coube no batel, em que foram à Índia, donde tornaram os marinheiros em outra nau, que o ano seguinte se veio perder nesta Bahia, de que diremos em outro capítulo.

Tratando agora do Tribunal da Relação, que este ano veio do reino, em que o governador presidiu, e depois os mais governadores seus sucessores; veio por chanceler desta casa Gaspar da Costa, que em breve tempo morreu, e lhe sucedeu no cargo Rui Mendes de Abreu, e como era coisa nova esta no Brasil, e até este tempo se administrava a justiça só pelos juízes ordinários da terra, e um ouvidor-geral, que vinha do reino de três em três anos, e quando a gravidade do caso o pedia se lhe ajuntava o governador com o provedor-mor dos defuntos, que era letrado, e os mais que lhe parecia, não deixou de haver pareceres no povo – coisa mui anexa a novidades –, dizendo uns que fossem bem-vindos os desembargadores, outros que eles nunca cá vieram; porém depois que tiveram experiência da sua inteireza no julgar, e expediência nos negócios, que dantes um só não podia ter, não sei eu quem pudesse queixar-se com razão, senão o juízo eclesiástico, porque eram nesta matéria demasiadamente nímios, e a conta de defenderem a jurisdição de El-Rei, totalmente extinguiam a da igreja, o que Deus não quer, nem o próprio rei, antes El-Rei D. Sebastião, que Deus tenha no céu, mandou que em todo o seu reino se guardasse o Concílio Tridentino, o

História do Brasil

qual manda aos bispos que na execução de suas sentenças contra clérigos, e leigos, não usem facilmente de excomunhões, senão que primeiro prendam e procedam por outras penas, pelos seus ministros, ou por outros, e quando já sobre isto haja algum doutor que escrevesse o contrário, parece que não é bastante enquanto outro rei, ou outro concílio – que bem necessário era juntar-se sobre isto – o não revogue, porque se hão de julgar agravados os amancebados, alcoviteiros, onzeneiros, e os mais que por eles agravam dos juízes eclesiásticos, e que não obedeçam a suas penas, ainda que sejam censuras? de que efeito é logo a jurisdição eclesiástica? ou porque chamam a estes casos misti fori, se ainda depois de preventa se hão de entremeter a perturbar esta, e defender os culpados, para que se fiquem em suas culpas; não foi por certo esta a razão porque se chamaram misti fori, senão porque andassem à porfia a quem primeiro os pudesse castigar, emendar, e extirpar da terra; não nego que quando os juízes eclesiásticos procedem contra as regras de Direito, deve o secular desagravar o réu, mas fora daí não deve, nem El-Rei se serve, nem Deus, que pelo que não importa se estorve a correição dos males, e se perturbe a paz entre os que a devem zelar, como se fez depois que veio a relação ao Brasil, e particularmente na Bahia, onde ela residia, e custava tão pouco aos agravantes com razão, e sem ela, seguirem seus agravos, e o eclesiástico tem o remédio tão longe para seus emprazamentos quanto há daqui ao reino, que são 1.500 léguas ou mais; e assim chegou o bispo deste estado D. Constantino de Barradas a termo de não ter quem quisesse servir de vigário-geral.

Uma coisa vi nesta matéria com a qual concluirei o capítulo – posto que em outro me há de ser forçado tornar a ela –, e foi que tendo o dito bispo declarado por excomungado nominatim a um homem, agravou para a relação, e saiu, que era agravado, e não se obedecesse à excomunhão menor, que se incorre por tratar com os tais, e fugiam por não se encontrar, e falar com ele, mandou-se lançar bando que sob pena de 20 mil cruzados todos lhe falassem, coisa que antes da excomunhão não faziam, senão os que queriam, porque era um homem particular.

XLVI

De como D. Francisco de Souza tornou ao Brasil a governar as capitanias do sul, e da sua morte

Muito se receava no Brasil, pelo muito dinheiro que D. Francisco de Souza havia gastado da fazenda de Sua Majestade, que lhe tomassem no reino estreita conta; porém como nada tornou para entesourar, antes do seu próprio gastou, como o outro grão capitão, não tratou El-Rei senão de lhe fazer mercês, e porque ele não pediu mais que o marquesado de Minas de São Vicente o tornou a mandar a elas, com o governo do Espírito Santo, Rio de Janeiro, e mais capitanias do sul, ficando nas do norte governando D. Diogo de Menezes, como no tempo do governador Luiz de Brito de Almeida se havia concedido a Antônio Salema.

Trouxe D. Francisco consigo seu filho D. Antônio de Souza, que também já cá havia estado para capitão-mor desta costa, e outro filho menino chamado D. Luiz; e Sebastião Parvi de Brito por ouvidor-geral da sua repartição, com apelação e agravo para relação desta Bahia; partiram em duas caravelas de Lisboa, e chegaram a Pernambuco em vinte e oito dias, onde ainda que não era do seu governo, e jurisdição, lhe fizeram muitas festas.

Dali se foi para o Rio de Janeiro, e começou a entender no seu governo da terra, e o filho no mar, onde dizia Afonso de Albuquerque, que então ali era capitão-mor, que lhe ficava para governar senão o ar, mas presto o deixaram, porque D. Francisco foi para as Minas, e D. Antônio para o reino com as mostras do ouro delas, de que levava feita uma cruz e uma espada a Sua Majestade, o que tudo os corsários no mar lhe tomaram, nem o governador teve lugar de mandar outra com uma enfermidade grande, que teve na vila de São Paulo, da qual morreu estando tão pobre, que me afirmou um padre da companhia, que se achava com ele à sua morte, que nem uma vela tinha para lhe meterem na mão, se a não mandara levar do seu convento; mas quereria Deus alumiá-lo naquele tenebroso transe, por outras muitas que havia levado diante, de muitas esmolas, e obras de piedade, que sempre fez.

Seu filho D. Luiz de Souza ainda que de pouca idade ficou governando por eleição do povo até que se embarcou para o reino, tomou de caminho Pernambuco, e ali ficou casado com uma filha de João Paes; e assim cessou o negócio das minas, posto que não deixam alguns particulares de ir a elas,

História do Brasil

cada vez que querem, a tirar ouro, de que pagam os quintos a Sua Majestade, e não só se tira de lavagem, mas da própria terra, que botam fora depois de lavada, se tira também com artifício de azougue.

XLVII

Da nova invenção de engenhos de açúcar, que neste tempo se fez

*C*omo o trato e negócio principal do Brasil é de açúcar, em nenhuma outra coisa se ocupam os engenhos, e habilidades dos homens tanto como em inventar artifícios com que o façam, e porventura por isso lhe chamam engenhos.

Lembra-me haver lido em um livro antigo das propriedades das coisas que antigamente se não usava de outro artifício mais que picar, ou golpear as canas com uma faca, e o licor que pelos golpes corria, e se coalhava ao sol, este era o açúcar, e tão pouco que só se dava por mesinha; depois se inventaram muitos artifícios, e engenhos para se fazer em maior quantidade, dos quais todos se usou no Brasil, como foram os dos pilões, de mós, e os de eixos, e estes últimos foram os mais usados, que eram dois eixos postos um sobre o outro, movidos com uma roda de água, ou de bois, que andava com uma muito campeira chamada bolandeira, a qual ganhando vento movia, e fazia andar outras quatro, e os eixos em que a cana se moía; e além desta máquina havia outra de duas ou três gangorras de paus compridos, mais grossos do que tonéis, com que aquela cana, depois de moída nos eixos, se espremia, para o que tudo, e para as fornalhas em que o caldo se coze, e incorpora o açúcar, era necessário uma casa de 150 palmos de comprido e 50 de largo, e era muito tempo e dinheiro o que na fábrica dela, e do engenho se gastava.

Ultimamente, governando esta terra D. Diogo de Menezes, veio a ela um clérigo espanhol das partes do Peru, o qual ensinou outro mais fácil e de menos fabrica e custo, que é o que hoje se usa, que é somente três paus postos de por alto muito justos, dos quais o do meio com uma roda de água, ou com uma almanjarra de bois ou cavalos se move, e faz mover os outros; passada a cana por eles duas vezes larga todo o sumo sem ter necessidade de gangorras, nem de outra coisa, mais que cozer-se nas caldeiras, que são cinco em cada engenho, e leva cada uma duas pipas pouco mais ou menos de mel, além de uns tachos grandes, em que se põem em ponto de açúcar, e se deita em formas de barro no tendal, donde as levam à casa de purgar, que é mui grande, e postas em andainas lhes lançam um bolo de barro batido na boca, e depois daquele outro, com o açúcar se purga, e faz alvíssimo, o que se fez por experiência de uma galinha, que acertou de saltar em uma forma com os pés cheios de barro, e ficando todo o mais açúcar pardo, viram só o lugar da pegada ficou branca.

Por serem estes engenhos dos três paus, a que chamam entrosas, de menos fabrica e custo, se desfizeram as outras máquinas, e se fizeram todos desta invenção, e outros muitos de novo; pelo que no Rio de Janeiro, onde até aquele tempo se tratava mais de farinha para Angola que açúcar, agora há já 40 engenhos.

Na Bahia 50, em Pernambuco 100, em Itamaracá 18 ou 20, e na Paraíba outros tantos; mas que aproveita fazer-se tanto açúcar se a cópia lhe tira o valor, e dão tão pouco preço por ele, que nem o custo se tira.

A figura das entrosas, e engenhos de açúcar, que agora se usam assim de água, como de bois, é a seguinte.

Neste mesmo tempo, que governava a Bahia D. Diogo de Menezes, entrou nela por fazer muita água uma nau da Índia, da qual era capitão Antônio Barroso, vindo primeiro em um batel a remos o mestre, que havia ido no galeão o ano passado, chamado Antônio Fernandes, o mau, a pedir socorro, porque vinha a nau por três partes rachada, e já com 14 palmos de água dentro, e o governador mandou logo duas caravelas com pilotos práticos, que a trouxessem ao porto, o que não bastou para que com a corrente da maré, que vazava, não se encostasse em uma baixa, onde por evitar maior dano lhe cortaram os mastros, e descarregaram com muita brevidade, e depois que de todo esteve descarregada, vendo que não tinha conserto, lhe mandou D. Diogo pôr o fogo, chegando quanto puderam à terra para se aproveitar a pregadura, como se aproveitou muita, a fazenda se entregou ao provedor-mor, que então era o desembargador Pero de Cascais, o qual sobre isso foi mandado do reino que fosse preso, como foi, e pelejando no mar com um corsário o feriram em um pé, de que ficou manco, mas no que toca à fazenda, livrou-se bem, a qual mandou El-Rei cá buscar em sete naus da armada por Feliciano Coelho de Carvalho, capitão-mor que havia sido da Paraíba, e a levou a salvamento.

História do Brasil

LIVRO QUINTO

Da história do Brasil do tempo que o governou Gaspar de Souza até a vinda do governador Diogo Luíz de Oliveira

I

Da vinda do décimo governador do Brasil Gaspar de Souza, e como veio por Pernambuco a dar ordem à conquista do Maranhão

Sabida por Sua Majestade a nova da morte de D. Francisco de Souza, tornou a juntar o governo do Brasil todo em um, e o deu a Gaspar de Souza, e porque os franceses no ano de mil seiscentos e doze tinham (sic) a povoar o Maranhão, dizendo que não tinham os reis de Portugal mais direito nele que eles, pois Adão o não deixara em testamento mais a uns que a outros, com este pretexto trouxeram 12 religiosos da nossa Ordem Capuchinhos para converterem os gentios, meio eficacíssimo para com muita facilidade os pacificarem, e povoarem a terra; mandou Sua Majestade ao governador que viesse por Pernambuco para daí dar ordem a lançar os franceses do Maranhão, e o povoar e fortificar, pois era da sua conquista pela Coroa de Portugal, e que D. Diogo de Menezes, seu antecessor, se fosse para o reino, pois tinha acabado o seu triênio, e ficassem governando a Bahia enquanto ele a ela não vinha o chanceler Rui Mendes de Abreu, e o provedor-mor da fazenda Sebastião Borges, os quais por serem ambos muito velhos e enfermos, ajuntou o governador por sua provisão Baltazar de Aragão, aqui morador, por capitão-mor da guerra por terra, por ter aviso que vinham inimigos à terra, e em Pernambuco, para a do Maranhão a Jerônimo de Albuquerque, que mandou com cem homens por mar com quatro barcos descobrir os portos, e o que

205

neles havia; o qual discorrendo a costa avante do Ceará foi até o Buraco das Tartarugas, e aí fez uma cerca, e deixou um presídio, donde mandando o capitão Martim Soares Moreno em um barco a descobrir o Maranhão, se tornou a Pernambuco a dar conta ao governador do que tinha feito, e pedir mais gente, e cabedal para a conquista, que o governador dilatou até a vinda de Martim Soares, e sua informação, ocupando-se entretanto no governo político, e administração da justiça, sem nesta fazer exceção de pessoas, pelo que era amado dos pequenos, e temido dos grandes; fez também fazer algumas obras importantes, como foi uma formosa casa para a alfândega sobre o varadouro, onde se desembarcam as fazendas das barcas, e algumas calçadas nas ruas da vila, e uma mui comprida no caminho de Jaboatão, onde com a muita lama atolavam os bois e carros, e não podiam trazer as caixas de açúcar dos engenhos.

Neste interim foi Martim Soares seguindo sua viagem, descobrindo e reconhecendo a baía, rios e portos do Maranhão, e por via de índios levou recado ao reino que estavam ali franceses em comércio, com o qual aviso mandou Sua Majestade ordem ao governador que tornasse a enviar a este descobrimento o dito Jerônimo de Albuquerque.

II

De como mandou o governador a Jerônimo de Albuquerque a conquistar o Maranhão

*E*leito Jerônimo de Albuquerque por capitão-mor da conquista do Maranhão, como temos dito, se foi logo às aldeias do nosso gentio pacífico, e por lhes saber falar bem a língua, e o modo com que se levam, ajuntou quantos quis: um contarei só do que houve em uma aldeia, para que se veja a facilidade com que se leva este gentio de quem os entende e conhece, e foi que pôs a uma parte bom feixe de arcos, e flechas, a outra outro de rocas, e fusos, e mostrando-lhos lhes disse: "Sobrinhos, eu vou à guerra, estas são as armas dos homens esforçados e valentes, que me hão de seguir; estas das mulheres fracas, e que hão de ficar em casa fiando; agora quero ouvir quem é homem, ou mulher". As palavras não eram ditas, quando se começaram

História do Brasil

todos a desempunhar, e pegar dos arcos, e flechas, dizendo que eram homens, e que partissem logo para a guerra; ele os quietou, escolhendo os que havia de levar, e que fizessem mais flechas, e fossem esperar a armada ao Rio Grande, onde de passagem os iria tomar.

Não ajuntou com tanta facilidade o governador os soldados brancos que queria mandar, porque exceto alguns, que por sua vontade se ofereceram a ir, os mais nem com prisões podiam ser trazidos, porque como os traziam de longe, e por matos dos engenhos e fazendas de noite, fugiam, e de 10 não chegavam quatro; porém caiu em uma traça mui boa, que foi obrigar aos homens ricos, e afazendados, que tinham mais de um filho, que dessem outro, com o que lhe sobejou gente; porque nenhum homem destes mandou seu filho, sem ao menos mandar com eles um criado branco, e dois negros.

Também pediu dois religiosos da nossa ordem, e o prelado lhe deu o irmão frei Cosme de S. Damião, varão prudente, e observantíssimo da sua regra, e frei Manuel da Piedade, mui perito na língua do Brasil, e respeitado dos índios Potiguares, e Tabajaras, assim por seu pai João Tavares, como por seu irmão frei Bernardino das Neves, dos quais temos tratado no livro precedente e porque a guerra não havia de ser só contra os índios, senão também contra franceses, que estavam com a fortaleza feita, e já prevenidos, deu o governador a Jerônimo de Albuquerque por companheiro o sargento-mor do estado Diogo de Campos Moreno, soldado experimentado nas guerras de França, e Flandres, e que sabia bem formar um campo, e os ardis e tretas da peleja.

Feito isto se embarcaram todos dia de S. Bartolomeu, 24 de agosto da era de 1614 anos, em uma caravela, dois patachos e cinco caravelões; na caravela ia o capitão-mor, e seu filho Antônio de Albuquerque por capitão de uma companhia de 50 arcabuzeiros, de que era alferes Cristóvão Vaz Moniz, e sargento João Gonçalves Baracho; em um dos patachos ia o sargento-mor do estado Diogo de Campos Moreno com 40 homens, no outro o capitão Gregório Fragoso de Albuquerque, que ia por almirante, com 50 soldados também arcabuzeiros, e seu alferes Conrado Lino, e sargento Francisco de Navaes.

Dos caravelões eram capitães Martim Callado com 25 homens, o sargento de Antônio de Albuquerque com 12, Luis Machado com 15, Luis de Andrade com 12, e Manuel Vaz de Oliveira com outros 12, e além desta gente branca, iam mais 200 índios de peleja, que Jerônimo de Albuquerque tinha escolhido nas aldeias da Paraíba, e o estavam esperando no Rio Grande os mais deles com suas mulheres e famílias, onde os foi tomar, e os repartiu pelas embarcações, lhe requereram os religiosos mandasse ficar as índias, que iam sem maridos, e algumas outras, que já de Pernambuco iam amancebadas, e assim se fez.

Dali foram ao Buraco das Tartarugas, onde havia deixado o presídio, no qual se havia já provado a mão com os franceses, que ali foram aportar na nau regente, e desembarcaram duzentos com o seu capitão às duas

Frei Vicente do Salvador

horas da tarde, onde lhes saíram o capitão Manuel de Souza e Sá com 18 arcabuzeiros, e matando-lhes alguns os fez embarcar, ficando também dos nosso um morto, e seis feridos, e deu por causa o monsieur a quem lhe perguntou porque se retirava, que viram muita gente na trincheira donde os nossos saíram, e temera que vindo de socorro lhes não poderiam escapar, não tendo por possível que tão poucos homens houvessem cometido a tantos, senão com as costas quentes (como diziam), e confiados nos muitos que atrás eles saíram, e os muitos eram vinte soldados, que haviam ficado por não terem pólvora, e munição, e se assomavam por cima da trincheira a ver de palanque a briga, que na praia se fazia, mas melhor causa dera se dissera que o quis assim Deus; e foi esta vitória como um presságio da que havia de conseguir no Maranhão, para onde se embarcou também Manuel de Sousa com os seus soldados, e Jerônimo de Albuquerque o fez capitão da vanguarda de todo o exército.

III

Da guerra do Maranhão, e vitória que se alcançou

*D*o Buraco das Tartarugas se partiu a nossa armada aos 28 de setembro da dita era, e navegando três dias inteiros foi ao quarto surgir a uma barra de um rio chamado a Parca, onde houve opiniões se fariam algum forte, dizendo Diogo de Campos que não fossem logo buscar diretamente o inimigo aonde estava com toda a força, mas que lhe fossem pouco a pouco ganhando terra, contudo Jerônimo de Albuquerque disse que isso era infinito, e mandou ao piloto-mor Sebastião Martins com o capitão Francisco de Palhares, e treze soldados, que fossem sondar o rio, e reconhecer a terra, como foram, e tendo andado vinte léguas pouco mais ou menos deram na baía do Maranhão da banda do sul em um bom porto, que lhes pareceu capaz para estar a armada surta, com a qual informação se fez toda à vela, e navegando cinco dias por onde o batel tornou, e chegou a este porto aos 28 do mês de outubro, dia dos bem-aventurados apóstolos S. Simão e Judas, donde desembarcaram na terra firme, e começaram a fazer um forte a que

História do Brasil

chamaram de Santa Maria, no qual ainda que de faxina e matéria fraca, *materiam superabat opus*, pela boa traça que lhe deu o capitão Francisco de Frias, arquiteto-mor de Sua Majestade nestas partes do Brasil, e este forte se fez ao leste da ilha de S. Luiz, onde estavam os franceses, os quais vendo as nossas embarcações, e sabendo pelos índios, que trazido (sic) por espias a pouca gente, que nelas estava, deram nelas uma noite e as tomaram com alguns marinheiros, que ainda se não haviam desembarcado, e dali a oito dias, que era o de Santa Isabel rainha de Portugal, nelas mesmas, e nas suas, com mais 46 canoas, em que iam três mil índios flecheiros, se passaram da ilha, e foram surgir espaço de dois tiros de mosquete, abaixo do nosso forte, onde logo começaram a desembarcar os das canoas, e das outras embarcações maiores, ficando o seu general Daniel de Lancé (de la Touché), que era *monsieur de Reverdière* (sic), e Calvinista, nas maiores ao pego, esperando que enchesse a maré para sair com os mais, o que visto pelos nossos, e que se deixavam fortificar em terra, e pôr-nos cerco, não era o nosso forte bastante para lhes resistir, nem havia nele mantimentos bastantes para resistir à fome, determinaram sair logo a eles, como fizeram, indo Jerônimo de Albuquerque com 80 arcabuzeiros e 100 flecheiros pela montanha, e Diogo de Campos pela praia com o resto da gente, que era ainda menos, que ficavam no forte 60 soldados e alguns índios a cargo do capitão Salvador de Mello, para que se fosse necessário socorro o desse, e indo assim marchando o sargento-mor pela praia, chegou um francês trombeta, em uma canoinha, que remavam quatro índios, e lhe deu uma carta do seu general monsieur de Reverdière, de grandes ameaças, se lhe quisessem resistir, e que lavava as mãos do sangue, que se derramasse, porque tinha por si o direito da guerra, e muito maior força, a qual carta o sargento-mor meteu entre o véu do chapéu, e mandou o portador com outro véu nos olhos ao forte, para que o tivessem preso entretanto, porque não havia já tempo para mais outra resposta que esperar o sinal, que Jerônimo de Albuquerque havia de dar para remeterem, o qual dado com um grande urro, que deu o nosso gentio ao sair da brenha, donde o inimigo se não receava, remeteram também os da praia, indo em meio deles os nossos dois frades, frei Manuel, e frei Cosme, cada um com uma cruz na mão, animando-os, e exortando-os a vitória, que Nosso Senhor foi servido dar-lhes, em tal modo, que pouco mais de meia hora mataram 70 franceses, e entre eles o tenente do seu general, tomaram vivos nove, e puseram os mais em fugida, morrendo dos nossos somente quatro, e alguns feridos, entre os quais foi um o capitão Antônio de Albuquerque, filho do capitão, com dois pelouros de arcabuz em uma coxa.

Visto pelo general francês este destroço dos franceses, e dos seus índios, que ficaram muitos mortos, e os mais fugidos, e que esta fora a resposta da sua arrogante carta, se tornou para a ilha com a sua armada, e menos arrogância.

209

IV

Das tréguas, que se fizeram entre os nossos e os franceses no Maranhão

Ao dia seguinte mandou o general dos franceses outra carta a Jerônimo de Albuquerque, em que lhe fazia cargo do mal que havia guardado as leis da guerra em lha dar sem primeiro responder à outra sua carta, antes lhe prender o portador, ameaçando-o que se lho não mandava com os mais que lá tinha, havia de enforcar a sua vista os portugueses que tinha na ilha, que haviam levado com os navios, e não se enganasse pela vitória alcançada, cuidando alcançaria outra, porque lhe haviam ficado ainda muitos e bons soldados, fora outros que esperava de França, e muitos milhares de gentios, com que lhes havia fazer cruel guerra, e tomar vingança das crueldades, que haviam usado com os seus, e assinou-se ao pé da carta "Este seu mortal inimigo de Reverdière." A esta respondeu Jerônimo de Albuquerque que ele senhor de Reverdière fora o que quebrara as leis, e prática da guerra, mandando-lhe tomar os navios, que estavam com quatro pobres marinheiros, desarmados no porto da conquista de Sua Majestade, sem lhe escrever primeiro, senão depois de ter lançado em terra junto ao seu forte trezentos franceses, e três mil índios armados, que se começavam a fortificar donde já não havia outra resposta senão a que dá o direito, que é com uma força desfazer outra, e que se ele lá enforcasse os portugueses cativos, mal seria, que faria aos seus, que cá tinham; estas, e outras razões continha a carta, a que logo o francês respondeu com outra já mais branda e cortês, e assim foram as que dali por diante se escreveram de parte a parte, e por fim sucedeu como a jogadores de cartas, que depois de grandes invites e revides, de restos vieram a partido, e concerto, sobre o qual (havido salvo-conduto dos generais) vieram ao nosso forte de Santa Maria o capitão Malharte, e um cavaleiro da ordem de S. João, e foi aos seus navios, onde o general então estava, Diogo de Campos Moreno, colega do capitão-mor, e o capitão Gregório Fragoso de Albuquerque, seu sobrinho, e depois de declararem uns e outros o que queriam, e assentarem que o general francês, pois cometia as pazes, fizesse os capítulos delas, se vieram os nossos mensageiros, e se foram os seus, e ao dia seguinte tornou o capitão Malharte com os capítulos por escrito, que eram os seguintes:

História do Brasil

FORMA DAS TRÉGUAS

Artigos acordados entre os senhores Daniel de Lancé (La Touché), senhor de lá Raverdière, Lugar tenente general do Brasil pelo cristianíssimo rei de França e de Navarra, agente de Micer Nicolas de Harley, senhor de Sansy, do Conselho de Estado do dito senhor rei, e do Conselho Privado, barão de Molé, e Grosbués; e por Micer de Rasilli, entre ambos lugar tenentes generais por El-Rei cristianíssimo nas terras do Brasil com cem (sic) léguas de costa com todos os meridianos nelas inclusos; e Jerônimo de Albuquerque, capitão mor pela Majestade de El-Rei Filipe Segundo da jornada do Maranhão, e assim o capitão e sargento-mor de todo o estado do Brasil, Diogo de Campos, colega, e colateral do dito capitão-mor, etcetera.

Item — Primeiramente a paz se acordou entre os ditos senhores do dia de hoje até o fim de novembro (sic) do ano de mil seiscentos e quinze, durante o qual tempo cessaram entre eles todos os atos de inimizade, que hão durado de 28 (sic) de outubro até hoje, por falta de saber as tenções de uns e outros, donde se seguia grande perda do sangue cristão de ambas as partes, e grandes desgostos entre os ditos senhores.

Item — Se acorda entre os ditos senhores que enviaram às Suas Majestades Cristianíssima, e Católica, dois fidalgos para saber suas vontades tocantes a quem deve ficar nestas terras do Maranhão.

Item — Durante o tempo que os ditos mensageiros tardarem em tornar da Europa e trazer de Suas Majestades o acordo, e ordem do que se deve seguir, nenhum português passará a ilha, nem francês a terra firme de leste sem passaporte dos senhores generais, exceto eles e seus criados somente, que puderam ir, e vir aos fortes da ilha, e terra firme todas as vezes que lhes parecer.

Item — Que os portugueses não trataram coisa alguma com os índios do Maranhão, a qual não seja tratada pelos línguas do senhor Reverdière, e nem eles consentiram pôr os pés em terra a menos de duas léguas de suas fortalezas, nem de seus portos, sem permissão do dito senhor.

Item — Que tanto que o recado vier de Suas Majestades, a nação que se mandar ir se aprestará dentro de três meses para deixar ao outro a terra.

Item — Se acorda que os prisioneiros, que foram tomados de uma parte, e da outra, assim cristãos como gentios, fiquem livres, e sem alguma lesão; mas se alguns deles por algum tempo quiserem ficar na parte que se acham, lhes será permitido.

Item — Que o senhor de Reverdière deixara o mar livre aos senhores Albuquerque e Campos, para que possam nos seus navios fazer vir todas as sortes de vitualhas, que houverem mister, com toda a segurança, e se suceder que lhes venha socorro de gente de guerra, nem por isso haverá alteração alguma enquanto durar o tempo da paz, da maneira que está assentado.

Frei Vicente do Salvador

Item — Que nenhum acidente em controvérsia do que está assentado por estes senhores terá capacidade de fazer romper este contrato de paz, a causa das grandes alianças, que hoje há entre Suas Majestades, e o prejuízo que pode vir em alterar-se; e se suceder algum caso de agravo entre os cristãos ou gentios de uma e outra parte, a nação agravada fará a sua queixa ao seu general para lhe dar remédio, e quanto a outras coisas de menos importância os ditos senhores não as especificam, porque se confiam em suas palavras, nas quais não faltaram jamais, como gente de honra, e para seguridade, e firmeza de tudo o atrás declarado mandaram fazer estas, em que todos três os ditos senhores se assinaram, e selaram com os selos de suas armas, feita em armada francesa, diante o forte dos portugueses no rio Maranhão, 27 de novembro de 1614 anos.

Depois de apresentados estes capítulos, e vistos pelos nossos capitães, ao dia seguinte vieram monsieur de Reverdière, e monsieur del Prate (du Prat), e frei Angelo, comissário dos Capuchinhos, com três frades companheiros, e outros fidalgos franceses com mostras de muita alegria, a que da nossa parte se respondeu com a mesma, e se assinaram as pazes no nosso forte de Santa Maria, onde estiveram todo o dia, e à tarde se embarcaram com grande salva de artilharia, e se foram para a ilha.

Os que levaram esta embaixada a Espanha foram o sargento-mor Diogo de Campos, e com ele como em reféns o capitão Malharte francês, e da mesma maneira foi como embaixador francês o capitão Gregório Fragoso de Albuquerque, que lá morreu, e também se foram logo os frades franceses, vendo o pouco fruto que faziam na doutrina dos gentios, por lhe não saberem a língua, deixando aos dois da nossa custódia, que a entendiam, e sabiam seus modos, e não foram pouco admirados de ver que nestas partes tão remotas houvesse religiosos tão observantes da regra do nosso seráfico padre S. Francisco, não menos o ficaram os nossos de ver que religiosos de tanta virtude, e autoridade viessem em companhia de hereges, posto que nem todos o eram, que muitos eram católicos romanos, que ouviam missa, confessavam-se, e comungavam-se; também se partiu Manuel de Souza de Sá em um caravelão com a nova ao governador geral Gaspar de Souza, mas arribou às Índias, e de lá a Lisboa, donde com a nova lhe trouxe juntamente cartas de Sua Majestade, e ordem do que havia de fazer.

V

Do socorro, que o governador Gaspar de Souza mandou por Francisco Caldeira de Castelo Branco ao Maranhão

*E*ntendendo o governador a necessidade que haveria no Maranhão de socorro assim de gente como de munições e mantimentos, logo no ano seguinte de 1615, ordenou outra armada, de que mandou por capitão-mor Francisco Caldeira de Castelo Branco, por almirante Jerônimo de Albuquerque de Mello em uma caravela, o capitão Francisco Tavares em outra, e João de Souza em um caravelão grande.

Partiram do Recife, porto de Pernambuco, em 10 dias do mês de junho da dita era, e aos quatorze chegaram à enseada de Mucuripe, que dista da fortaleza do Ceará três léguas, onde ancoraram, e saiu a gente em terra a se lavar e refrescar, porque iam alguns doentes de sarampo, que com isto guareceram, e os sãos pescaram com uma rede, que lhe deu o tenente da fortaleza, e tomaram muito peixe.

Aqui achou o capitão Francisco Caldeira três homens, que Jerônimo de Albuquerque, capitão-mor do Maranhão, mandava por terra pedir socorro ao governador, e estes eram Sebastião Vieira, Sebastião de Amorim, e Francisco de Palhares, dos quais os dois primeiros não deixaram de continuar seu caminho com as cartas, que levavam do Maranhão, e outras que daqui se escreveram, mas o Palhares se embarcou na armada assim pelo socorro, que já nela ia, como por dizer o tenente que havia poucos dias se partira daquele porto um patacho, que também El-Rei mandara de Lisboa com munições e pólvora, e mais coisas necessárias, aos dezessete se tornou a nossa armada a fazer à vela, e foi ancorar ao Buraco das Tartarugas aos dezoito, donde mandou o capitão-mor um língua com alguns índios a uma aldeia da gente do Diabo Grande, que era um principal dos Tabajaras assim chamado, ficando entretanto os mais pescando na praia, e comendo abóboras e melancias, que acharam ali muitas, das plantas que havia deixado Manuel de Souza de Sá quando ali esteve, e Jerônimo de Albuquerque quando passou; e depois de tomar língua com os nossos índios, e mais quatro, que se ofereceram do Diabo Grande para a viagem, a tornaram

Frei Vicente do Salvador

a seguir até a barra do rio Apereá, onde surgiram dia de S. João Batista, e ao entrar tocou o patacho, em que ia o capitão-mor, em um, banco de areia, de que escapou milagrosamente, porque havendo só cinco palmos de água, e demandando o capitão 10, indo com as velas todas enfunadas o cortou, ou saltou como quem salta a fogueira de S. João, e se pôs da outra parte do banco onde era fundo: dali mandou um barco com seis homens do mar, e três soldados, de que ia por capitão Francisco de Palhares, para que fossem dar nova a Jerônimo de Albuquerque de como ali estavam, e lhes mandasse pilotos que os levassem pelo rio adentro, ou ordem do que haviam de fazer, como logo lhes mandou dois pilotos, os quais foram de parecer que não fossem por dentro, por causa de ser o rio de pouco vento, e muitos baixos, por conseguinte a viagem arriscada, e quando menos deten-çosa, e assim tornaram a desembarcar, e foram por fora em dois dias surgir ao nosso porto da nossa fortaleza de Santa Maria véspera da Visitação da Senhora, que não foi pequeno contentamento do capitão-mor Jerônimo de Albuquerque, e dos mais que ali estavam sofrendo grandes necessida-des, vendo que os visitava o senhor naquele dia com tão grande socorro, e assim se festejou com salva de toda a artilharia e arcabuzaria de parte a parte, como pelo contrário se entristeceram os franceses, entendendo que alterariam os nossos as pazes, que com eles tinham feito; e assim sucedeu, que acabado de descarregar os navios da fazenda, mantimentos, pólvora, e munições, que levavam, feita entrega de tudo ao almoxarife, e dos soldados ao capitão-mor, com que reformou as companhias, que tinha, e fez mais duas de novo de sessenta homens cada uma, que entregou a Jerônimo de Albuquerque de Mello, seu sobrinho, e a Francisco Tavares.

Logo mandou chamar o general dos franceses monsieur Raverdière, e depois de lhe fazer uma formosa mostra da sua soldadesca da praia, onde o foi receber com Francisco Caldeira até a fortaleza, se recolheram todos três para dentro, e lhe disse o capitão-mor como Francisco Caldeira de Castelo Branco levava ordem do governador geral Gaspar de Souza para por ar-mas, quando não quisesse por vontade, lhe fazer despejar o Maranhão, e as fortalezas, que tinha na ilha de S. Luiz, porque não havia consentido nas tréguas, nem ainda sabia delas; ao que o Raverdière respondeu que con-forme o concerto que tinham feito, se devia esperar resposta de seus reis, a quem tinham escrito, e não inovar nem alterar coisa alguma; mas contudo que iria dar conta aos seus do que se tratava, e brevemente responderia, o que fez daí a quatro dias, pedindo que fossem lá o capitão Caldeira, e o padre frei Manuel da Piedade, propor aos seus o que se havia tratado, e que eles levariam a última resolução, e resposta do negócio, os quais se embarcaram na mesma lancha francesa, que havia levado a carta, e desem-barcando na ilha de S. Luiz se foram à fortaleza do nome do mesmo santo, onde os franceses estavam, e se detiveram lá em altercação 13 dias, da qual

História do Brasil

dilação presumindo mal Jerônimo de Albuquerque começava já aperceber para levar o negócio à força, e lhe fora muito fácil por ter já todo o gentio do Maranhão inclinado ao ajudarem contra os franceses; porém eles se resolveram em largar tudo sem mais contenda, dando-lhes embarcações, em que se fossem para França, pelo que se passaram os nossos para a ilha, a um forte e cerca, que fizeram, a que puseram o nome de S. Joseph, e ali os deixemos por ora, porque importa tratar de outras coisas.

VI

De como o capitão Baltazar de Aragão saiu da Bahia com uma armada contra os franceses, e se perdeu

Recebendo Baltazar de Aragão a provisão de capitão-mor da guerra desta Bahia, junto com o aviso da vinda dos inimigo franceses, como dissemos no capítulo primeiro, logo começou a perceber e fortificar assim a cidade como a praia, cercando-as de suas cercas de pau a pique, com tanta diligência que a todo o instante trabalhava com os seus escravos, e criados sem ocupar a outros, senão era a oficiais de carpinteiros, e pedreiros, com que fez de pedra e cal o muro e portal da barda do Carmo, que até então era de terra de pilão, reformou e fortificou as portas, o que tudo pagou da sua bolsa, e até os paus para a cerca da praia mandou vir quase todos nas barcas dos seus engenhos; estando assim prestes aguardando os inimigos, soube que andavam na barra para a parte do morro de São Paulo seis naus francesas, e aprestando das portuguesas, que estavam à carga outras tantas, ele se embarcou em uma sua, que já tinha dentro 300 caixas de açúcar, levando consigo suas charamelas, baixela de prata, e as mais ricas alfaias de sua casa, porque determinava levar logo de lá a presa ao governador, que estava em Pernambuco.

Das outras naus deu a melhor a Vasco de Brito Freire, que fez seu almirante, e as outras a Gonçalo Bezerra, e Bento de Araújo, que eram capitães de El-Rei, e comiam seu soldo nesta cidade, e ao alferes Francisco do Amaral, e a outro chamado Queirós; no dia seguinte depois que partiram, e foi o do bem-aventurado Apóstolo S. Mathias, encontraram com os franceses, e pelejaram de parte a parte animosamente, e os nossos com muita vantagem, porque lhes tomaram uma nau, e lhes trataram a almeiranta tão mal, que ao outro dia seguinte se foi ao fundo, só a capitania quis Baltazar de Aragão poupar, não querendo que lhe tirassem senão abalroar com ela, e tomá-la Sá e inteira para a levar por troféu em seu triunfo, mas não sei se com este vento se com outro, que lhe deu nas velas, quando ia já para a ferrar pendeu tanto a sua nau, que tomou água pelas portinholas da artilharia, e calando-se pelas escotilhas, que iam abertas, foi entrando tanta, que em continenti se foi ao fundo com seu dono, o qual quando se fazia, dizem que dizia "Faço o meu ataúde", e com ele se afogaram mais de 200 homens assim dentro na nau, como nadando no mar, donde não houve quem os tomasse, porque a Almeiranta se recolheu, e os mais com ele, podendo seguir a vitória com muita facilidade, e se alguns se salvaram foi nadando até às naus dos inimigos, que os tomaram, como foi Francisco Ferraz, filho do desembargador Baltazar Ferraz, que era sobrinho da mulher do Aragão, o qual depois deitaram os franceses em terra 60 léguas do Rio Grande para o Maranhão com outros dois ou três homens, onde de fome e cansaço do caminho morreu ao passar de um rio a pura míngua, sendo que tinha de patrimônio nesta Bahia mais de 50 mil cruzados, porque também seu pai morreu logo de desgosto; e publicamente se disse ser justo juízo de Deus por um caso exorbitante, que pouco antes havia acontecido, e foi o seguinte.

Tinha Baltazar Ferraz aqui um sobrinho, o qual se enamorou de uma moça casada com um mancebo honrado, e chegou a tirar-lha de casa, e trazê-la de sua mão por onde queria, e finalmente mandá-la para Viana donde era natural; querelou dele o marido, diante do ouvidor-geral Pero de Cascais, que o prendeu valorosamente, e preso na cadeia se livrou até final sentença, trabalhando o tio tanto em desviar testemunhas, recusar a parte, e outras astúcias, que os desembargadores o julgaram por solto, e livre, e se os pregadores o estranhavam no púlpito, diziam que eram uns ignorantes, e que nunca outra mais justa sentença se dera no mundo, e assim não havia mais remédio que apelar para Nosso Senhor Jesus Cristo, o qual como reto juiz permitiu que o réu se embarcasse com o primo e parente, e todos acabassem desastradamente, e o tio que se não embarcou também com eles.

Outro mancebo chamado Agostinho de Paredes foi a nado até a almeiranta dos inimigos, mas como estavam coléricos por lhe terem a nau tão maltratada, não o quiseram recolher, antes indo subindo o feriram com um pique em um ombro, de que depois de escapar do naufrágio, e dos tubarões, que o iam seguindo pelo sangue, nadando mais de uma légua para a terra, esteve a ponto de morte em mãos de cirurgiões, mas sarou, e viveu depois muitos anos.

VII

Da vinda do governador Gaspar de Souza de Pernambuco à Bahia, e do que nela fez

*D*epois que o governador mandou o capitão Francisco Caldeira de Castelo Branco com o socorro ao Maranhão, e soube o sucesso da morte do capitão Baltazar de Aragão na Bahia, pela qual nela sua presença mais necessária, deu uma chegada, e não esperou que o fossem receber com pálio e solenidade, como se soe fazer aos governadores quando vem, mas secretamente, com só um criado se foi meter em casa, dizendo que o fazia por sentimento da morte de Baltazar Aragão.

O dia seguinte foi à Sé. O primeiro dia que foi presidir a relação fez uma prática aos desembargadores à cerca das queixas, que deles tinha ouvido, de que não ficaram mui contentes, e se as de ouvido lhes não ficaram no tinteiro, menos lhe ficou depois alguma, se a viu, que logo a não repreendesse.

É incrível o cuidado com que Gaspar de Souza vigiava sobre todos os ministros, e ofícios de justiça, e fazenda, da milícia e da República, sem lhe escapar o erro ou descuido do almotacé, ou de algum outro, que não emendasse. Esta era a sua ocupação, não jogos e passatempos, com que outros governadores dizem evitam a ociosidade, os quais ele desculpava, dizendo que teriam mais talento, pois com lidar, e trabalhar de dia, e de noite, nas coisas do governo confessava de si, que não acabava de remediá-las, mas foi pouco venturosa a Bahia em não o gozar muito tempo, porque não havia estado nela quatro meses, quando foi chamado a Pernambuco, pelo recado de El-Rei, que lhe veio à cerca do Maranhão, e assim fez uma junta, ou vistoria na Sé com os desembargadores, e oficiais da fazenda, da Câmera, e da arquitetura, sobre se a derribariam, e fariam de novo, ou repariam somente o que estava arruinado que era um arco da nave, uma parede, e o portal principal, e posto que o seu voto era que só se reparassem as ruínas, acrescentasse a capela-mor, e se fizesse um coro alto, que ainda não havia; contudo os mais votos foram que se fizesse de novo, como se começou a fazer, para tarde ou nunca se acabar; com isto se embarcou o governador para Pernambuco, e ficaram governando a Bahia o chanceler Rui Mendes de Abreu, e o provedor-mor da fazenda Sebastião Borges, como dantes.

VIII

De como o governador tornou para Pernambuco, e mandou Alexandre de Moura ao Maranhão

O governador se embarcou em uma caravela de castelhanos, que nesta Bahia estava invernando para no verão ir ao rio da Prata, e esta viagem acertei de ir a Pernambuco com ele, e fomos em poucos dias, mas um antes de chegarmos houve tão grande tormenta do Sul, que temendo o governador de se sossobrar a caravela com as grandes marés, mandou soltar dos ferros os presos, que levava condenados à conquista do Maranhão, e me mandou pedir alguma relíquia, para deitar ao mar, e que fizéssemos as nossas deprecações a Deus Nosso Senhor, como fizemos, e meu companheiro lhe mandou o cordão com que estava cingido, o qual penduraram do bordo até o mar, e quis Nosso Senhor que a caravela em continente se quietasse, e moderasse o vento, e os mares, de modo que ao dia seguinte entramos com bonança.

O que visto pelos castelhanos não quiseram tornar o cordão, dizendo que por ele esperavam ir seguros de tempestades ao rio da Prata, nem foi esta só a vez, mas infinitas as que Deus por meio do cordão do nosso seráfico padre São Francisco há livrado a muitos de naufrágios, e feitas outras muitas maravilhas, pelo que lhe sejam dadas infinitas graças, e louvores.

O governador achou a Manuel de Souza de Sá, que o estava aguardando com cartas de El-Rei em Pernambuco sobre o negócio do Maranhão, em cujo cumprimento aprestou logo nove navios, quatro grandes e cinco pequenos, com mais de 900 homens entre brancos e índios, com plantas, e gados para povoarem a terra, e armas para a fazerem despejar aos franceses, quando não quisessem de outro modo, porque assim o mandava El-Rei, e porque neste tempo era já vindo Vasco de Souza para capitão-mor de Pernambuco, e vagava Alexandre de Moura, que o havia sido, lhe encarregou o governador esta empresa, dando-lhe todos os seus poderes para prover nos ofícios da república e milícia como lhe parecesse.

Foi por almirante desta frota Paio Coelho de Carvalho, que também havia acabado de ser capitão-mor de Itamaracá, e depois de se ir do Maranhão para o reino, se fez religioso da ordem do nosso padre São Francisco na província da Arrabida. Os capitães dos outros navios eram Jerônimo Fragoso de Albuquerque, Manuel de Souza de Sá, Manuel Pires, Bento Maciel,

História do Brasil

Ambrósio Soares, Miguel Carvalho, André Corrêa; o capitão-mor Alexandre de Moura levou consigo dois Padres da Companhia de Jesus, e com este santíssimo nome se partiram do Recife a 5 de outubro da era de 1615.

O governador nem por andar ocupado nestas coisas deixava de entender nas do governo da terra, como fez em tempo de Alexandre de Moura, de que Vasco de Souza menos sofrido se enfadou muito, e mandou seu irmão religioso da ordem do nosso padre, que consigo trouxe, com requerimento a El-Rei que se servisse dele em outra coisa, porque ali estava ocioso, e só o governador fazia tudo, pelo que El-Rei, ouvidas suas razões, lhe mandou provisão para que viesse por capitão-mor da Bahia, e a governasse, como o fez.

IX

De uma armada de holandeses, que passou pelo Rio de Janeiro para o estreito de Magalhães, e de outra de franceses, que foi carregar de pau-brasil ao Cabo Frio, etcetera

Neste tempo sendo capitão-mor do Rio de Janeiro Constantino de Menelau, que sucedeu a Afonso de Albuquerque, foi aportar à enseada do rio da Marambaia, que dista nove léguas abaixo do Rio de Janeiro, uma armada de seis naus holandesas, cujo general se chamava Jorge: soube-o Martim de Sá, que tinha um engenho ali perto na Tijuca, e entendendo como experimentado que por necessidade de água iam ali, e que haviam de desembarcar com o beneplácito do capitão-mor, a quem escreveu, se foi lá uma noite com doze canoas de gente, em que iriam 300 homens portugueses, e Índios, os quais deixando-as escondidas no rio, se desembarcaram delas, e conjeturando por três batéis, que viram na praia da enseada, que andavam holandeses em terra, como de feito andavam uns à água, outros às frutas, bem descuidados, os cercaram, e deram sobre eles tão subitamente, que ainda que se quiseram defender trinta e seis holandeses que eram, não puderam, antes lhes mataram 22, e cativaram 14 com as lanchas, sem que das naus lhes pudessem valer, porque ficavam longe, e logo se fizeram

219

Frei Vicente do Salvador

à vela para seguir sua viagem, que era para o estreito de Magalhães, e por ele ao mar do Sul, e costa do Peru, onde passaram, e meteram no fundo algumas naus, que encontraram, as quais parece que não eram de tão boa madeira, como outras, que depois encontraram de Manilha, que é uma das ilhas Filipinas, com que se combateram também fortemente, mas enfim não as puderam levar, porque segundo me disse um holandês, que se achou presente, e era cirurgião de ofício, era tal a madeira daquelas naus de Manilha, que a passava o pelouro, e logo se serrava o buraco por si mesmo sem unguentos, nem outra coisa, o que não tinham as suas holandesas, antes lhe meteram duas no fundo, e fugiu uma, e tomaram as outras, cativando a gente, que ficou com vida, metendo-os a rogar nas galés com tanta fome e trabalho, que tomaram antes a morte, segundo este cirurgião dizia.

Os outros, que tomaram no Rio de Janeiro, quisera Martim de Sá tomar a sua conta, para que andassem soltos, e levou para sua casa um chamado Francisco, e o regalou[5]....

XVIII

De como estando provido Henrique Corrêa da Silva por governador do Brasil, não veio; a causa porque; e como veio em seu lugar Diogo de Mendonça Furtado

*T*endo D. Luiz de Souza acabado o triênio do seu governo do Brasil, e sua mulher a condessa de Medelim na Corte, que requeria sua ida, proveu Sua Majestade o cargo em Henrique Correa da Silva, que o aceitou de boa vontade, e bom zelo, segundo alcancei algumas vezes que com ele falei em Lisboa, onde me achei naquele tempo, no qual determinou Duarte de Albuquerque Coelho de mandar seu irmão Mathias de Albuquerque a governar a sua capitania: porque os mais governadores, depois que Diogo Botelho a encetou, se vinham ali em direitura, por se não encontrarem

---

5. NB. O resto deste capítulo nono não esta no manuscrito, nem nas emendas; além disto salta deste capítulo para o décimo oitavo, havendo portanto uma falta de oito capítulos: o capítulo décimo oitavo é o seguinte.

História do Brasil

em pontos de preeminências, que como são pontos são indivisíveis, e cada um os quer todos para si. Alcançou uma provisão de Sua Majestade, que se notificou ao governador Henrique Correa, para que se viesse em direitura à Bahia sem tocar Pernambuco, e se de arribada, ou de qualquer outro modo lá fosse lhe não obedecessem; ao que ele respondeu que nem a Pernambuco, nem ao Brasil viria, porque não havia de dar homenagem das terras, que não podia ver como estavam fortificadas, e o que haviam mister para serem defendidas, e governadas como convém. Pelo que Sua Majestade, se havia de ser com aquela condição, podia prover o cargo em outrem,como de feito proveu logo em Diogo de Mendonça Furtado, que havia vindo da Índia onde estava casado, e andava requerendo na Corte a satisfação de seus serviços.

Diogo de Mendonça se aprestou o mais breve, que pôde; e porque os desembargadores, que vieram com D. Diogo de Menezes, uns eram mortos, outros idos para o reino com licença de El-Rei, e outros lha tinham pedida para se irem, mandou sete com o governador, para que com dois, que cá estavam casados, se inteirasse outra vez a casa, e Tribunal da Relação.

Todos partiram de Lisboa no mês de agosto de 1621, e chegando à altura de Pernambuco, onde os navios, que para lá vinham se apartaram dos da Bahia, mandou o governador a eles um criado chamado Gregório da Silva provido na capitania do Recife, que estava vaga pela ausência de Vicente Campello, posto que Mathias de Albuquerque o admitiu só na capitania da fortaleza de El-Rei, separando-lhe a do lugar ou povoação, que ali está, e dando-a a um seu criado, e assim andam já separadas.

XIX

Da chegada do governador Diogo de Mendonça à Bahia, e ida de seu antecessor D. Luiz de Souza para o reino

*E*m 12 de outubro de 1621, a uma terça-feira, que o vulgo tem por dia aziago, chegou o governador Diogo de Mendonça Furtado, que foi o duodécimo governador do Brasil, à Bahia, e desembarcando foi levado a Sé com

Frei Vicente do Salvador

acompanhamento solene, e daí a sua casa, donde antes de subir a escada, foi ver o armazém das armas, e pólvora, que estava na sua loja, demonstração de se prezar mais de soldado e capitão, que de outra coisa, e na verdade esta era naquele tempo a mais importante de todas, por se haverem acabado as pazes ou tréguas entre Espanha, e os holandeses, e se esperarem novas guerras nestas partes transmarinas, que estas são sempre as que pagam por nossos pecados, e ainda pelos alheios, e assim é necessário que as ilhas e costas do mar estejam sempre em arma.

Isto parece que proveu o governador Diogo de Mendonça, quando antes que entrasse em casa, e se desenjoasse, e descansasse da viagem, quis ver o armazém de armas. Com seu antecessor enquanto sendo partiu para o reino correu com muita amizade, visitas de cumprimentos, assim em público nas igrejas, como em sua casa, a que D. Luiz respondia como bom cortesão; e aprestando-se os navios, se embarcou em um patacho de Viana, chamado Manja Léguas, por ser bom navio de vela, deixando a todos saudosos com a sua ausência, porque nunca por obra, nem por palavra fez mal algum, e foi mui rico sem tomar o alheio, senão pelo grande cabedal que trouxe seu, e retorno que sempre lhe vinha, antes fez alguns empréstimos, que lhe ficaram devendo, os quais não sei depois como se lhe pagariam.

Fez em seu tempo uma formosa casa contígua com as suas para se fazer nela relação, que até então se fazia em casas de aluguel; e porque um seminário, que El-Rei havia mandado fazer com renda para quatro órfãos estudarem, se havia desfeito, pelas casas serem de taipa de terra, e caírem, começou outras de pedra e cal, mas nem por ser obra tão pia, nem por deixar já para ela seis mil cruzados consignados, houve quem lhe pusesse mão até agora, e queira Deus que alguma hora o haja.

Levou D. Luiz em sua companhia Pero Gouvea de Mello, que fora provedor-mor da Fazenda, e o desembargador Francisco da Fonseca Leitão; e tomou de caminho Pernambuco, para ir em companhia da frota, da qual não quis ir por capitão, por ser de navios mercantes, ou por não tèr ocasião de entender com Mathias de Albuquerque, capitão-mor de Pernambuco, com quem não estava corrente.

XX

De como Antônio Barreiros, filho do provedor-
-mor da fazenda, foi por provisão do governador
geral Diogo de Mendonça Furtado governar o
Maranhão, Bento Maciel o Grão-Pará, e o capitão Luiz Aranha a descobri-lo pelo cabo do Norte
por mandado de Sua Majestade

Sabendo Sua Majestade da morte de Jerônimo de Albuquerque, capitão-mor do Maranhão, proveu na capitania com título de governador, independente do governador do Brasil, a D. Diogo de Carcome, espanhol, casado em Lisboa, o qual se deteve tanto tempo em seus requerimentos, e pretensões, ou os ministros de El-Rei no despachar, que primeiro o despachou a morte, e morreu em sua casa antes que de Lisboa se partisse. Pelo que o governador determinou prover a serventia, enquanto El-Rei não mandava outro, e porque Sua Majestade tinha dado a provedoria-mor de sua fazenda a Antônio Barreiros por seis anos, com condição que se dentro neles fizesse dois engenhos de açúcar no Maranhão lhe faria mercê do ofício por toda a vida; proveu o governador na capitania do dito Maranhão a Antônio Moniz Barreiros, filho do dito provedor, para com o poder do seu cargo melhor poder fazer os engenhos.

Também proveu na do rio das Amazonas a Bento Maciel Parente, por ser morto Jerônimo Fragoso de Albuquerque, que o servia como fica dito, e neste mesmo tempo, que foi no ano do Senhor de mil seiscentos e vinte e três, mandou Sua Majestade o capitão Luiz Aranha de Vasconcelos em uma caravela de Lisboa a descobrir e sondar o dito rio pelo cabo do Norte, por dizerem que por ali podia tirar a sua prata do Potuci, com menos gasto, e para este efeito lhe deu provisão para os capitães de Pernambuco, Rio Grande, Maranhão, e Pará lhe darem tudo o que fosse necessário; em virtude das quais lhe deu Mathias de Albuquerque em Pernambuco uma lancha com 17 soldados, e o piloto Antônio Vicente, mui experimentado naquela navegação, e lhe carregou na caravela oito mil cruzados de diversas sortes de fazendas por conta de Sua Majestade para a fortaleza do

Pará, que havia dois anos se não provia com pagas, nem algum socorro, pelo que estava mui necessitada, e André Pereira Timudo, capitão-mor do Rio Grande, lhe deu quatro soldados, dos quais era um Pero Gomes de Gouvea seu alferes, que o capitão Luiz Aranha fez capitão da lancha.

Os outros eram o sargento Sebastião Pereira, Pero Fernandes Godinho, e um carpinteiro, que também foi importante à jornada. Antônio Moniz Barreiros no Maranhão lhe deu quinze soldados, em que entrava um flamengo chamado Nicolau, que os índios haviam tomado no Pará saindo-se de um forte que os holandeses lá tinham, com outros dois, e sete negros de Guiné, a uma roça a plantar tabaco, e era prático naquele grande Rio.

Para o qual se partiram os nossos do Maranhão, e chegaram à fortaleza a 14 de maio da dita era de 1623, onde o capitão dela Bento Maciel, por dizerem que a caravela não poderia navegar contra a corrente do rio, lhes deu outra lancha, e algumas canoas de índios, e lhes dava também trinta soldados brancos com seu capitão sinalado, que Luiz Aranha não quis aceitar, por querer ser ele o que lho sinalasse, dizendo que Sua Majestade lhe mandava dar soldados, e não capitães; mas contentou-se com os índios, e com o comissário que ali estava da nossa ordem e província frei Antônio da Merciana lhe dar o irmão frei Cristóvão de São José por capelão desta jornada, o qual era tão respeitado dos índios, que em poucos dias de navegação pelo rio acima lhe ajuntou quarenta canoas com mais de mil flecheiros amigos, que de boa vontade seguiram ao capitão, movidos também das muitas dádivas, que ele dava aos principais, e a outros, que lhe traziam suas ofertas de caça, frutas, e legumes, as quais não aceitava sem pagar-lhes com ferramentas, velório, pentes, espelhos, anzóis, e outras coisas, dizendo que assim lho mandava El-Rei.

Com esta multidão de índios, e os poucos soldados brancos, que havia trazido das outras capitanias, seguiu sua viagem, nem sem algumas grandes tormentas, principalmente uma com que lhe quebrou o leme da lancha maior, e os obrigou a tomar terra, onde o carpinteiro, que havia trazido do Rio Grande, fez outro de um madeiro, que cortaram, com o qual, posto que as fêmeas eram de cordas, e era necessário renová-las cada três dias, todavia governava muito bem, e assim foram todos navegando até certa paragem, onde o flamengo Nicolau, que traziam do Maranhão, lhes disse que estava perto um forte de holandeses, os quais não esperando que os nossos chegassem, mandaram mais de setecentos índios seus confederados a salteá-los no rio, como fizeram à meia-noite, e se travou entre uns e outros uma batalha, que durou duas horas, mas foi Deus servido de dar aos nossos vitória com morte de 200 contrários, fora 30 que tomaram vivos em duas canoas, dos quais se soube haver seis ou sete que eram amigos, e compadres dos holandeses por dádivas, que deles recebiam, quando vinham navios de Holanda, mas que naquela ocasião nenhum estava no porto, nem havia na fortaleza mais de trinta soldados, e alguns escravos de Guiné, com quem lavravam tabaco.

História do Brasil

Ouvido isto pelo capitão mandou remar até se porém leste a oeste com o forte, e em amanhecendo mandou lá um soldado em uma canoa pequena, que remavam quatro remeiros, e sua bandeira branca, a dizer que se entregassem dentro de uma hora primeira, senão que os poria todos a cutelo, porque assim lho mandava o seu rei de Espanha, cujas eram aquelas terras e conquistas.

Ao que responderam que aquela fortaleza era, e se sustentava pelo conde Maurício, pelo que se não podiam entregar sem ordem sua, e para esta vir era pouco tempo o que lhes dava.

Mas depois se soube que o seu intento não era este, senão esperar que lhe viesse socorro de outra fortaleza, que distava desta 10 léguas, do que tudo se desenganaram com lhe responder Luiz Aranha que ele tinha já ordem, que havia de seguir, e não tinha que aguardar outra, e mais quando a vantagem dos seus soldados era tão conhecida, e porque assim o cuidassem mandou pôr entre os brancos, assim nas lanchas como nas canoas, muitos índios com roupetas, chapéus, ou carapuças, com que ao longe pareciam todos brancos, e bastou este ardil, e outros de que usou, para que logo levantassem bandeira de paz, e se entregassem com a artilharia, mosquetes, arcabuzes, munições, escravos, e fazendas, que tinham na fortaleza, a qual os nossos queimaram, e arrasaram; e o dia seguinte, querendo ir dar em outra fortaleza, mandou uma canoa com 40 romeiros todos índios flecheiros, e três homens brancos muito animosos, que eram Pero da Costa, Jerônimo Correa de Sequeira, e Antônio Teixeira, a descobrir o caminho, aos quais saíram 12 canoas de gentio contrário, chamados Haruans, e tomando a nossa em meio sem quererem admitir a paz, e amizade, que lhes denunciavam, começaram a disparar muita flecharia, os nossos já como desesperados da vida, porque não podiam ser socorridos tão bem depressa dos mais, que ficavam longe, encomendando-se a Deus, se defenderam, e pelejaram tão animosamente, que já quando chegaram os companheiros tinham mortos muitos, e muitos mais se mataram depois da sua chegada, e socorro, e se tomaram quatro canoas de cativos, sem dos nossos morrerem mais de sete, mas ficaram 25 feridos, e Jerônimo Correa de Sequeira com duas flechadas, uma no peito, outra em uma perna, de que esteve mal, e ficou assim ele, como os dois companheiros, que iam na primeira canoa, com as mãos tão empoladas da quentura dos canos dos arcabuzes, que mais de 20 dias não puderam pegar em coisa alguma, porque cada um deles disparou mais de 40 tiros.

Curados os feridos, e descansando do trabalho da peleja aquela noite, na manhã seguinte mandou um capitão um cabo de esquadra com recado aos holandeses que se entregassem, porque assim o haviam feito os da outra fortaleza de Muturu – que era o nome do primeiro sítio –, e ali os traziam consigo, do que certificados por um que lá lhe mandou, se vieram a entregar assim as pessoas, que eram 35, como toda a fábrica da fortaleza, artilharia, escravos, e o mais que nela tinham.

Aqui perguntou o capitão aos holandeses se havia mais alguma fortaleza, ou estância de gente da sua nação naquele rio, e certificado que não, senão duas de ingleses, e essas lhe ficavam já abaixo, se tornou à nossa fortaleza do Pará; e não achando nela o capitão Bento Maciel, que o havia ido buscar para o ajudar, se embarcou em sua caravela, e foi pela banda do norte da Barra Grande outra vez ao rio arriba até o achar, depois de ter navegado um mês por entre um labirinto de ilhas, e ao dia seguinte, depois de estarem juntos, viram vir um nau, e surgir uma légua donde estavam, à qual foi Bento Maciel com quatro canoas ao socairo da caravela em que ia Luiz Aranha, para remeterem à nau, e pondo-se debaixo dela a desfazerem, o que se não pôde fazer com tanta presteza, que primeiro não alcançassem da nau com um pelouro de oito libras a uma canoa, com que nos mataram sete homens brancos, e feriram 20 negros, porém as outras se meteram debaixo do bojo da nau, e vendo que a não queriam dar a furaram ao lume da água com machados, com que se foi a pique, e sobre isto puseram os inimigos ainda fogo à pólvora, para que nenhuma coisa escapasse, e contudo escaparam algumas pipas de vinho, e cerveja, barris de queijos, e manteiga, e uma caixa grande de botica, de que os nossos se aproveitaram; porém os holandeses, que eram cento e vinte cinco, todos foram mortos a fogo e a ferro.

Com estas vitórias e boas informações do grande rio das Amazonas, que sempre o piloto Antônio Vicente foi sondando, se partiu Luiz Aranha de Vasconcelos, na sua caravela, a dar a nova a El-Rei, levando por testemunhas quatro dos holandeses, que havia tomado, e um índio principal, que o havia guiado, e também alguns escravos, para de caminho vender nas Índias, donde se partiu em companhia da frota da prata, mas apartando-se dela junto a Belmuda (sic), daí a 15 dias foi tomado dos corsários holandeses, os quais por irem muitos doentes das gengivas, a que chamam mal de Luanda, o lançaram em um pequeno bote com quatro marinheiros portugueses na Iliceira, para que lhe fossem buscar alguns limões, e outra embarcação mais capaz em que levassem os companheiros, e por não tornarem – coisa mui ordinária de quem se vê livre – levaram os mais cativos a Salé, donde saíram por resgate, exceto o índio, e os quatro holandeses, que levaram livres à Holanda.

XXI

Das fortificações, e outras boas obras, que fez o governador Diogo de Mendonça Furtado na Bahia, e dúvidas, que houve entre eles e o bispo, e outras pessoas

*E*ra o governador Diogo de Mendonça Furtado, liberal, e gastava muito em esmolas. Acrescentou a igreja de S. Bento, que lhe custou dois mil cruzados, e a todos os mais mosteiros ajudou, e fez as esmolas que pôde. Fortificou a cidade, cercando-a pela parte da terra de vala de torrões; e porque a casa que servia de armazém, junto a da alfândega, estava caída, começou a fazer outra no cabo da sua, para que o alto lhe ficasse servindo de galeria, e o baixo de armazém, como tudo se fez com muita perfeição, posto que a outros não pareceu bem depois o armazém, por não ser boa tanta vizinhança com a pólvora.

Também começou a fazer a fortaleza do porto em um recife, que fica um pouco apartado da praia, havendo provisão de Sua Majestade para se fazer não só da imposição do vinho, que estava posta nesta Bahia, mas também da de Pernambuco, e Rio de Janeiro, e que do dinheiro que recebem os mestres, não dos fretes, senão de outro, que eles introduziram chamado de avarias, que ordinariamente são duas patacas por caixa, desse quatro vinténs cada um para a obra da fortaleza, que não deixou de ser contrariada de alguns, porém realmente era mui necessária para defensão do porto, e dos navios que ali surgem à sombra dela, e de que não se pôde tirar o louvor também ao arquiteto Francisco de Frias, que a traçou.

Um dos contraditores, que houve da fortaleza sobredita, foi o bispo D. Marcos Teixeira, o qual sendo rogado que quisesse ir benzer a primeira pedra, que se lançou no cimento do forte, não quis ir, dizendo que se lá fosse seria antes amaldiçoá-la, pois fazendo-se o dito forte cessaria a obra da Sé, que se fazia do dinheiro da imposição; mas não foi este o mal, que o governador lhe reservou seis mil cruzados para correr a obra da Sé, senão que do dia, que chegou o bispo a esta cidade, que foi a 08 de dezembro de 1622, desconcordaram estas cabeças, não querendo o governador achar-se no ato do recebimento, e entrada do bispo, senão se houvesse de ir debaixo do pálio praticando com ele, no que o bispo não quis consentir, dizendo que havia de

Frei Vicente do Salvador

ir revestido da capa de asperges, mitra e báculo, lançando bênçãos ao povo, como manda o cerimonial romano, e não era decente ir praticando.

Por isto não foi o governador, mas mandou o chanceler, e desembargadores, e depois o foi visitar à casa, e se visitaram pessoalmente, e de presentes muitas vezes. Logo se levantou outra dúvida acerca dos lugares da igreja, querendo o governador que também se assentassem ambos de uma parte, e ali estivessem ambos conversando, ao que o bispo respondeu não podia ser conforme ao mesmo cerimonial, por razão dos círculos e outras cerimônias, que mandam se façam com ele nas missas solenes; e nem isto bastou, nem uma sentença, e provisão de El-Rei, que lhe mandou mostrar, em que por evitar dúvidas – quais as houve entre o governador e bispo de Cabo Verde – declara para os do Brasil, e todos os mais, que o governador se assente à parte da epístola, e primeiro se incensasse o bispo, e depois o governador.

Nem isto bastou, antes respondeu que se ele se achasse em alguma igreja com o bispo, se cumprisse o que o cerimonial, e El-Rei manda, fundado em que nunca iria onde o outro fosse, e assim o cumpriu.

Os desembargadores, que não podiam contender com ele sobre o lugar material da igreja, contenderam sobre o espiritual, e jurisdição que tem para a correição dos vícios, e neste tempo mais que em nenhum outro, porque lhe tiraram de um navio dois homens casados, que mandou fazer vida com suas mulheres a Portugal, por estarem cá abarregados com outras havia muito tempo, e isto sem os homens agravarem, antes requerendo que os deixassem ir, pois já estavam embarcados; pelo que o bispo excomungou o procurador da Coroa, que foi o autor disto, e houve sobre o caso muitos debates, enfim estas eram as guerras civis, que havia entre as cabeças, e não eram menos as que havia entre os cidadãos, prognóstico certo da dissolução da cidade, pois o disse a suma verdade, Cristo Senhor Nosso, que todo o reino onde as houvesse, entre os naturais e moradores, seria assolado e destruído.

Outro prognóstico houve também, que foi arruinarem-se as casas de El-Rei, em que o governador morava, de tal maneira, que se as não sustentaram com espeques, se vieram todas ao chão, sendo assim que eram de pedra e cal, fortes, e antigas, sem nunca até este tempo fazerem alguma ruína.

XXII

De como os holandeses tomaram a Bahia

A 21 de dezembro de 1623 partiu de Holanda uma armada de vinte e seis naus grandes, treze do estado, e treze fretadas de mercadores, da qual avisou Sua Majestade ao governador Diogo de Mendonça que se apercebesse na Bahia, e avisasse os capitães das outras capitanias fizessem o mesmo, porque se dizia virem sobre o Brasil. O governador avisou logo a Martim de Sá, capitão-mor do Rio de Janeiro, o qual entrincheirou toda a cidade, concertou a fortaleza da barra, e fez ir os homens do recôncavo para os repartir por suas estâncias, companhias e bandeiras e porque muitos não apareciam, por andarem descalços, e não terem com que lançar librés, ordenou uma companhia de descalços, de que ele quis ser o capitão, e assim ia diante deles nos alardos descalço, e com umas ceroulas de linho, e o seguiam com tanta confiança, e presunção de suas pessoas, que não davam vantagem aos que nas outras companhias militavam ricamente vestidos, e calçados.

Sem esta, foram muitas as preparações de guerra, que fez Martim de Sá nesta ocasião. As mesmas fariam nas outras capitanias – que a todas se deu aviso, até o rio da Prata –, mas faço menção do Rio de Janeiro como testemunha de vista, porque ainda então lá estava. Da mesma maneira se apercebeu o governador nesta Bahia, mandando vir toda a gente do recôncavo; e por alguns se não tornassem logo por serem pobres, e não terem que comer na cidade, mandou a um mercador seu privado que desse a cada um desses três vinténs para cada dia, por sua conta; porém como não haja moeda de três vinténs, dizia-lhes que levassem um tostão, e lhes daria uma de oito vinténs, e se os pobres lhe levavam o tostão, lhes dizia que o gastassem primeiro, e depois lhe daria os três vinténs, porque o governador lhos não mandava dar senão aos pobres, que nenhuma coisa tinham, nem lhes aproveitava replicar que haviam pedido o tostão emprestado, e que não era seu, nem outra alguma razão que dessem.

Não se passaram muitos dias, quando vieram ao governador novas de Baepeba, que andava lá uma nau grande, a qual tomara um navio, que vinha de Angola com negros. Quis sair ou mandar a ela, cuidando que não seria da armada, porque passava de quatro meses era partida de Holanda, e se entendia haveria aportado em outra parte: e esta era a nau Holanda, em que vinha o coronel para governar a terra, chamado D. João Vandort,

Frei Vicente do Salvador

a qual não pôde tomar a ilha de S. Vicente, que é uma das de Cabo Verde, onde as outras naus se detiveram dez semanas a tomar água, e carnes, e levantar oito chalupas, que traziam em peças; e por esta causa chegou primeiro a esta costa, e andava aos bordos dos Ilhéus para o morro, esperando as mais para entrar com elas, o que não fez, porque não as viu quando entraram, que foi a 09 de maio da era de 1624; mas vistas pelo governador Diogo de Mendonça repartiu logo as estâncias pelos capitães, e gente das freguesias de fora, que ainda aqui estavam, e da cidade; e deixando a companhia de. seu filho, que era de soldados pagos, e recebiam soldo da fazenda de El-Rei, para acudir, aonde fosse necessário, mandou a outra companhia com seu capitão Gonçalo Bezerra ao porto da Vila Velha, que é meia légua da cidade; e o escrivão da Câmera Rui Carvalho com mais de cem arcabuzeiros do povo, além de sessenta índios flecheiros de Afonso Rodrigues, da Cachoeira, que os capitaneava.

Fez a Lourenço de Brito capitão dos aventureiros, e a Vasco Carneiro encomendou a fortaleza nova, da qual posto que não acabada jogava já alguma artilharia. Não trato das outras estâncias, porque só nestas duas partes desembarcaram os holandeses aquela mesma tarde.

Os do porto da Vila Velha estavam com os seus arcabuzes feitos detrás do mato, para os dispararem ao desembarcar dos batéis; porém vendo ser muito maior o número dos inimigos não os quiseram esperar, quis detê-los Francisco de Barros na Vila Velha animando-os, ainda que velho e aleijado, mas iam tão resolutos, que nem bastou esta adamoestação, nem outra que lhe fez o padre Jerônimo Peixoto, pregador da companhia, o qual os foi esperar a cavalo, dizendo-lhes porque fugiam, pois tinham por todo aquele caminho de uma parte e de outra matos donde se podiam embrenhar, e a seu salvo fazer a sua batalha sem os inimigos saberem donde lhes vinham.

Nada disto bastou para tirar-lhes o medo, que traziam, antes como mal contagioso o vieram pegar aos da cidade, ou lho tinham já pegado os primeiros núncios, pois de quanta gente estava nela não houve outro socorro que saísse senão um padre pregador, que então pregava em deserto; e todavia se fora um socorro, que lançaram duas mangas de gente por entre o mato, e rebentaram das encruzilhadas, que há no caminho, ainda que os holandeses eram mil e duzentos, não lhes deixaram de fazer muito dano.

Melhor o fizeram os da fortaleza nova, a qual o almirante Petre Petrijans (sic), ou como os portugueses lhe chamamos Pero Peres, com o resto da sua soldadesca valorosamente combateu, e não com menos valor, e ânimo lha defendeu Vasco Carneiro, e Antônio de Mendonça, que o ajudou com mui poucos dos seus soldados, que já os mais lhe haviam fugido; também os socorreu com muito ânimo Lourenço de Brito, capitão dos aventureiros, porém como eram muitos os holandeses, e o forte não estava acabado, nem com os reparos necessários, foi forçado largar-lho, estando já Lourenço de

História do Brasil

Brito ferido, e treze homens mortos, sendo dos últimos que se saiu o nosso irmão frei Gaspar do Salvador, que os esteve exortando, e confessando, e quando se abaixou para entender o que lhe dizia um castelhano, a quem um pelouro havia levado uma perna, o livrou Deus de outro, que lhe passou por cima da cabeça, havendo-lhe já outro levado um pedaço de túnica: e os holandeses por ser já noite, e se temerem que os rebatessem da parte de terra se contentaram só com cravar as peças de artilharia, e o deixaram, tornando-se para as suas naus, não deixando delas de dia nem de noite de esbombardear para a cidade, e para toda a praia, na qual mataram a Pero Garcia no seu balcão, onde se pôs com seus criados, e chegando o governador a perguntar-lhe como estava (porque andava ele naquele (sic) doente lhe respondeu "Senhor, já estou bom, que neste tempo os enfermos saram, e tiram forças da fraqueza", ânimo por certo, a que os próprios inimigos deveram ter respeito, e assim depois que o souberam, mostraram pesar, pondo a culpa à diabólica arma do fogo, que aos mais valentes mata primeiro, e como raio onde mais fortaleza acha faz mais dano.

O pelouro lhe deu pelas queixadas, e ainda lhe deu lugar a se confessar, e de se reconciliar com alguns seus inimigos, que ali se acharam um dos quais era Henrique Álvares, a quem também outro pelouro matou pouco depois. Os mais que haviam desembarcado na Vila Velha se alojaram aquela noite em S. Bento, para combaterem no dia seguinte a cidade, na qual o governador determinou de se defender, mas como se não pôs em um cavalo correndo, e discorrendo por toda a cidade que não lhe fugisse a gente, todos se foram saindo: o que não podia ser sem que os capitães das portas, e mais saídas da cidade fossem os primeiros; e o bispo, que aquele dia se fez amigo com o governador, e se lhe foi oferecer com uma companhia de clérigos, e seus criados, pedindo estância onde estivesse, e a quem o governador agradecendo-lhe muito o oferecimento disse que em nenhuma parte podia estar melhor que na sua Sé, também a desamparou, consumindo o Santíssimo Sacramento, e deixando a prata e ornamentos, e tudo o mais, o mesmo fizeram clérigos e frades e seculares, que só trataram de livrar as pessoas, e algumas coisas manuais, deixando as casas com o mais, que tinham adquirido em muitos anos: tanto pôde o receio de perder a vida, e enfim se perde tarde ou cedo, e às vezes em ocasião de menos honra.

XXIII

De como o governador Diogo de Mendonça foi preso dos holandeses, e o seu coronel D. João Vandort ficou governando a cidade

O governador vendo que a gente era toda fugida, ainda que não faltou quem lhe dissesse que fizesse o mesmo, respondeu que nunca lhe estava bem dizer-se dele que fugira, e antes se poria o fogo, e se abrasaria, e vendo passar dois religiosos nossos pela praça os chamou, e confessando-se com um deles se recolheu dentro de sua casa só com seu filho Antônio de Mendonça, Lourenço de Brito, o sargento-mor Francisco de Almeida de Brito, e Pero Casqueiro da Rocha.

Pela manhã chegaram os holandeses à porta da cidade, e a outras entradas, que ficam daquela parte de S. Bento, onde se haviam alojado de noite, e não achando quem lho contradissesse, entraram, e tomaram dela posse pacífica, subiram alguns à casa do governador, que neste tempo quis pôr fogo a uns barris de pólvora para abrasar-se, se Pero Casqueiro lhe não tirara o morrão da mão, e vendo-os entrar levou da espada, e remeteu a eles, mas enfim o prenderam, e aos que com ele estavam, e os repartiram pelas naus.

Daí a dois dias chegou o coronel D. João Vandort, que como dissemos no capítulo passado não havia entrado com os mais, e começou a governar as coisas da terra, porque o general, que era um homem velho chamado Jacob Vilguis, nunca, ou rarissimamente saiu da nau: o coronel era homem pacífico, e se mostrava pesaroso do dano feito aos portugueses, e desejoso da sua paz e amizade, e assim aos que quiseram tornar passou passaportes, e lhes mandou dar quanto quiseram, não sem os seus lho estranharem, porque segundo o princípio que levava lhe houveram de levar tudo; porém a não serem os portugueses tão firmes na fé da Santa Igreja Católica Romana, e tão leais aos seus reis como são, não lhes fizera menos guerra com estas dádivas, sujeitando os ânimos dos que as recebiam, do que os seus a faziam por outra parte com as armas, tomando quanto podiam pelas roças circunvizinhas da cidade, e isto com tanto atrevimento como se foram senhores de tudo, e assim se atreveram só três ou quatro a ir ao tanque dos padres da companhia, que dista da cidade um terço de légua, e em sua presença falando-lhes um deles latim, e dizendo-lhes: *"Quid existimabatis*

História do Brasil

quando vidisti classem nostram"; fazendo dos calções alforjes, e enchendo-
-os de prata da igreja, e de outra que ali acharam, os puseram aos ombros,
e se foram mui contentes; porém quatro negros dos padres, que não tinham
tanta paciência, os foram aguardar ao caminho com seus arcos e flechas,
e matando o latino, fizeram fugir os outros, e largar a prata que levavam.

Da mesma maneira foram onde a várzea de Tapuípe, que dista pouco
mais de meia légua, e mataram uma vaca, mas estando esfolando-a deu
sobre eles Francisco de Castro, George de Aguiar, e outros cinco homens
brancos, e doze índios, e mataram cinco dos holandeses, e logo chegou
também Manuel Gonçalves, e seguindo os outros que fugiam matou quatro, e feriu dois feridos, que levaram a nova, deixando a vaca morta e esfo-
lada aos índios, que a comeram, e as suas armas aos nossos soldados.

Nem só andavam os holandeses insolentes por estes caminhos, mas
muito mais os negros, que se meteram com eles, entre os quais houve um
escravo de um serralheiro que prendeu seu senhor na roça de Pero Garcia,
onde se havia acolhido, e depois de o esbofetear, dizendo-lhe que já não era
seu senhor, senão seu escravo, não contente só com isto lhe cortou a cabeça, ajudado de outros negros, e de quatro holandeses, e a levou ao coronel,
o qual lhe deu duas patacas, e o mandou logo enforcar, que quem fizera
aquilo a seu senhor, também o faria a ele se pudesse.

Melhor o fez outro negro, que nos servia na horta, chamado Bastião, o
qual também se meteu com os holandeses, mas porque lhe quiseram tomar
um facão, que levava na cinta, e o ameaçaram que o enforcariam, se saiu da
cidade com outros dois ou três negros, os quais encontraram à fonte nova,
que é logo a saída, seis holandeses, que lhe começaram a buscar as algibeiras,
mas como o Bastião levava ainda o seu facão, temendo-se que se lho vissem
o quereriam outra vez enforcar, o escondeu no peito de um, e matando-o
lançou a correr pelo caminho, que vai para o rio Vermelho, onde encontrou
uns criados de Antônio Cardoso de Barros, os quais informados do caso fin-
giram também que fugiam com o negro, e se foram todos embrenhar adiante,
donde depois que os holandeses passaram lhes saíram nas costas, e os foram
levando até um lameiro, e atoleiro, onde mataram quatro, e cativaram um,
e será bem saber-se para glória dos valentes, que o era tanto um dos mortos
homem já velho, que metido no atoleiro quase até a cinta ali aguardava as
flechas tão destramente com a espada, que todas as desviava, e cortava no ar,
o que visto por Bastião se meteu também no lodo, e lhe deu com um pau nos
braços, atormentando-lhos de modo que não pôde mais manear a espada.

XXIV

De como o bispo foi eleito do povo por seu capitão-mor enquanto se avisava a Pernambuco a Mathias de Albuquerque, que era governador

*T*anto que a cidade foi tomada, e o governador preso, se juntaram daí a alguns dias os oficiais da Câmera na aldeia do Espírito Santo, que é de índios doutrinados dos padres da companhia, e ali abriram a via de sucessão do governador Diogo de Mendonça, em que Sua Majestade mandava que por sua morte ou ausência lhe sucederia no governo Mathias de Albuquerque, que atualmente estava governando Pernambuco por seu irmão Duarte de Albuquerque Coelho, senhor daquela terra, do que logo avisaram, mas porque a distância é grande, e de ida e vinda são mais de 200 léguas de caminho, e os holandeses não contentes com estarem senhores da cidade, se queriam assenhorear do que havia fora, como vimos no precedente capítulo, elegeu o povo, e aclamou por seu capitão-mor, que os governasse o bispo D. Marcos Teixeira, o qual a primeira coisa que intentou foi recuperar a cidade se pudesse, e para este efeito nomeou por coronéis a Lourenço Cavalcanti de Albuquerque, e a Melchior Brandão, e escrever a muitos homens que já estavam todos em seus engenhos, e fazendas, e como os teve juntos determinou entrar na cidade no dia do bem-aventurado Santo Antônio, de madrugada, e porque no mosteiro do Carmo, que está fora defronte dela, se haviam agasalhado dois portugueses com suas mulheres e família, se murmurava deles que serviam de espias aos holandeses, e lhes davam sinal, e aviso com o sino para que então lho não dessem mandou diante Francisco Dias de Ávila com índios flecheiros e alguns arcabuzeiros que os prendessem, o que os índios fizeram com tanta desordem, que antes eles foram os que deram aviso e sinal, porque em chegando ao dito mosteiro, e não lhes querendo os de dentro abrir, entraram por força, dando um urro de vozes tão grande, que ouvido pelos holandeses, tiveram tempo de se aperceber, de sorte que quando os quiseram cometer, que era já sol saído, e vieram descendo a ladeira do Carmo, e alguns já subindo a da cidade para entrarem pela porta onde estava uma fortaleza, lhe tiraram dela tantas bombardadas, e mosquetadas, que os fizeram tornar por onde vieram, e ainda os foram seguindo um grande espaço, sendo que eram os

História do Brasil

portugueses mais em número, e se se dividiram em algumas mangas, que cometessem juntamente por outras partes da cidade, que ainda não estavam fortificadas, porventura a recuperaram.

E porque até este tempo entravam e saíam alguns portugueses na cidade com passaporte do coronel, houve licença Lourenço de Brito para ir visitar a Diogo de Mendonça a nau, e concertou com ele que lhe mandaria uma jangada, e outra para seu filho. Antônio de Mendonça, com dois índios remeiros, que de noite mui secretamente os levassem à terra, como de feito mandou, e estando já para descerem a elas deu o urro, que temos dito no Carmo, com que espertaram os da nau, que lha estorvaram, e os das jangadas se acolheram mui ligeiramente para a terra, não sem serem sentidos dos holandeses, que daí por diante entendendo o que podia ser nela, e nas mais, puseram grandessíssima vigia, e os dos passaportes, com temor que os holandeses se alterassem com estas contas, se saíram da cidade sem tornarem mais a ela, só ficaram dois ou três mercadores casados por conservarem sua fazenda, com outros tantos oficiais mecânicos, e alguns pobres velhos, e enfermos, que por sua pobreza e enfermidade não puderam sair.

XXV

De como foi morto o coronel dos holandeses D. João Vandort, e lhe sucedeu Alberto Escutis, e o bispo assentou o seu arraial, e estâncias para os assaltar

*D*esta desordenada vinda, e cometimento da cidade ficaram os nossos portugueses desenganados de mais poderem cometer; mas ordenou o bispo que andassem ao redor dela pelos matos algumas companhias, porque quando alguns holandeses saíssem fora como costumavam, ou os negros de Guiné, que com eles se haviam metido a buscar frutas, e mantimentos pelos pomares, e roças circunvizinhas, os prendessem, sucedeu ser o coronel o primeiro que saiu a cavalo a ver a fortaleza de S. Filipe, que dista uma légua da cidade, e à tornada se adiantou dos holandeses, e negros, que trazia em sua guarda, levando só em sua companhia um trombeta em outro cavalo, onde lhes saiu Francisco de Padilha com Francisco Ribeiro, seu primo, cada um com a sua escopeta, e acertando melhor os tiros que acertou o coronel com um pistolete, que disparou, lhes mataram os cavalos, e depois de os verem derribados, e com os pés ainda nos estribos debaixo dos cavalos, matou o Padilha ao coronel, e o Ribeiro ao trombeta, e logo chegaram os índios selvagens de Afonso Rodrigues da Cachoeira, que ali andavam perto, e cortando-lhes os pés e mãos e cabeças, conforme o seu gentílico costume, e os deixaram, donde os holandeses levaram o corpo do seu coronel, e o dia seguinte o enterraram na Sé com a pompa, que costumam, muito diferente da nossa, porque não levaram cruzes, música, nem água benta, senão o corpo em um caixão coberto de baeta de dó.

Os capitães, que o levaram aos ombros, e um filho do defunto, um cavalo à destra, que também ia, e as caixas, que se tocaram destemperadas, tudo isto ia coberto de dó, e adiante as companhias, todos dos mosqueteiros, com os mosquetes debaixo do braço, e as forquilhas arrastando, os quais, entrando na igreja o defunto, se ficaram de fora ao redor dela, e ao tempo que o enterraram, os dispararam todos três vezes, não se metendo entre uma surriada e outra mais espaço que enquanto carregam, o que fazem com muita ligeireza; e logo deixadas as armas do defunto penduradas em um pilar dos da igreja junto à sua sepultura, se tornaram à sua casa, onde antes de entrarem se leu a via do sucessor, que era Alberto Escutis, o qual já quando se tomou a cidade havia servido o cargo dois dias, que estoutro tardou, e lido o papel se fez pergunta aos capitães e soldados se o reconheciam por seu coronel, e governador, para lhe obedecerem em tudo o que lhes mandasse, e respondido que sim os despediu, feitas suas cortesias, e se recolheu com os do Conselho, e alguns, e porque de todo os portugueses perdessem as esperanças de poderem recuperar a cidade, a cercou, e fortificou por todas as partes represando o ribeiro, que corre ao longo dela pela banda da terra, com que cresceu a água sobre as hortas, que por ali havia, muitos palmos, e assim por esta banda como pela do mar fez muitos baluartes, e fortes de artilharia.

O bispo também assentou seu arraial uma légua da cidade, no chão de um monte a que se não podia subir senão por três partes, nas quais mandou fazer três trincheiras com suas peças, e duas roqueiras cada uma, e a que estava para a banda da cidade, entregue ao coronel Melchior Brandão com a gente de Paraguaçu, a outra, que estava para Tapuípe, ao capitão Pero Coelho, e a terceira, por onde se servia para o sertão, ao capitão Diogo Moniz Teles, e o corpo da guarda se fazia junto à tenda, ou casa palhaça do capitão-mor pelos soldados do presídio, e outros, que seriam todos duzentos.

A este arraial se trazia a vender carne, peixe, frutas, farinhas, e o mais que havia por todo o recôncavo, e algum pouco vinho, e azeite, que se trazia de Pernambuco em barcos até a terra de Francisco Dias de Ávila, e daí por terra ao arraial, fora do qual havia também outras estâncias para os capitães dos assaltos, convém a saber, em Tapegipe defronte da fortaleza de S. Filipe, que ocupavam os holandeses, estava uma trincheira com duas peças de bronze, onde assistiam os capitães Vasco Carneiro, e Gabriel da Costa com uma companhia do presídio com quarenta soldados, e não muito longe desta estava outra em outro caminho com cinco falcões, e duas roqueiras, em que assistiam os capitães Manuel Gonçalves, e Luiz Pereira de Aguiar, e Jorge de Aguiar, e junto ao mar, e porto outra, donde estava o capitão Jordão de Salazar da ermida de S. Pedro, para a vigia estavam os capitães Francisco de Castro, e Agostinho de Paredes com sessenta homens da vigia. Para o Rio Vermelho com quarenta homens na roça de Gaspar de Almeida, Francisco de Padilha, e Luiz de Siqueira.

Fora estes foram também capitães em alguns assaltos Pero de Campos, Diogo Mendes Barradas, Antônio Freire, e outros; os cabos destes capitães dos assaltos eram da banda do norte da cidade, onde fica o mosteiro de Nossa Senhora do Carmo, Manuel Gonçalves, e da banda do sul, onde fica o de S. Bento, Francisco de Padilha; posto que sempre se ajudavam uns aos outros, quando a necessidade o requeria, e Lourenço de Brito como capitão dos aventureiros acudia a todas as partes.

XXVI

Dos assaltos, que se deram enquanto governou o bispo

Ordenadas as coisas pelo bispo, na maneira que fica dito, sabendo os capitães Francisco de Padilha, e Jorge de Aguiar, que os holandeses faziam poste na casa de Cristóvão Vieira, escrivão dos agravos, a qual está um pouco mais de um tiro de pedra fora do muro, e porta da cidade, entraram nela uma noite com mais dez companheiros, e à espada mataram quatro holandeses, pelo que depois derribaram e puseram fogo à casa, e a todas as mais que havia nos arrebaldes, e roçaram os matos, que lhe podiam ser impedimento, e aos portugueses abrigo, mas sobre este roçar de matos, e derribar casas houve alguns encontros, em que os capitães Lou-

Frei Vicente do Salvador

renço de Brito, e Antônio Machado com a sua gente mataram uma vez quatro, e por outra o mesmo Lourenço de Brito, e Luiz de Siqueira mataram muitos, e aqui testificou o capitão Lourenço de Brito do negro Bastião, de que atrás fizemos menção, que se adiantou a todos dizendo, que a sua flecha não chegava tão longe como o pelouro dos arcabuzes, e assim lhe era necessário para empregá-la nos inimigos chegar-se mais perto deles, o que também fez em outros encontros, e uma vez andando já com eles à espada, dizendo-lhes os nossos negros que se retirasse, respondeu "Não retira, não, sipanta, sipanta," querendo nisto dizer que não era tempo de retirar quando andavam já à espada; porque tinha experimentado dos holandeses que não eram tão destros nesta arma, como nas de fogo, e assim vindo à espada tinha já o pleito por vencido; outros holandeses foram até a casa de Jorge de Magalhães, que dista mais de uma légua da cidade, queimando as que havia pelo caminho, e roubando quanto achavam; porque os moradores se saíam fugindo para os matos, e a uma mulher, que não pôde fugir, quiseram romper as orelhas para lhe tirarem os cercilhos, e pendentes de ouro, se ela não lhos dera, e ainda fizeram outras coisas piores se não acudira Francisco de Padilha com a sua gente, o qual matou quatro, e foi seguindo os mais, que lhe fugiram até o Rio Vermelho; outra vez foram muitos ao pomar de Diogo Sodré, que se chama da vigia, porque dali a fazem aos navios que aparecem na costa, e se dá aviso na cidade antes que entrem na barra, e levaram muitos negros consigo dos seus confederados para carregarem de laranjas, limas doces, limões, e cidras, que há ali muitas, mas saíram-lhe os capitães Antônio Machado, e Antônio de Moraes com 50 homens cada um, e depois de batalharem animosamente, e lhes mataram nove holandeses, todavia se retiraram com dois portugueses mortos, e alguns feridos; mas a este tempo acudiu o capitão Padilha com 20 soldados seus, e indo após eles, que já se iam para a cidade, lhe fizeram rosto, e se tornou a travar outra batalha, a que tornaram os dois primeiros capitães, que se haviam retirado, e os foram levando até terem vista do socorro, que ia aos holandeses, que então os deixaram, por não terem mais pólvora, nem munição, mas ainda nesta segunda batalha lhe mataram muitos mais, e cativaram um vivo, chamado Rodrigo Mateus, que levaram ao bispo.

Não se haviam com menos ânimo e esforço Manuel Gonçalves, e os mais capitães, que ficavam da banda do Carmo, vigiando continuadamente se saíam para aquela parte alguns holandeses, e assim junto ao mesmo mosteiro do Carmo mataram uma vez seis, e outra três; e saindo do forte de S. Filipe a pescar a umas camboas, que ficam perto, deram sobre eles, e os pescaram, antes que eles pescassem; mataram um, e cativando três, que levaram ao bispo, dos quais um era o cabo do forte; e vendo os holandeses que os nossos se ajudavam por estes assaltos, de umas casas que ali estavam, onde no tempo da paz morava o capitão do forte com sua família, foram uma manhã cinco

História do Brasil

com picões para derribá-las, mas Manuel Gonçalves, Jorge de Aguiar, e Pero do Campo, que já estavam esperando emboscados no mato, tanto que os viram subidos para destelharem a casa, saíram com os seus, mataram dois, e seguindo os outros até a porta da fortaleza, e sem falta a entraram daquela vez, se na mesma porta não pusessem os de dentro uma peça de artilharia, que dispararam com muita munição miúda, e os fizeram tornar.

Outra vez havendo-lhe um negro do capitão Pero de Campo tomado o batel do pé do forte, e levado aos nossos, sem embargo de muitas peças, que lhe atiraram sem lhe acertar alguma, entendendo o dito capitão Manuel Gonçalves que pois não tinham batel iriam por terra dar aviso a cidade do que passava, os foi esperar ao caminho, e vendo que iam dois em uma jangada mandou a eles a nado, mas não os tomaram, porque lhes acudiu uma lancha sua, que ia da cidade.

XXVII

De outros assaltos, que se deram à beira-mar aos holandeses

Vendo os holandeses que por terra ganhavam mui pouco, e os não deixavam chegar às fazendas de fora, determinaram ir a elas por mar, socapa – como eles diziam – de buscar algum refresco por seu dinheiro, ou a troco de outras mercadorias; e para isto levavam às vezes alguns portugueses consigo, dos que entre si tinham, para que segurassem aos outros da paz, e quando não quisessem lhes fariam guerra, mas também disto se preveniu o bispo, mandando que os que tinham engenhos, e fazendas junto a praia se fortificassem, e assistissem nelas, e por esta causa mandava sair de cada freguesia 20 homens a assistir no arraial, e com esta prevenção se defenderam dos inimigos em algumas partes, e ainda em outras os ofenderam, como fez Bartolomeu Pires, morador na boca do rio de Matuim, o qual vendo que de um patacho que ali se pôs saíam os holandeses às vezes ao engenho de Simão Nunes de Mattos, que está defronte na ilha de Maré, a comer com o feitor, porque seu dono não estava aí, se foi meter com eles, e os convidou para uma merenda no dia seguinte, avisando a Antônio Cardoso de Barros lhe mandasse gente para o ajudar, como mandou, e a pôs em cilada da outra parte do engenho, e mortas as galinhas, postas a assar para mais dissimulação, tanto que os teve juntos deu sinal aos da emboscada, os quais saíram, e mataram alguns, em que entrou um mercador holandês; e fugindo os mais para o batel, cativaram só três, que depois daí a seis meses tornaram a fugir de casa de Antônio Cardoso de Barros para os seus.

Outros foram em uma nau à ponta da ilha de Itaparica, chamada a ponta da Cruz, e depois de a carregarem de azeite, ou graxa de baleia, que aí havia – porque aquele é o lugar onde se faz –, se foram ao engenho de Gaspar de Azevedo, que está na praia uma légua atrás da ponta, onde lhe não tomaram açúcar nem fizeram algum dano, antes lhe escreveram que viesse para o seu engenho, e moesse cana, e lhe dariam para isso negros, e toda a fábrica necessária, e somente a uma cruz de pau alta, que estava no terreiro do engenho, deram algumas cutiladas, a qual milagrosamente se torceu, e virou logo para outra parte, para a qual caminhando depois os holandeses acharam alguns moradores da ilha com Afonso Rodrigues da Cachoeira, que então ali chegou com o seu gentio, e mortos oito à flechadas, e arcabuzadas, lhes tomaram uma lancha com três roqueiras, e fizeram embarcar os mais com a água pela barba, e muitos mui malferidos; pelo que se ficou tendo aquela cruz em tanta veneração e estima dos católicos, que fazem dela relíquias, com que saram muitos enfermos de maleitas, e outras enfermidades.

O capitão Francisco holandês foi em outra nau a ilha de Boipeba, que é de fora da barra, e entrando pelo rio dentro até a vila do Cairu, que será de 20 vizinhos, com duas lanchas de mosqueteiros; mandou o português que consigo levava à terra, e de lá veio com ele Antônio de Couros, senhor ali de um engenho, por ser amigo do dito capitão holandês Francisco, do tempo que nesta cidade esteve preso, como dissemos no capítulo nono deste livro; o qual Antônio de Couros, depois de se saudarem com as palavras, e cerimônias devidas, se virou ao português medianeiro, chamando-lhe tredo a El-Rei, e parcial dos holandeses, e logo disse ao capitão que não queria com ele paz senão guerra, e para ela o ia esperar em terra, e foi tão honrado o holandês que, ou pelo seguro da paz que lhe havia dado, ou pela amizade e conhecimento que tinham dantes, ou pelo que fosse, nem por palavras, nem por obras lhe deu ruim resposta, antes se tornou para a nau, que havia deixado no morro de S. Paulo, que é a barra daquele rio, e daí para a cidade, depois tornou ao Camamu com outra nau, e com mais lanchas e soldados, e outro português, que havia sido seu carcereiro no tempo que esteve preso, e com muitos negros dos que haviam tomado dos navios de Angola, para ver se lhos queriam trocar por vacas, porcos, e galinhas, e também por lhe não responderem ao seu propósito, se tornou só com 12 bois, que tomou do pasto do engenho dos padres da companhia, e ainda estes lhes custaram oito holandeses, que os índios mataram à flechadas, e por haver levado as lanchas de vela perderam cá a presa de um navio de Viana, que

História do Brasil

vinha da ilha da Madeira carregado de vinhos, e mui embandeirado, ao qual estando já junto das naus holandesas para tomar a vala, e deitar âncora, tiraram de uma delas duas bombardadas, o que visto pelos portugueses do navio conheceram pelos pelouros que levavam ser de guerra, e largando todo o pano ao vento, que era largo, foram correndo pela Bahia dentro, indo também a holandesa, que era a nau Tigre, após ela, porém como se deteve em se desamarrar, e largar as velas, sempre o navio lhe levou esta vantagem, a qual bastou para a seu salvo se pôr na boca do rio de Matuim, onde a nau, por ser grande, que era de 350 toneladas, e não levar lanchas, não pôde chegar nem fazer-lhe dano.

O dia seguinte chegadas as lanchas do Camamu as mandaram logo ao dito rio, onde por não acharem o navio, que se foi meter dali a uma légua na Petinga, deram na fazenda de Manuel Mendes Mesas, lavrador, e lhe tomaram algumas ovelhas, que viram andar no pasto, com que tornaram para as suas naus.

O bispo mandou logo o capitão Francisco de Castro, e outros ao rio da Petinga, para defenderem o navio se lá fossem os holandeses enquanto se descarregava, e dele levaram seis peças de artilharia para o arraial, e sabendo que uma nau se pusera entre a ilha dos Frades, e a de Maré, para daí com a sua lancha tomar os barcos, que por aqueles boqueirões navegavam, encarregou ao capitão Agostinho de Paredes que andasse por aí em uma barca para lhe impedir as presas, e ver se podia tomar-lhes a lancha, porém eles se guardaram disso, porque estando ali 20 dias, e saindo nela quase cada dia o capitão, que se chamava Cornélio Corneles, com 25 mosqueteiros, ou quando ele não ia o piloto, a qualquer barco que passava, tanto que o barco encalhava em terra, ou se metia pelos boqueirões o deixavam, e se tornavam à nau, o que eu sei como testemunha de vista, porque neste tempo ainda estava cativo nesta nau, e um dia lhes disse que se desenganassem de poder fazer presa alguma; porque estava defronte uma fortaleza, mostrando-lhe uma igreja de Nossa Senhora do Socorro de muitos milagres, a qual defendia todo aquele circuito, do que muito se riram, mas enfim se tornaram para o porto da cidade sem pilhagem alguma.

XXVIII

Dos navios, que os holandeses tomaram na Bahia, e o que fizeram da gente que cativaram

Quando os holandeses tomaram a Bahia acharam trinta navios ancorados, alguns ainda carregados com as fazendas, que trouxeram do reino, outros de açúcar, já para partirem, outros de farinha da terra, e outros mantimentos para Angola, os quais todos tomaram descarregando-os nos seus, e em suas lojas, escolheram os melhores para os armarem, e servirem deles, e aos mais meteram no fundo, e fora estes lhes vieram depois a cair nas mãos alguns vinte; porque como este porto é de tanto comércio, e vem a ele de partes tão remotas, que nem daí a quatro meses se pôde nelas saber como estava impedido por si se vinham entregar, e ancorar entre os inimigos, com quanto lhes era necessário de farinha de trigo, biscoito, azeite, vinho, sedas, e outras ricas mercadorias, e por remate lhes veio um do rio da Prata carregado dela, em que vinha D. Francisco Sarmento, que havia servido em Potosi de corregedor, e trazia mulher e filhos, e um genro e neto, que todos recolheu o coronel em sua casa depois de roubados, e lhes deu mesa e vestidos.

Entre estes navios tomados foi logo dos primeiros um o dos padres da companhia, em que costumam visitar os colégios e casas, que tem por esta costa, e nesta ocasião vinha ao Rio de Janeiro o padre Domingos Coelho, seu provincial, que ia já acabando, e o padre Antônio de Mattos, que lhe havia de suceder, e outros padres e irmãos da companhia, que por todos eram 10.

Vinham também quatro religiosos de S. Bento, e eu, e meu companheiro da ordem do nosso padre S. Francisco: amanhecemos aos 28 de maio da dita era de 1624 na ponta do morro de S. Paulo, que é por onde se entra na primeira boca da Bahia, onde vimos duas lanchas, e uma nau, que se vieram a nós, e brevemente ferraram do navio por vir desarmado, e se senhorearam dele, e de quanto trazia, que eram caixões de açúcar, marmeladas, dinheiro, e outras coisas de encomendas, e de passageiros, que nele vinham e nos trouxeram para o porto, donde nos repartiram pelas suas naus de dois em dois, e de quatro em quatro, e assim estivemos até o fim de julho, que o seu general se partiu com 11 naus para as salinas, e o almirante com cinco, e dois patachos para Angola, e juntamente partiram quatro em direitura carregadas de açúcar para Holanda, em que mandaram o governador Diogo de Mendonça Furtado, com seu filho,

História do Brasil

e o ouvidor-geral Pero Casqueiro da Rocha, e o sargento-mor, e também os padres da companhia, e os de S. Bento, e a nós deixaram para nos trocarem pelos seus, que estavam cativos dos assaltos, sobre o que andava um português, morador na terra, que falava a língua flamenga, o qual depois acharam que lhe era tredo, e os enganava, pelo que o prenderam, e enforcaram com um irmão seu, e um mulato, que os acompanhava, e a nós se ficaram dilatando as esperanças da nossa liberdade, de tal sorte que meu companheiro por melhor arriscar-se a ir a nado, o que eu ainda que quisera não podia fazer, porque quem não sabe nadar vai-se ao fundo, e assim estive na prisão do mar quatro meses, os quais passados me pediu Manuel Fernandes de Azevedo um dos moradores portugueses, que ficaram na cidade, e concederam que viesse para sua casa, e pudesse andar em sua companhia pela cidade, contanto que não chegasse aos muros e fortificações, donde me ocupei em confessar os portugueses, em forma que nem um morreu sem confissão, como até este tempo morriam, mas não eram muitos, porque todos os que se quiseram ir deram licença, e três navios, em que se foram um para Pernambuco, e dois para o Rio de Janeiro, nos quais foram trezentas pessoas, os mais deles gente do mar, e passageiros dos navios, que tomaram, também fugiram muitos para o nosso arraial, para onde lhes não queriam dar licença e de lá se veio para eles uma mulher casada fugindo a seu marido com uma filha formosa, que o coronel casou com um mercador holandês, e lhes fez grandes festas em seu recebimento de músicas, danças, e banquetes, que duraram três dias.

Aos mais portugueses, que ficamos, davam ração como aos seus de pão, vinho, azeite, carne, peixe cada semana; e as obras que lhe faziam alguns, que eram alfaiates e sapateiros, e camisas, que as mulheres faziam pagavam muito bem.

XXIX

De como Mathias de Albuquerque, depois que recebeu a provisão do governo, tratou do socorro da Bahia, e fortificação de Pernambuco, onde deteve a Francisco Coelho de Carvalho, governador do Maranhão

*R*ecebida por Mathias de Albuquerque em Pernambuco a provisão do governo do Brasil na vagante de Diogo Mendonça Furtado, fez logo uma junta dos oficiais da Câmera, capitães, prelados da religião, e outras pessoas qualificadas sobre se viria em pessoa socorrer a Bahia, o que por todos lhe foi contradito; assim porque não bastaria o socorro, que de lá podia trazer para recuperá-la, como pelo perigo em que deixava estoutra capitania, de cuja fortificação e defensa se devia também tratar, pois viam arder as barbas dos seus vizinhos, com a qual resolução mandou Antônio de Moraes, que de cá havia ido, e achado no caminho um grande pedaço de âmbar, tornasse por terra com socorro de alguns soldados com suas armas, e munições, fazendo também tornar outros, que encontrasse pelo caminho, e assim chegou ao arraial uma boa companhia.

O governador se ficou fortificando na vila de Olinda com muita diligência, cercando toda a praia, e pondo nela soldados com seus capitães nas estâncias necessárias, como também fez no rio Tapado um terço de légua da vila, e o Pau Amarelo, que dista dela três léguas, e é porto onde podem entrar lanchas, e patachos; e porque o do Recife é o principal onde estão os nossos navios, e duas fortalezas, que são as chaves de todo o Pernambuco, pediu a Francisco Coelho de Carvalho, governador do Maranhão, que pouco havia ali chegara do reino, não quisesse em aquela ocasião seguir sua viagem para o Maranhão, encarregando-lhe o dito porto e povo do Recife, e o governo dele, sobre o qual ambos escreveram a Sua Majestade que se houvesse disso por bem servido, e por esta causa se ficou ali Francisco Coelho de Carvalho com três companhias de soldados, que do reino levava, e juntamente com ele seu filho Feliciano Coelho de Carvalho, Manuel Soares, seu sargento-mor, Jacome de Reimonde, provedor-mor da fazenda do Maranhão, e Manuel de Souza Deça, capitão-mor do Pará, e mandou só um barco ao Maranhão com alguns velhos, e mulheres, no qual se embarcou nosso irmão frei Cristóvão Severim, que ia por custódio com 15 frades, que trazia da província, e cinco que se lhe ajuntaram desta custódia do Brasil, a quem também o administrador de Pernambuco, que então era o dr. Bartolomeu Ferreira, deu poderes de vigário-geral, e provisor, como os trazia do Santo Ofício para rever e qualificar os livros, o que tudo era mui necessário naquelas partes.

Partiram do Recife a 12 de julho de 1624, e aportaram aos dezoito do mês na enseada de Mocaripe, três léguas do Ceará, donde os veio buscar o capitão-mor Martim Soares Moreno para o forte, em que se detiveram 15 dias, sacramentando os brancos, e doutrinando os índios de duas aldeias, que ali estavam, com os quais o custódio deixou dois religiosos, por requerimento, que o capitão lhe fez, para quietação dos índios, que com esperanças de alcançá-los os haviam até ali sustentado.

Os mais chegaram ao Maranhão em seis de agosto, onde começaram a edificar uma casa, e igreja de taipa, em que se disse a primeira missa no ano seguinte dia de Nossa Senhora das Candeias, ajudando Deus a obra como sua com algumas maravilhas, e milagres notáveis; um foi que dizendo os pedreiros que para se rebocarem as paredes eram necessárias 60 pipas de cal, e não havendo mais que 25 com elas se rebocaram, e sobejaram ainda 17 pipas, não sem grande admiração dos oficiais, que com juramento afirmaram era milagre.

Outro foi que trazendo-se para a obra em um carro uma mui grande e pesada trave, caiu o carreiro que ia diante, e passando a roda do carro por cima dele com todo aquele peso, não lhe fez dano algum, mas logo se levantou são, e prosseguiu sua carreira, ficando-lhe só o sinal da roda impresso no peito por onde passou para prova do milagre.

Nem trabalhou menos o padre custódio no edifício espiritual das almas, que na visita achou estragadas, e na conversão dos índios. O mesmo fez no Pará, onde reduziu a paz dos portugueses os gentios Tocantins, que escandalizados de agravos, que lhe haviam feito, estavam quase rebelados, e levou consigo os filhos dos principais para os doutrinar, e domesticar, proibiu com excomunhão venderem-se os índios forros, como faziam, dizendo que só lhe vendiam o serviço.

Queimou muitos livros, que achou dos franceses hereges, e muitas cartas de tocar, e orações supersticiosas, de que muitos usavam, apartou os amancebados das concubinas, e fez outras muitas obras do serviço de Nosso Senhor, e bem das almas, não sem muito trabalho, e perseguições, que por isto padeceu, sabendo que são bem-aventurados os que padecem pela justiça.

XXX

De como o governador geral Mathias de Albuquerque mandou de Pernambuco por capitão-mor da Bahia a Francisco Nunes Marinho, e da morte do bispo

*I*nformado o governador geral Mathias de Albuquerque em Pernambuco de algumas dúvidas, e diferenças, que havia entre o bispo e o ouvidor-geral Antão de Mesquita de Oliveira sobre o governo do arraial, e da mais gente da Bahia, porque também haviam para isto eleito o mesmo ouvidor-geral, antes que elegessem, e aclamassem o bispo, para atalhar a estas dúvidas, e diferenças, mandou que viesse por capitão-mor Francisco Nunes Marinho, que o havia já sido na Paraíba, e servido a El-Rei na Índia e em outras partes com muita satisfação, e para isto lhe deu dois caravelões, de um dos quais veio ele por capitão, e de outro Antônio Carneiro Falcato com trinta soldados, pólvora, munições, e vitualhas de vinho, azeite, e outras coisas, que se lhe puderam dar em tempo tão necessitado delas.

No mar tiveram uma grande tormenta, que os obrigou a entrar no rio de Sergipe dEl-Rei com vergas e mastros quebrados, donde depois que os refez, para seguirem sua viagem, e ele se foi com alguns soldados por terra, e chegou a muito bom tempo, porque daí a poucos dias adoeceu o bispo da doença, de que morreu aos 8 de outubro da dita era, deixando a todos assaz saudosos, e desconsolados com a falta de sua presença, por ser ela tal, que ainda a natural agradava a todos, sem as muitas graças sobrenaturais, que Deus a esmaltou, porque era mui esmoler, e liberal, devotíssimo do Santíssimo Sacramento, o qual levava ele próprio aos enfermos, ou ao menos o acompanhava com um brandão aceso, todas as vezes que o levavam fora de dia, ou de noite. Celebrava cada dia derramando na missa muitas lagrimas de devoção.

Pregava sem ser teólogo, posto que grande canonista, melhor que muitos teólogos, com muito zelo da salvação das almas: enfim dele se podia dizer aquilo do sábio Sapientiae, que o levou Deus deste mundo, e em tão pouca idade, que ainda não chegava a 50 anos, porque não era o mundo digno de tanto bem, e se isto se pode dizer dos seus merecimentos para com Deus, não menos para com El-Rei, como bem se viu nesta ocasião, em que

História do Brasil

o serviu de capitão-mor e governador depois da Bahia tomada; porque ele foi o que andando os homens espalhados pelos matos morrendo de fome, e nem eles se tendo por seguros, os fez ajuntar em um arraial, como já dissemos, e ali deu ordem a que se levassem mantimentos de todas as partes a vender, sustentando ele os pobres à sua custa, que o não podiam comprar.

Dali ordenou os capitães e companhias para os assaltos, em que reprimiu a insolência dos holandeses, que se isto não fora houveram de assolar todas as fazendas de fora, e quando iam aos assaltos os animava, e exortava de modo que até os gentios selvagens, que de princípio andavam alguns nestas companhias, obrigava a irem com muita vontade, e esforço; logo se punha em oração pedindo a Deus lhe desse vitória, e quando com ela tornavam lhe dava graças, abraçava os soldados, e gratificava-lhes não só com palavras, mas com dádivas, com que todos andavam à porfia a quem melhor havia de pelejar; e assim puseram sem o ter sitiado em tanto aperto, que não se atreviam a sair 50 passos da cidade a buscar um limão, senão com muita gente, e ordem, e nem essa bastava, o que tudo se pode atribuir também às orações do santo bispo, que não só governava estas guerras com sua indústria, conselho, e agencia, como Josué, e outros famosos capitães, mas com lágrimas e orações como Moisés: e entendendo que a tomada da cidade fora castigo do céu por vícios, e pecados, depois se castigava a si mesmo, e fazia tão áspera penitência, que nunca mais fez a barba, nem vestiu camisa, senão uma sotaina de burel, dormia mui pouco, e jejuava muito, pregava e exortava a todos à emenda de suas culpas, para que aplacassem a divina ira, até que destes trabalhos o tirou Deus para o descanso da bem--aventurança, como se pode confiar em sua divina misericórdia.

XXXI

Dos encontros, que houve com os holandeses no tempo que governou o nosso arraial o capitão--mor Francisco Nunes Marinho

*A*inda que o capitão-mor Francisco Nunes Marinho era velho, e enfermou gravissimamente chegando à Bahia, nem por isso enfraqueceu do ânimo, ou faltou bom ponto do que era do seu ofício, e governo, antes tinha dito a João Barbosa, que o acompanhou, e serviu desde a Paraíba, que por mal que estivesse nunca o dissesse aos soldados, mas tomando-lhe o recado, dissesse que lho ia dar, e tornasse com a resposta em seu nome, que lhe parecesse, o que o dito João Barbosa fazia com tanta prudência e cortesia, que todos iam contentes, e depois que sarou usava de outra caute-la, que tendo mui pouca pólvora, mostrava botijas cheias de areia, fazendo entender aos soldados que eram de pólvora, e quando se lhe queixavam porque dava tão pouca, e pediam mais, dizendo que deixavam muitas vezes de seguir os inimigos nos assaltos, porque no melhor lhes faltavam as car-gas, respondia que bastava aquilo, querendo antes ser notado de escasso, ou de qualquer outra nota, que descobrir a falta da pólvora, para que de todo não desmaiassem, e deixassem a guerra; assim foi continuando com os assaltos na forma, que o bispo havia ordenado, e era a melhor que podia ser, acrescentando mais duas trincheiras, uma em Tapuípe, e outra da ban-da de S. Bento, para os nossos que neles andavam.

Ordenou também que andassem dois barcos de vigia um em Itapoã, outro no morro, para avisar os navios que vinham de Portugal, com que se salvaram três ou quatro, e sem mudar o arraial lhe abreviou o caminho para a cidade um terço de légua, para com mais presteza poderem acudir aos assaltos; e no seu tempo soube o capitão Manuel Gonçalves pelas es-pias, que trazia, que estavam alguns holandeses metidos no mosteiro do Carmo, e deu sobre eles com os mais capitães de que era cabo, onde pele-jaram uns e outros valorosamente, e ficaram dos holandeses e dos nossos dois. Outra vez encontrou o mesmo Manuel Gonçalves uns holandeses, que saíram da fortaleza de São Filipe, e matou dois, fazendo recolher os outros: queimou-lhes um batel, e enfim os tinha tão apertados, que senão era por mar poucos passos se atreviam a sair da fortaleza.

Alguns assaltos foram também dar por mar os holandeses, como foi um no engenho de Manuel Rodrigues Sanches, onde lhe tomaram cinquenta cai-xas de açúcar, queimando-lhe as casas, e a igreja sem lho poderem impedir, posto que acudiram Manuel Gonçalves, e André de Padilha, pai do capitão Francisco de Padilha, e depois o coronel Lourenço Cavalcanti com quarenta homens, e os fizeram embarcar, matando-lhes, e ferindo-lhes alguns. Outro assalto deram no engenho de Estevão de Brito Freire, donde ao desembar-car lhe resistiu o capitão da freguesia Agostinho de Paredes com alguns arcabuzeiros, os quais por serem poucos, e os inimigos muitos, foi forçado retirarem-se ao alto às casas de um lavrador fora dos pastos do engenho, no qual os holandeses mataram alguns bois, e chegaram a estar às arcabuzadas, e ainda às pulhas com os nossos; mas de noite se embarcaram à pressa, dei-xando dois bois mortos sem os levarem, e só levaram 20 caixas de açúcar, que acharam no engenho, havendo já de caminho tomado 12 de retame de um engenho de mel, e alguns porcos de um chiqueiro, e se não se houveram

História do Brasil

assim embarcado não o puderam depois fazer tanto a seu salvo, porque no dia seguinte acudiu o capitão dos assaltos Francisco de Padilha, e Melchior Brandão, e capitão de Paraguaçu com muita gente; e porque uma nau dos holandeses havia ficado em seco, e se detiveram três ou quatro dias em tomar uma água, que abrira, e aliviá-la da artilharia nas lanchas, os ditos capitães se embarcaram com o Paredes, cuidando que saíssem em terra, o que não fizeram, mas concertada e aliviada a nau se foram para o porto da cidade.

Tinha mais o dito capitão-mor Francisco Nunes ordenadas, e feitas setenta escadas para escalar a fortaleza de S. Filipe em Tapuipe, e à força se senhorear dela, e da pólvora dos inimigos para os assaltos, o que não pôs em execução, porque lhe veio sucessor, e trouxe pólvora, e tudo o mais necessário.

XXXII

De como veio D. Francisco de Moura por mandado de Sua Majestade socorrer a Bahia, e governar o arraial

*S*abida pelo nosso rei católico Filipe Terceiro a nova da perda da Bahia, a sentiu grandemente, não tanto pela perda quanto por sua reputação, por entender que os holandeses por esta via determinavam diverti-lo das guerras, que atualmente lhes fazia na Holanda, ou que por sustentá-la, e acudir aos assaltos, que continuamente lhe faziam pela costa de Espanha, não poderia acudir a estoutro, como eles diziam, e assim para desenganá-los destes desenhos mandou com muita brevidade aprestar suas armadas, e que entretanto se mandasse de Lisboa todo o socorro possível, não só à Bahia, mas às outras partes do Brasil, para que os rebeldes não tomassem pé no estado, nem ainda o lançassem fora dos limites da cidade, que tinham tomada, porque nisso podiam perigar as fazendas dos engenhos de açúcar, que estão no recôncavo, de que tanto proveito recebem as suas alfândegas.

O que visto pelos governadores do reino D. Diogo de Castro, conde de Basto, e D. Diogo da Silva, conde mordomo-mor, mandaram logo em 8 de agosto de 1624 duas caravelas em direitura a Pernambuco, para dali seguir na ordem que o governador Mathias de Albuquerque lhes desse em socorro da Bahia; eram os capitães Francisco Gomes de Mello, e Pero Cadena, um e outro bem vistos na costa do Brasil.

Frei Vicente do Salvador

Traziam de socorro o que em tão poucos navios podia ser, 120 homens de guerra, 50 quintais de pólvora, 1.100 pelouros de ferro de toda a sorte, 20 quintais de chumbo em pão, 1.300 arcabuzes de Biscaia aparelhados, 14 quintais de chumbo em pelouros, duzentas lanças e piques de campo, quatro arrobas de morrão.

Chegou Francisco Gomes de Mello a Pernambuco nos últimos de setembro, onde foi recebido com extraordinário alvoroço, e repiques da vila, sabendo por ele ficarem fervendo Portugal, e Castela em socorro do Brasil. O capitão Cadena chegou mais tarde, por dar de caminho aviso na ilha da Madeira.

Mandaram também os senhores governadores em 19 de agosto da dita era Salvador Corrêa e Sá de Benevides no navio Nossa Senhora da Penha de França com oitenta homens, armados com seus arcabuzes de Biscaia, 14 quintais de pólvora, oito de chumbo, e dois de morrão, ao Rio de Janeiro, em que seu pai Martim de Sá estava atualmente governando. E à Bahia mandaram por capitão-mor D. Francisco de Moura, que já havia sido governador de Cabo Verde, com 150 homens de guerra, 300 arcabuzes aparelhados, 50 quintais de pólvora, 10 de morrão, 29 de chumbo em pão, 150 formas de fazer pelouros.

Com este socorro chegou D. Francisco de Moura a Pernambuco, pátria sua, em três caravelas, das quais ele capitaneava a sua, e as outras duas Jerônimo Serrão, e Francisco Pereira de Vargas, aos quais se ajuntaram em Pernambuco Manuel de Souza de Sá, capitão-mor do Pará, e Feliciano Coelho de Carvalho, filho do governador do Maranhão, que se ofereceram para os acompanharem, e o governador Mathias de Albuquerque lhes deu seis caravelões, e 80 mil cruzados mais de novos provimentos, e nos caravelões se meteu todo o socorro, que vinha nas caravelas, o que tudo se fez dentro de oito dias, no fim dos quais se partiram do Recife, e foram desembarcar à torre de Francisco Dias de Ávila, donde se vieram por terra ao arraial, e em chegando a ele aos 3 de dezembro de 1624 lhe fizeram salva de seis peças de artilharia, o que aos holandeses na cidade deu que entender, porque até aquele tempo não tinham dali ouvido outras, e assim desejavam muito saber o que era, e colher alguém que lho dissesse, para o que fizeram uma saída a S. Bento, onde se encontraram com o capitão Lourenço de Brito em uma emboscada, e lhe mataram o sargento, e prenderam outro homem muito malferido, do qual souberam ser D. Francisco de Moura, capitão-mor, que sucedera a Francisco Nunes Marinho, e este ao bispo, que era morto, das quais coisas nenhuma até então sabiam senão por dito dos negros, a que não davam crédito.

Outra saída fizeram ao Carmo, a qual não lhes sucedeu tanto a seu gosto por ser a tempo que D. Francisco mandava o arquiteto Francisco de Frias reconhecer aquele sítio, e como nele se pudessem os nossos fortificar, e iam em seu resguardo o capitão Manuel Gonçalves, Gabriel da Costa, e os mais, que daquela parte militavam, os quais pelejaram com tanto esfor-

História do Brasil

ço neste encontro, e lhes mataram, e feriram tantos com morte de um só dos nossos, que o arquiteto foi dizer a D. Francisco que para tão valentes, e animosos soldados não havia mister fazer fortificações artificiais, pois sem elas remetiam aos inimigos como leões. Ia-lhes também faltando já o conduto da carne, e pescado, e por lhes dizerem que na ilha de Itaparica, três léguas da cidade, havia muitos currais de vacas, e boas pescarias, determinaram senhorear-se dela, e para este efeito se embarcaram em duas naus, e algumas lanchas 400 soldados com o capitão Quife, e o capitão Francisco, e indo já nos batéis para desembarcar na ilha no engenho de Sebastião Pacheco, estava Paulo Coelho, capitão da ilha, detrás de uma cava ou bardo da bagaceira da cana, com outros portugueses, donde às arcabuzadas lhe feriram alguns, e impediram que não desembarcassem. E porque em todos os mais engenhos houvesse a mesma resistência, mandou D. Francisco de Moura por Manuel de Souza Deça ver as fortificações, que tinham, e que onde não as houvesse se fizessem, o que fez com grande cuidado. Fez também cabo a João de Salazar de dez barcas para defenderem do inimigo as que trouxessem mantimentos, ou gente do recôncavo ao arraial. Com isto cessaram os assaltos por mar, e também por chegar um navio de Holanda pela festa do Natal, que tomou de caminho outro nosso, que vinha de Lisboa para Pernambuco com cartas de El-Rei, e aviso da nossa armada, que vinha[6].

XXXIII

Da morte do coronel Alberto Scutis, e como lhe sucedeu seu irmão Guilhelmo Scutis, e se continuaram os assaltos

*M*uito solícito andou o coronel Alberto Scutis, depois que teve estas novas, em fortificar a cidade e o porto, entendendo que por uma parte e outra lhe convinha defender-se, e principalmente mandou acabar, e perfeiçoar o forte da praia, que Diogo de Mendonça começou, e não tinha ainda acabado, mas nem por isto deixava de andar em festas, e banquetes, assim na terra como nas naus, a que levava o seu prisioneiro D. Francisco

6. N. B. — Este capítulo foi copiado das adições e emendas a esta História do Brasil.

251

Frei Vicente do Salvador

Sarmento com toda a sua família, e porventura daqui se lhe originou dar em uma enfermidade, de que morreu em poucos dias.

Logo o dia em que o coronel Alberto Scutis morreu, que foi a vinte e quatro de janeiro de 1625, foi levantado por coronel seu irmão Guilhelmo Scutis, que era capitão-mor ou mestre de campo, ficando em seu lugar o capitão Quife; no dia seguinte se deu sepultura ao defunto na Sé e com as mesmas cerimônias, que se fizeram na do primeiro coronel, de que tratamos no capítulo undécimo, senão que deram mais duas surriadas que ao outro, ou fosse por ser irmão do coronel, ou por neste mesmo dia lhe haver chegado uma nau de Holanda com 60 soldados a 13 de março chegou outra, que por o vento lhe ser escasso, e os que a governavam duvidarem se o porto seria ainda seu, andou dois dias aos bordos sem entrar, nem menos duvida, e receio houve com isto na cidade, suspeitando que seria da armada de Espanha, e andaria esperando pelas mais; e assim se apercebeu o coronel com todas as prevenções necessárias; porém quietaram-se com a chegada da nau, vendo que era sua, e vinha carregada de ladrilho, que muito estimaram, para uma torre que tinham começada à porta do muro, que vai para o Carmo, para a qual iam tirando a pedra já da capela nova da Sé, e porque lhes faltava cal, foram aos dezessete do mesmo mês pela manhã cedo a uma casa donde a havia além do Carmo, junto da ermida de Santo Antônio, buscá-la com muitos negros, e sacos para a trazerem, e cento e vinte soldados mosqueteiros de resguardo, os quais metidos na casa da cal, e em outras ali vizinhas, porque chovia, saíam alguns poucos a vigiar, a que saiu o capitão Jordão de Salazar, que estava na ermida, e logo o capitão Francisco de Padilha, e Jorge de Aguiar, e os mais capitães dos assaltos, que por ali andavam perto, e se travou entre todos uma rija batalha, na qual por chover, e não poderem usar das armas de fogo as largaram, e vieram às espadas, com que nos mataram dois homens, e feriram 12, e os nossos mataram nove holandeses, um dos quais era tenente-coronel, e feriram muitos; tomaram-lhe 18 mosquetes, duas alabardas, um tambor, e algumas espadas, assim dos mortos, como dos que fugiram; mas vendo que lhes vinha socorro da cidade se retiraram os nossos, dando-lhes lugar que levassem os seus mortos e feridos, posto que sem a cal, que iam buscar.

Não trato dos assaltos, que se deram aos negros seus confederados, que algumas vezes saíam fora pelas roças como quem bem as sabia, e os caminhos, a buscar frutas para lhes venderem, dos quais foram alguns tomados, e a um destes cortou o capitão Padilha ambas as mãos, e o tornou a mandar para a cidade com um escrito pendurado ao pescoço, em que desafiava o capitão Francisco, que era o mais conhecido, porque este – como já disse – é o que tomou Martim de Sá no Rio de Janeiro, e o mandou o capitão-mor Constantino Menelau de lá a esta cidade, onde esteve preso muito tempo. O qual saiu ao desafio com duzentos mosqueteiros, e alguns negros

História do Brasil

flecheiros, mas quando viu a confiança com que o estavam aguardando além de S. Bento, junto a ermida de S. Pedro, e sentiu um rumor no mato, que imaginou ser manga de índios, para lhe tomarem as costas, posto que realmente não eram senão uns negros, que iam carregados de tábuas da ermida de Santo Antônio da Vila Velha para o arraial, isto bastou para não ousar a cometer, nem ainda a esperar, e se tornou para a cidade.

Outra fineza fez o capitão Francisco Padilha com seu primo Antônio Ribeiro, que se foram a um bergantim dos holandeses uma noite, e junto da fortaleza nova, e dos seus navios, que tinham continua vigia, o levaram dali à vista da sua nau, que estava vigiando na barra, a meter no rio Vermelho com duas peças pequenas de bronze, e quatro roqueiras, que tinha dentro, indo por terra o capitão Francisco de Castro, com a sua companhia, e a do Padilha de resguardo, para que se os holandeses fossem atrás do bergantim o encalhassem em terra, e lho defendessem, o que eles não fizeram por se não poderem persuadir segundo diziam que lho levaram os portugueses, senão que se desamarrara, e o vento, e a maré o levara.

XXXIV

Da armada que Sua Majestade mandou a socorrer e recuperar a Bahia, e dos fidalgos portugueses que se embarcaram

Com muita brevidade mandou Sua Majestade aprestar suas armadas, assim em Castela, como em Portugal e Biscaia para socorrer, e recuperar a Bahia do poder dos holandeses, dizendo que se lhe fora possível ele mesmo houvera de vir em pessoa, o que foi causa de todos seus vassalos se oferecerem à jornada com muita vontade, e só na armada de Portugal se embarcaram mais de cem fidalgos, para o que foi também grande motivo D. Afonso de Noronha, Fidalgo velho, que havia sido eleito viso-rei da Índia, e foi o primeiro que se alistou por soldado, a quem todos os outros seguiram, para passar este grande oceano, como os filhos de Israel a Aminadab, para a passagem do mar Vermelho.

Partiu esta armada de Lisboa a 22 de novembro de 1624, dia de Santa Cecília, por general dela D. Manuel de Menezes no galeão S. João, do qual vinha por capitão seu filho D. João Teles de Menezes, e juntamente de uma companhia de soldados, e D. Álvaro de Abranches, neto do conde de vila Franca, e Gonçalo de Souza, filho herdeiro de Fernão de Souza, governador do reino de Angola, de outras duas, que por todos eram seiscentos soldados.

Almeiranta, que era o galeão Santa Anna, vinha por almirante e mestre de campo de um terço D. Francisco de Almeida, por capitão da sua infantaria Simão de Mascarenhas, do hábito de S. João.

No galeão Conceição vinha por capitão e mestre de campo de outro terço Antônio Moniz Barreto; por capitão da infantaria D. Antônio de Menezes, filho único de D. Carlos de Noronha. No galeão S. José vinha por capitão D. Rodrigo Lobo, e da infantaria D. Sancho Faro, filho do conde de Vimieiro.

Na nau Caridade vinha por capitão dela e da infantaria Lancerote de França. Na naveta Santa Cruz vinha por capitão dela e da infantaria Constantino de Mello. Na nau Sol Dourado, capitão Manuel Dias de Andrade. Na nau Penha de França, capitão Diogo Vaião.

Na nau Nossa Senhora do Rosário, capitânia da esquadra do Porto e Viana, por capitão-mor dela e de toda a esquadra Tristão de Mendonça Furtado, e por capitão da infantaria Antônio Álvares. Na almeiranta chamada S. Bartolomeu, almirante Domingos da Câmara, e capitão da infantaria D. Manuel de Moraes.

Na nau Nossa Senhora da Ajuda, capitão dela e da infantaria Gregório Soares. Na nau Nossa Senhora do Rosário Maior, capitão dela e de arcabuzeiros Rui Barreto de Moura.

Na nau Nossa Senhora do Rosário Menor, capitão Cristóvão Cabral, do hábito de S. João. Na nau Nossa Senhora das Neves Maior, capitão Domingos Gil da Fonseca. Na nau Nossa Senhora das Neves Menor, capitão Gonçalo Lobo Barreto. Na nau S. João Evangelista, capitão Diogo Ferreira. Na nau Nossa Senhora da Boa Viagem, capitão Bento do Rego Barbosa. Na nau S. Bom Homem, capitão João Casado Jacome.

Os mais navios eram patachos e caravelas, que por todos eram vinte e seis, dez do Porto e Viana, e os mais de Lisboa.

Os fidalgos que neles vinham embarcados por soldados, seguindo a ordem do alfabeto, eram: o já nomeado D. Afonso de Noronha, do Conselho de Estado; D. Afonso de Portugal, conde de Vimioso; D. Afonso de Menezes, herdeiro da casa de seu pai, D. Fradique; D. Álvaro Coutinho, senhor de Almourol; Álvaro Pires de Távora, filho herdado de Rui Lourenço de Távora, governador que foi do Algarve, e viso-rei da Índia; Álvaro de Souza, filho herdeiro da casa de Gaspar de Souza, do Conselho de Estado, e governador que foi do Brasil; Álvaro de Souza, filho de Simão de Souza; D. Antônio de Castelo, senhor de Pombeiro; Antônio Corrêa, senhor de Belas; Antônio Luiz de Távora, filho herdeiro do conde de S. João; Antônio Teles da Silva, do hábito de S. João; filho de Luiz da Silva, do

História do Brasil

Conselho de Sua Majestade, vedor de sua fazenda; Antônio da Silva, filho de Pedro da Silva; Antônio Carneiro de Aragão; Antônio de S. Paio, filho de Manuel de S. Paio, senhor de vila Flor; Antônio Pinto Coelho, senhor das Figueiras. Antônio Taveira de Avelar; D. Antônio de Mello; Antônio Freitas da Silveira, filho de João Rodrigues de Freitas, da ilha da Madeira; Braz Soares de Souza; D. Duarte de Menezes, conde de Tarouca; Duarte de Albuquerque, senhor de Pernambuco; D. Diogo da Silveira, filho herdeiro de D. Álvaro da Silveira, e neto do conde de Sortelha; D. Diogo Lobo, filho de D. Pedro Lobo; D. Diogo de Noronha; D. Diogo de Vasconcellos e Menezes, e D. Sebastião, filhos de D. Afonso de Vasconcellos, da casa de Penela; Duarte de Mello Pereira; Duarte Peixoto da Silva; Estevão Soares de Mello, senhor da casa de Mello; Estevão de Brito Freire; D. Francisco de Portugal, comendador da fronteira; Francisco de Mello de Castro, filho de Antônio de Mello de Castro; D. Francisco de Faro, filho do conde D. Estevão de Faro, do Conselho de Estado de Sua Majestade, e vedor de sua fazenda; Francisco Moniz D. Francisco de Toledo, e Antônio de Abreu, seu irmão; D. Francisco de Sá, filho de Jorge de Sá; Francisco de Mendonça Furtado, e Cristóvão de Mendonça Furtado, seu irmão. Garcia Veles de Castelo Branco; Gaspar de Paiva de Magalhães. Jorge de Mello, filho de Manuel de Mello, monteiro-mor; Jorge Mexia; Gonçalo de Souza, filho herdeiro de seu pai Fernão de Souza, governador do reino de Angola; Gonçalo Tavares de Souza, filho de Bernardim de Távora, do Algarve; D. Henrique de Menezes, senhor de Louriçal; Jerônimo de Mello de Castro; D. Henrique Henriques, senhor das Alcaçovas; Henrique Corrêa da Silva; Henrique Henriques; D. João de Souza, alcaide-mor de Thomar. João da Silva Tello de Menezes, coronel de Lisboa; João de Mello; D. João de Lima, filho segundo do visconde D. João de Portugal, filho de D. Nuno Álvares de Portugal, governador que foi do reino; D. João de Menezes, filho herdeiro de D. Diogo de Menezes; João Mendes de Vasconcellos, filho de Luiz Mendes de Vasconcellos, governador que foi do reino de Angola; João Machado de Brito; Joseph de Souza de S. Paio; Luiz Álvares de Távora, conde de S. João, senhor da casa de Mogadouro; D. Lopo da Cunha, senhor de Sentar; Luiz Cesar de Menezes, filho de Vasco Fernandes Cesar, provedor dos armazéns de Sua Majestade; Lourenço Pires Carvalho, filho herdeiro da casa de Gonçalo Pires Carvalho, provedor das obras de Sua Majestade; D. Lourenço de Almada, filho de D. Antão de Almada; Lopo de Souza, filho de Aires de Souza; Martim Afonso de Oliveira de Miranda, morgado de Oliveira; Martim Afonso de Távora, filho de Rui Pires de Távora, reposteiro-mor de Sua Majestade; Manuel de Souza Coutinho, filho de Cristóvão de Souza Coutinho, guarda-mor das naus da Índia, senhor da casa de Baião; D. Manuel Lobo, filho de D. Francisco Lobo; Manuel de Souza Mascarenhas; Martim Afonso de Mello, e Joseph de Mello, seu

Frei Vicente do Salvador

irmão; D. Manuel Coutinho, e dois filhos do marechal D. Fernando Coutinho; Nuno da Cunha, filho herdeiro de João Nunes da Cunha; D. Nuno Mascarenhas da Costa, filho de D. João Mascarenhas; Nuno Gonçalves de Faria, filho de Nicolau de Faria, almotacé-mor; Pedro da Silva, governador que foi da Mina; Pedro Cesar de Eça, filho de Luiz Cesar; Pero da Silva da Cunha, filho de Duarte da Cunha; Pero Lopes Lobo, filho de Luiz Lopes Lobo; Pero Cardoso Coutinho; Pero Corrêa da Silva; Paulo Soares; Pero da Costa Travassos, filho de João Travassos da Costa, secretário da mesa do Paço; Rui de Moura Teles, senhor da Póvoa; D. Rodrigo da Costa, filho de D. Julianes da Costa, governador que foi de Tangere, presidente da Câmera de Lisboa, e do Conselho do Paço; D. Rodrigo Lobo; Rui Corrêa Locas; Rodrigo de Miranda Henriques; Rui de Figueiredo, herdeiro da casa de seu pai Jorge de Figueiredo; Luiz Gomes de Figueiredo, e Antônio de Figueiredo, seus irmãos; D. Rodrigo da Silveira, e Fernão da Silveira, seu irmão, filhos de D. Luiz Lobo da Silveira, senhor das Sargedas; Rui Dias da Cunha; Sebastião de Sá de Menezes, filho herdeiro de Francisco de Sá de Menezes, irmão do conde de Matosinhos; Simão de Miranda; Simão Freire de Andrade, e muitos outros homens nobres, que parece se não tinham por tais os que se não embarcavam nesta ocasião; e assim aconteceu em Viana entre três irmãos, que sendo necessário ficar um com o cuidado de sua família, e dos mais, nenhum deles o quis ter, por não faltar na empresa, e por entender o conde de Miranda Diogo Lopes de Souza que importava ficar algum, por sorte de dados resolveu a contenda.

A mesma houve entre um pai, e um filho, querendo cada qual vir por soldado, e foi o caso ao conde governador, que resolveu tocar mais a jornada ao filho, que ao pai, e os deixou conformes na pretensão da honra, que cada um para si queria.

XXXV

Da ajuda de custa, que deram os vassalos de Sua Majestade portugueses para sua armada

E se tão liberais se mostraram de suas pessoas os portugueses nesta ocasião, não o foram menos de suas fazendas, não somente os que se

História do Brasil

embarcaram, que estes claro está que aonde davam o mais haviam de dar o menos, e aonde arriscavam as vidas não haviam de poupar o dinheiro, e assim fizeram grandíssimas despesas; mas também os que se não puderam embarcar deram um grande subsídio pecuniário para o apresto da armada.

O presidente da Câmera da cidade de Lisboa deu da renda dela 100 mil cruzados. O excelentíssimo duque de Bragança D. Teodósio Segundo deu da sua fazenda e 20 mil cruzados. O duque de Caminha D. Miguel de Menezes, 16 mil e 500 cruzados. O duque de vila Hermosa, presidente do Conselho de Portugal, D. Carlos de Borja, dois mil e 400 cruzados, com que se pagaram 200 soldados.

O marquês de Castelo Rodrigo, D. Manuel de Moura Corte Real, três mil 350 cruzados, que em tanto se estimou o frete da nau Nossa Senhora do Rosário Maior, e a companhia que nela veio à sua custa. D. Luiz de Souza, alcaide-mor de Beja, senhor de Bringel, e governador que foi do estado do Brasil, três mil e 300 cruzados, e 30 moios de trigo para biscoitos. O conde da Castanheira, D. João de Ataíde, dois mil e 500 cruzados. D. Pedro Coutinho, governador que foi de Ormuz, dois mil cruzados.D. Pedro de Alcaçova, mil e 500 cruzados. Antônio Gomes da Matta, correio-mor, dois mil cruzados. Francisco Soares, mil cruzados. Os filhos de Heitor Mendes, quatro mil cruzados. Contribuíram também os prelados eclesiásticos.

O ilustríssimo e reverendíssimo arcebispo de Lisboa D. Miguel de Castro com dois mil cruzados. O ilustríssimo arcebispo primaz D. Afonso Furtado de Mendonça, 10 mil cruzados. O ilustríssimo arcebispo de Évora D. Joseph de Mello, quatro mil cruzados. O bispo de Coimbra D. João Manuel, quatro mil cruzados. O bispo da guarda D. Francisco de Castro, dois mil cruzados. O bispo do Porto D. Rodrigo da Cunha, mil e 500 cruzados. O bispo do Algarve D. João Coutinho, mil cruzados.

Finalmente deram os mercadores portugueses de Lisboa e reino 34 mil cruzados. Os italianos 500 cruzados, e os alemães dois mil e cem cruzados, que em tanto se estimaram 150 quintais de pólvora, que deram; montou tudo 220 mil cruzados, que foi o gasto da armada, sem entrar nele a fazenda de Sua Majestade, e assim veio provida abundantissimamente de todo o necessário para a viagem, porque além das matalotagens, que os particulares traziam de suas casas, se carregaram para a campanha sete mil e 500 quintais de biscoito, 854 pipas de vinho, mil 368 de água, quatro mil 190 arrobas de carne, três mil 739 de peixe, mil 782 de arroz, 122 quartos de azeite, 93 pipas de vinagre, fora outro muito provimento de queijos, passas, figos, legumes, amêndoas, açúcar, doces, especiarias, e sal; vinte e duas boticas, dois médicos, e quase em todos os navios cirurgiões; 200 camas para os enfermos, e muitas meias, sapatos e camisas; 310 peças de artilharia, pelouros redondos e de cadeia, dois mil e 500; mosquetes, e arcabuzes, dois mil 710; chumbo em pelouros, 209 quintais; piques e meios piques, mil 355.

De morrão 202 quintais. De pólvora 500 quintais, e muitas palanquetas de ferro, lanternetas, pés-de-cabra, colheres, carregadores, guarda-cartuchos, e todos os mais petrechos necessários para o serviço da artilharia, e para o de fortificações e cerco; vieram muitas pás, enxadas, alviões, picões, foices roçadeiras, machados, serras, seiras de esparto, e carretas de terra; e para o conserto dos navios veio muito breu, alcatrão, cevo, pregadeiras sorteadas, estopa, chumbo em pasta, enxárcia, lona, pano de treu (sic), fio, e outras muitas miudezas, e para uma necessidade 20 mil cruzados em reais.

XXXVI

Como a armada de Portugal veio ao Cabo Verde esperar a real de Espanha, e daí vieram juntas à Bahia

Aos 19 de dezembro da dita era de 1624 tomou a nossa armada de Portugal as ilhas de Cabo Verde, donde levava ordem de Sua Majestade, que não passasse sem a armada da coroa de Castela; aos quatorze havia derrotado da mais armada o galeão Conceição, de que era capitão Antônio Moniz Barreto, mestre de campo; e aos vinte deu à costa com tormenta nos baixos de Santa Anna na ilha de Maio, das onze para a meia-noite, morreram cento e 50 soldados, que se lançaram ao mar, vendo que não iam com os fidalgos na primeira batelada, e ainda se houveram de lançar a perder mais, se não acudira D. Antônio de Menezes, capitão de infantaria, filho único de D. Carlos de Noronha, mancebo de 22 anos, exortando-os que tivessem paciência até tornar o batel, e esperança em Deus, que todos se haviam de salvar, nem ele os havia de desacompanhar até os ver todos salvos, postos em terra; o mesmo lhes disse D. Francisco Deça, filho de D. Jorge Deça, e com o exemplo destes dois fidalgos se deliberaram todos a passar ou no batel, ou em outros modos, que cada um inventava, de jangadas, e pranchas de paus e tábuas, entre os quais se salvaram também dois frades da nossa província de Santo Antônio, frei Antônio, e frei Francisco, que vinham por capelães do galeão, um no batel, outro em uma cruz, que engenhou de duas tábuas, figura daquela em que esteve, e está toda a nossa salvação, e remédio; chegando recado ao general D. Manuel de Menezes da desgraça do naufrágio, avisou logo ao governador de Cabo Verde Francisco

História do Brasil

de Vasconcellos, e a João Coelho da Cunha, senhor da ilha de Maio, onde o naufrágio sucedera, para que mandassem socorrer aos perdidos, o que eles fizeram com tanto cuidado que não só os curaram, e regalaram, mas com sua ajuda, de seus escravos, e criados se tirou a artilharia, munições, enxárcias do galeão, e outras causas tocantes assim à fazenda de Sua Majestade como de particulares, que se deram a seus donos, e com isto se entreteve ali a armada 50 dias, até chegar a de Castela, que esperavam, a qual era de 32 naus; na capitania real vinha por generalíssimo do mar e terra D. Fadrique de Toledo, por almirante D. João Fajardo, general do estreito, na sua.

Na capitania de Nápoles, capitão o marquês de Cropani, mestre de campo general da empresa. Na almeiranta o marquês de Torrecusa, mestre de campo do Terço de Nápoles. Na capitania de Biscaia, general Valezilha. Na almeiranta seu irmão. Na capitania de Quatro Vilas general D. Francisco de Azevedo. No galeão Santa Anna, que era também desta esquadra de Quatro Vilas, capitão D. Francisco de Andruca (?); e neste vinha o mestre de campo do Terço da Armada Real de Orelhana, em outro D. Pedro Osório, mestre de campo do Terço do Estreito, e em outros de todas as esquadras outros capitães, sargentos, e oficiais de guerra, a que não sei os nomes, mas nos tratados particulares, que se imprimiram da jornada, se poderão ver, e neste nos capítulos seguintes se verão as obras, das quais, mais que dos nomes, se colige a verdadeira nobreza.

Juntas pois estas armadas no Cabo Verde, e feitas suas salvas militares, e cortesãos cumprimentos, se partiram daí em 11 de fevereiro de 1625 em dia de entrudo para esta Bahia, à qual chegaram em 29 de março, véspera de Páscoa, a salvamento, somente se perdeu a nau Caridade, de que era capitão Lançarote de Franca, em os recifes da Paraíba, mas acudiu-lhe logo seu tio Afonso de Franca, que era capitão-mor da Paraíba, com barcos e marinheiros, e quatro caravelões, que mandou o governador de Pernambuco, com que salvaram não só a gente toda, exceto dois homens, que aceleradamente se haviam lançado ao mar, mas depois o casco da nau com todo o massame, armas, artilharia, munições, e o capitão Lançarote de Franca, deixando a nau, para que a mastreassem, porque lhe haviam cortado os mastros, se foi com os seus soldados a Pernambuco, e daí em sete caravelões, que o governador lhes deu, a Bahia, onde chegou no mesmo dia que a armada.

259

XXXVII

De como Salvador Correa, do Rio de Janeiro, e Jerônimo Cavalcanti, de Pernambuco vieram em socorro à Bahia, e o que lhes aconteceu com os holandeses no caminho

*N*o capítulo vigésimo oitavo deste livro dissemos como depois da Bahia tomada pelos holandeses foi o seu almirante Pedro Peres com cinco naus de força, e dois patachos, para Angola; o fim, e intento, que os levou foi para a tomarem, e dela poderem trazer negros para os engenhos, para o qual diziam que se haviam contratado com El-Rei de Congo, e na barra de Luanda andavam já outras naus suas, e tinham queimados alguns navios portugueses, e feitas outras presas em tempo que o bispo governava pela fugida do governador João Correa de Souza, porém como lhe sucedeu no governo Fernão de Souza, e teve disto notícia, se aprestou, e fortificou de modo que quando os holandeses chegaram não puderam conseguir o seu intento, nem fazer mais dano que tomar uma nau de Sevilha, que ia entrando, e dois navios pequenos, e assim se tornaram à costa do Brasil, e entraram no rio do Espírito Santo a 10 de março de 1625, onde havia poucos dias era chegado Salvador Correa de Sá e Benevides com 250 homens brancos e índios em quatro canoas e uma caravela, que seu pai Martim de Sá, governador do Rio de Janeiro, mandava em socorro da Bahia, o qual ajudou a Francisco de Aguiar Coutinho, governador e senhor daquela terra do Espírito Santo, a trincheirar a vila, pondo nas trincheiras quatro roqueiras, que na terra havia, e desembarcando os holandeses lhes tiraram com uma delas, e lhes mataram um homem; e depois de entrados na vila lhe saíram os nossos por todas as partes, com grande urro do gentio, e lhes mataram 35, e cativaram dois, sendo o primeiro que remeteu à espada com um capitão, que ia diante, Francisco de Aguiar Coutinho, dizendo-lhe: "Se vós sois capitão conhecei-me, que também eu o sou", e com isto lhe deu uma grande cutilada, com que o derribou em terra; também o guardião da casa do nosso padre S. Francisco frei Manuel do Espírito Santo, que andava com os seus religiosos animando os nossos portugueses, vendo já os inimigos junto às trincheiras, se assomou por cima delas com um crucifixo dizendo "Sabei, luteranos, que este Senhor vos há de vencer", e com isto

História do Brasil

vendo-se livre de um chuveiro de pelouros, se foi ao sino da igreja Matriz, que ali estava perto, e o começou a repicar publicando vitória, com que a gente se animou mais a alcançá-la, de sorte que o general dos holandeses se retirou para as naus com perto de 100 feridos, de 300 que haviam desembarcado, e alguns. mortos, entre os quais foi um o seu almirante Guilherme Ians, e outro o traidor Rodrigo Pedro, que na mesma vila havia sido morador, e casado com mulher portuguesa, e sendo trazido por culpas a esta Bahia, fugiu do cárcere para Holanda, e vinha por capitão em uma nau nesta jornada, e com esta raiva mandou o general uma nau, e. quatro lanchas a queimar a caravela de Salvador Correa, que havia mandado meter pelo rio acima, em um estreito, mas ele acudiu nas suas canoas, e lhes matou quarenta homens, e tomou uma das lanchas.

O dia seguinte escreveu o general a Francisco de Aguiar neste modo: "Vossa Senhoria estará tão contente do sucesso passado, quanto eu estou sentido, mas são sucessos da guerra; se me quiser mandar os meus, que lá tem cativos, resgatá-los-ei, quando não, caber-nos-á mais mantimento aos que cá estamos".

Isto lhe escreveu o general cuidando que ficaram na terra menos mortos, e mais cativos, mas nem esses poucos lhe quis mandar o governador, e assim se fez o holandês à vela em 18 de março, e se partia com muito pouca gente, donde em saindo topou com o navio dos padres da companhia, em que nos haviam tomado, e os mesmos holandeses haviam dado a Antônio Maio, mestre do navio de D. Francisco Sarmento, em troco do seu, e vinha já outra vez do Rio de Janeiro carregado de açúcar para a ilha Terceira, o qual trouxeram até a barra da Bahia, e daí mandaram um patacho de noite reconhecer o estado do porto, e das naus que nele estavam, e por dizerem que era a armada de Espanha, descarregando nas suas, e pondo fogo ao navio, se foram por defronte de Olinda, em Pernambuco, donde tomaram um negro de João Guteres, que andava pescando em uma jangada, e lhe perguntaram se estava a Bahia recuperada, o qual não só lhes disse que sim, senão também que mandara o general D. Fadrique de Toledo matar as flamengos todos: e eles – ainda que era mentira – o creram, dizendo não seria ele castelhano, e descendente do duque de Alba; pelo que se foram à ilha de Fernão de Noronha a fazer aguada, e chacinas, com que se tornaram para Holanda levando o negro consigo; e aos mais negros e brancos, que haviam tomado no navio dos padres, deram um patachinho, em que foram cair a Paraíba, e contaram estas novas. E Salvador Correa, que ficou vitorioso no Espírito Santo, se partia nas suas canoas com a sua gente para a Bahia, onde se meteu entre a armada, e foi dos generais, e de todas aqueles fidalgos bem recebido.

Da mesma maneira sabendo Jerônimo Cavalcanti de Albuquerque, em Pernambuco, de Laçarote de Franca, que se perdeu na nau Caridade, na Paraíba, que a armada era passada para a Bahia, se embarcou em um navio por ordem do governador Mathias de Albuquerque, com dois irmãos seus, e outros parentes, e amigos, e 130 soldados, todas sustentados à sua custa, e vindo encontrou-se no mar com o patacho, que os holandeses haviam mandado vigiar antes da vinda da nossa armada, com cuja vinda ficou de fora; este cometeu o de Jerônimo Cavalcanti, e depois de se tirarem um, e outro muitas bombardadas, sendo mortos cinco dos nossos, um dos quais foi Estevão Ferreira, capitão da proa, que com estar ferido se não quis recolher até o não matarem os holandeses, e se foram, que não devia de ser sem terem também muitos mortos, ou recebido algum dano, e os Cavalcantis entraram na Bahia. donde foram bem recebidos de todos, particularmente do capitão-mor D. Francisco de Moura, seu primo, e do senhor de Pernambuco Duarte de Albuquerque, que havia vindo na armada por soldado, e Sua Majestade se deu do feito por bem servido, como o manifestou em uma carta, que escreveu ao mesmo Jerônimo Cavalcanti.

XXXVIII

Como desembarcaram os da armada, e os holandeses lhes foram dar um assalto a S. Bento, donde se começou a dar a primeira bateria

*M*elhor Páscoa cuidaram os holandeses que tivessem, quando a véspera dela pela manhã, a hora que na igreja se costuma cantar Aleluia, tiveram vista da armada imaginando ser a sua, que esperavam, porem tanto que a viram por de largo em fileira e meia-lua, que quase cercava da ponta de Santo Antônio até a de Tapuípe toda a enseada em que está a cidade, e virem-se os barcos dos portugueses do recôncavo meter entre ela, conheceram ser de Espanha, e se começaram aparelhar com muito cuidado, chegaram as suas naus à terra junto das fortalezas, e meteram três das mercantis, que tinham tomadas, no fundo diante das suas, para entupirem o passo às da nossa armada, que lhes não pudesse chegar , tiraram os marinheiros portugueses, que tinham a bordo, e os trouxeram para a cidade, notificando a eles, e aos mais, que nela estávamos que não saíssemos de casa; trouxeram algumas peças de artilharia para o colégio, e outras partes, per onde lhes pareceu que os poderiam entrar. Despejaram o forte de São

História do Brasil

Filipe, que esta uma légua da cidade, entendendo que lhes não eram 60 homens, que lá tinham, de tanto efeito coma nela.

Os da nossa armada neste tempo iam-se desembarcando junto ao forte de Santo Antônio dois mil castelhanos, 1500 portugueses, e 500 neopolitanos com seus mestres de campo, que eram dos castelhanos D. Pedro Osório, e D. João de Orelhana; dos portugueses D. Francisco de Almeida e Antônio Moniz Barreto, e dos neopolitanos o marquês de Torrecusa, dos quais deixou o general no quartel de S. Bento a D. Pedro Osório, D. Francisco de Almeida, e o marquês, cada um com o seu terço, que todos continham dois mil soldados, e ele se passou ao do Carmo com os mais, e logo se foi trazendo a artilharia para pôr em ambos, porque ambos estão em montes, e são quase os últimos de outros, que tem a cidade da banda da terra por padrastos. O que pressentindo os holandeses, e receando o dano, que dali lhes podiam fazer, saíram aos que estavam alojados em São Bento trezentos mosqueteiros à terceira oitava da Páscoa às 10 horas do dia, donde se começou uma batalha, que durou duas horas, na qual foram mortas dos nossos 80, porque como os vieram retirando até os fazerem recolher à cidade, da porta dela, e de outras fortalezas lhes tiraram tantas bombardadas com cargas de munição miúda, e de pregos, que puderam fazer toda esta matança, e ferir a muitos, do que os holandeses vieram mui contentes, e trouxeram por troféu uma coura de um capitão castelhano, cujo corpo, com cobiça dela, que era toda apassamanada de ouro, trouxeram arrastando até ao pé da ladeira onde do muro podiam chegar com qualquer arcabuz, e muito melhor com os mosquetes, de que eles usam, e assim vindo os nossos a buscá-lo de noite para lhe darem sepultura, lhes tiraram algumas mosquetadas, mas contudo o levaram, e o enterraram em sagrado com os mais, que neste assalto morreram pelejando animosamente que foram os de mais conta D. Pedro Osório, mestre de campo do Terço do Estreito, o capitão D. Diogo de Espinosa, o capitão D. Pedro de Santo Estevão, sobrinho do marquês de Cropani, João de Orejo, secretário do mestre de campo, D. Fernando Gracian, D. João de Torreblanca Francisco Manuel de Aguilar, D. Lucas de Segura, e D. Alonso de Agana, junta ao qual se achou na batalha D. Francisco de Faro, filho do conde de Faro, com um holandês a braços, e o matou, como também foram outros mortos e feridos, posto que poucos em comparação aos nossos, os quais com esta cólera sem mais aguardar assentaram logo a artilharia, e no dia seguinte, que foi quinta-feira 3 de abril, começaram com ela a bater a cidade, porque (sic) aquela parte fronteira a São Bento, abrindo-lhe grandes buracos no muro, que os holandeses tornavam a tapar de noite com sacos de terra, que para isto fizeram, mas não tanta a seu salvo, que cada noite lhes não matassem e ferissem alguns, com o que eles não desmaiavam, tendo esperança que viria cedo a sua armada, como um inglês feiticeiro lhes havia certificado, e por esta causa puseram uma grande bandeira com as suas armas no pináculo da torre da Sé, que está no mais alto lugar da cidade, para que vindo os seus a vissem, e pudessem entrar confiadamente conhecendo

Frei Vicente do Salvador

que estava a terra por sua. E a esta conta se defendiam, e nos ofendiam por todas os modos, que podiam, entre os quais foi um, que largaram duas naus de fogo uma noite com vento em popa, e maré para que fossem abalroar às nossas, e queimá-las, uma das quais pôs em risco a nossa almeiranta de Portugal, e sem falta se queimara se não ficara amarra, e largara o traquete, com que quis nosso Senhor que se livrasse do perigo.

A outra investiu com a almeiranta do estreito com tanto ímpeto, que se começava a derreter o breu, e chamuscar alguns soldados, mas também foi livre pela diligência e indústria de D. João Fajardo, a cujo cargo estava a armada, e a canoa em que cuidaram escapar três holandeses, que governavam o fogo, foi tomada com um deles por uma chalupa de Roque Centena.

Nem deixavam com toda esta ocupação os holandeses todos os dias, manhã e tarde, de se ajuntarem à Sé a cantar salmos, e fazer deprecações a Deus que os ajudassem: donde um domingo pela manhã deu um pelouro, que vinha da nossa bateria de S. Bento, e passando a parede da capela de S. José levou as pernas a quatro, que estavam assentados em um banco, ouvindo a sua pregação, de que morreram dois.

Assistiam neste quartel de S. Bento, donde esta boiada se fez, e outras muitas, D. Francisco de Almeida, mestre de campo de um terço português e almirante da Armada Real da Coroa de Portugal, e com ele militaram D. João de Souza, alcaide-mor de Thomar, Antônio Correa, senhor da Casa de Belas, D. Antônio de Castelo Branco, senhor de Pombeiro, Rui de Moura Teles, senhor da Póvoa, D. Francisco Portugal, comendador da fronteira, D. Álvaro Coutinho, senhor de Almourol, Pedro Correa Gama, sargento-mor deste terço. O capitão Gonçalo de Souza, o capitão Manuel Dias de Andrade, o capitão Salvador Correa de Sá e Benevides, o capitão Jerônimo Cavalcanti de Albuquerque, seus irmãos, e outros nobres portugueses.

Assistia também com o seu terço de neopolitanos Carlos Caraciolos, marquês de Torrecusa, enquanto se não mudou a outro sítio. E do terço do estreito muitos fidalgos e capitães, que todos uns, e outros a inveja no cavar da terra para os valos pareciam cavadores de ofício, no carregar da faxina para as trincheiras mariolas, mas no disparar dos mosquetes, e muito mais em esperar os dos inimigos, valorosos soldados[7].

---

7. N. B. — Este capítulo trigésimo oitavo foi copiado das adições e emendas a esta História do Brasil, que existem no Real Arquivo da Torre do Tombo.

XXXIX

Da segunda bateria, que se fez do mosteiro do Carmo, onde assistiu o general D. Fadrique de Toledo, e outras duas, que dela se derivaram

Não trabalharam menos os que militaram na bateria do Carmo com o general D. Fadrique, mas como os de São Bento foram picados daquele assalto dos holandeses, não houve rédea, que os tivesse, a não serem os primeiros; além de que acharam um pedaço de muro do próprio mosteiro de que se ajudaram para a trincheira, e os do Carmo a fizeram toda de novo, assim para a banda da cidade, a cuja porta fica este monte fronteiro da parte do norte, como para as naus inimigas, que lhe ficavam ao pé da banda do poente, às quais começaram de tirar em 9 de abril, tratando-as mui mal com os pelouros, e a maior delas, que era do capitão Sansão, e tinha duas andainas de artilharia meteram no fundo, posto que ali o fundo é pouco por estar muito chegada à terra, e a nau ser grande, ainda ficou com grande parte sobre a água, mas perderam-se-lhe alguns mantimentos, e coisas que estavam no porão, e mataram-lhe quatro homens, e feriram 12.

Não foi menos o dano, que desta bateria fizeram na cidade furando-lhe o muro e a porta, e derribando muitas casas, pelo que prometeu o coronel a todos os holandeses, que de noite trabalhassem no reparo dos muros e trincheiras, duas patacas a cada um; parque de dia sem estipêndio o faziam, e assim era contínuo o trabalho, e sabre este fazer e desfazer, romper, e reparar de muros era também contínua a bateria de peças, e mosquetes, e se matava de parte a parte alguma gente; entre outros foi mui notável um tiro, que tiraram desta bateria do Carmo à outra, que tinham os holandeses à porta da Sé, onde deu o pelouro na terra debaixo dos pés de um sargento, e sem lhe fazer mais dano, que fazê-lo saltar como quem dançando faz uma cabriola, varou ao hospital, e rompendo a parede matou a dois cirurgiões, que estavam curando a seus feridos, e feriu de novo a um dos feridos.

Da mesma maneira foram mortos alguns dos nossos, como foi Martim Afonso, Morgado de Oliveira, que recolhendo-se a casa a vestir uma camisa, suado do trabalho de carregar faxina, e carregar e descarregar mosquetes, assentando-se à janela a tomar um pouco de ar, o feriu uma peça dos holandeses em uma perna, de que em três dias morreu com tanto valor e cristandade como se esperava de tão qualificada pessoa, o qual se embarcou enfermo de Lisboa, e advertindo-o parentes e amigos que não tratasse da jornada, respondeu que ungido havia de ir nela, tanto era o desejo, que tinha do serviço do seu rei, não só nesta ocasião, mas em outras muitas ia bem mostrado; o qual Sua Majestade lhe soube bem gratificar depois de sua morte nas mercês que fez a seus filhos, como adiante veremos.

Este foi um dos fidalgos portugueses, que militava neste quartel do Carmo, de que havemos tratado, e vamos tratando, com Sua Excelência; os outros eram D. Afonso de Noronha; o conde de São João Luiz Álvares de Távora, cunhado do dito Morgado de Oliveira; o conde de Vimioso D. Afonso de Portugal; o conde de Tarouca D. Duarte de Menezes ; Duarte de Albuquerque; Francisco de Mello de Castro; Álvaro Pires de Távora; João da Silva Tello; Lourenço Pires de Carvalho; D. João de Portugal; Martim Afonso de Távora; Antônio Teles da Silva; o capitão D. João Teles de Menezes; o capitão Cristóvão Cabral; o capitão D. Álvaro de Abranches; o capitão D. Antônio de Menezes; o capitão D. Sancho de Faro, e outros.

Desta estância do Carmo ordenou o general D. Fadrique que se fizessem outras duas, uma nas palmeiras, em que estiveram os mestres de campo D. João de Orelhana, e Antônio Moniz Barreto, e Tristão de Mendonça, capitão-mor da esquadra do Porto, com dois sobrinhos seus Francisco e Cristóvão de Mendonça, D. Henrique de Menezes, senhor de Louriçal; Rui Correa Locas, Nuno da Cunha, Antônio Taveira de Avelar, o capitão Lançarote de Franca, o capitão Diogo Ferreira, e outros; e foi esta estância de muita importância, por ser mais alta que todas, e não estarem as dos holandeses por aquela fronteira tão fortificadas, e assim lhe descavalgaram as suas peças, e lhes mataram e feriram muitos homens, posta que também nos mataram alguns, e entre eles o capitão Diogo Ferreira, que foi um dos três irmãos vianeses, que ganhou por sorte de dados o vir na jornada, que dissemos na capítulo trinta e três, e também outro a que chamavam João Ferreira, que vinha por provedor-mor da fazenda deste estado do Brasil com um navio armado, fretado à sua custa, morreu em Lisboa de uma febre aguda, ficando o que perdeu na sorte dos dados com vida, e fazenda em sua casa e pátria, ainda chorando porque não foi um deles.

A outra estância e bateria foi de D. Francisco de Moura com a gente da Bahia, e capitães dos assaltos, donde assistiram também alguns criados de Duarte de Albuquerque Coelho, capitão, governador, e senhor de Pernambuco; e esta foi muito arriscada bateria, porque estava diante da de D. Fadrique um tiro de arcabuz, mui chegada à cidade, e fronteira ao Colégio dos Padres da Companhia, donde os holandeses batiam com seis peças, e de parte a parte se fazia muito dano.

XL

De outras trincheiras, que se fizeram da parte de S. Bento, e como se começaram a dividir os franceses dos holandeses

*T*ambém – e ainda antes das duas estâncias sobreditas – fizeram as suas D. Manuel de Menezes, e D. João Fajardo à parte de S. Bento, em um morro junto ao mar, sobre a ribeira que chamam de Gabriel Soares, donde fizeram muito dano com cinco peças de artilharia não só aos navios holandeses, e às fortalezas da praia, que toda dali se descobria, mas também a algumas da cidade.

Entre esta estância, e a de S. Bento fez também o marquês de Torrecusa, mestre de campo do terço dos napolitanos, os quais ainda que ficavam bem fronteiros à porta da cidade, e tão perto dela, que não só com a artilharia grossa, mas com a miúda podiam fazer dano, desejosos – parece – de virem às mãos com cólera de italianos, foram fazendo uma cava, com que chegaram ao pé do muro. Estas sete estâncias, que estão ditas nestes três capítulos, são donde se fez bateria à cidade, sem se deixar de ouvir estrondo de bombardas, esmerilhões, e mosquetes de parte a parte, um quarto de hora, de dia nem de noite, em 23 dias que durou o cerco, e eram tantos os pelouros pelo ar, que milagrosamente escapavam as pessoas assim nas casas, como nas ruas, e caminhos; nem faltou curioso que contasse, e diz que foram as balas grossas que os inimigos tiraram 2.510, e as que os nossos lhe tiraram 4.168. O qual para que melhor se entenda porei aqui a descrição da cidade, e sítio das fortalezas, donde se tirava de dentro, e de fora dela, que é a seguinte.

Bem entenderam por estas vésperas os inimigos qual seria a festa quando os nossos entrassem na cidade, e com este receio se começaram já os franceses a dividir dos holandeses determinando fugir para os nossos, da qual ocasião se quis aproveitar também um soldado português indiático, que os holandeses haviam tomado vinda de Angola, e se havia alistada com soldo, entrando, e saindo com eles da guarda, o qual sabendo a determinação dos franceses se concertou com quatro para pôr fogo à pólvora, e alegando este serviço, que não era pequeno, alcançar perdão da vida, porém um o descobriu ao coronel, o qual mandou logo prender, e enforcar o português, e um dos franceses, que os outros dois lhe fugiram para os nossos; pela que mandou o coronel lançar bando pelas ruas, a som de dez

Frei Vicente do Salvador

ou doze tambores, que todo o que soubesse de outro, que quisesse fugir, e lho fosse denunciar lhe daria quatrocentos cruzados, e daí avante se teve muita vigia sabre os franceses na poste que faziam.

XLI

De como se levantaram os soldados holandeses contra o seu coronel Guilhelmo Scutis, e depondo-o do cargo elegeram outro em seu lugar

*A*os 26 dias do mês de abril, que era um sábado, dia dedicado à Virgem Sacratíssima Senhora Nossa, em que costuma fazer particulares mercês a seus devotos, favoreceu sinaladamente aos que estavam na sua bateria, e trincheira do Carmo, dando-lhes este dia tanto ânimo e coragem, que alguns sem temor da artilharia e mosquetes, que disparavam os inimigos, chegaram até à porta da cidade, e um soldado aragonês chamado João Vidal, da companhia de D. Afonso de Alencastre, chegou a tomar a bandeira, que estava sobre a porta, e por entre as balas, que os inimigos lhe tiravam a levou ao seu capitão, e dele ao general, que inda que repreendeu a sorte, por se fazer sem ordem sua, recebeu o caso como o merecia o valor dele, e fez acrescentar ao soldado oito escudos de vantagem.

Sucedeu também que sacudindo, no mesmo tempo, o morrão um holandês, que estava de guarda naquela parte, deram as faíscas em um barril de pólvora, com que se chamuscaram 25 de tal maneira, que não puderam mais manear as armas, coisa que eles diziam naquela ocasião sentir mais que a própria morte, porque morrendo, só os mortos faltavam na peleja, mas sendo lesos e feridos, faltavam também os cirurgiões, e enfermeiros, que com sua cura se ocupavam, tão desejosos andavam da vitória, que a antepunham às suas próprias vidas; e porque a seu coronel acudiu tarde a este rebate, e já em outras ocasiões o haviam notado de descuidado, e tratava de cometer concerto, segundo o descobriu a uma sua amiga portuguesa, se conjuraram trinta soldados, e foram para o matar dentro em sua casa, e a Estevão Raquete, capitão da Companhia de Mercadores, que com ele estava, mas este fugiu, e feriram o coronel com uma alabarda na cabeça e nas mãos, o que dizem se fez com consentimento dos capitães, cuja prova é

História do Brasil

não se prender alguns dos ditos soldados, e logo as do Conselho privarem o ferido do cargo, e elegerem por coronel o capitão-mor chamado Quife, e em seu lugar por capitão-mor, ou mestre de campo o capitão Buste.

Incrível é a insolência com que nisto se houveram estes soldados, pois não bastou o novo coronel mandar prender a Estevão Raquete na cadeia pública para se quietarem, senão que ainda lá foram dois para o matarem, e o houveram de fazer se lhe não acudiram outros presas, e o próprio coronel, o qual os mandou prender; os outros se foram à casa da portuguesa também para a matar se lhes não fugira para casa de um português casado, que a escondeu e vingaram-se em lhe roubarem quanta lhe acharam, que não era pouco o que o coronel lhe havia dado.

Não é menos incrível a vigilância e cuidado, com que a novo coronel de dia e de noite trabalhava recolhendo-se com as trincheiras para dentro, para assestar nela a artilharia, quando as de fora fossem de todo rotas, e traçando outros ardis, e invenções de guerra, com que se pudessem entreter até lhes vir o socorro da sua armada, que esperavam, e em que tinham toda a sua confiança.

XLII

De como se entregaram os holandeses a concerto

Quão enganados vivem os homens, que põem a sua confiança nas forças e indústria humanas, experimentaram brevemente os holandeses nesta cidade da Bahia, cuja guarda e defensão cuidavam estar em tirarem um capitão, e porem outro mais diligente e industrioso, senda certo o que diz David que se a Senhor não guarda a cidade, em vão vigiam os que a guardam. E assim não passaram três dias inteiros, que se não desenganassem do seu intento, vendo que já não podiam reparar o dano, que das nossas baterias lhes faziam, e enfim vieram a entender que lhes convinha fazer concerto, que ao outro coronel haviam estranhado, mas ainda o fizeram paleado com uma capa de honra, mandando por um tambor uma carta ao general D. Fadrique ao Carmo, em que lhe diziam que aquela manhã haviam ouvido uma trombeta nossa, que segundo seu parecer os chamava, e convidava a paz, a qual também eles queriam, e para tratar dela houvesse entretanto tréguas. Ao que respondeu D. Fadrique que ele não chamava a sitiados, e cercados com trombetas, senão com vozes de artilharia, mas se eles a estas acudiam, e queriam causa que não fosse contrária à honra de Deus, e dEl-Rei, estava prestes para os ouvir, com o que logo se começou a tratar das pazes, e estavam as holandeses tão desejosos delas, que na mesma hora os que ficavam fronteiras à bateria das palmeiras, a qual estava à ordem de D. João de Orelhana, e Antônio Moniz Barreto, mestre de campo, e de Tristão de Mendonça, capitão-mor da esquadra do Porto, se foram para eles levantando as mãos em sinal de rendidos, aos quais desceu a falar o dito Tristão de Mendonça, e Lançarote de Franca, capitão da infantaria, que se foi com eles a falar ao coronel, e do quartel do Carmo, por ordem de Sua Excelência, João Vicente de S. Felix, e Diogo Ruiz, tenente do mestre de campo general, e depois outros recados de parte até se concluir o concerto, o qual se fez por escritura pública em presença de pessoas do Conselho, que foram da parte dos holandeses Guilhelmo Stop, Hugo Antônio, e Francisco Duchs.

Da parte de Sua Majestade o marquês D. Fadrique, o marquês de Cropani, D. Francisco de Almeida, e Antônio Moniz Barreto, mestres de campo de dois terços de portugueses: D. João de Orelhana, mestre de campo de um terço castelhano: D. Jerônimo Quexada, auditor-geral da armada castelhana, Diogo Ruiz, tenente do mestre de campo general, e João Vicente de S. Felix, as quais todos, depois de suas conferências, assentaram que os holandeses entregariam a cidade ao general D. Fadrique de Toledo em nome de Sua Majestade, no estado em que se achava aquele dia 30 de abril de 1625, a saber, com toda a artilharia, armas, bandeiras, munições, petrechos, bastimentos, navios, dinheiro, ouro, prata, joias, mercancias, negros escravos, cavalos, e tudo o mais, que se achasse na cidade de Salvador, com todas os presos que tivessem, e que não tomariam armas contra Sua Majestade até se verem em Holanda. E o general em nome de Sua Majestade lhes concedeu que todos pudessem sair da cidade livremente com sua roupa de vestir e cama, os capitães e oficiais cada um em seu baú ou caixa, e os soldados em suas mochilas, e não outra coisa, e que lhes daria passaporte para os navios de Sua Majestade, não os achando fora da derrota da sua terra, e embarcações em que comodamente pudessem ir, e mantimentos necessários para três meses e meio, e que lhes dariam os instrumentos náuticos para sua navegação, e os tratariam sem agravo, e lhes dariam armas para sua defesa na viagem, sem as quais sairiam até os navios, salvo os capitães, que poderiam sair com suas espadas.

Assinaram-se estas capitulações no quartel do Carmo a 30 de abril de 1625, por D. Fadrique de Toledo Osório. Guilhelmo Stop. Hugo Antônio. Francisco Duchs[8].

---

8. NB. Este capítulo foi copiado das adições e emendas a esta História do Brasil.

XLIII

De como se tomou entrega da cidade, e despojos: graças, que se deram a Deus pela vitória, e aviso, que se mandou à Espanha

No primeiro de maio da dita era, dia dos bem-aventurados Apóstolos S. Filipe e Santiago, se abriram as portas da cidade, e entrando por elas o nosso exército bem ordenado, se puseram logo postas nas partes que era necessário. E os holandeses – que ainda eram mil novecentos e dezenove – se recolheram nas casas da praia com boa guarda de soldadas espanhóis; e depois nas suas naus, com encargo de as concertarem, e calafetarem os seus carpinteiros e calafates. Também foram logo presos os portugueses, que se ficaram com eles, e se lhes fez inventário da sua fazenda, como também se fez de toda a que foi achada em poder dos holandeses, e das mais coisas que entregaram, que foram 600 negros, uns fugidos de seus senhores para o inimigo com amor da liberdade, outras de presas que tomaram em navios, que vinham de Angola.

Entregaram mais seis navios e duas lanchas, porque ainda que quando entrou a nossa armada na Bahia tinham 21, já as outras eram queimados, ou metidos no fundo.

Item — entregaram 16 bandeiras de companhias, e o estandarte, que estava na torre da Sé: 216 peças de artilharia, 40 de bronze, e as mais de ferro. E 35 pedreiros, 500 quintais de pólvora embarrilados: balas, bombas, granadas, e outros artifícios de fogo em abundância, 1.578 mosquetes, 133 escopetas, e arcabuzes, grande quantidade de cobre em pasta; 870 morriões; 84 peítos fortes, grande número de outros, e espaldares; 21 quintal de morrão; e todas as fazendas, que haviam tomadas, assim das lojas dos mercadores, e casas da cidade, como de navios, e muitas que trouxeram de sua terra, as mais das quais tinham metidas no colégio dos Padres da Companhia, onde os mercadores moravam, para as venderem quando achassem compradores, e se o Colégio lhe servia de loja de mercancias, e morada de mercadores, a igreja lhes servia de adega. E depois que os vinhos se acabaram, de enfermaria.

Da mesma maneira estavam profanadas todas as outras igrejas da cidade, porque a do nosso seráfico padre servia de armazém de pólvora e armas, e no dormitório morava um capitão, e companhia de soldados. A ermida de Nossa Senhora da Ajuda era outro armazém de pólvora. A Misericórdia

Frei Vicente do Salvador

também era sua enfermaria: e só nà Sé pregavam, e enterravam os capitães defuntos, que para os mais fizeram cemitério do Rocio, que fica defronte dos padres da companhia. E assim não houve outra igreja, que fosse necessária desviolar-se senão a Sé, causa que as hereges sentiram muito, ver que desenterraram dois seus coronéis, e outros capitães, que ali estavam enterrados, e chamaram alguns para que mostrassem as sepulturas, e os levassem a enterrar ao campo, para se haver de celebrar a primeira missa *in gratiarum actianem*, a qual cantou solenemente o vigário-geral do bispado do Brasil, o cônego Francisco Gonçalves, aos cinco dias do mês de maio.

Foram diácono e subdiácono dois clérigos castelhanos capelães da armada. Pregou o padre frei Gaspar da sagrada Ordem das Pregadores, que D. Afonso de Noronha trazia por seu confessor. Nela se ajuntaram os generais da empresa com todas os fidalgos, que nela se acharam de Portugal e Castela.

Depois se fez o mesmo nas outras igrejas, pela mercê da vitória alcançada, e se fizeram ofícios pelos católicos que nela morreram. Aqui confesso eu minha insuficiência para poder relatar os júbilos, a consolação, a alegria, que todos sentíamos em ver que nos púlpitos, onde se haviam pregado heresias, se tornava a pregar a verdade de nossa fé católica, e nos altares, donde se haviam tirado ignominiosamente as imagens dos santos, as víamos já com reverência restituídas, e sobretudo víamos já o nosso Deus no Santíssimo Sacramento do altar, do qual estávamos havia um ano privados, servindo-nos as lágrimas de pão de dia, e de noite, como a David quando lhe diziam os inimigos cada dia "Onde esta o teu Deus"? E depois de lhe darmos por isto as graças, as dávamos também ao nosso católico rei por haver sido por meio de suas armas o instrumento deste bem.

E daqui entendo eu que se o seu reino de Espanha se pinta em figura de uma donzela mui formosa com a espada em uma mão, e espigas de trigo na outra, não é só para denotar sua fortaleza, e fertilidade, mas para significar como pelas armas de seus exércitos se goza este divino trigo em todo o mundo.

O aviso deste sucesso venturoso se encarregou por particular a D. Henrique de Alagon, que no assalto que os holandeses deram a São Bento, foi ferido de dois pelouros, a quem acompanhou o capitão D. Pedro Gomes de Porrez, do hábito de Calatrava, no patacho de que era capitão Martim de Lano. O treslado da carta, que levou de D. Fadrique para Sua Majestade é o seguinte.

"Senhor: eu hei trazido a meu cargo as armas de Vossa Majestade a esta província do Brasil, e nosso Senhor há vencido com elas, se hei acertado a servir a Vossa Majestade, com isto estou sobejamente premiado. As ocupações de dar cobro a cidade restituir a Nosso Senhor seus templos, tratar dos negócios da justiça, que Vossa Majestade me encarregou, e castigo dos culpados, carena de algumas naus, bastimento para a armada, em que há bem que fazer: aviamento, e despacho dos rendidos, que hão de tornar a

História do Brasil

sua terra, e o deste aviso, e outras mil coisas me tem sem hora de tempo: o que faltar na relação emendarei no segundo aviso. D. João Fajardo há servido a Vossa Majestade melhor que eu, porque há assistido no apresto do que há desembarcado do mar com grande cuidado, que não há sido menos essencial que o das armas; também esteve na segunda bateria, que se fez aos navios, e em tudo há procurado servir a Vossa Majestade, e ajudar-me como pessoa de tantas obrigações."

"O mesmo há feito D. Manuel de Menezes. O marquês de Cropani há trabalhado, ainda que velho, como moço, com o fervor, e zelo que outras vezes, dando a Vossa Majestade obrigação de fazer-lhe mercê, e honra, e a mim de suplicá-lo a Vossa Majestade, etc."

E assim prosseguiu depois em outras o louvor de todos em geral com a liberalidade, que é mui própria na nobreza castelhana. Foi feita a dita carta a doze de maio, e chegou brevemente a Madri, onde Sua Majestade fez dar solenemente as graças a Nossa Senhor pela mercê recebida, sobre outras mui grandes, que este ano de mil seiscentos e vinte e cinco recebeu, como foi livrar-lhe Cadiz de uma poderosa armada de 130 navios ingleses, da qual livrou também milagrosamente afrota de Índias, que aquele ano trazia 17 milhões em ouro, prata e frutos da terra. E o milagre foi que tanta que os ingleses aportaram em Cadiz, mandou S. Majestade despachar seis caravelas com grandes prêmios a frota para que fosse aportar a Lisboa ou Galiza, por não ser presa dos inimigos; caiu uma das caravelas nas mãos dos ingleses, os quais, tenda por certo que esperando a frota em quarenta graus se fariam senhores dela, partiram logo de Cadiz a pôr-se naquela altura, mas foi Deus servido que nenhuma caravela das nossas acertou com a frota, e assim veio direita a Cadiz, vinte dias depois da inglesa a estar esperando na paragem por onde houvera de vir se lhe deram o recado de Sua Majestade.

Nem aqui parou a sua desgraça, e ventura nossa, senão que a sua armada se perdeu depois com tempestades, e tormentas, de sorte que a menor parte dela tornou a sua terra. Em Flandres foi tomada aos hereges a poderosa cidade de Breda. E no Brasil – coma temos dito – recuperada de outros a Bahia, que o ano dantes a tinham ocupada. Bem parece que foi aquele bissexto e estoutro de Jubileu, em que o vigário de Cristo em Roma tão liberalmente abre, e comunica aos fiéis o tesouro da igreja, para que confessando-se sejam absolutos de culpas, e censuras, que são muitas vezes as que impedem as mercês e benefícios divinos, e nos acarretam os castigos. E principalmente se pode atribuir a felicidade deste ano a Espanha, em ser nele celebrada a canonização de Santa Isabel, rainha de Portugal, e natural do reino de Aragão, por cuja intercessão e merecimentos podemos crer que ez, e fará Deus muitas mercês a estes reinos[9].

---

9. NB. Este capítulo foi copiado das emendas a esta História do Brasil.

XLIV

Da guerra que o governador Mathias de Albuquerque mandou dar ao gentio da Serra da Copaoba, que se rebelou na ocasião dos holandeses

Não só o gentio da beira-mar se rebelou nesta ocasião dos holandeses contra os portugueses, mas também os do sertão e serra de Copaoba, e a esta conta mataram logo 18 vizinhos seus, e lhes cativaram seis filhas moças donzelas, e alguns meninos; pelo que o capitão-mor da Paraíba, Afonso de Franca, tanto que Francisco Coelho se partiu, mandou a capitão Antônio Lopes de Oliveira, e à sua ardem os capitães Antônio de Valadares e João Afonso Pinheiro com muita gente branca, e o padre Gaspar da Cruz com os índios Tabajaras, nossos amigos, e inimigos antigos dos Potiguares rebelados, para que lhes fossem fazer guerra, e os castigassem como mereciam: os quais os não acharam já na serra, porque pressentindo isto – coisa mui natural nos que se sentem culpados –, pondo fogo às aldeias e igrejas, que nelas tinham, – porque já muitos haviam recebido o Sacramento do Batismo –, se haviam ido meter cóm os Tapuias, dali mais de 100 léguas, para que os ajudassem, e defendessem dos portugueses, levando-lhe de presente as donzelas e meninos, que haviam tomado na Paraíba, do que tudo informado o governador Mathias de Albuquerque, mandou suster na jornada Antônio Lopes de Oliveira, e os mais capitães que iam da Paraíba, até se informar melhor do caso, e tomar conselho sobre a justiça da guerra; para o que fez ajuntar em sua casa os prelados das religiões, teólogos, e outros letrados, canonistas e legistas, e concluindo-se entre eles ser a causa da guerra justa, e pelo conseguinte os que fossem nela tomados escravos, que são no Brasil os despojos dos soldados, e ainda o soldo, porque o gentio não possui outros bens, nem os que vão a estas guerras recebem outro soldo.

Logo o governador mandou os capitães Simão Fernandes Jacome e Gomes de Abreu Soares, e por cabo deles Gregório Lopes de Abreu, com suas companhias; os quais chegando a Paraíba, e informados de Antônio Lopes de Oliveira do lugar para onde o gentio tinha fugido, mandaram os mantimentos, e alguma gente até o Rio Grande por mar, e se partiram por terra para daí levarem outra companhia, que por mandado do gover-

História do Brasil

nador geral lhe deu o capitão Francisco Gomes de Mello, e foi por capitão dela Pero Vaz Pinto a ordem também de Gregório Lopes de Abreu, os quais começaram todos a marchar pelo sertão, onde padeceram grandes fomes, e sedes, e aconteceu andarem três dias sem acharem água para beber, pelo que desesperados de todo o remédio humano, e esperando só nos merecimentos e intercessão do bem-aventurado Santo Antônio, cuja imagem levavam consigo, o começaram a invocar uma tarde, e cavar na terra seca pedindo que lhes desse água, e foi coisa maravilhosa, que a poucas enxadadas saiu em tanta quantidade, que todos os do alojamento muito se abastaram aquela noite, e o dia seguinte, enchendo suas vasilhas para caminharem, a água se secou.

Dali a três jornadas deram com uns poucos dos índios, e os tomaram para lhes servirem de guias, posto que fugiu um, que levou aviso aos mais; pelo que quando chegaram os nossos os acharam já postos em arma; mas nem isso bastou, para que os não cometessem com tanto ímpeto, e ânimo, que lhes mataram muitos, não perdoando os nossos Tabajaras a mulheres nem meninos, pela vontade que levavam aos rebeldes, o que visto pelos Tapuias, depois de haverem sustentado a briga dois dias, mandaram perguntar a Gregório Lopes, cabo das nossas companhias, que vinda fora aquela às suas terras, donde nunca foram brancos a fazer-lhes guerra, não lhes tendo eles dado causa a ela? O qual respondeu que não o haviam com eles, senão enquanto eram fautores e defensores dos Potiguares, que se haviam rebelado contra o seu rei, havendo-lhe prometido vassalagem, e se haviam confederado com os holandeses, e morto os portugueses seus vizinhos contra as pazes, que tinham celebradas, e assim se desenganassem que, senão, iria sem os levar cativos ao governador, ou lhes custaria a vida, com o qual desengano lhe trouxe o principal dos Tapuias, dois principais dos rebeldes, chamado um Cipoúna, e outro Tiquaruçu, para que tratassem de pazes, e concerto, como trataram; e em resolução foi que se queriam entregar com toda a sua gente da serra de Copaoba ao governador, para que dispusesse deles como lhe parecesse justiça, dando-lhe para isto um mês de espera; o que o capitão Gregório Lopes aceitou pela necessidade em que os seus estavam de mantimento, trazendo logo consigo muitos dos filhos em reféns, e as moças brancas, e meninos, que tinham presos.

Nem este concerto aceitou, e fez com o principal Tiquaruçu, que era mais culpado, antes o mandou matar logo em presença de todos às cutiladas. Não com Cipoúna, o qual cumpriu depois à risca, trazendo toda a sua gente, no tempo que ficou, para que o governador dispusesse dela à sua vontade, e o governador, sem tomar nenhum por si, cometeu ao desembargador João de Sousa Cardines que os repartisse pelos soldados e outros moradores, para que os servissem em pena de sua culpa, e rebelião, mas muitos se acolheram a sagrado das doutrinas dos padres da companhia,

Frei Vicente do Salvador

onde foram bem acolhidos, porque ali se doutrinam, e conservam melhor, que nas casas dos seculares, como já outras vezes tenho dito[10].

XLIV

Da armada, que veio de Holanda a Bahia em socorro dos seus, e do mais, que sucedeu até a partida da nossa

*N*ão se podia dizer que a guerra era acabada, por se haver recuperada a cidade dos holandeses, pois ainda se esperava pela sua armada do socorro. E assim chegou logo um navio de Angola, que deu por nova andar no morro uma nau, e um patacho, que tinham tomado dois navios nossos, um de mantimentos para a armada de Portugal, que vinha de Lisboa, outro da ilha da Madeira, com vinhos, que também se mandava à armada, e ao conde de Vimioso da sua capitania de Machico; saiu-lhes Tristão de Mendonça, e o capitão Gregório Soares, por mandado do seu general D. Manuel de Menezes, e tomaram o dos mantimentos com os holandeses, que dentro estavam. Também mandou D. João Fajardo um patacho, que tomou o dos vinhos, e dos holandeses, que tomaram destes dois navios, constou que vinha já a sua armada do socorro, a qual poucos dias depois, aos 26 de maio pela manhã, apareceu na barra; eram 34 naus, 15 grandes do estado, e asmais de frete, e assim eram duas capitanias. Às duas horas depois do meio-dia entraram todas enfiadas umas traz outras para dentro com tanta confiança que provavelmente se entendeu deviam ainda cuidar que estava a cidade por sua, e que fora bom o conselho, que o marquês de Coprani havia dado, que se não abalasse a nossa armada, porque eles viriam surgir junto dela, acrescentando que seria bom tirar-se a bandeira real, que haviam posto na torre da Sé, e pôr em seu lugar a holandesa, que haviam tirado, e disparem da nossa armada alguns tiros à cidade, e da cidade à armada, para que se confirmassem os holandeses no que cuidavam, e lhes viessem a cair nas mãos: porém D. Fadrique respondeu o que referem de Alexandre Magno que não era honra

10. NB. Este capítulo quadragésimo quarto foi copiado desta História do Brasil por frei Vicente do Salvador; porém o capítulo quadragésimo quarto que está nas adições e emendas a esta História é o que se segue.

História do Brasil

alcançar vitória com enganos, e mandou sair os navios mais pequenos logo pela manhã com ordem que não pelejassem, até não chegarem as capitânias, as quais se desamarraram tão tarde, que havendo ido os primeiros em vento e maré favorável, acharam já tudo contrário, o dia que se ia acabando, e os inimigos retirando-se, pelo que mandou tirar um tiro de recolher, e também por ver que havia um galeão nosso, chamado Santa Tereza, dado em seco nos baixos da parte da Itaparica, o qual cortando-lhe o mastro grande, nadou, e saiu do perigo. E os holandeses, posto que alguns tocaram o baixo, saíram, e se foram todos a seu salvo aquela noite na volta do mar, sem perderem mais que dois batéis, que se desamarraram, ou largaram por mão, e uma bandeira que a almeiranta de Nápoles levou com um pelouro a um deles da quadra: onde se perdeu a mais gloriosa empresa, que se podia ganhar, com a qual, junta a que haviam alcançado na cidade, se ficavam quebrando os braços aos inimigos, para nos não poderem tão cedo fazer dano, mas parece que os quis Deus deixar ainda no Brasil – como deixou os cananeus aos filhos de Israel – para freio de nossos pecados; e assim se foram logo desta Bahia à da Traição, do que sendo avisado D. Fadrique por via de Pernambuco, mandou à pressa aprestar a armada para ver se de caminho, em caso que ainda aí estivessem, os podia levar. E para este efeito mandou que João Vincêncio Sanfeliche, de quem se valia nas coisas de mais consideração, e o general Francisco de Vallecilha, como tão experimentado na náutica, se adiantasse a Pernambuco com instrução que em companhia do governador Mathias de Albuquerque, e das pessoas mais práticas o informasse do sítio da baía da Traição, suas particularidades, e capacidade, para ver se achando-se a armada inimiga nela, poderia entrar a de Espanha a desalojá-la, e não podendo, que conviria fazer em resolução de não perder tempo quando chegasse a Pernambuco, senão que pudesse executar o que tivessem determinado, pelo que fez logo o governador juntar todos os pilotos em sua casa, e com seu parecer assentaram que na boca da dita baía não havia mais que 15 ou 16 palmos de água, com que era impossível entrar a armada de Espanha, além de que a parte que tinha mais fundo estava ocupada com os navios de Holanda; e assim o melhor seria surgir a nossa armada defronte da barra, e saltearem os inimigos por terra até os forçar a sair; e para isto haviam prevenido cem juntas de bois, e carros para tirar a artilharia, mil índios da Paraíba, e mil homens brancos de Pernambuco, que com os mais, que D. Fadrique mandaria desembarcar dos seus, seria bastante para conseguir seu intento, o qual por esta causa deu conclusão às coisas da Bahia.

Mandou enforcar dos portugueses, que estavam presos por voluntariamente se haverem ficado com os holandeses, quatro, e dos negros, que se confederaram com eles, seis, sendo primeiro uns e outros ouvidos, e julgados pelo auditor-geral. Repartiu os despojos das mercadorias, e fazendas, que os holandeses haviam tomado aos moradores, pelos soldados da

Frei Vicente do Salvador

armada. Donde trouxe um pregador, pregando naquela ocasião muito a propósito aquilo do primeiro capítulo do profeta Joel – *Residuum erucae comedit locusta* –, porque o que haviam deixado os inimigos lhes levaram os amigos, que vieram para os socorrer, e remediar. E se ainda destes restou alguma coisa – *residuum locustae comedit bruchus* –, que foi o presídio de mil soldados, que o dito general deixou da armada na cidade, no qual deixou por sargento-mor Pedro Correa, que o havia sido de um dos terços de Portugal, soldado velho, experimentado nas guerras de Flandres.

Fez capitães da infantaria a Francisco Padilha, Manuel Gonçalves, Antônio de Moraes, e Pero Mendes, que o haviam sido dos assaltos, e capitão-mor e governador da terra a D. Francisco de Moura, que já de antes o era. Despediu-se dos conventos dando a cada um de esmola 200 cruzados para ajuda de repararem as paredes, que como serviram de baluartes e trincheiras, ficaram mui danificados.

E com isto pedindo que lhe encomendassem a Nosso Senhor a viagem, se embarcou a vinte e cinco de julho, dia do bem-aventurado Apóstolo Santiago, patrão de Espanha, posto que pelo vento ser contrário, não pôde sair da barra senão a quatro de agosto, no qual tempo o tiveram três dos navios, em que iam embarcados os holandeses rendidos, para se apartarem dos mais, e se irem[11].

XLV

Do sucesso da nossa armada para o reino, e dos holandeses para a sua terra

Com tormenta partiu a nossa armada da Bahia, pelo que logo abriu muita água um galeão de Espanha, e lhe foi forçado tornar para dentro, para depois de tomada ir em companhia de outro que também, por se não poder concertar a tempo, não foi com a armada, à qual depois de partir sobreveio outra tormenta, tão grande, que não pôde tomar Pernambuco, onde a estavam esperando com muito alvoroço, não já para pelejar com a holandesa, que era ida, senão para regalarem a Sua Excelência, e mais senhores, para cujo recebimento tinham ordenadas muitas festas, especialmente sentiram

11. NB. Segue-se o capítulo quadragésimo quinto do sucesso da nossa armada para o reino, e dos holandeses para a sua terra; porém nas adições e emendas a esta História do Brasil é o quadragésimo sétimo.

História do Brasil

não poder ver o senhor da terra Duarte de Albuquerque Coelho, e não devia ele de senti-lo menos, pois padecia a pena de Tântalo, não podendo gozar do que apetecia, e via, nem a vinda para a Bahia, nem a ida. Daqui começaram logo os navios a apartar-se, cada um para onde a força da tempestade o levava, e muito mais depois que lhes sobrevieram outras na altura das ilhas, com que se perdeu a almeiranta de Portugal na ilha de S. Jorge, mas salvou-se o almirante D. Francisco de Almeida, e os que com ele iam, com muito trabalho, e darem continuamente à bomba, sem comer, porque a matalotagem apodreceu com a água, donde depois na mesma ilha adoeceram, e morreram muitos, e entre eles D. Antônio de Castelo Branco, senhor de Pombeiro, que Nosso Senhor tenha em sua glória, como confio em sua divina Misericórdia, e pelo que sei dele no tempo que esteve nesta Bahia, que se confessava, e comungava cada semana, ouvia todos os dias missa, junto com ser muito esmoler, e outras virtudes, que como pedras preciosas, engastadas em fino ouro de sua nobreza, davam de si muito lustre.

O galeão em que ia D. Afonso de Alencastre, por fazer muita água, e não a poderem tomar, tomaram a gente em outro, e o mais que puderam, e puseram-lhe fogo. Constantino de Mello, e Diogo Varejão encontraram seis navios holandeses, com quem pelejaram, e sendo rendida a nau do Varejão, ficou só o Mello na sua naveta continuando a briga com tanto valor, que já o deixavam, se não sobrevieram três naus de estado, a que também resistiu, mas enfim o tomaram, e levaram a Holanda, roubando--lhe quanto levava, senão a fama do capitão, que foram publicando, e é bem se publique por todo o mundo.

D. Manuel de Menezes, general da armada de Portugal, chegou à Lisboa a 14 de outubro, havendo brigado na paragem da ilha de S. Miguel com dois galeões de holandeses, que iam de mina carregados, o qual depois de ter feito amainar um o deixou ao galeão Sant'Anna das Quatro Vilas, que ia na sua esteira, no qual ia o mestre de campo D. João de Orelhana, e se foi em seguimento do outro, que lhe ia fugindo, e porventura o tomara, segundo a sua nau era forte, e ligeira, se não fora necessário tornar atrás acudir ao galeão Sant'Anna, que ardia; porque havendo abordado e rendido o dos holandeses, e passados já muitos ao nosso, tirado alguns, que se não quiseram sair, não sei se por estes, ou se acaso se pegou fogo ao seu, e *in continenti* dele ao nosso, com que se abrasaram ambos, sem se salvar mais que 148 pessoas, que se lançaram a nadar, a que D. Manuel acudiu quando viu o fogo, deixando o galeão, que ia fugindo, e largando-lhes a fragata, cabos, jangadas, tábuas, e outras coisas, de que se pudessem valer, os livrou do perigo da água, morrendo todos os mais abrasados com o mestre de campo D. João de Orelhana, D. Antônio de Luna de Menezes, e outros muitos.

D. Fadrique de Toledo com grande parte da armada derrotou com o rigor do tempo avante do estreito ao porto de Málaga, e fazendo dali

Frei Vicente do Salvador

alguns fidalgos sua jornada a Portugal souberam de um correio de Sua Majestade junto a Sevilha ser aportado a Cadiz uma armada inglesa de 130 velas, per onde logo voltaram desandando o caminho, que já tinham andado, julgando ser aquele o mais próprio de quem eles eram, que o que depois de tão larga jornada levavam a suas casas: eram os que fizeram esta volta João da Silva Tello, D. Duarte de Menezes, conde de Tarouca, Francisco de Mello de Castro, D. Lopo da Cunha, senhor de Santar, D. Francisco Luiz de Faro, filho do conde D. Estevão de Faro, Antônio Taveira de Avelar, e D. Nuno Mascarenhas. Levaram seu caminho de Sevilha a Xeres onde o duque de Medina Sidônia, neto de Rui Gomes da Silva, pelo que tinha de português, lhes fez singulares demonstrações de agasalho, e estimação, que valia tão primoroso valor.

Trataram logo do fim da sua vinda, que era meterem-se em Cadiz, para que a ajudassem a defender, pedindo ao duque uma galé para nela passarem, e pelas dificuldades, que o duque representou, não puderam então levar avante esta sua deliberação, e assim se foram à defensão da ponte de Suasso, onde assistiam quatro mil homens, mas chegando depois recado de Cadiz de D. Fernando Girão, para que de noite lhe metessem na cidade trezentos homens escolhidos, foram os fidalgos os primeiros, que na vanguarda com seus piques partiram a este socorro, caminhando três léguas a pé, com chuva, e água em muitas partes pelos joelhos, até entrarem na cidade às 11 horas da noite, onde D. Fernando Girão os foi buscar a suas pousadas, significando com palavras, e com abraços, que sentiria muito fazer o inimigo leva da sua armada, pois com o favor de tais cavaleiros podia esperar desbaratá-lo. Em Cadiz assistiram como valorosos a todo o trabalho e perigo militar até o inimigo se ir. Não mereceram menos estimação D. Afonso de Noronha, Antônio Moniz Barreto, Henrique Henriques, e D. Afonso de Alencastre, porque ainda que quando chegaram a Cadiz estavam já os inimigos retirados, dizem os teólogos que a vontade eficaz é equivalente à obra, se não pode pôr-se em efeito, e por tal a estimou Sua Majestade, escrevendo ao Conselho que porque estava informado do valor com que os portugueses o serviram nesta ocasião, e que para morrer por seu serviço lhes não faltava vontade, e sobejava o ânimo, mandava que a cada um se desse o que tivesse da Coroa para filhos ou herdeiros, e lhes fizessem todas as mais mercês, que ele por outro decreto seu tinha concedido aos que morressem nesta empresa da Bahia, sem ser necessário a nenhum fazer sobre isto mais diligências. O teor da carta é o seguinte:

"Governadores amigos. Eu El-Rei, vos envio muito saudar, como aqueles que amo. Havendo-se entendido o que os fidalgos portugueses, que foram cobrar a Baía de Todos os Santos, tem servido, e desejando que conheçam quão agradável me foi seu serviço, e quão satisfeito me acho de suas pessoas, rei por bem, em primeiro lugar, que se executem as mercês gerais, que fiz para

História do Brasil

os que morressem nesta jornada nos filhos de Martim Afonso de Oliveira, e que se me consulta em que outra poderia eu mostrar-lhes meu agradecimento, e sentimento da morte de seu pai, por ser tão honrado fidalgo, e tão zeloso do meu serviço, não reparando para o fazer em nenhum particular seu, ficando, se pode ser, tão satisfeito do seu modo de servir, como de seus mesmos serviços. E aos mais fidalgos me pareceu se lhes declarem, e deem por feitas todas aquelas mercês, que se lhes fizeram pelo caso que morressem na jornada, pois da sua parte não lhes ficou mais que fazer. Desejando eu infinito que saibam os que me servem que gratifico o ânimo de fazê-lo, como a mesma obra, e que não hão mister mais solicitação, negociação, recordo, nem passos, que dados em meu serviço, e por esta razão sem consulta nenhuma o quis resolver assim. Escrita em Madri a 18 de setembro de 1625. Rei."

Não se poderá ver maior demonstração do amor de Sua Majestade à Coroa de Portugal; pois sem consulta do estado, só pela do amor, foi servido de seu moto próprio formar um real decreto tão favorável a esta Coroa. Nem menos grato se mostrou aos que vieram pela Coroa de Castela, fazendo a uns e outros grandes mercês; mas muito maiores as recebeu de Deus este mesmo ano, que foi o de mil seiscentos e vinte e cinco, e bem parece que era o do Jubileu geral, em que o vigário de Cristo em Roma tão liberalmente abre, e comunica aos fiéis o tesouro da igreja.

(A) Daquela armada inglesa tão poderosa, da qual livrou também tão milagrosamente a frota das Índias, que aquele ano trazia dezessete milhões em ouro, prata, e frutos da terra, e o milagre foi, que tanto que os ingleses aportaram em Cadiz, mandou Sua Majestade despachar seis caravelas com grandes prêmios à frota, para que fosse aportar a Lisboa ou Galiza por não ser presa dos inimigos. Caiu uma das caravelas nas mãos dos ingleses, os quais tendo por certo que esperando a frota em quarenta graus se fariam senhores dela, partiram logo de Cadiz a pôr-se naquela altura; mas foi Deus servido que nenhuma caravela das nossas acertou com a frota, e assim veio direita a Cadiz vinte dias depois da inglesa a estar esperando na paragem por onde houveram de vir se lhe deram o recado de Sua Majestade; pelo que reconhecido El-Rei de tão grande mercê, deu graças a Nosso Senhor, e muito mais depois que soube ser quase toda a armada inimiga com tempestades, e tormentas, de sorte que a menor parte dela tornou à sua terra. Em Flandres foi tomada aos hereges a poderosa cidade de Buda. No Brasil recuperada de outros a Bahia, que o ano dantes a tinham ocupada. Mas que havia de ser, se neste ano foi celebrada a canonização de Santa Isabel Rainha de Portugal, natural do reino de Aragão, por cuja intercessão e merecimentos podemos crer que fez, e fará Deus muitas mercês a estes reinos[12].

---

12. Esse parágrafo vem incluído no Capítulo Quadragésimo Terceiro das Adições e Emendas a esta História do Brasil, o qual já está copiado; contudo não se pode deixar de repetir aqui, para não truncar este Capítulo.

Frei Vicente do Salvador

Também padeceram grandes tormentas no mar os holandeses, que foram da Bahia, ainda que levavam os navios mais descarregados, que é um bem só nas tormentas conhecido; e não foi menor a que padeceram em terra depois que chegaram à Holanda, porque logo foram todos presos pelos seus, e sentenciados à morte por se haverem entregues a partido tão cedo com a cidade, e o mais que tinham, e haviam ganhado na Bahia, sem esperarem pela sua armada do socorro, ao que acudiram as mulheres, filhos, e parentes com embargos, alegando que não fora possível deixarem de se entregarem, ou morrerem todos, pela muita tardança do seu socorro, e grande aperto em que os nossos os tinham postos: e outras coisas, pelas quais enfim os soltaram, e lhes concederam as vidas, condenando-os somente em que se lhes não pagassem os soldos, que se lhes devia.

Os outros que haviam vindo de socorro, se foram da baía da Traição a Porto Rico, que é emÍndias de Castela, onde achando a gente descuidada desembarcaram, e saquearam o lugar, depois acudiu o capitão da fortaleza da barra, que por ser estreita e como porta daquele porto, lho cerrou de modo que não puderam sair como entraram, antes se viram em tanto aperto, que já de concerto largaram quanto tinham roubado, e ainda alguma coisa do seu, porque os deixassem sair, o que o capitão lhes não quis conceder, assim por entender que os tinha vencidos, como por recear que El-Rei lho estranhasse, e em ambas as coisas se enganou, porque os inimigos estavam mui fortes em suas naus, com tudo quanto saqueado, ensacado, e metido dentro nelas, esperando só uma noite escura de tormenta, e vento, que lhes servisse para saírem, como lhes sucedeu em uma em que saíram, e se foram, sem lho poderem impedir nem fazer-lhes algum dano, mais que em uma não velha, que puseram por... (sic), e Sua Majestade mandou cortar a cabeça ao capitão da fortaleza, e não por aceitar o concerto, que lhe cometiam os holandeses, no que ele só cuidava que estava toda a culpa[13].

---

13. N. B — Nas adições e emendas vem este capítulo, porém onde no fim dele diz: "e Sua Majestade mandou cortar a cabeça ao capitão da fortaleza, e não por aceitar o concerto, que lhe cometiam os holandeses, no que ele só cuidava que estava toda a culpa". Nas emendas só diz o seguinte: "E Sua Majestade não se houve por tão bem servido do capitão da fortaleza como ele imaginou".

XLVI

De como o governador Mathias de Albuquerque mandou buscar a carga de uma nau da Índia, que se perdeu na ilha de Santa Helena

*P*rovidência divina foi ficarem na Bahia os dois galeões que dissemos no capítulo precedente, um dos quais era da esquadra de Biscaia, chamado Nossa Senhora da Atalaia, de que era capitão João Martins de Arteagoa, outro da esquadra do estreito, chamado S. Miguel, e o capitão Francisco Cestim, porque foram depois mui úteis e necessários para irem buscar a carga da nau Conceição, que por se ir ao fundo com água descarregou na ilha de Santa Helena; vinha esta da Índia em companhia de outras quatro, das quais vinha por capitão-mor D. Antônio Tello, o qual não podendo deixar de seguir a sua viagem, tomou dela a fazenda que pôde, e a gente com o seu capitão D. Francisco de Sá, e deixou a Antônio Gonçalves pousado com 120 homens brancos, e alguns cafres em guarda do mais, escrevendo por um batel ao governador do Brasil que lhe mandasse navios; chegou o batel a Pernambuco, onde o governador Mathias de Albuquerque, que estava em 18 de agosto de 1625, o qual avisou logo a D. Fadrique, pedindo-lhe para isto quatro urcas, que aí o estavam aguardando com mantimentos para a armada, dos quais era cabo João Luiz Camarena, e D. Fadrique do mar, onde achou o recado, mandou que fossem os ditos galeões da Bahia, porque das urcas dos mantimentos tinha necessidade a sua armada, pelo que o governador mandou logo em direitura aos de Santa Helena uma caravela de refresco, e por capitão dela Mateus Rodovalho, e duas naus pela Bahia, uma chamada S. Bom Homem, capitão Antônio Teixeira, outra Churrião, capitão Custódio Favacho, providas da fazenda de Sua Majestade, pelo contratador Jerônimo Domingues, para que daqui fossem com os ditos galeões, como logo foram, e com outra não chamada a Rata, que mandou D. Francisco de Moura, da qual era capitão Rodrigo Álvares.

Chegaram a Santa Helena a 27 de dezembro de 1626, acharam os indiáticos entrincheirados com os fardos, e com três baluartes feitos, em que tinham seis peças de artilharia, donde haviam pelejado primeiro com uma nau holandesa, e depois com quatro de holandeses e ingleses, tão valorosamente, que não se atreveram a sair à terra, e se foram com muita gente morta.

Frei Vicente do Salvador

Depois de começarem os nossos navios a tomar carga, estando já quase carregados, chegouuma nau holandesa, maior que a nau da Índia, com 40 peças de artilharia, a qual surgiu entre os dois galeões, e eles abalroaram com ela, e saltando a gente no convés, que acharam despejado, se senhorearam dele, rompendo a enxárcia, e velas, e dizendo aos que estavam debaixo da xareta que se rendessem, respondiam que não, porque já o diabo estava em seus corações, e assim pelejaram como endemoninhados, matando, e ferindo com os piques, por entre a xareta, e com roqueiras a muitos dos nossos, entre os quais foi morto o capitão Arteagoa, pelo que, e por se temerem do fogo, que por algumas vezes lhe lançaram, a desabalroaram, e a nau se foi com todas as riquezas, que trazia de Ternate.

Os nossos acabaram de carregar, deixando ainda na ilha o mapam (sic) de âncoras, e amarras, que não couberam.

Partiram em 7 de fevereiro da dita era de 1626, vindo por capitão-mor Filipe de Chaverria, em lugar do que morreu na batalha: chegaram a Pernambuco a primeiro de março, onde o governador os proveu de todo o necessário para a viagem, por ordem do sobredito contratador, e do almoxarife João de Albuquerque de Mello, e se fizeram à vela com outros navios mercantes para o reino aos dezoito do mesmo mês, e chegaram a Lisboa a salvamento em quinze de maio.

XLVII

Dos holandeses, que andavam por esta costa da Bahia até á Paraíba no ano de mil seiscentos e vinte e seis, e da ida do governador Francisco Coelho de Carvalho para o Maranhão

*E*m 19 de abril desta era de 1626 apareceram na boca desta barra da Bahia, junto ao morro, três naus holandesas de força, uma das quais trazia 30 peças de artilharia grossa e 104 homens de guerra: meteu no fundo uma caravela, que vinha de Angola, de que era mestre Antônio Farinha, vizinho de Sezimbra, por não querer amainar, mas salvaram-lhe toda a gente branca, e alguns negros, de 170 que trazia, e os trouxeram 11 dias consigo, fazendo-lhes boa companhia, por o trazerem – segundo ao depois disseram – assim por

História do Brasil

ordem do seu príncipe de Orange, em respeito do bom tratamento que o general D. Fadrique de Toledo deu aos holandeses na recuperação desta cidade, e depois os foram lançar todos no rio das Contas, donde feita sua aguada, se foram ajuntar com outra esquadra de quatro naus, e um patacho, que vinha para Pernambuco, e aí ancoraram todas juntas defronte da barra aos 20 de maio, exceto o patacho, o qual por ser mui ligeiro andava com 10 peças de artilharia, discorrendo sempre pela costa de uma parte para outra, e este fez encalhar na Poripuera, 30 léguas de Pernambuco para a Bahia, uma lancha, que o governador mandava de aviso, e tomou um navio de Viana, que havia saído do Recife com 600 caixas de açúcar, e assim por ir tão carregado, e com caixas por entre as peças de artilharia, não pôde jogar delas, e se deixou tomar de um patacho, coisa em que os ministros de Sua Majestade deviam vigiar muito nestas partes, porque não foi este o primeiro que se perdeu por esta causa, nem será o derradeiro, senão se fizer muita vigia para que não vão sobrecarregados.

Tomou também outro, que ia para Angola, e uma caravela, que vinha da ilha da Madeira, carregada de vinhos, lançando a gente de todos na ilha de Santo Aleixo.

Deu caça a uma caravela que vinha dos rios de Congo, a qual se lhe acolheu ao porto do Pau Amarelo, e a outra de Sezimbra, que se meteu na enseada do cabo de Santo Agostinho, donde depois ao longo do Recife foram meter no porto, como também fizeram três navios de Lisboa, e dois das Canárias, por aviso que lhes deram de um barco que o governador mandou para este efeito da banda do cabo, que é a paragem por onde no mês de maio, e nos mais de inverno, navegam para Pernambuco.

Também mandou o mesmo governador geral Mathias de Albuquerque dois índios da terra, e um mulato, cada um em sua jangada com artifício de fogo para o porem às naus dos holandeses, que estavam mais de quatro léguas da barra ao mar, dos quais chegou um chamado Salvador, e o pegou à popa da capitânia, mas foi sentido de um cachorro da nau, que despertou a gente, e o apagaram, tirando logo as mais um tiro de rebate, com a qual raiva queimaram o dia seguinte a caravela, que haviam tomado, e também porque o mestre lhes não havia querido dar por ela 50 cruzados, que lhe pediram, e feito isto levantaram ferro, e se foram.

Também se foi Francisco Coelho de Carvalho, governador do Maranhão, o qual passava já de dois anos que estava em Pernambuco sem poder partir-se, assim pela cobrança de 20 mil cruzados, que El-Rei ali lhe mandou dar, como por causa dos holandeses da Bahia, e destoutros, e por isto, tanto que os viu idos, e desimpedido o passo, se partiu em 13 de julho da dita era de 1626, com cinco barcos, que lhe deu o governador Mathias de Albuquerque, o qual o veio despedir ao Recife, e lhe mandou fazer salvas das fortalezas.

Ele ia em um dos barcos com seu filho Feliciano Coelho de Carvalho, e o sargento-mor Manuel Soares de Almeida. Dos outros eram capitães

Manuel de Souza Deça, capitão-mor do Pará; Jacome de Reymonde, provedor-mor da fazenda, e João Maciel.

Gastaram na viagem 15 dias até o Ceará, porque não navegavam de noite; ali se detiveram outros 15 dias, nos quais proveu o governador o forte de pólvora, e de mais artilharia, e fez paga aos soldados, e ao capitão Martim Soares Moreno lançou o hábito de Santiago, de que El-Rei lhe fez mercê por seus serviços, que não foram poucos os que lhe fez, não só no descobrimento do Maranhão, como fica dito no primeiro capítulo deste livro, mas depois de estar por capitão do Ceará, onde os corsários o temem tanto, que havendo ali aportado algumas vezes, nenhuma se atreveram a desembarcar, desejando-o ele tanto, que chegou a meter-se entre os índios nós, nu e tinto da sua cor, parecendo-lhe que como estes foram seus compadres, e amigos, não se temendo deles, desembarcariam, e assim os colheria, e nem isto bastou. Feito foi este de subrogação, pois parece não obrigar seu ofício a tanto, e assim foi bem empregada a mercê, que Sua Majestade lhe fez do hábito, e se lhe deu com ele pouca tença, por isso lhe dá Deus muito âmbar por aquela praia, com que pode muito bem matar *la hambre*.

Estava no Ceará a esta sazão o padre frei Cristóvão Severim, custódio do Maranhão, chegado de poucos dias depois de haver passados muitos no caminho, porque veio por terra, padecendo grandes fomes, e sedes, e guerras dos gentios Tapuias, Arechis, e Uruatins, que duas vezes o saltearam, e lhe mataram um índio dos que trazia em sua companhia, e lhe feriram treze, com mais três brancos portugueses mas com serem os inimigos em número muitos mais, sem comparação, os poucos nossos, e seis brancos arcabuzeiros, ajudados e animados pelo padre custódio, lhes tiveram os encontros tão valorosamente, que enfim se livraram deles, deixando-lhe também alguns dos seus mortos, e feridos, e chegaram ao Ceará, onde o custódio e seu companheiro agasalharam com muito respeito e caridade a dois Padres da Companhia de Jesus, que iam com o governador Francisco Coelho de Carvalho, e dali se embarcaram, e partiram todos para o Maranhão, na qual viagem, depois de haverem passado o Buraco das Tartarugas, por não levarem pilotos práticos na costa, foram dar em uns baixos com uma grande tormenta em que se viram perdidos, mas quis Nosso Senhor que iam as águas de lançamento, com o que, e com alijarem alguma carga dos barcos, puderam nadar, e seguir sua viagem até o Maranhão, onde o governador, e os que com ele iam, foram bem recolhidos, e onde os deixaremos a outros historiadores, que escrevam suas obras. Assim porque Sua Majestade tem já apartado aquele governo deste do Brasil, de que escrevo, como porque eu também vou dando fim a esta História.

XLVIII

De como Diogo Luiz de Oliveira veio governar o Brasil, e se foi seu antecessor Mathias de Albuquerque para o reino

Aos 25 de agosto de 1626 partiu de Lisboa Diogo Luiz de Oliveira, que havia sido mestre de campo em Flandres, para vir governar este estado do Brasil; chegou a Pernambuco a 07 de novembro, onde deixando as urcas de fora da barra, porque não trazia licença para se deter aí muito tempo, desembarcou em uma lancha, e foi se recolher em casa do nosso Padre Santo Antônio, que temos no Recife, até dia de S. Martinho Bispo, que é aos onze, em que se foi para a vila acompanhado com 80 cavaleiros.

A entrada dela na porta da alfândega estava um arco triunfal de muito boa arquitetura, ornado de bons versos, emblemas, e epigramas em seu louvor. Dali se estendiam duas fileiras de soldados arcabuzeiros ao longo das paredes até a porta da Misericórdia, onde estava outro arco não com menos perfeição lavrado, e ornado; neste se apeou, e feita a fala por André de Albuquerque, vereador mais velho, o levaram debaixo do pálio até a igreja Matriz, indo diante o mestre de campo, general deste estado, D. Vasco Mascarenhas – ofício novamente criado para o Brasil –, e o capitão-mor de Pernambuco André Dias de Franca, e o de Itamaracá Pero da Motta Leite, todos novamente vindos do reino com o mesmo governador, e o povo todo de Olinda com muito aplauso; donde depois de feita oração, e as cerimônias costumadas, o levaram à casa do seu antecessor, que já lha tinha para isso desocupada, visitaram-se ambos muitas vezes com sinais de grande amizade, o tempo que o governador ali se deteve, que foi até aos 20 de dezembro do dito ano de 1626; e porque lhe veio recado que estava na barra de Guiena um navio holandês com duas lanchas, e que tomara um barco de Pero Pires carregado de açúcar, e dera caça a um navio, que se foi meter na Paraíba, e a outro do Biscainho, que vinha carregado de vinhos da ilha da Madeira, determinou ver se de caminho podia fazer esta presa, mas o ladrão, quando viu tantos navios, fugiu, e o governador chegou com os seus a salvamento à Bahia, onde a primeira coisa que fez foi ordenar que se fizesse um solene ofício pela alma de seu irmão, o Morgado de Oliveira, na igreja de Nossa Senhora do Carmo, onde foi enterrado.

Dois meses passados depois da sua chegada, aos 03 de março de 1627 entraram treze navios holandeses, e tomaram 21 nossos, que estavam no porto já com três mil caixas de açúcar dentro, eles perderam dois dos seus, um dos quais era a sua capitânia, em que vinha por general Pero Peres, inglês, que na tomada da Bahia viera por almirante.

Mathias de Albuquerque, vendo que as urcas, em que determinava ir-se para o reino, eram tomadas dos holandeses na Bahia, escolheu uma caravela ligeira, na qual depois que outros três navios holandeses, que andaram na barra de Pernambuco, a desocuparam, se embarcou, e partiu a 18 de junho da dita era, e levou em sua companhia o doutor Bartolomeu Ferreira Lagarto, vigário da Paraíba, e administrador, que foi destas partes, antes de se reunir a jurisdição delas à Mitra, e um religioso da nossa custódia sacerdote.

Foi Mathias de Albuquerque todo o tempo que serviu, assim de capitão-mor de Pernambuco, como de governador geral do Brasil, que foram sete anos, sempre muito limpo de mãos, não aceitando coisa alguma a alguém, nem tirando ofícios para dar a seus criados. Nas ocasiões de guerra, e do serviço de Sua Majestade foi mui diligente, não se poupando de dia, nem de noite ao trabalho: nunca quis andar em rede, como no Brasil se costuma, senão a cavalo, ou em barcos, e quando nestes entrava não se assentava, mas em pé os ia ele próprio governando. Tinha grande memória, e conhecimento dos homens, ainda que só uma vez os visse, e ainda dos navios, que uma vez vinham àquele porto, tornando outra daí a muito tempo, antes de chegar o mestre, dizia cujos eram, e vez houve que vindo um com o mastro mudado, vendo o de mui longe com o óculo, disse: aquele é tal navio, que aqui veio há um ano, mas traz já outro mastro; e assim o afirmou o mestre depois que chegou, sendo perguntado.

Teve boa fortuna em seu governo, por serem os tempos tão infortúnios e calamitosos, e na viagem o livrou Deus de inumeráveis corsários, de que o mar estava povoado, levando-o sempre a salvamento em 52 dias a Caminha, onde achou o duque dela, e marquês de vila Real D. Miguel de Menezes, seu parente, onde os deixaremos, e darei fim a esta História, porque sou de 63, e é já tempo de tratar só da minha vida, e não das alheias.

FIM